KB075803

겨울나그네 1

겨울 나그네 1

최인호 장편소설

열림원

그 사람은 어디에 있는가.

그 사람은 어디로 갔는가.

옛날을 말하던 기쁜 우리들의 젊은 날은 어디로 갔는가

　『겨울나그네』는 1984년에 동아일보에 일 년여를 연재하였던 소설이다. 제목을 슈베르트의 〈겨울나그네〉에서 빌려오고 소설에 등장하는 소제목들 역시 〈보리수〉〈거리의 악사〉와 같이 〈겨울나그네〉 속의 연가곡 중에서 따온 것은, 제목이 암시하는 대로 '가슴 아픈 청춘의 방황과 참혹한 젊은 날의 슬픔을 그리고 싶은 열정' 때문이었다.

　특이하게도 이 소설은 1986년에 영화화되어 대성공을 거두었고 오늘날에도 청춘영화의 고전으로까지 일컬어지고 있다. 또한 TV에서 미니시리즈로 방영되었을 뿐 아니라 윤호진 씨의 연출로 두 번이나 뮤지컬로 공연되기도 했었다. 문예출판사에서 출판되어 20년 동안 100쇄 이상 중쇄될 정도로 많은 젊은이들에게 읽혔던 베스트셀러이기도 했다.

　이번에 20여 년 만에 개정판을 내면서 200매 정도의 분량을 삭제하고 부분부분 개작하여 새롭게 상재하게 되었는데, 이는 비록 오래전에 쓴 작품이라 하더라도 오늘을 사는 젊은이들에게는 여전히 현재진행적인 청춘의 초상으로 새롭게 선보이고 싶은 작가적 욕망 때문일 것이다.

　원래 연재하던 당시에는 여주인공이 다른 이름이었지만, 소설을 펴낼 때 내 딸아이의 이름인 '다혜'로 개명하였던 것은 그만큼 이 작품을 편애하고 있었다는 반증일 것이다.

이제 와 생각하면 이 소설을 쓸 때의 내 나이는 아직도 30대 후반. 마네가 그린 명화 〈피리 부는 소년〉에서 영감을 얻어 아름답고 순수한 청년의 사랑을 그리고 싶다는 작품의 모티프는 '민우'라는 주인공을 탄생시켰지만, 또 다른 주인공인 '현태'의 양면성은 그 무렵 나 자신의 내부에 들어 있던 별개의 자아였는지도 모른다.

20여 년 만에 원고를 수정하면서 느낀 소감은 소설에 등장하는 문장처럼 '옛날을 말하던 기쁜 우리들의 젊은 날은 저녁노을 속에 스러지는 굴뚝 위의 흰 연기와 같았나니' 내가 단꿈을 꾸었던 내 마음의 성문 앞 샘물 곁에 서 있는 보리수 가지에는 아직도 젊은 시절 내가 새겼던 희망의 말이 새겨져 있음을 알았다.

나는 이제 눈을 감고 손을 내밀어 나뭇가지에 새겨진 희망의 말을 더듬어본다.

'……한때는 그토록 찬란했던 빛이었건만 이제는 덧없이 사라져 돌이킬 길 없는 초원의 빛이여, 꽃의 영광이여! 다시는 찾을 길 없을지라도 결코 서러워 말자. 우리는 여기 남아 굳세게 살리라. 존재의 영원함을 티 없는 가슴에 품고 인간의 고뇌를 사색으로 달래며 죽음도 눈빛으로 부수듯 더없는 믿음으로 세월 속에 남으리라.'

2005년 11월 20일

최인호

성문 앞 샘물 곁

　다혜가 민우를 처음 만난 것은 봄날의 오후였다. 봄날이었지
만 화사한 햇살 속에는 채 사라지지 않은 겨울 흔적이 남아 있
어 아직 쌀쌀한 날씨였다. 그러나 햇살만은 눈부시고 캠퍼스의
곳곳에는 봄꽃들이 다투어 피어나고 있었다. 한겨울을 이겨낸
정원은 기지개를 켜고 있었고, 모처럼 새학기를 맞아 모여든 학
생들로 학교 안은 북새통이었다.

　어려운 경쟁을 뚫고 갓 입학한 신입생들은 노천강당에 모여
앉아 응원 구호를 배우고 있었고 운동장에는 바지를 걷은 남학
생들이 축구공을 열심히 차고 있었다.

　캠퍼스를 가득 메운 학생들은 오랜 방학 동안 못 보았던 얼굴
들을 만날 때마다 기뻐서 함박꽃 같은 웃음을 얼굴에 피워올리
거나 손을 내밀어 악수를 하기도 했다.

강의실은 호기심에 가득 찬 새로운 학생들로 가득가득 찼다. 두꺼운 겨울옷을 벗어버리고 가벼운 봄옷을 입은 학생들의 두 눈동자는 왕성한 호기심과 욕망으로 싱싱하게 불타고 있었다.

특히 다혜에게 그 새학기의 첫날은 남다른 기쁨이 있는 봄날 오후였다. 다혜는 지난 일 년 동안 휴학할 수밖에 없었으며 그 동안 집 안에서 누워 지내야만 했다. 두어 달의 병원생활을 끝 내고 집으로 돌아가 다혜가 일 년 동안 한 일이라고는 누워서 책을 읽거나 한 달에 두 번씩 담당 의사를 찾아가 약을 투여받 고 피를 뽑아 간 기능 검사를 하는 것뿐이었다.

그녀의 병은 예상 외로 오래 끌었다. 절대 안정이 필요했으므 로 의사는 다혜에게 될 수 있는 대로 몸을 움직이지 말고 누워 만 지내라고 했다. 정신을 자극하거나 흥분시킬 수 있는 텔레비 전이나 영화 구경도 가능하면 삼가라고 충고했다. 남달리 내성 적이고 예민한 성격을 가진 환자라는 것을 눈치챈 의사는 그 대 신 책을 읽는 것은 괜찮다고 처방을 내렸다. 그래서 지난 일 년 동안 다혜는 한 달에 두 번씩 병원에 가고 그저 책만 읽었다. 그 동안 아마도 수백 권의 책을 읽었을 것이었다.

다혜는 이대로 영영 병이 떠나지 않아 몇 년이고 나들이를 못 하고 다시는 학교에도 못 갈지 모른다는 공포로 밤마다 울곤 했 다. 몸이 아파 학교를 휴학하는 것은 이번이 처음이 아니었다.

고등학교 시절 다혜는 일 년 내내 병 때문에 누워만 지내기도 했다. 가슴이 아픈 병이었으므로 그때도 어머니의 손을 잡고 병 원에 가는 것을 제외하고는 그저 늘상 누워만 지냈다.

하루에 세 번씩 꼭꼭 한줌의 약을 먹곤 했는데 약을 먹으면 독한 약기운에 기운이 진해서 어지러웠다. 한밤이 되면 미열이 오르고, 두꺼운 이불 밑에서 온몸은 기분 나쁜 식은땀으로 빨래처럼 젖곤 했다. 아직 죽음이 무서운 나이는 아니었지만 다혜는 밤마다 하나님에게 병이 빨리 낫게 해달라고 빌었다.

일 년 만에 몸이 회복돼서 다시 학교에 나간 다혜는 더욱 소심하고 심약한 학생이 될 수밖에 없었다. 자기 또래의 친구들은 한 학년 높은 상급생으로 진급했지만 다혜는 지난해에 쓰던 교과서와 공책으로 똑같은 내용의 공부를 계속할 수밖에 없었다.

어릴 때부터 잦은 병치레에 익숙해져 있는 다혜에게 신열과 두통과 공포와 알약은 차라리 친근한 벗들이었다.

그 긴 투병생활 동안 다혜는 어쩌면 다시는 일어나 학교로 돌아갈 수 없을지 모른다는 두려움으로 떨곤 했다. 북쪽으로 난 다혜의 창밖으로는 오동나무가 한 그루 서 있는데, 밤이면 방문에 오동나무 그림자가 드리워지곤 했다. 가을이면 보랏빛 오동나무 잎이 관 뚜껑 위에 내리박히는 쇠못 소리로 떨어지곤 했다. 일 년 동안 다혜가 본 것은 북향 창문 밖의 좁은 정원뿐이었다.

햇볕이 들지 않는 일본식 적산가옥 뒤뜰이었지만 그래도 오동나무는 잎이 무성하고 꽃이 피고 보랏빛 향기를 풍겨대었다. 뜰 구석에 제멋대로 자란 풀들은 가을이 오자 남루한 걸레 조각으로 물들고 그 위에 흰 눈이 내리기도 했다. 북향으로 내걸린 창문 밖의 풍경은 그녀가 가진 단 하나의 살아 있는 풍경화였다. 너무나 오랜 시간 그 풍경화를 보았으므로, 간밤에 내린 비로 부쩍 자란 풀잎도 다혜는 찾아낼 수 있었으며 오동나무 가지에 이따금 와서 놀다 가는 새의 모습도 선명하게 기억해낼 수 있을 정도였다.

겨울이 지난 무렵 다혜는 병이 나았다. 피를 뽑아 간 기능 검사를 한 담당 의사가 다혜와 어머니 앞에서 이렇게 말했다.

"아이구, 이제 안심해도 되겠습니다. 수고하셨습니다."

"그럼 이제 새봄이 되어 학교에 다시 나가도 되겠습니까?"

어머니가 얼굴에 활짝 웃음을 띠면서 소리쳐 물었다.

"물론입니다. 당분간 감기만 조심하시면 됩니다."

다혜는 안경 낀 의사 선생님의 얼굴을 보면서 그가 자신에게 기적을 베풀었다고 생각했다. 그가 자신에게 내린 저주의 마술을 풀어준 마법사라고 생각했다. 다혜는 의사 선생님에게 진심으로 고맙다는 말을 하고 싶었다. 그러나 그녀는 고맙다는 감사의 말을 입 밖으로 표현할 수 있는 용기가 없었으므로 그저 낯을 붉히고 우물쭈물 입을 다물어버렸다. 다혜는 자신의 그런 소극적인 성격에 몹시 화가 났다.

새날 새학기를 맞은 첫날 아침 다혜는 정성들여 머리를 감았다. 아직 완전히 풀린 봄날이 아니었으므로 아침 일찍 머리를 감는 것은 어쩌면 의사 선생님이 당부했던 감기를 불러오는 어리석은 짓인지는 모르지만 그녀는 오래오래 머리를 감았다.

그녀는 지난 일 년의 고통스러웠던 기억을 씻어내기라도 하듯 정성껏 머리를 감고 비눗물을 헹구고, 머리를 빗었다. 그녀의 가슴은 이제 갓 대학에 입학한 신입생이 처음 학교에 등교하는 날처럼 설레었다.

그녀에게 신학기의 새 아침은 신생(新生)의 첫날이었다.

그녀는 병과 고통과 죽음의 공포에서 일어나 눈부신 새봄의 새옷으로 몸단장하고 이제 처음으로 일 년 동안 닫아두었던 미지의 문, 그 문을 열고 들어서는 그 첫발을 내딛는 셈이었다.

일 년 만의 학교는 매우 낯설었다. 강의실의 위치도 확실히 알 수 없어 서툴렀으며 강의실에 모인 학생들의 얼굴도 전혀 미지의 얼굴들이었다. 그도 그럴 것이 강의실에 모인 학생들은 일 년 전에는 그녀보다 한 학년 아래의 학생들이었으므로.

간혹 낯익은 학생들의 얼굴이 교정에서 드문드문 보이기도 했다. 그들은 일 년 전까지만 해도 같은 클래스에서 함께 공부하던 학생들이었다. 그러나 그들은 이제 그녀와는 달리 졸업반이었고 여자애들은 졸업반 애들답게 성숙해 보였다.

삼 년 동안 같이 공부하고 같이 강의 듣던 학생들도 다혜와는 그저 얼굴이나 알 정도일 뿐 각별히 친하게 지내거나 개별적으로 사귄 사람은 신기할 정도로 없었다. 다혜는 언제나 조용했으며 말이 없었다. 학생들은 그녀가 너무 말이 없고 그리고 워낙 부끄러움을 많이 탔으므로 그녀에게 얘기를 걸거나 짓궂은 농지거리를 하는 것이 그녀에게 정도 이상의 정신적 상처를 입히는 일일지도 모른다고 생각했다.

남학생들은 물론 몇 안 되는 여학생들까지도 다혜를 유난히 부끄러움 많이 타는 내성적 성격을 가진 아이라고, 그래서 그저 가만히 내버려두는 것이 그녀를 위하는 일이라고 생각했는데,

그런 생각은 오래전 그들이 함께 입학했을 때부터 비롯되었다.

대학에 갓 입학했을 때 신입생들은 뒷동산에 모여 지도교수와 더불어 간단한 회식을 나눈 적이 있었다. 각자 일어서서 자기소개를 하고 출신 학교와 이름을 말하고는 곧 각자의 장기자랑으로 노래 한 곡 부르는 여흥으로 들어갔다. 아무래도 자기소개만으로는 딱딱한 분위기를 부드럽게 바꿀 수 없어 노래를 부르는 게 어떻냐고 지도교수가 제안을 한 것이다.

처음에 노래를 부르는 사람은 몹시 어색해했으나 곧 분위기가 서로 어울려 들어가고 박수도 치고 따라서 합창도 하는 동안 새로운 친밀감이 생겨나고 제법 흥도 돋아오르기 시작했다. 그런 분위기가 한구석에 앉아 있는 다혜 차례에 와서 그만 깨어진 것이다.

다혜는 자기 차례가 오자 그만 몸이 굳어져서 일어서지조차 못했다. 낮을 붉힌 그녀는 석상처럼 꼼짝도 않고 앉아 있었는데 그런 태도를 그저 여성다운 부끄러움이나 일단 사양해보는 의례의 태도로 여긴 학생들은 일제히 소리를 질렀다.

"박수가 부족한 모양이군요, 일동 박수."

누군가 한 사람이 큰 소리로 말하자 삥 둘러앉은 학생들은 일제히 박수를 치면서 소리를 질렀다.

"일어서세요, 일어나요, 너무 재지 맙시다. 너무 뻐기지 맙시다."

짧은 소요가 파도처럼 일어났을 때 눈치 빠른 지도교수는 순간 이 조그만 소녀가 인사치레로 점잔을 빼거나 사양하는 것이 아니라 진정으로 고통스러워하고 있다는 것을 재빠르게 간파해냈다. 생머리를 늘어뜨려 반쯤 가린 얼굴의 볼이 눈에 띄도록 경련하고 있음을 눈치챈 것이었다.

그녀는 부끄러워하는 게 아니라 무엇인가 무서워하고 있었으며 남 앞에 나선다는 것을 공포로 생각하는 심약한 마음을 갖고 있음이 분명했다.

지도교수의 재치로 노래 차례는 다음 여학생으로 넘어갔지만 그날 그 첫 모임에 참석했던 학생들은 다혜의 얼굴에서 굴러떨어지던 눈물을 삼 년 내내 잊지 못했다. 학생들은 자기들이 이 새로운 클래스메이트를 첫날 첫 모임에서 울릴 만큼 몹쓸 짓을 했는가 순간 반성해보았지만 그들은 자기들의 박수가 그렇게 짓궂은 것이 아니었다는 사실을 확인할 수 있었다.

그렇다면 저 예쁘고 아름다운 클래스메이트를 위하는 길은 그저 가만히 내버려두는 것일 뿐이며 노래를 부르라고 부추기거나 함께 뛰어들어 춤추자고 유혹하는 것은 그녀를 슬프게(혹은 울게) 하는 행위라고 인식해버린 것이다.

그래서 남학생들은 그녀를 위하는 것은 시험 때 노트를 빌리는 정도의 우정일 뿐 그 이상 데이트를 신청하거나, 혹은 자신의 호의를 표현하기 위해서 일부러 골탕을 먹이거나 장난질을 해대는 식의 농지거리는 삼가야 한다고 생각했던 것이다.

그것은 참으로 우울한 일이었다. 다혜는 지난 삼 년 동안 그 흔한 남학생 친구조차도 없이 홀로 강의를 듣고 홀로 학교를 다녔다.

그녀는 아름답고 매혹적이었지만 감히 그녀에게 접근하는 남학생은 없었다.

그녀가 눈물을 보인 것이 부끄러움을 잘 타고 내성적인 성격 때문이라는 것은 전혀 오해였다.

그녀는 누구보다 노래를 잘 불렀으며 고등학교 시절 음악 선생님은 그녀에게 음대에 가서 성악을 전공하라고까지 권유했을 정도였다. 그녀는 미성을 타고났으며 그녀의 소프라노 목소리는 완벽했다. 만약 그 첫날의 신입생 파티 때 다혜의 노랫소리를 들을 수만 있었다면 모든 급우들은 경탄하고 찬탄했을 것이다.

봄날의 뒷동산, 이제 막 움터오르는 신록의 푸른 숲속에 모여 앉아 갓 대학에 들어와 모든 것이 신기하고 보는 것마다 새로우며 미래에의 희망으로 가슴 설레이는, 그 동산의 푸른 그늘 속에서 봄날에 노랑나비를 처음 보는 사람에게 행운이 있다고 하던가. 누군가 소리쳤는지 선생님 저 노랑나비 좀 보세요, 그러자 신입생들은 다투어 숲속을 보았는데 눈부신 햇살 속에 한 쌍의 노랑나비가 이리저리 춤추며 날아가고 있었다.

생(生)이 그들이 그때 그 숲속에서 생각한 것처럼 찬란하고 아름답기만 한 것이 아니고 고통스럽고 때로는 더러운 구정물과 같은 것이라는 걸 이제 차차 알게 되고 배워나간다 하더라도, 만약 그때 그들이 다혜의 노래를 들을 수만 있었다면, 다혜가 즐겨 부르던 소프라노의 노랫소리만 들을 수 있었다면, 그들은 영원히 그 노랑나비와 더불어 노랫소리를 잊지 못했을 것이다.

사랑의 노래, 들려온다, 옛날을 말하는가 기쁜 우리 젊은 날, 은빛 같은 달빛이, 동산 위에 비칠 때, 정답게 손잡고 뛰어 놀던 그대 그때가…….

다혜가 그 노래를 불렀다면 그들은 그 시절 그 숲속을 '기쁜 우리 젊은 날'로서 보다 선명하게 기억할 수 있을 것이다.

그녀가 바보처럼 첫날 모임에서 눈물을 흘렸던 것은 어쩔 수 없는 자신의 성격이 순간적으로 미워지고 자신의 용기 없는 성격에 대해 걷잡을 수 없는 슬픔이 솟아올랐기 때문이었다. 그녀는 누구보다도 자신의 노래를 뽐내고 싶은 욕망을 갖고 있었다. 그리하여 남학생들의 박수를 받고 그들에게서 앙코르를 받아 두 곡 세 곡 연거푸 부르고 싶은 욕망을 갖고 있었다. 그래서 함께 입학한 여학생들에게는 질투 어린 시기심의 눈초리도 받고 싶었다.

그러한 욕망이 왕성하면 할수록 그녀는 오히려 움츠러들었다. 이래서는 안 되는데 안 되는데 하는 마음이 들면 들수록 그녀는 몸이 떨리고 눈앞이 캄캄해져서 그대로 쓰러져버릴 것만 같았다.

대학생활에 대한 기쁨으로, 그 기대감으로 그녀의 가슴은 터져버릴 것만 같았다. 이제 그녀는 영원히 아프지 않을 것만 같았다.

아아, 한 학년이면 으레 두어 달씩 몸져눕는 잔병치레로 얼마나 우울하게 어린 시절을 보냈던가. 양호실에 누워서 먼 음악실에서 들려오는 합창 소리를 듣던 기억은 이제 다시는 되풀이하

지 않으리라. 체육시간에 넘어져 선생님의 등에 업혀 양호실로
달려가는 일을 이제 다시는 되풀이하지 않으리라.

조금만 고단하면 흘러내리는 코피.

선생님, 다혜가 또 코피를 흘려요.

한 번 쏟아지면 쉽게 멎지 않는 코피. 고개를 젖혔을 때 입 안
으로 흘러들어가던 비릿하고 찝찔한 코피. 다시는 아프지도 업
히지도 코피를 흘리지도 않으리라던 대학생활 그 첫날에 그만
노래를 부르지 못하는, 자신의 그 이해할 수 없는 성격에 왈칵
슬퍼져서 그녀는 그만 울어버리고 말았던 것이다.

그녀는 남학생들과 술집에도 같이 가고, 몰래 술도 마셔보고,
시위에 참가해서 최루탄에도 눈물을 흘려보고, 같은 과 남학생
들과 어울려서 영화 구경도 가고, 운동경기 때엔 목이 터져라고
응원을 하는 그런 여학생으로 대학생활을 보내고 싶었다. 그러
한 정열이 그녀의 몸속에 활화산처럼 들어 있었다. 그녀는 병약
하긴 했지만 백 미터를 십오 초 이내로 뛸 수 있는 민첩함도 갖
고 있었다. 그녀는 남 앞에서는 도저히 용기가 없으면서도 아름
다운 목소리로 노래를 부를 수 있는 재능을 갖고 있었으며, 오
히려 불꽃 같은 정열을 조심스럽게 숨기고 있을 뿐이었다.

이제는 어쩔 수 없이 같은 학년이 되어버린 새로운 클래스메
이트들도 다혜를 이상한 눈으로 힐끔힐끔 쳐다보고만 있었다.
그들은 다혜를 새로 편입한 학생이거나 아니면 다른 과에서 강
의를 듣기 위해 원정 온 학생으로 생각하는 눈치였다.

다혜는 그 누구하고도 한 마디의 이야기를 나누지 못했다. 일

년 만에 그토록 오랜 시간 몸을 뉘었던 병상에서 일어나 설레이는 희망과 기쁨으로 찾아온 새학기 첫날은 변함없이 고독하고 우울한 하루가 되어버린 셈이었다.

건강하고 식욕이 왕성한 학생들 틈에서 점심을 먹는다는 것은 마치 소규모의 전쟁을 치르는 것과 같았다. 줄을 지어 식권을 사고 새치기를 해서 밥을 타고 빈자리를 찾아 눈 깜짝할 사이에 한 그릇을 치워버리는 건강하고 씩씩한 학생들 틈에 끼어서 간신히 식권을 사고 아슬아슬하게 밥을 타고 빈자리를 기다려 딱딱하게 굳은 밥알을 씹는 다혜의 모습은 외줄을 타는 곡예사처럼 위태위태하게 보였다.

이것이었던가.

딱딱하게 굳어버린 밥알을 씹고 싸늘하게 식어버린 국물을 떠마시면서 다혜는 곰곰이 생각했다.

이것이 일 년 동안 그토록 다시 찾아가고 싶었던 캠퍼스였던가.

아무것도, 아무것도 변한 것이 없다. 아프기 전에도, 죽음까지도 생각케 했던 무서운 병을 간신히 물리치고 회복한 후에도, 전혀 달라진 것은 없다.

점심을 끝내고 다혜는 뒷동산 숲속에 오랫동안 앉아 있었다. 공교롭게도 아주 늦은 오후에 강의가 하나 남았을 뿐 세 시간 정도 시간이 비어 있었다. 그 빈 시간을 다혜는 숲속에 홀로 앉아 지냈다.

숲 사이에 떼지어 앉아 도란거리는 사람들의 목소리도 오후가 깊어갈수록 사라져버리고 숲속은 거짓말처럼 한적하고 쓸쓸했다. 누군가 숲속에서 트럼펫을 불고 있는지 이따금 금관악기의 금속성만이 뚜뚜따따— 들려왔다.

다혜는 나무등걸에 상반신을 기대고 눈을 감았다. 고독은 그녀의 친근한 벗이었으므로 홀로 떨어진 시간을 그녀는 심심해하거나 무료해하지 않았다.

다혜는 새들이 작은 나뭇가지들을 부리로 물어다가 가지 사이에 둥우리를 짓듯 온갖 상상의 파편 조각들을 주워다가 환상의 궁전을 짓곤 했다.

오후의 강의 시간까지 다혜는 궁전을 정성들여 지었으며 마침내 그것을 허물었다. 궁전을 짓는 데는 오랜 시간과 많은 공이 들었지만 허무는 데는 감았던 눈을 뜨는 것으로 그만이었다.

다혜는 허둥지둥 일어났다. 천천히 걸어가도 강의 시간에 늦지 않는다는 것을 알면서도 몹시 서둘렀다. 그녀는 남들이 오기 전에 강의실에 미리 앉아 있는 편이 마음 편하지, 다들 앉아 있는 강의실로 남들의 눈총을 받으며 늦게 들어설 바에는 아예 결석하는 것이 낫다고 생각했다.

다혜는 다급하게 책들이 들어 있는 백을 둘러메고 숲길을 잰걸음으로 걸어내려갔다. 늦은 오후의 숲길은 하루 종일 내리쬔 따사로운 봄의 햇살로 잘 구운 빵처럼 부드럽게 익어 있었다. 제법 가파른 오솔길을 다혜는 서두르면서 뛰어내렸다.

그때였다.

숲길을 막 뛰어내려 강의실로 가는 큰길로 접어드는 순간 뭔가 빠르게 그녀의 곁을 스쳐 지나갔다. 하마터면 정면으로 충돌

할 뻔했지만 용케도 간신히 엇비낀 셈이었다. 그러나 그 충격으로 다혜는 비명을 지르면서 그 자리에 넘어졌다. 무방비 상태로 넘어진 셈이다. 다혜는 볼썽사납게 그대로 길가에 쓰러졌다.

넘어지는 아득한 의식 속에 정면으로 부딪히는 맨땅의 차가운 감촉이 느껴졌다. 거의 동시에 어깨에 메었던 백이 열리며 책들과 노트, 볼펜, 그리고 잡동사니 물건들이 한꺼번에 왈칵 터져나왔다.

다혜는 아프다는 느낌보다는 본능적으로 창피하다는 부끄러움이 먼저 들었다. 만약 문과대학 앞 잔디밭에 많은 학생들이 앉아 있다면(언제나 그곳엔 짓궂은 남자들이 떼지어 앉아 동전 따먹기를 하거나, 잔디밭에 누워서 신문을 보고 있다) 그들은 아무런 준비 태세 없이 바보처럼 넘어지는 그녀의 모습을 보았을 것이다.

언제나 그 잔디밭 옆을 지날 때에는 가슴이 뛴다. 하릴없는 남학생들이 담쟁이덩굴 우거진 벽돌담에 기대어 앉아 여학생이 지나가면 공연히 휘익휘익 휘파람을 불거나 "창문을 열어다오, 내 그리운 마리아"를 소리 높여 부른다. 어쩌다 그들 곁을 지날 때면 실수해서는 안 된다는 강박관념으로 오히려 결정적인 실수를 범하게 되는 것이다. 공연히 다리가 꼬여서 넘어지기도 하는 것이다. 그들 곁에 넘어졌을 때의 참담함.

아픔보다도, 무릎이 깨어진 쓰라린 상처보다도 그들 앞에서 총살당한 사형수처럼 무방비 상태로 넘어져서 내장이 터진 개구리처럼 손에 들었던 책과 노트를 내동댕이칠 때의 참담함, 바람에 날려가는 노트를 주울 때의 죽고 싶은 굴욕감······.

다혜는 그래서 문과대학 강의실로 가는 이 지름길을 피해 일부러 한적한 도서관 앞길로 돌아가곤 하지 않았던가.

다혜는 쓰러진 순간 너무나 아파서 일어설 수 없을 것만 같았다. 무릎을 정면으로 딱딱한 맨땅에 부딪힌 셈이었다.

그녀는 황급히 절뚝이면서 몸을 일으켰다. 우선 문과대학 잔디밭에 남학생들이 앉아 있는가 어떤가를 훑어보았다. 거짓말처럼 그곳은 텅 비어 있었다. 진초록의 잔디밭만 오후의 햇빛 속에 타오르고 있을 뿐이었다.

다혜는 두 손으로 땅에 내팽개쳐진 책을 주워들었다. 마음이 급해서 두 다리가 후들후들 떨렸다. 너무 급하게 넘어졌으므로 쏟아져나온 물건들은 한 곳에 몰려 있지 않고 여기저기 흩어져 있었다.

다혜는 노트보다도 백 속에서 도망쳐나온 손수건이나 머리빗 같은 것을 먼저 쓸어담아야 한다고 생각했다. 손수건이나 머리빗 같은 것은 남에게 보여서는 안 될 수치스러운 물건과 같은 것이었으므로.

그때였다.

허둥지둥 잔디밭에 퉁겨져나간 머리빗을 주우려는 다혜보다 한 발 먼저, 누군가 그 빗을 주워 들어올렸다.

"미안합니다."

그녀의 머리 위에서 웬 남자의 목소리가 들려왔다. 다혜는 그러나 소리 난 쪽을 바라볼 수가 없었다. 그녀의 시선은 줄곧 그녀가 넘어진 맨땅과 잔디밭의 가장자리에 머물러 있었으므로, 우뚝 서서 그녀에게 말하는 남자의 목소리를 향해서 차마 고개를 들어올릴 수가 없었다.

"미안합니다. 가만히 계세요. 제가 주워드리겠습니다."

사내는 여기저기 떨어진 책과 노트와 손수건을 차례차례 집어들었다. 그는 이런 일에 아주 익숙한 숙련공 같았다. 그는 가지런히 그것들을 정리해서 다혜에게 내밀었다.

"제 잘못만은 아니에요. 자전거를 타고 가는데 아가씨가 워낙 급하게 숲길에서 뛰어왔어요. 하마터면 큰일날 뻔했습니다. 꼭 죽기로 작정한 사람 같았어요. 괜찮으세요?"

아주 가까이에서 그의 목소리가 들려왔다. 다혜는 대답 대신 그가 내미는 책과 노트를 받았다. 그리고 그것을 백 속에 집어넣었다.

빨리 그의 곁을 떠나야 한다고 생각했다. 그는 미안하다는 자기의 죄의식을 상대방에게 어떻게든 전달하고 싶어서 시간을 끌어서라도 설득하려고 애를 쓸 것이다. 그렇게 되면 점점 피차 어색하고 부끄러운 장면만 연출하게 될 것이다.

"……괜찮아요."

간신히 다혜가 대답했다.

"제가 보기엔 괜찮아 보이지 않는데요……."

사내가 부드럽게 말을 이었다.

사내의 목소리가 아주 가까운 곳에서 낮은 소리로 들려왔다. 다혜는 대충 백을 챙겨들고 황급히 몸을 일으켰다. 과연 사내가 걱정했던 대로 괜찮지만은 않았다. 빨리 그의 곁을 떠나야 한다는 강박관념으로 서둘러 일어서긴 했지만 순간 다리가 시큰거려서 넘어질 뻔했다. 무방비 상태로 넘어지는 순간에 다리가 꼬여 발목을 가볍게 삔 모양이었다. 자연 입에서 가느다란 비명소리가 새어나왔다.

"정말 괜찮으세요?"

아무래도 못 믿겠다는 듯 여차하면 위태로운 다혜를 떠받들어 부축이라도 할 태세로 사내가 다가섰다. 반사적으로 다혜가 물러섰다.

"제가……."

뭔가 심상치 않은 마음의 동요를 다혜의 몸짓에서 눈치챘는지 사내가 머뭇거리면서 말했다.

"……무서우세요?"

다혜는 대답 대신 백을 챙겨들고 문과대학 앞뜰을 천천히 걸어갔다. 한 발씩 떼어놓을 때마다 다리가 시큰거리고 발목이 칼로 찌르듯 아파왔다. 왜 이 사내는 지나친 친절로 필요 이상의 호의를 보내는 것일까. 무엇보다 바라는 것은 그의 정중한 사과의 말을 듣는 것이 아니라 빨리 내 곁에서 그가 떠나는 것이다.

"내 말은……."

사내 역시 만만하게 물러서지 않았다.

"아가씨가 괜찮아 보이지가 않아서 걱정이 된다는 말입니다."

"……괜찮아요."

더 이상 말을 피할 수 없어서 다혜는 빠르게 말을 던졌다.

"······아무렇지도 않아요."

"몹시 아파 보입니다. 아프세요?"

이 사람이 나를 놀리고 있는 것일까.

낭패한 심정이 되어서 다혜는 발을 멈췄다. 그러나 새삼스레 그의 얼굴을 쳐다볼 용기는 아직 일어나지 않았다. 그의 자전거에 엇비껴 충돌해서 맨땅에 큰 대 자로 넘어지고 일어난 지금까지 한 번도 그의 얼굴을 쳐다보지 않았다. 그러나 치근거리는 장난기로 지나치게 말꼬리를 잡고 있다는 느낌은 들지 않았다. 진심으로 미안해하며 사과하는 마음이 목소리에 실려 있는 것처럼 느껴졌다.

"······아프지 않아요, 괜찮아요."

똑똑하고 분명하게 다혜가 대답했다.

"······그럼 됐습니다. 이제 거의 안심이 되었습니다. 전 제 얼굴을 끝까지 쳐다보지 않아서 몹시 화가 난 줄 알았는데. 그러구요, 저 이건 제가 할 말은 아니지만······."

사내가 조금 말을 끊었다가 재빠르게 목소리를 높여 말했다.

"강의실에 가는 길이라면 옷에 묻은 먼지를 털고 들어가세요. 옷에 먼지가 많이 묻었습니다······. 그럼 안녕히 가세요."

그의 목소리가 멀어져갔다. 그의 발소리도 멀어져갔다. 다혜는 도망치듯 계단을 뛰어올랐다.

사내가 마지막으로 던지고 간 말들이 다혜의 얼굴을 빨갛게 물들였다. 그래, 치마에 온통 흙먼지가 묻어 있는지도 몰라, 사실 그 말을 전해주기 위해서 그 사람은 끝까지 머물러 있었는지도 몰라.

늦은 오후 시간의 강의실은 텅텅 비어 있었다. 더욱이 신학기 첫날이었으므로 첫 시간은 으레 휴강이었다. 강의실 복도는 어둡고 조용해서 폐관 시간을 앞둔 박물관의 긴 회랑처럼 보였다.

지하 계단을 내려가면서 다혜는 몹시 다리가 아프다고 느꼈다. 엉겁결에 빨리 그의 곁을 떠나야 한다고 서두르는 마음으로 잠시 잊었던 통증이 무서운 기세로 덤벼들었다. 아무래도 다리를 몹시 삔 것만 같았다.

강의실에 들어서기 전에 다혜는 화장실로 들어갔다. 낡은 거울 하나가 벽에 걸려 있었다. 지하의 통풍구로 오후의 잔광이 희미하게 비쳐 들어오고 있었다.

다혜는 고개를 돌려 치마의 뒷부분을 훑어보았다. 새로 입은 치마에는 사내의 말대로 흙먼지가 얼룩처럼 묻어 있었다. 다혜는 손으로 그 먼지를 털기 시작했다.

먼지는 금방 털렸지만, 다혜는 새로 신은 회색 털 스타킹 무릎 부분이 넘어지는 충격으로 찢어져 있고 그 무릎에 땅에 스칠 때 생겼는지 찰과상이 난 것을 그제야 보았다. 상처 부위에는 엷은 피가 조심스럽게 배어나와 있었다.

아아.

다혜는 채광 나쁜 거울에 무심코 자신의 얼굴을 비춰 보면서 탄식했다. 새학기 첫날 오후에 이런 일이 생기다니. 새로 입은 옷은 먼지가 묻고 스타킹은 찢어지고 무릎엔 상처가 나고 발목은 삐고…….

다혜는 다리를 들어올려 물끄러미 아픈 발목을 들여다보았다. 발목은 벌써 부풀린 빵처럼 부어 있었다. 무릎에 생긴 상처에는 시간이 흘러 피는 멈췄지만 엉긴 피가 보기 흉한 흔적을 남기고 있었다.

이 다리를 가지고 어떻게 집까지 갈 수 있을까. 저 까마득한 교정과 수많은 사람들의 틈을 뚫고 무사히 집에 도착할 수 있을까.

그때였다.

뭔가 화끈거리는 열기가 얼굴 위로 한꺼번에 솟아오르는 작열감을 느꼈다. 후드득 열기가 치밀어오른 순간 코밑에서 붉은 피가 주르륵 흘러내렸다. 코피가 터진 것이다.

다혜는 본능적으로 고개를 젖혔다.

흘러내린 피를 닦기 위해 백 속 어딘가에 들었을 손수건을 찾아 두 손으로 더듬거렸다. 그러나 손수건은 쉽게 만져지지 않았다. 찝찔한 코피가 목구멍을 타고 쉴 새 없이 흘러내리고 있었다. 쉽게 멎을 코피는 아니었다.

어디 갔을까.

다혜는 두 손으로 더듬듯 백 속을 헤집어보았다. 아무 곳에서도 손수건은 만져지지 않았다.

민우는 자전거를 세워둔 자리로 돌아갔다.

그는 몹시 당황해 있었으므로 간신히 일이 마무리가 되자 한숨부터 터져나왔다. 하마터면 큰일날 뻔했다. 무심코 비탈길을 내려가다가 갑자기 숲길에서 뛰어나온 여학생과 정면으로 부딪치려는 순간 급브레이크를 잡으며 핸들을 꺾었는데, 그와 동시에 자전거는 길 한편으로 쓰러지고 정면으로 넘어지는 여학생의 모습을 보았던 것이다.

어찌나 놀랐던지 민우는 단숨에 달려갔다. 그러나 정작 넘어져 마땅히 화를 내야 할 사람은 넘어진 것이 마치 자신의 잘못이라도 되는 양 쩔쩔매고 있지 않은가.

이상한 아가씨로군.

민우는 휘파람을 불며 잔디밭 위에 쓰러져 누운 자전거를 세웠다.

그때였다.

잔디밭 옆에 뭔가 떨어져 있는 것이 눈에 띄었다. 그것은 네모지게 접힌 손수건과 친구들의 전화번호라든지 가족들의 생일, 신상 메모를 적어놓은 작은 수첩이었다. 쓰러진 자전거 틈 사이에 떨어져 황급히 이것저것을 주워주던 민우의 눈에 띄지 않았던 모양이었다. 민우는 난감한 표정으로 손수건과 메모첩을 주워들고 돌아온 길을 쳐다보았다. 그 여학생의 모습은 이미 아무 데도 없었다.

그녀의 모습을 찾기 위해 다시 건물 안으로 들어가 이 강의실 저 강의실을 기웃거리다 말고 잠시 망설였다. 그러다가 그는 수첩의 겉장을 들춰보았다.

'불문과 3학년 정다혜'

첫 페이지에 쓰인 그 학생의 이름을 보는 순간 본능적으로 수첩을 덮고 손수건과 함께 주머니 속에 찔러넣었다.

내일이라도 돌려주면 되겠지.

민우는 자전거 페달을 밟으며 휘파람을 불면서 숲 사이의 길을 따라 달려나갔다.

민우는 어두컴컴한 복도에서 주머니에 손을 찌르고 서성거리고 있었다. 강의 시간이 끝나려면 아직 십 분도 더 남아 있었다. 오늘로 사흘째 계속 이 복도 앞을 서성거리고 있는 셈이었다.

문과대학 앞 복도에 내걸린 학과별 시간표를 보면 불문과 3학년들의 시간표를 상세하게 알 수가 있었다. 민우는 오늘까지 사흘 동안 불문학과 3학년들이면 필수 과목으로 듣고 있는 강의 시간을 일부러 골라서 찾아온 셈이었다.

그는 전번에 자신의 실수로 넘어뜨린 여학생에게 그녀가 떨어뜨린 물건을 돌려줘야 한다고 생각했다. 비록 하찮은 수첩과 손수건이라고 할지라도 그녀에게 돌려주는 것이 예의라고 생각하였다.

그러나 이제까지 강의 시간이 끝나기를 기다렸다가 우르르 몰려나오는 학생들을 검문이라도 하듯 문 앞에 버티고 서서 하나하나 훑어보았지만 낯익은 이 학생의 모습은 발견할 수 없었다.

오늘까지 지켜보고 오늘도 그 여학생을 만나지 못한다면 지나가는 여학생에게 용기를 내어서 정다혜라는 학생의 안부를 물어보리라 민우는 마음을 굳히고 있었다. 그는 오늘로 사흘간 내리 중요한 강의 시간을 빼먹고 의과대학에서 이 먼 문과대학까지 주운 물건을 돌려주기 위해서 계속 찾아왔다.

자신의 실수로 넘어뜨린 여학생에게 잃어버린 물건을 돌려줄 겸, 거기에 덧붙여 새삼스럽긴 하지만 사과도 할 겸 찾아가는 길이라고 자신에게 변명을 하곤 했지만 막상 강의 시간에 맞춰 찾아가 복도 앞에서 서성거릴 때면 가슴이 뛰고 얼굴이 확확 달아올랐다.

부끄러움을 몹시 타던 그 학생의 모습이 영 마음에서 지워지지 않았다. 견딜 수 없는 고통에 신음 소리를 내면서도 낯 하나 찡그리지 않던 여학생의 창백하고 단정한 모습이 되풀이되어 또렷하게 떠올랐다.

그는 그녀의 얼굴을 똑똑히 보았지만 그녀는 한 번도 그의 얼굴을 보지 않았다. 그녀는 마치 사고가 자신의 죄인 것처럼 제대로 사과의 말도 건네기 전에 황황히 그의 곁에서 도망치듯 떠나버리고 말았다.

그는 한밤중에 일어나서 그녀가 떨어뜨리고 간 수첩과 손수건을 몰래 들여다보기도 했다. 그 물건들은 살아 있는 그녀의 분신인 것 같아 차마 다가가 수첩을 들춰보고 접힌 손수건을 펼쳐볼 만한 용기가 솟아오르지 않았다.

그녀의 체취와 체온이 묻어 있는 물건들이었으므로 주인인 그녀를 닮아 몹시 부끄러움을 타고 수줍어할 것이라고 민우는 생각했다. 그래서 민우는 그 수첩과 손수건을 먼발치에서만 보았을 뿐 들춰보거나 내용을 살펴보지는 못했다.

웅성웅성.

마침내 강의가 끝났음을 알리듯 학생들의 소란스러운 소리가 복도에 울려퍼졌다. 민우는 꼿꼿하게 목을 세우면서 헛기침을 했다. 오늘은 틀림없이 만날 수 있으리라는 기대로 가슴이 무섭게 고동치기 시작했다.

덜컹, 강의실 문이 열렸다.

제일 먼저 강의를 끝낸 교수님이 노트를 옆구리에 낀 채 걸어나왔다. 이어서 강의실의 앞문과 뒷문이 활짝 열렸다.

앉았던 학생들이 일제히 일어섰으므로 의자들이 덜컹대는 소리와 수업 끝나기가 무섭게 담배를 피워 무는 남학생들의 소란으로 강의실 안은 들끓고 있었다.

민우는 보도 한쪽에 바싹 붙어서서 밀려나오는 학생들의 얼굴을 훑어보았다.

휘파람을 부는 학생, 담배를 피워 문 학생, 무어라고 소리지르는 학생, 시냇물을 거슬러오르는 물고기처럼 날쌔게 빠져 달려가는 학생, 책상을 두드리며 노래를 부르고 있는 학생…….

사납게 밀려오던 남학생들의 기세도 곧 꺾이고 이번에는 여학생들이 재잘거리며 그 뒤를 이었다. 그러나 그 여학생의 모습은 보이지 않았다.

학생들은 드문드문해지고 마침내 복도는 텅 비어버렸다. 민우는 용기를 내서 열린 강의실 안으로 들어가보았다. 강의실 맨 뒷자리에 여학생들이 나란히 앉아 있었다. 민우는 헛기침을 하면서 그녀들 곁으로 다가섰다.

"저어, 말씀 좀 묻겠는데요…….'

민우가 낯을 붉히며 입을 열었다. 여학생들은 의아한 표정으로 민우를 올려다보았다.

"저희들에게요?"

"……그렇습니다. 저어, 여학생들은 불문과 3학년이지요? 제 말이 맞습니까?"

"……그런데요."

안경을 쓴 여학생이 좀 강경한 기세로 말을 받았다.

"……저 사람을 찾을까 하는데요. 혹시 같은 클래스메이트 중에 정다혜란 분 안 계십니까?"

"누구요?"

"이름이 정다혜인데요."

"……."

안경을 쓴 여학생이 옆자리의 학생을 돌아보았다.

"너 그런 이름 들어봤니?"

"아니……."

다른 학생이 대답을 하면서 머리를 흔들었다.

"분명히 3학년이라고 했던가요? 1학년도 아니구, 2학년두 아니구, 분명히 3학년인가요?"

"그, 그렇습니다."

"이상하다. 우린 그런 이름 들어본 적이 없는데, 편입생인가. 아니면 다른 과에서 전과를 왔든지. 그래두 우리가 모를 리가 없는데. 뭔가 잘못 아신 게 아닐까요?"

"아닙니다……."

민우가 단호하게 말을 막았다.

"……틀, 틀림없이 불문학과 3학년입니다."

"우리가 바보가 아니라면."

안경 쓴 여학생이 더 이상 말상대하기 싫다는 듯 짜증을 냈다.

"우리의 기억엔 그런 이름을 가진 여학생이 우리 과에 없다는 것이 확실합니다……."

"하지만……."

민우는 난처하고 난감했다. 그는 낭패한 기분이 들었지만 이대로 고분고분 물러설 수는 없다고 생각했다. 또 사흘간 내리 중요한 수업을 빼먹으면서까지 그녀를 찾아왔으므로 어떻게 해서든 확실한 결말을 내려야 한다고 생각했다.

"분명히 여러분과 같은 학년 같은 과 학생인데……."

"여보세요……."

카랑카랑한 목소리로 안경 쓴 여학생이 말을 잘랐다.

"그럼 우리가 3년 동안 같이 공부를 한 같은 과 여학생의 이름도 모르는 천치나 맹추인 줄 아세요. 우린 그런 이름 들어본 적이 없다구요."

"……미, 미안합니다."

민우는 황급히 도망치듯 강의실을 빠져나왔다. 그는 뭔가 강한 둔기로 한 대 머리를 얻어맞은 기분이 들었다. 한바탕 골치 아픈 수수께끼에 말려들었다는 황당한 느낌이 젖어왔다.

이럴 수가 있는가.

분명히 내 실수로 쓰러뜨렸던 그 여학생이 그녀의 수첩에 쓰인 이름을 갖고 있지도 않으며 그 학년과 그 학과에 속해 있지도 않은 것이다.

그렇다면 그녀는 어디에 있는가. 그녀는 과연 누구인가?

지난 며칠 동안 잠들려고 누우면 결정적인 득점 장면을 느리게 되풀이해 보여주는 운동경기의 중계 화면처럼 자전거와 부딪쳐서 넘어지던 여학생의 모습, 겨우 일어서던 여학생의 몸짓, 긴 머리카락에 간신히 엿보이던 희고 창백한 옆얼굴이 몇 번이고 떠오르곤 했다.

찾아야 한다.

민우는 결심한 듯 심호흡을 했다.

그녀를 찾아 그녀가 잃어버린 이 물건을 돌려줘야 한다. 아니다.

민우는 낯을 붉히면서 몸을 떨었다.

물건을 돌려줘야 한다는 것은 핑계일 뿐 그녀를 만나고 싶다. 그녀의 얼굴과 그 눈빛을 다시 한 번 보고 싶은 것이다.

민우는 학교 정문을 나와 한길을 가로건넜다. 길은 의과대학 건물 앞에 부속 병원으로 드나드는 사람들의 행렬로 붐볐다. 환자들을 문병 오는 사람들에게 팔기 위해서 뜨내기 꽃장수들이 길거리에 좌판을 벌이고 있었다.

민우는 의과대학으로 들어서다 말고 발걸음을 돌렸다. 갑자기 현태 생각이 떠오른 것이었다.

그래, 왜 지금까지 현태를 떠올리지 못했던 것일까. 바보처럼 연사흘 동안 그 여학생을 만나기 위해서 고군분투하면서도 끝내는 허탕을 치지 않았던가. 현태에게 진작 이 일을 의논했다면 그

녀석은 아주 의외의 손쉬운 방법을 가르쳐주었을지도 모른다.

민우는 빠른 걸음으로 학교 앞 동네 골목길로 접어들었다. 좁은 골목길을 따라 작은 한옥들이 납작하게 옹기종기 붙어 있었다. 그 집들은 대부분 인근 대학에 다니는 학생들을 상대로 하숙을 쳐서 생활을 영위해나가고 있었다.

현태가 하숙하는 한옥 대문은 활짝 열려 있었다. 현태의 하숙방은 가장 구석진 곳에 있는데, 명색이 독방일 뿐 혼자 누워 겨우 잠을 잘 수 있는 크기의 게딱지만 한 방이었다. 반찬이 나쁘고 지독히 작은 하숙방이지만 대학에 입학해서부터, 일 년 낙제도 하고, 중간에 군대에도 다녀와 이제 겨우 3학년이 될 때까지 현태가 줄곧 떠나지 않는 것은 이 집이 그나마 서너 달 하숙비가 밀려도 심하게 독촉하지 않고 이따금 한밤중에 인근 술집 색시들을 몰래 데리고 들어와 잠을 자다 들켜도 당장 나가라느니, 다른 학생들에게 나쁜 영향을 끼친다느니 심하게 꾸중하지 않기 때문이라는 것이 현태의 설명이었다.

현태의 방은 굳게 잠겨 있었다. 자물쇠가 방문 앞에 걸려 있었다. 굳이 누가 훔쳐갈 비싼 물건도 없으면서 방문 앞에 자물쇠까지 채운 것을 보면 잠시 방을 비워둔 게 아니라 아예 장기 출타 중인 모양이었다.

민우는 툇마루에 걸터앉았다.

이 녀석이 어디로 간 것일까. 군대 갔다 복학한 늙은 학생 주제에 이 시간에 강의를 듣고 있을 리는 없다. 후배 시켜서 대리 출석하게 하고 자기는 연극반 교실에서 오징어 한 마리 사다놓고 홀짝홀짝 소주를 마시고 있을지도 모른다. 그래도 시험 때면 벼락공부 하룻밤에 A학점 받는 데 천재적인 머리를 갖고 있는 놈이니까.

"저어, 말 좀 묻겠는데요⋯⋯."

민우가 맞은편 방 안에서 기타를 퉁기며 노래를 부르고 있는 학생에게 말을 건네었다. 학생은 기타를 퉁기다 말고 민우를 보았다.

"나 말인교?"

"저, 이 방에 있는 사람 어디로 갔는지 몰라요?"

"⋯⋯현태 형 말인교?"

"예, 그렇습니다."

"그걸 누가 압니꺼. 아, 홍길동 같아놔서 동에 번쩍 서에 번쩍 안 하는교. 방문이 열려 있다면 화장실 간 거고. 방문이 닫혀 있다면 강의 시간에 들어간 거고. 방문에 자물쇠가 잠겨 있다면 어젯밤에 안 들어온 게 분명한데. 방문에 자물쇠가 잠겨 있습니꺼⋯⋯?"

"⋯⋯그런데요⋯⋯."

"마, 그렇다면 이 동네 어데 술집에 찾아댕겨보이소. 어제 집에서 소액환으로 하숙비가 부쳐왔는 걸 내 아는데 아마도 술을 퍼먹고 있을지도 모르는 일입니더. 삼거리 앞 목포집에 한번 가보이소. 그 집이 형님 단골 막걸리집이라예."

"고맙습니다."

민우는 일어섰다.

학생이 말하는 삼거리 앞 주점이라면 민우도 잘 알았다. 학교 앞에서 버스 정류장 하나만 지나가면 지금은 복개된 개천이 흐르는데, 그 개천길을 따라 싸구려 막걸리집들이 다닥다닥 붙어 있었다. 이른바 술집 아가씨들이 한 집에 두어 명씩 붙어 있는 색주가였다.

그 술집들이 학교 근처에 자리를 잡고 학생들과 기막히게 공생 관계를 유지하고 있다는 것은 신통한 일이었다. 학생들은 그 술집에 붙어 있는 아가씨들을 '매미'라고 불렀으며 이따금 그 매미들의 노래를 듣기 위해서, 매미들과 노래를 합창하기 위해서, 이따금 해진 바지 꿰매달라고, 그새 정든 매미 찾아가기도 하고, 어떤 학생들은 술 취한 김에 그들 매미에게 이십 년 동안 고이 간직했던 알토란 같은 총각 순정을 바치기도 했다.

실제로 총각 순정을 바친 순진한 한 학생이 술집 매미와 결혼을 하겠다고 자살 소동까지 벌인 뒤로는 학생들은 그 술집 동네를 '청춘극장'이라고 불렀다.

민우는 하숙집을 나와 삼거리 주점가 청춘극장까지 걸어갔다. 걷기에는 좀 먼 길이었다. 그러나 민우가 목포집을 찾는 데는 시간이 오래 걸리지 않았다. 주점 거리 한복판에 목포집 옥호가 문 앞에 내세워 걸려 있었다. 아무래도 한낮이 기울고 땅거미가 어둑어둑해져야만 활기를 찾는 주점 거리였으므로 햇살이 눈부신 한낮의 햇볕 속에 드러난 거리는 지치고 맥이 풀려 있었다.

목포집 문을 열고 들어서자 빈 드럼통을 앞에 놓고 웬 여인

하나가 재수떼기 화투를 치고 있었다. 옷은 입으나 마나 한 상태로 젖가슴이 허술한 속치마 위로 삐죽 내보이고 있었다.

"대낮부터 웬 재수여, 학생 손님이 대낮부터 오시고. 앉으세요. 아따 예쁘게도 생겼고, 육이오 때 잃어버린 우리 서방님같이 생기셨고……."

"아, 아닙니다."

민우는 당황해서 두 손을 내저었다.

"술을 마시러 온 게 아니라 사람을 찾아왔습니다."

"사람?"

다소 의외라는 듯 여인이 민우를 보면서 눈을 동그랗게 떴다.

"웬 사람?"

"……친구를 찾아왔어요. 저, 현태라구."

그때였다.

닫힌 방 어디선가 구성진 노래가 들려왔다. 이어서 밥상을 젓가락으로 두드려 박자를 맞추는 소리도 들려왔다.

사아고옹의 배앤노래 가아무울거리이며, 삼하악도오 파아도오 깊이이 스며드는데에, 부두우에 새악씨이 아로옹 저엇는 오옷자아라락—

따로 물어볼 필요도 없었다. 현태의 목소리였다.

"됐습니다. 저 노래 부르는 녀석을 내가 찾아왔으니까요……."

민우는 거침없이 현태의 목소리가 새어나오는 구석진 방 앞에 서서 왈칵 방문을 열어제쳤다.

방 안에 술 취한 현태가 누워 있었다. 홀로 누워 있는 것이 아니라 한복을 곱게 입은 여인의 무릎을 베고 누워 있었다.

"웬일이냐?"

돌연 방문을 열고 나타난 민우를 거슴츠레한 눈으로 올려다보면서도 현태는 놀란 기색이 아니었다. 그는 여인의 무릎을 베고 누운 자리에서 조금도 자세를 흐뜨리지 않고서 민우에게 물었다.

"어이, 피리 부는 소년, 니 녀석이 웬일이냐?"

피리 부는 소년은 현태가 민우를 부를 때 쓰는 별명이었다.

"널 찾아서 얼마나 헤매었는지 아니?"

"니 녀석이 날 찾아? 해가 서쪽에서 뜨겠구나. 어쨌든 들어와라."

무릎 베고 누운 자리를 조금 비워주면서 현태가 몸을 틀었다. 민우는 신발을 벗고 방 안으로 들어섰다.

"서방님 친구시다. 인사 드려라."

누인 몸을 일으키고 현태는 술 주전자를 들어 빈 잔에 따라 부었다. 그러나 술은 깨끗하게 비어 있었다.

"한 주전자 더 가지구 오라구 해."

"아냐, 난 싫어."

민우가 빠르게 손을 내저었다.

"난 곧 돌아가야 해. 강의가 있어."

"이 친구야, 널 주려는 게 아니야. 내가 마시려는 거지. 너야 한 잔이면 얼굴이 새빨개지지 않니. 인사 드려. 이 아이의 이름은 설희다. 물론 본명이야 아니겠지. 하지만 알 게 뭐냐. 우리 두 사람은 오늘부터 백년가약을 맺었다. 설혹 내일 헤어진다 해도 헤어질 때까지 우리 사이 좋은 부부다. 인사 드려라. 니 서방님 친구님이시다."

"안녕하세요."

여인이 말뚱한 눈으로 민우를 보고 까딱 고개를 숙였다. 민우는 당황해서 말을 더듬으며 머리를 마주 숙였다.

"……아, 안녕하세요?"

"이 선생님은 우리와는 다른 점잖은 선생님이시다. 우리가 이 담에 쌀 팔아먹을 돈이 없을 시에는 넌지시 쌀말이나 살 돈을 쥐어줄 대갓집 어른이시다. 예쁘게 생겼지? 넌 화류계 생활에 저처럼 예쁘고 잘생긴 도련님을 본 적이 있느냐?"

"난 잘생긴 사람은 싫어요. 쌍꺼풀진 남자는 바람둥이니까요."

"힛히히."

현태가 기분 좋게 웃으면서 탁자 위에 구르는 나무젓가락을 주워 들었다.

"걱정마라. 니 서방님은 쌍꺼풀이 지지 않았으니. 자, 노래 한 곡 불러봐라. 어이 피리 부는 소년, 우리 색시 노래 한 곡 들어봐라. 기막힌 노래 솜씨다. 자, 노래 한 곡 불러봐라."

그러자 여인은 서슴지 않고 저고리 깃을 추켜들었다. 나이는 이제 갓 스물도 안 돼 보이는데 수줍어하거나 부끄러워하는 기색은 없었다. 이미 전주가 있어 얼굴은 벌겋게 물들었고, 눈동자는 초점이 흐렸다. 여인은 큰 소리로 노래를 부르기 시작했다.

> 인간 세상 사람들아, 이내 말씀 들어보소.
> 인간 만물 생긴 후에 금소초목 짝이 있소.
> 인간 중에 생긴 남자 부귀 자손 같건마는
> 이내 팔자 험궂어서 나 같은 이 또 있겠소.
> 백 년을 다 살아도 삼만 육천 날이거늘,
> 혼자 살면 천 년 살며, 정녀 되면 만 년 살까……

여인의 목소리에는 자신의 목소리를 알아주는 남자에 대한 정성과 환희가 충만했다. 여인의 목소리 사이사이마다 현태는 가락을 맞추면서 젓가락을 두드리며 이따금 조오치, 얼씨구 하는 식의 추임새를 찔러넣었다. 두 사람의 노래 솜씨는 오랫동안 서로 어울린 듯 자연스럽고 구성져 보였다.

> ……녹음 방초 저문 날에 해는 어이 쉬이 가노,
> 초라 같은 우리 인생, 표연히도 늙어가니
> 머리채를 옆에 끼고 다만 한숨뿐이로다.
> 긴 밤에 짝이 없고, 긴 날에 벗이 없다.
> 앉았다가 누웠다가 다시금 생각하니
> 아마도 모진 목숨, 죽지 못해 원수로다.

여인이 긴 타령을 끝내고 목을 놓자, 현태가 감았던 눈을 떴다.

"내가 저애한테 반한 것은 얼굴이 아니고 노래 솜씨 때문이다. 저애 노래 속엔 원한이 깃들어 있어. 아름다운 노래가 아니라 증오에 가득 차 있는 노래지. 어떻게 생각하냐, 피리 부는 소년. 마음에 드나?"

"……좋은 노래로군."

민우가 낯을 붉히며 대답했다.

"그건 그렇구. 용건으로 돌아가기로 하자. 니가 왜 날 찾아왔는지. 니가 날 찾아왔을 때는 분명한 용무가 있을 게 아니냐. 웬일이냐?"

"저어……."

민우는 성큼 찾아온 용건을 꺼낼 수가 없었다. 아무래도 곁에 앉아 있는 낯선 여인의 존재가 신경에 거슬렸기 때문이었다. 민우의 예민한 성격을 금방 눈치챈 현태가 여인을 방에서 내쫓았다. 그러고 나서 그는 비스듬히 벽에 몸을 기대었다.

민우는 더듬거리며 며칠 전에 일어났던 일들을 천천히 털어놓기 시작했다. 손수건과 수첩을 떨어뜨리고 갔다는 이야기. 연사흘 그것을 돌려주기 위해서 자신의 강의를 빼먹고 문과대학 강의실까지 찾아갔다는 얘기. 그러나 정작 만날 사람은 만나지 못하고 그런 여학생이 없다는 전혀 엉뚱한 대답만을 듣고 돌아오는 길이라는 이야기 등을 민우는 천천히 털어놓았다.

얘기를 다 끝내고 나서 민우는 겸연쩍은 얼굴로 돌아보았는데 현태는 감았던 눈을 뜨지 않았다. 얘기를 듣던 도중에 그만 잠이 들어버린 모양이었다. 민우가 화가 나서 한 대 쥐어박으려고 다가서자 현태는 번쩍 눈을 떴다.

"……그렇다면 네가 만난 것은 사람이 아니라 선녀인 모양이로군. 넌 나무꾼이고. 오늘밤부터 달밤에 찾아가서 기다려보지 그래. 선녀들이 목욕하러 내려오는 것을 기다렸다가 옷이라도 훔쳐놓든지. 이 자식아. 니 얘기가 도대체 무슨 얘긴지 모르겠다. 하지만 한 가지 니가 그 선녀한테 완전히 넋을 빼앗긴 것만은 분명해. 그렇담 나는 무엇이냐. 그 선녀를 훔쳐오는 방법을 가르쳐주는 토끼냐, 포수에 쫓기다 니가 가르쳐주는 나뭇단 속에 숨어 목숨을 건지는 토끼냐, 어쨌든 좋다. 니 녀석이 날 찾아 예까지 왔는데 최소한 제갈공명 역할이라도 해야 않겠나. 우선 니가 소중히 보관하고 있는 물건들을 이리 다오."

현태는 대수롭지 않게 민우에게 손을 내밀었다. 민우는 잠시 망설였다. 현태의 말대로 지난 며칠간 그만이 소중하게 간직하고 있던 신성한 물건들이었다. 차마 부끄러워 그 안의 내용조차 살펴보지 못한 물건들이 아닌가. 그 물건을 내어놓는 것은 며칠간 혼자만이 갖고 있던 환상과 꿈을 송두리째 깨뜨려버리는 일이라는 생각이 들었다.

그러나 어쩔 수 없었다. 민우는 속주머니에서 수첩과 손수건을 꺼내 현태 앞에 내밀었다.

현태는 대수롭지 않게 물건을 받아들더니 대뜸 손수건에 코를 처박고 심호흡을 했다. 민우는 그가 코라도 풀려는가 당황해서 손을 내밀자 그는 얼굴을 떼면서 크게 웃었다.

"아아, 좋은 냄새가 나는걸. 이건 분명, 처녀의 냄새다."

현태는 재빠르게 탐색을 끝낸 민완 형사처럼 손수건을 내려놓더니 이번엔 수첩을 펼쳐들었다.

"불문과 3학년 정다혜……."

현태는 수첩 앞에 쓰인 여학생의 이름을 큰 소리로 읽어내렸다.

……목련꽃 그늘 아래서
베르테르의 편지를 읽노라.
구름꽃 피는 언덕에서
피리를 부노라.
아아, 멀리 떠나와
이름 모를 항구에서 배를 타노라.
돌아온 사월은
생명의 등불을 밝혀 든다.
빛나는 꿈의 계절아
아름다운 무지개 계절아……

그는 수첩 어딘가에 그런 시가 쓰여 있는지 마치 국어시간에 지적 받아 일어서서 시를 낭독하는 학생처럼 또박또박 읽어내려갔다.

"이상한 아가씨다, 피리 부는 소년."

수첩 다른 페이지를 펄럭펄럭 헤쳐보고 나서 현태가 말했다.

"수첩에 쓰인 것은 오직 이 시 한 구절뿐이다. 나머지는 깨끗한 백지뿐이다. 아는 친구 전화번호라도 적혀 있겠건만 아무것도 적혀 있지 않다. 하다못해 자신의 집 주소와 전화번호라도 적어놓는 것이 보통 사람들이 하는 일인데 여긴 아무것도 적혀 있지 않다. 가만있자, 어라, 이게 뭐지?"

현태가 수첩 뒤에서 딱딱한 사각 종이 하나를 빼들었다. 수첩의 겉장 커버 사이에 작은 칸막이 틈이 있었다.

"이것이 무엇이뇨. 아아, 이것 봐라. 이건 진찰권이다. 됐다, 피리 부는 소년."

현태가 탁자 위에 그 진찰권을 내려놓았다.

"됐다. 여기엔 니가 찾아헤매는 여학생의 주소와 전화번호가 모두 적혀 있다. 이제 됐다. 이제 넌 그 여학생에 관한 정보를 모두 얻었다. 그건 그렇구, 이게 진찰권이라면…… 이봐, 이 여학생은 필경 어디가 아팠던 모양이다. 아파도 보통 아팠던 게 아닌 모양이지, 의사 선생. 진찰권을 이렇게 소중하게 수첩 갈피 속에 끼워넣고 다닌 것을 보면……"

순간 민우의 눈앞으로 희다못해 창백한 그 여학생의 옆얼굴이 떠올랐다.

"내가 그 여학생을 넘어뜨렸어. 내가 그 여학생을 아프게 했어. 그 여학생은 다리가 부러졌을 거야."

"이봐, 피리 부는 소년."

어이없다는 듯 현태가 말했다.

"이 진찰권은 너 때문에 생긴 상처를 치료하기 위해 만든 게 아니라구……"

"내가 찾아가겠어. 난 이제 알겠어. 그 여학생이 왜 학교에 나오지 못했는가를 알겠어. 걷지 못할 정도로 골절상을 입었거나 타박상을 입었을 거야."

"어디로 찾아간단 말이냐?"

현태가 진지한 얼굴로 물었다.

"……집으로 찾아가겠어. 주소를 알았으니까 찾아갈 수 있겠지."

"너 혼자 찾아갈 수 있을까. 그만한 용기가 너에게 있을까. 넌 지금도 벌벌 떨고 있는데. 넌 마치 뭔가를 무서워하고 있는 사람 같아. 내가 함께 가줄까? 네가 원한다면 함께 가주겠어."

"아냐."

단호하게 민우가 말했다.

"난 혼자도 갈 수 있어. 가서 사과하겠어."

"이렇게 하지, 피리 부는 소년, 전화번호도 있으니까 우선 전화를 걸기로 하자. 그게 순서일 것 같다. 이봐, 냉정해. 아무것도 아닌 일이야. 이건 별일이 아니야. 길거리에서 우연히 사람을 떠밀어 넘어뜨릴 수도 있는 거라구. 침착해, 피리 부는 소년."

순간 현태는 생각했다.

어쩌면 이 녀석은 영원히 침착하지 못하고 저처럼 몸을 떨고 있을지도 모른다. 왜냐하면 같은 예방주사라도 어떤 사람에게는 가볍게 스쳐가고, 어떤 사람에게는 몸져 누울 만큼 오래 아픔을 주어 마침내는 몸에 평생 지워지지 않는 상처를 남기듯, 저 녀석에게 내려온 첫사랑의 접종은 오랫동안 아픔과 고통의 세월로 다가오리라고 현태는 직감했다.

"자, 여기서 전화 좀 걸자. 손이 떨리면 내가 대신 다이얼을 돌려주겠다."

"아냐, 난 가겠어."

주섬주섬 수첩과 손수건을 챙겨들고 민우는 자리에서 일어났다.

"고마워, 니 덕분에 모든 것이 순조롭게 되었어. 내 또 연락할게. 네 하숙집으로 찾아가겠어. 네가 날 찾아오면 더욱 좋구. 집으로도 찾아와줘. 잘 있어."

민우는 방을 나섰다. 그는 툇마루에 걸터앉아 구두끈을 매었다. 손가락이 마구 떨려서 구두끈이 죄어지지 않았다.

"아니 왜 벌써 가시려구요?"

현태에게 쫓겨나와 있던 여인이 맞은편에서 재수떼기 화투를 치고 있다가 민우를 보았다.

"예, 가겠습니다. 안녕히 계십시오."

"잘 가거라, 피리 부는 소년……."

닫힌 문 안에서 현태의 목소리가 화살처럼 날아와 등 뒤에 꽂혔다. 민우는 달음질치듯 한옥 대문을 빠져나왔다.

갑자기 눈부신 초봄의 햇살이 격랑(激浪)이 되어 그의 눈앞으로 폭포처럼 부서졌다. 민우는 어지러워 비틀거렸다. 느닷없이 그 여학생의 수첩에 쓰인 노랫말 하나가 그 황홀한 빛의 궁전 사이에서 불꽃처럼 터졌다.

"……구름꽃 피는 언덕에서 피리를 부노라. 아아, 멀리 떠나와 이름 모를 항구에서 배를 타노라."

그 복잡한 시내에서 겨우 한 발짝밖에 떨어지지 않았는데도 골목길은 한적하고 조용했다. 혼자 걸어가도 길 양옆 담벼락에 어깨가 닿을 만큼 좁은 골목은 진공 상태에 빠진 듯 정적에 휩싸여 있었다.

민우는 벌써 오랫동안 이 근처의 골목길을 헤매고 있었다. 내친김에 진찰권에 적힌 주소를 따라 그 여학생의 집을 찾아나선 길이었다. 그 주소는 시내 중심가에 위치한 동네를 가리키고 있었다.

명동 번화가에서 회현동을 따라 올라가면 일제시대 때 지은 적산가옥들이 나란히 붙어 있는데, 한 걸음만 나가면 최신식 고층빌딩들이 우뚝우뚝 솟아 있음에도 불구하고 거짓말처럼 시대의 유행에 뒤떨어진 곳이었다. 전형적인 일본식 집 낮은 담 너머로 검은 널빤지를 잇대어 만든 적산가옥들이 세월의 때와 앙금을 묻히고 괸 늪처럼 잠들어 있었다.

민우는 가가호호를 방문해서 하나의 물건이라도 더 팔려고 노력하는 세일즈맨처럼 샅샅이 골목길을 누비고 다녔다.

대문에는 거의 문패가 붙어 있지 않았다. 그렇다고 번지수가 일정하게 나란히 일련번호로 매겨져 있는 것도 아니고 들쭉날쭉 불규칙하기 짝이 없어서 그녀의 집을 찾는 일은 지극히 어려웠다. 그러나 민우는 포기하지 않았다.

한낮은 많이도 기울었고 이제 땅거미가 내릴 늦은 오후 무렵이었지만 봄 햇살은 아직 따사로워 계속 땀방울이 이마에서 흘러내리고 있었다.

오늘 못 찾으면 내일, 내일이 지나면 또 내일, 일 년이 지날지라도 내 힘으로 그 여학생의 집을 찾을 것이다.

그러나 의외로 행운이 빨리 찾아왔다. 무심코 골목길을 돌아 걸어나가려는 민우의 시야로 담벼락에 내어걸린 문패가 들어왔다. 문패를 본 순간 민우는 그 자리에서 감전되어버린 듯 순간 멈춰섰다. 바로 그곳에 그가 그토록 찾아헤매던, 진찰권에 적힌 번지가 매겨져 있는 것이 아닌가.

순간 민우의 가슴은 무섭게 고동치기 시작했다. 피가 거꾸로 머리 끝으로 역류해서 솟아오르는 것 같았다. 민우는 가쁜 숨을 간신히 가누면서 다시 한 번 문 옆에 내어걸린 문패를 확인해보았다.

틀림없는 그 주소였다.

민우는 이마 위에서 굴러떨어지는 땀방울을 손등으로 씻어냈다. 막상 그녀의 집을 찾게 되자 이제 어떻게 해야 할 것인가 판단이 서질 않았다. 그녀의 집을 찾은 순간 그녀와 정면으로 얼굴을 마주하고 서 있는 것 같은 부끄러움이 민우를 감쌌다. 민우는 본능적으로 두어 발짝 물러섰다.

참 한적한 골목길이었다.

골목은 미로와 같은 골목길로 계속 이어져 나갔으며 마침내 그녀의 대문 옆에는 낡은 전신주가 우뚝 서 있었다. 전신주 위에는 보안등이 아직 밝은 낮이었는데도 불을 밝히고 있었다. 저만큼 구멍가게가 보이고 구멍가게에서 내어놓은 잡동사니 콜라

박스와 아이스크림을 담아놓은 냉장고 등이 그나마 좁은 골목
길의 반을 점령하고 있었다.

이따금 길 하나 건너에서 차량들의 경적 소리가 들려왔지만
그 경적 소리들은 맞은편에 버티고 선 남산 숲의 완강한 방해로
맥을 못 추었다.

민우는 주머니에 손을 찌르고 우두커니 서 있었다.

자, 이제 어쩔 것인가.

초인종을 누르고 용기 있게, 남자답게, 젊은 패기와 담대함을
가지고 당당하게 그 여학생을 불러낼 것인가. 그리고 그녀에게
소중히 보관하고 있던 물건을 돌려줄 것인가. 그러나 그것은 어
디까지나 상상일 뿐 그의 가슴은 여전히 겁쟁이처럼 날뛰고, 그
리고 비겁하게 도망치려 했다.

낮은 담 너머에서 향나무들이 칙칙한 얼굴로 발돋움하고 내
다보고 있었다. 어디선가 피아노를 두드리는 소리가 들려왔지
만 그 소리가 그 여학생의 집에서 들려오는 것인지 아닌지는 분
명치 않았다.

이제 한낮은 많이 기울어 어둑어둑해지고 전신주에 매여 있
는 보안등의 알전구 불빛이 희미하게 정체를 드러내고 있었다.

민우는 꼼짝도 않고 담벼락에 기대어 서서 그가 겨우 찾아낸
집 안을 우두커니 지켜보았다.

그녀의 집을 찾아내어 그 집 앞에 서 있는 것만으로도 민우는
기쁘고 그리고 즐거웠다. 이곳에 서서 몇 날 며칠을 밤을 새운
다 해도 민우는 견딜 수 있을 것 같았다. 누구든 보았으면 민우

를 이상한 사람으로 여겼을 것이다.

  이윽고 향나무숲으로 가려진 키 낮은 적산가옥 안쪽에서 반
짝 불이 켜졌다. 그리고 무언가 망설이듯 잠시 머뭇거리더니
믿을 수 없을 만큼 또렷하고 맑은 노랫소리가 흘러나오기 시작
했다.

  성문 앞 샘물 곁에 서 있는 보리수.
  나는 그 그늘 아래 단꿈을 보았네.
  가지에 희망의 말 새겨놓고서.
  기쁘나 슬플 때나 찾아온 나무 밑.
  오늘밤도 거니네 보리수 곁으로.
  캄캄한 어둠 속에 눈 감아보았네.
  가지는 흔들려서 말하는 것같이.
  그대여, 이곳에 와서 안식을 찾아라.
  성문 앞 샘물 곁에 서 있는 보리수.
  나는 그 그늘 아래 단꿈을 보았네.

  민우는 주머니에 손을 찌르고 담벼락에 기대어 서서 담 너머
에서부터 이어질 듯 끊어질 듯 가늘게 들려오는 아름답고 매혹
적인 노랫소리를 묵묵히 듣고 있었다.

  땅거미의 성급한 발자국은 이제 한 가닥 남은 한낮의 잔해를
완전히 무찔렀다. 보일까 말까 한 향나무도, 남산의 숲도 어둠
에 가려져가고 전신주에 매달린 알전구 불빛만이 점점 분명해

졌다.

노랫소리는 어둠과 숲과 밤의 정적을 뚫고 날아와서 문 앞에
서 있는 민우의 귓가에 화살처럼 내리꽂혔다. 그 노래의 화살촉
에 명중된 민우의 몸은 떨면서 경련했다.

그 노랫소리가 그가 그토록 만나기를 원하는 여학생의 목소
리인지 아닌지는 판단할 수 없었다. 비록 그 맑고 아름다운 노
랫소리가 그녀의 집 안에서 들려오고 있었다 하더라도 그 목소
리의 주인공이 그가 찾아헤매는 여학생인지 아닌지 판별해낼
수는 없는 일이었다. 어쨌든 그 노랫소리와 노랫말은 그의 마음
을 표현하고 있었다.

민우는 순간 먼 미래의 눈으로 자신의 모습을 회상해보았다.
그러자 견딜 수 없는 감동과 충격이 찾아왔다.

그가 지금 거닐고 있는 곳은 바로 청춘의 돌로 쌓아올린 성문
이었으며 저 노랫소리는 그 성문 옆에 솟아오르는 젊음의 샘물
이었다. 그를 에워싼 부드러운 밤의 깊은 어둠은 어딘가에 서
있을, 너무나 커서 그 크기를 헤아려볼 수 없는 보리수나무의
그늘이었으며, 그가 밤의 나뭇가지 위에 새겨놓은 말은, 그 말
은 사랑이었다.

그리하여 민우는 온몸을 떨면서 중얼거렸다.

나는 지금 단꿈을 꾸고 있다.

그는 순간 기뻐서, 너무나 기뻐서 가슴이 찢어지는 것만 같
았다.

그때였다. 담 너머 뜰에서 무어라고 외치는 사람의 목소리가

들려왔다. 신발을 끄는 것 같은 소리가 이어지고 아주 먼 곳에서 말하는 여인의 목소리에 회답하는 목소리가 아주 가깝게 들려왔다.

민우는 두어 발짝 뒤로 물러섰다. 그러나 그곳은 보안등의 불빛이 정면으로 내리비치는 곳이었으므로 민우는 빠르게 어둠 속으로 물러섰다. 가슴이 뛰어서 심장의 박동 소리가 귓가에 들려오는 것 같았다.

누군가 문 앞으로 다가오고 있는 것이 분명했다.

그런데 대답하는 여인의 목소리는 분명히 조금 전에 노래를 불렀던 여인의 목소리와 똑같았다. 민우는 자칫 기침이 터져나올 것 같아서 숨을 죽였다. 덜컹덜컹 녹슨 빗장을 벗기는 소리가 이어졌다. 나무로 만든 대문 옆에 따로 만든 작은 쪽문이 금속성 소리와 함께 안으로 열렸다. 거의 동시에 문 안에서 어두운 그림자 하나가 전신주를 중심으로 원을 그리고 있는 전구의 불빛 사이로 뛰어들었다.

민우는 바짝 담벼락에 몸을 기대었다. 어둠이 그를 감싸고 뛰는 가슴과 터질 것 같은 흥분을 가려주었지만 그것만으로는 충분치 않았다.

아아.

민우는 심장이 멎을 것 같았다.

문을 열고 나타난 사람은 바로 그 여학생이었다. 며칠 전 그가 자전거를 타고 언덕길을 내려가다 정면으로 충돌할 뻔해서 넘어뜨린 바로 그 여학생이었다.

그 짧은 순간이 마치 기나긴 영원과도 같았다.

무심코 문을 열고 가로등의 불빛 아래로 나타난 그 여학생은 그가 그토록 상상하고, 떠올리려고 애를 쓰고, 그림을 그렸던 간절한 바람과 지극한 정성을 위로해주듯 정면으로 민우를 보았다. 아니다, 그것은 착각이었다. 그녀는 민우가 있는 방향을 보았을 뿐 어둠 속에 숨어 있는 그를 보지는 못하였다.

긴 머리칼이 창백하고 흰 얼굴을 반쯤 가리고 있었다. 돌아서서 그녀는 골목길 어귀로 걸어갔다. 골목길 어귀가 불빛으로 빛나고 있었으므로 그녀는 마치 좁고 긴 동굴로 들어서는 사람처럼 보였다. 긴 주름치마가 바람에 흔들렸다. 멀리 갈 생각은 아니었는지 슬리퍼를 치륵치륵 끌고 있었다. 아마도 심부름이라도 가기 위해 집을 나선 것일까.

그렇다면……. 민우는 그 자리에 꼼짝도 않고 서서 불빛 밝은 골목 어귀를 향해 걸어가는 다혜를 바라보았다.

아까의 아름답던 목소리는, 그 노랫소리는 바로 그 여학생의 목소리가 아니었던가. 아아, 나는 그녀의 얼굴을 본 것만 아니다. 나는 그녀의 목소리도 들었다.

아니다. 나는 그녀의 목소리만 들은 것이 아니다. 나는 그녀의 노랫소리도 들었다.

나는 안다.

그녀가 얼마나 아름다운 노래 솜씨를 갖고 있는가를. 그녀의 집, 그녀의 전화번호, 그녀의 이름, 그녀의 주소, 그런 것만이 아니라 그녀가 얼마나 아름다운 모습을 갖고 있는가도 알았다.

그때였다.

골목 어귀에 불 밝히고 있는 구멍가게 앞에서 그 여학생은 걸음을 멈췄다. 민우의 짐작은 정확했다. 누구의 심부름으로 간단한 일용품을 사기 위해 나선 모양이었다.

이쪽은 어두웠지만 여학생이 서 있는 곳은 가게에서 내비친 불빛이 넘쳐흐르고 있었으므로 아주 잘 보였다. 여러 가지 물건을 산 여학생은 그 물건들을 가슴에 안아들고 이번에는 반대로 집이 있는 쪽을 향해 걸어왔다.

이제 더 이상 숨어 있을 수만은 없다. 민우는 자칫 도망치려는 용렬한 마음의 유혹을 뿌리치기 위해서 선뜻 불빛 아래로 나섰다. 그리고 천천히 그 여학생 앞으로 걸어나갔다.

여학생과의 거리는 점점 가까워졌다.

골목은 두 사람이 어깨를 맞대고 걸어가기에도 불편할 만큼 좁았으므로 다혜가 먼저 앞에서 다가오는 사람에게 길을 열어주기 위해서 걸음을 멈췄다. 민우도 역시 멈춰섰다. 자연 두 사람은 약속이나 한 것처럼 멈춰섰다.

"저어……."

가슴이 뜨겁게 타올라 뜨거운 불꽃을 보이고 있었다.

"안, 안녕하세요."

민우가 우물거리면서 불확실한 목소리로 입을 열었다.

"저, 저번에 아가씨가 잃어버린 물건을 돌려주기 위해서 이렇게 찾아왔는데요, 저어, 절 모르시겠습니까……."

민우의 머리는 뒤죽박죽이어서 마치 장질부사에 걸린 것 같았다. 엄청난 고열에 의식을 빼앗겨 그의 본의와는 다르게 헛소리를 하고 있는 것 같았다. 그러나 그 순간 그 말이 다혜를 얼마나 당황하게 만들었는가는 알 수 있었다.

종이봉지도 없이 이런저런 물건을 가슴에 안은 다혜는 아직도 어둠 속에서 불쑥 나타난 낯선 사람에 대한 공포와 불안을 떨쳐버리지 못한 듯 자칫하면 간신히 안아든 물건을 떨어뜨릴 것처럼 몸을 떨고 있었다.

"며칠 전 문과대학 뒤뜰에서 자전거를 타고 가다가 다혜 씨를 넘어뜨린 바로 그 학, 학생입니다. 그때 다혜 씨가 물, 물건을, 떨, 떨어뜨리고 갔습니다. 수첩도 있고, 손, 손수건도 있습니다. 이것을 돌려드리기 위해서 찾아왔습니다. 물, 물건을 돌려드리기 위해서 사흘 동안이나 학, 학교에 찾아갔어도 다혜 씨를 만날 수 없었습니다. 용서하십시오. 다혜 씨의 이름은 수첩 속에서 알았습니다. 용서하십시오. 어쩔 수 없었습니다. 이 물건을 돌려드리기 위해서는 수첩을 뒤져볼 수밖에 없었습니다. 수첩을 뒤져서 다혜 씨의 주소도 알 수 있었고, 그래서 제가 찾아온 것입니다. 맞죠, 제 말이. 아가씨가 정다혜 씨 맞죠……."

머리는 뒤죽박죽이었다. 가슴은 타고 목은 말랐다. 침이란 침은 모두 말라붙었으므로 혀는 나무토막처럼 딱딱했다. 그럼에도 불구하고 정돈되지 않은 말들은 두서없이 한꺼번에 터져흘렀다.

다혜는 잠자코 서 있었다. 마치 벌서기 위해서 무거운 물건을 든 아이처럼.

"아닌가요? 제가 착각을 했나요?

순간 다혜가 고개를 천천히 들었다. 그리고 정면으로 민우의 얼굴을 보았다.

"맞아요. 다혜는 제 이름이에요."

굽 높은 신을 신지 않고 평평한 슬리퍼를 신었기 때문일까. 다혜의 키는 작아 보였다.

"……절, 절."

민우가 허둥대면서 입을 열었다.

"기억하시겠습니까…… 제가 했던 잘못을 기억하시겠지요. 뒤늦은 말이지만 용서해주시겠습니까. 저어, 그날 넘어진 상처 때문에 발목을 삐셨다면, 그래서 학교를 빠지셨다면 그건 모두 제 잘, 잘못입니다. 제가 좀 전에 걸어가는 모습을 보았는데 걸음걸이가 부자연스러워 보였어요. 만약 제 잘못으로 넘어진 탓에 발을 다치신 것이라면 이제라도 제가 어떤 대가를……."

"……괜찮아요."

또렷하고 분명하게 다혜가 대답했다.

"제겐 아무런 일도 생기지 않았으니까요……."

그제야 가슴에 안아든 일상용품을 의식한 듯 다혜가 서두르면서 몸을 비켰다. 조심스럽게 안아든 물건이었으므로 조금이라도 방심하면 와르르 무너져내릴 듯이 위태롭게 보였다. 서두르는 다혜의 몸짓을 눈치챈 듯 민우가 주머니에서 수첩과 손수건을 주섬주섬 꺼내들었다.

"……저어, 잃어버린 물건을 돌려드려야지요."

그러나 막상 그 물건을 받을 두 손은 준비되어 있지 않았다.

샴푸와 세숫비누, 간장병과 대형들이 과자상자 등 잡동사니를 안아들었으므로 민우가 내주는 물건을 받아들 빈틈은 남아 있지 않았다.

"……물건을 제가 들어다드리겠습니다. 이리 주십시오."

민우가 두 팔을 한 가득 벌리면서 씩씩하게 말했다.

"……괜찮아요."

당황한 목소리로 다혜가 대답했다. 다혜가 바라는 것은 짐을 덜어주는 호의보다 빨리 자신의 곁을 떠나버리는 것이라고 암시라도 하는 듯 서두르며 재촉하고 있었다.

"여기 있습니다."

민우는 수첩과 손수건을 그녀의 가슴에 안은 물건 사이에다 조심스럽게 찔러넣었다.

그러자 다혜는 비켜선 민우의 옆을 뚫고 빠르게 걸어갔다. 뭔가 한 마디 더 나누고 싶고 이대로 물러서고 이대로 헤어지기엔 뭔가 미진하다는 느낌으로 머뭇머뭇거리는 민우의 마음을 베어버리기라도 하는 것처럼.

민우는 선 자리에서 총총히 사라지는 그녀의 뒷모습을 지켜보았다. 골목 끝까지 바람을 가르듯 빠르게 달려간 그녀는 잠시도 망설이지 않고 열린 쪽문 안으로 사라졌다. 호되게 빗장을 잠그는 녹슨 쇳소리만 여운을 남기며 길게 꼬리를 끌었다.

그것으로 그만이었다. 아무 소리도, 아무런 모습도 들리지도 보이지도 않았다. 아아, 나는 왜 그처럼 멍청히 서 있기만 했을까. 잘 가라는 말 한 마디, 안녕히라는 그런 흔한 인사말 한 마디도 왜 돌아서는 그녀의 등 뒤에 던지지 못하였던가.

아아, 나는 바보다. 바보 천치, 어리석은 머저리다.

민우는 제 머리카락을 두 손으로 쥐어뜯으며 중얼거렸다.

더 이상, 더 이상 무엇을 바랄 수 있겠는가. 서로 상대방의 존재를 뚜렷이 인식하고 서로의 낯을 익히기 위해서 짧은 순간 서로의 눈빛을 마주친 것 이상의 또 무엇을 바랄 수 있겠는가.

그는 뛰어서 그녀의 집 앞까지 다가가보았다. 발돋움을 하고 담 너머로 집 안을 들여다보았다. 혹시 어딘가에 그녀의 모습이 남아 있을 것만 같아서. 조금 전까지만 해도 열려 있었던 문이 굳게 닫혔다.

안녕히 계세요…….

민우는 굳게 닫힌 문을 향해 낮은 소리로 속삭였다. 그리고 미친 듯이 골목을 달려나갔다. 그는 무중력 상태의 달 표면을 뛰어오르듯 껑충껑충 달렸다. 몇 개의 계단과 골목길을 지나서 불빛 밝은 번화가로 그는 내처 달렸다. 기뻐서, 기쁘고 즐거워서 그냥 태연스럽게 감정을 억제하고 걸어갈 수는 없었다.

누구에게든 이 기쁨을 털어놓지 않으면 안 될 것만 같았다. 누구에게 말할까, 지금 내 곁에 기쁨을 함께 나눠줄 사람이 있다면…….

순간 민우는 현태의 얼굴을 떠올렸다. 그는 단 하나의 친구였다. 그에게 모든 것을 털어놓고 그에게서 남성적인 용기를 칭찬받고 싶었다.

민우는 내쳐 달렸다. 밤은 이미 깊어 번화가의 불빛들이 요염하게 무르익고 있었다. 버스를 타고 현태의 하숙집이 있는 대학촌까지 가는 동안 민우는 버스 속에서도 달리고 있었다. 버스에서 내려 정류장에서 하숙집까지의 먼 길을 민우는 마라톤 선수처럼 달렸다.

하숙집 문은 열려 있었다.

민우는 뜰을 지나 현태의 하숙방 앞으로 달려갔다. 다행스럽게도 방 안엔 불이 켜져 있었다. 저녁식사가 방금 끝난 듯 하숙생들이 수돗가에 나와서 칫솔질을 하고 있었다. 민우는 왈칵 방문을 잡아당겼다. 현태는 책상 앞에 단정히 앉아 있었다.

왈칵 문을 열고 나타난 민우를 보자 놀랐는지 현태는 신경질적으로 돌아보며 소리 질렀다.

"이 자식아, 애 떨어질 뻔했다. 웬일이냐?"

민우는 숨이 가빠 말이 되어 나오지 않았다. 그는 가쁜 숨을 헉헉 몰아쉬면서 계속 거품 같은 웃음을 터뜨렸다.

"이 친구가 미쳤나. 어떻게 된 거야?"

"난, 난 말이야."

마침내 가쁜 호흡 사이로 간신히 말문을 열었다.

"난 해냈다구…… 난 방금 일을 끝내고 돌, 돌아오는 길이라구."

"뭐야, 어떻게 된 거야? 사람을 죽였다구? 일을 저지르고 돌아오는 길이라구? 들어와, 들어와서 말해. 이 새끼야. 난 지금 벌거벗구 있잖아."

웃옷을 온통 벗고 팬티 하나만 입은 현태의 모습이 열린 방문 밖에서 훤히 보였으므로 현태는 당황한 목소리로 소리를 질렀다.

민우는 구두끈을 풀고, 현태의 방으로 들어갔다. 그러고는 방문을 닫고 방바닥에 깔린 이불 위를 마구 뛰어다녔다.

"야, 이, 임마, 정신 차려. 이불 망가진다. 이 자식아, 도대체 왜 이 모양이냐? 어떻게 된 거냐? 미쳤니? 어디 가서 옘병이나 걸려왔나?"

"내가 지금 어디서 돌아오는지 알아?"

민우가 웃으며 말했다.

"정신병원에서 나오는 길이냐?"

"……그 여학생을 만나고 오는 길이다. 오늘 하루 종일 걸려서 그 여학생의 집을 찾았어. 그런데 집 앞에서 그 여학생을 만났단 말이야. 그애가 집 앞 구멍가게에서 물건을 사가지고 오더군. 그래서 내가 다가갔어……. 내가 이렇게 말했지. 안, 안녕하세요……."

"니가, 니가, 너 같은 멍텅구리가, 너 같은 피리 부는 소년이?"

"그래, 내가 나 같은 멍텅구리가, 내가 말했어. 절 모르시겠습니까. 며칠 전 문과대학 앞뜰에서 자전거를 타고 가다가……."

"또 그 얘기냐, 아이구 지겨워……."

"이 자식아 내 말을 막지 마. 내 말을 끝까지 들어, 그래서 내가 말했어. 난 아가씨께서 떨어뜨린 물건을 돌려주기 위해서 찾아온 것뿐입니다. 또 무슨 말을 했지? 어쨌든 이 자식아, 난 했단 말이야. 난 해냈단 말이야. 내 혼자 힘으로 여학생의 집을 찾왔으며 그 여학생을 만났단 말이야……."

"……그뿐인가, 피리 부는 소년."

열기에 들뜬 민우의 표정을 받아들이다 말고 차갑게 현태가
말을 잘랐다.

"그것이 어쨌단 말인가. 이 자식아, 아가씨의 입에 키스라도
했단 말인가."

오직 한 사람 기쁨을 나눠줄 친구를 찾아, 자신의 용기를 칭
찬해줄 단 하나의 친구를 찾아 이곳까지 달려온 민우의 기쁨을
비웃기라도 하듯 현태가 냉정하게 말했다.

"이 자식아, 정신 차려. 그 여학생도 아침이면 변소에 들어앉
아 똥을 눈다. 그 여학생이 천사라도 된단 말이냐. 어쩌면 밤마
다 사타구니에 베개를 끼고……."

순간 민우가 현태를 바라보았다. 그의 얼굴에서 서서히 웃음
이 사라졌다.

"내게 그런 말을 하는 것은 괜찮다. 하지만 그애에게 그런 말
을 하는 것은 용서할 수 없어. 취소해, 이 자식아. 난 오직 이 기
쁨을 나누기 위해서 너 하나만을 찾아 달려왔다. 취소해, 이 자
식아."

"흥분하지 말게, 피리 부는 소년."

어처구니없다는 듯 현태가 깔깔거리면서 표정을 바꿨다.

"내가 왜 널 축하해주지 않겠나. 다만 이것이 시작이란 사실
을 잊지는 마라, 피리 부는 소년. 이제부터 고통이 시작되는 거
야. 이제부터 열병이 시작되는 거지. 그게 안쓰러워 그랬어. 가

까이 와라, 피리 부는 소년."

현태가 두 손을 벌렸다. 민우는 그 두 손을 마주잡았다. 현태
가 민우를 부둥켜안았다. 민우의 등을 토닥거리며 말했다.

"네 첫사랑을 축하한다. 하지만 잊지 마라.『독일인의 사랑』
에 이런 말이 나오지. '사랑하는 사람을 너무 높이 보면 비극이
옵니다.'"

냇물 위에서

　다혜가 다시 학교에 나간 것은 삔 발목이 완전히 나은 일주일 후였다. 대수롭지 않게 생각했던 발목의 통증이 의외로 오래 끌었다. 사흘쯤 지나고부터는 거의 나았지만 완전치가 않았다. 아무래도 부자연스러운 걸음걸이로 학교에 나갈 수는 없었으므로 다혜는 완전히 나을 때까지 기다렸다.

　일 년 만에 등교한 개강 첫날에 다리를 삔 것은 불행이었으며 축복받은 신생의 첫날에 흙탕물을 끼얹은 셈이었다.

　다시 등교하고 이틀쯤 지나갔을 때, 강의가 끝나서 홀로 앉아 있는 다혜 옆으로 웬 여학생이 다가왔다. 여학생은 안경을 쓰고 있었다.

　"저어, 말이에요, 다혜 씨죠?"

　"그런데요."

다혜가 대답하자 안경 쓴 여학생이 손뼉을 쳤다.

"어떡하죠, 내가 실수를 저질렀으니. 며칠 전에요, 어떤 남학생이 우리 강의실을 찾아와서요, 3학년에 정다혜란 학생이 있느냐고 묻는 거예요. 그래서 내가 그런 학생이 없다고 했죠. 다혜 씨가 휴학했다 복교한 복학생이라는 것을 내가 알았어야죠. 내 말이 맞지요? 복학생이죠?"

"……맞아요."

"물론 낯이 익긴 하지만 이름을 알았어야죠. 그랬더니 그 남학생이 그럴 리가 없다는 거예요. 틀림없이 3학년 같은 과에 있을 테니 한번 곰곰이 생각해보라는 거예요. 그래서 화도 나고 무시당하는 것 같아서 톡 쏴주었죠. 어쩌죠, 실수를 저질렀으니, 미안해요."

그러나 안경 쓴 여학생은 말과는 달리 별로 미안해하는 기색이 아니었다. 그녀는 이 새로운 복학생에 대해 필요 이상의 호기심을 갖고 있는 것 같았다. 여학생은 다소 장난기 어린 말투로 한마디 덧붙이는 것을 잊지 않았다.

"아주 잘생긴 미남자던데요, 혹 애인이라두 되는가요?"

다혜의 가슴이 그 말을 듣는 순간 철렁 내려앉았다. 강의 시간 내내 그의 모습이 시야에서 떠나지 않았다.

며칠 전 집 앞 골목길에서 그 남학생과 맞닥뜨렸을 때도 다혜는 별로 놀라거나 충격을 받지는 않았었다. 다소 의외라는 느낌이었을 뿐이었다.

잃어버려도 그만인 물건들이었다.

그런 물건들을 돌려주기 위해서 집을 찾아헤매고 마침내 오랜 시간 기다려 불쑥 나타나 물건을 돌려준 것은 단순한 호의나 친절이라기보다는 관심의 표명이었던 것이다. 자신이 어떤 남학생에게 관심의 대상이 되었다는 것이 다혜는 실감나지 않았다.

　아직도 그 남학생의 얼굴은, 모습은 기억나지 않는다. 단 한 번 그의 얼굴을 또렷이 보았지만 골목길이 어둡고 먼 가로등의 불빛만이 간신히 비쳐오고 있었으므로 그의 얼굴은, 모습은 안개 속에서처럼 애매하고 희미할 뿐이었다.

　두 손에 일용품을 가득 안아들고 낯선 남자와 마주서 있는 어색함과 부끄러움 때문에 그저 빨리 자리를 피할 생각만 했을 뿐 전해주는 물건을 건네받고 총총히 집으로 돌아와 빗장을 잠그고 나서도 그 남학생이 좀 싱거운 사람이구나 하는 느낌 이외에 별다른 생각은 들지 않았다.

　그러나 이제 같은 과 클래스메이트가 된 여학생에게 그 남자에 대한 이야기를 전해 듣자 다혜의 가슴은 뭔가 타인에게 자신의 비밀을 들켜버린 것처럼 철렁 내려앉았다.

　이제야 생각난다. 그때 그 남학생은 더듬거리면서 이렇게 말했다.

　며칠 동안 내리 나를 만나기 위해서 강의실을 찾아갔다고. 저 문 저 복도 앞에서 강의가 끝날 때까지 주머니에 손을 찌르고 구부정하게 큰 키로, 시간을 빨리 보내기 위해서 때로는 복도를 서성이며 기다리고 서 있었을 것이다.

그 남학생이 자기를 만나기 위해서 문 밖에 서서 기다렸다는 사실이 다혜의 가슴에 화살처럼 꽂혀왔다.

그는 누구일까.

그 사람은 누구일까, 어디에 살고 있는 누구일까, 이름이 무엇일까. 몹시 수줍음을 타고 있었다. 오히려 나보다 더 수줍음을 탔어. 첫날 자전거와 부딪쳐 넘어졌을 때는 그렇게 부끄러워하지 않고 당당하고 오히려 씩씩했다. 그런데 그 어두운 골목길에서는 너무나 부끄러워 말까지 더듬었다.

조금씩 생각난다. 손수건을 꺼내주기 위해서 점퍼 주머니에 손을 찔러넣을 때 그의 손이 눈에 띄도록 떨리고 있었다.

다혜는 얼굴이 달아올랐다.

교단 위에서 강의하는 교수님의 목소리도 들려오지 않았다. 책도 펼치지 않았으며 노트를 하기 위해서 펜조차 꺼내들지 않았다. 모두 교수님의 강의 내용을 필기하기 위해서 조용한 침묵 속에 정신을 집중시키고 있었지만 다혜는 아무 소리도 듣지 못하고 아무런 사물도 보지 못했다. 그녀는 그저 가만히 앉아 있었다.

갑자기 몸살이 날 것처럼 한기가 오싹오싹 느껴졌다. 강의 시간이 끝나 복도로 나서면 그 남학생이 문 앞에서 기다리고 있을 것 같은 예감이 들었다. 그것은 밑도 끝도 없는 예감이었다. 저 닫힌 문 밖 복도에 서서 강의가 끝나기를 기다리는 남학생의 모습이 눈앞에 선명하게 떠올랐다.

드디어 교수님이 분필을 내려놓았다. 강의록을 주섬주섬 챙기고 나서자마자 남학생들은 성급하게 담배들을 피워 물고 와글와글 떠들면서 교실을 나갔다.

다혜는 그냥 그 자리에 앉아 있었다. 그녀는 두렵고 무섭고 그리고 부끄러웠다.

문 밖에 그 남학생이 자신을 기다리고 있을 것 같은 분명한 예감으로 손 하나 꼼짝할 수 없었다. 학생들은 재빠르게 강의실을 빠져나가고 마침내 큰 교실엔 다혜 혼자뿐이었다.

다혜는 겉장도 열어보지 못했던 책을 가방 속에 집어넣고 천천히 일어섰다. 가방을 어깨에 메고 다혜는 책상과 책상 사이를 조심스럽게 빠져나왔다. 앞서 빠져나간 학생들로 강의실 문이 활짝 열려 있었다.

다혜는 쓰러질 것 같은 현기증을 느꼈다. 간신히 몸의 균형을 잡고 강의실 문을 나섰다. 복도는 텅 비어 있었다. 아무도 그녀를 기다려주는 사람은 없었다. 지하의 채광창으로 비쳐들어온 햇살만이 길게 복도의 바닥 위에 굴러떨어져 있을 뿐이었다.

그녀의 예감은 헛되고 어리석은 것이었지만 그러나 언제라도 누군가가 문 밖에서 기다리고, 서성이고 있을지도 모른다는 예감으로 가슴이 뛰었다.

교정을 걷고 있을 때면 어디선가 그 낯선 남학생이 자기를 보고 있을지도 모른다는 느낌이 불쑥불쑥 들곤 했다. 학교에서 집으로 돌아올 때면 누군가 자신의 집 앞에서 서성이고 있을지도 모른다는 예감이 언제나 한 발 앞서 먼저 들곤 했다.

곤히 잠을 자다 한밤중에 깨서 눈을 뜰 때가 있었다. 그러면 머리맡에 서성이는 낯선 남자의 발걸음 소리가 들려오기도 했다. 누군가의 마른기침 소리도 들려오고, 낮은 목소리로 중얼거리는 인기척도 있었다.

그는 누구일까.

저녁이면 문 앞에 그 사내가 우두커니 서 있을 것만 같아 함부로 창문을 열 수도 없었고 함부로 노래를 부를 수도 없었다. 노래를 부르면 문 밖에서 그 사람이 자신의 노래를 귀기울여 듣고 있을 것만 같았다.

다혜는 그 남학생이 건네준 수첩과 손수건을 몇 번이고 보았다. 혹 어딘가 자신이 방심한 사이에 부끄러운 내용이 적혀 있을 것 같아서 그녀는 수첩을 낱낱이 뒤져보았다.

목련꽃 그늘 아래서 베르테르의 편지를 읽노라……

시 한 구절만 적혀 있는 수첩을 본 그녀는 시를 분명히 읽어보았을 남학생이 그 순간 무슨 느낌을 받았으며 어떤 생각을 했을까 곰곰이 헤아려보곤 했다.

나를 소녀 취향의 감상적인 성격을 가진 여학생으로 생각했을까. 진찰권을 보고 무엇을 생각했을까. 내가 몹시 앓는 환자였다는 사실을 알아차렸을까.

공교롭게도 다혜의 수첩에 적힌 시 구절이 그대로 적중한 셈이 되었다. 뜨락의 그늘에서 목련꽃이 흰 망울을 터뜨릴 즈음 학교에서 돌아온 다혜는 우연히 우체함에서 한 장의 편지를 발견했다. 흰 사각봉투가 우체함에 비스듬히 굴러떨어져 있었다. 무심코 봉투를 들어 수신인의 이름을 본 순간 다혜는 가슴이 철렁 가라앉았다.

정다혜

그녀의 이름이 편지에 정자로 쓰여 있었다. 다혜는 누가 자기에게 편지를 보낸 것일까, 봉투의 뒷면을 살펴보았다. 그곳엔 아무런 글씨도 쓰여 있지 않았다. 그러나 순간 다혜는 이 편지는 누구에 의해서 쓰였으며 누가 보낸 것인가를 알 수 있었다.

다혜는 떨리는 손으로 편지를 집어들고 목련꽃이 피어 있는 꽃그늘 사이로 걸어나갔다. 집엔 아무도 없었다.

어머니는 일찌감치 가게로 나가버리고 남동생이 학교에서 돌아올 시간은 아직 멀었다. 가정부 아이 하나만이 물 묻은 손으로 문을 열어준 것으로 보아 지금쯤 뒤뜰 오동나무 밑 수돗가에서 밀린 빨래를 하고 있을 것이다. 이따금 틱톡틱톡 방망이로 젖은 빨래를 두드리는 소리만 들려올 뿐 뜰은 어디에서건 빈틈없이 내리쬐는 초봄의 햇빛만이 가득 차 있었다.

다혜는 편지봉투를 찢었다.

편지봉투를 찢자 그 안에서 네모로 접힌 종이가 굴러떨어졌다. 편지지를 펼치고 다혜는 그 안의 내용을 읽어보았다.

안녕하세요 다혜 씨.

놀라셨죠. 누군지도 모르는 사람이 이렇게 편지를 보내었으니. 저는 며칠 전 다혜 씨의 집 앞에서 다혜 씨와 만났던 남학생입니다. 그날의 무례를 용서해주시기 바랍니다. 제 소개를 전혀 하지 못했죠. 제 소개를 하겠습니다. 저는 다혜 씨와 같은 대학에 다니고 있습니다. 물론 같은 대학교지만 대학은 다르지요. 다혜 씨는 문과대학이지만 저는 의과대학에 다니고 있습니다. 저는 본과 3학년에 재학하고 있습니다. 제 이름은 한민우입니다. 저는 지금까지 초등학교 때 학교에서 숙제로 내주는 국군 장병 위문편지를 써본 이래 처음으로 편지를 쓰고 있습니다. 보다시피 좋은 글솜씨를 갖고 있지 못합니다. 그래서 이 편지를 쓰는 것도 무척 힘들고 서너 번이나 고쳐 쓴 것이 겨우 이 모양이랍니다.

어떻게 지내시는지요.

삔 발목의 상처는 다 나으셨는지요.

바쁘시지 않다면 오는 금요일 오후 세 시쯤 학교 도서관 앞 분숫가에서 만나뵐 수 있을까요. 물론 다른 일이 있으시면 나오지 않으셔도 됩니다. 저는 다만 그곳에서 세 시부터 네 시 사이에 기다리고 있겠습니다. 가능하면 그날 그 자리에서 만나볼 수 있기를 바랍니다.

안녕히 계십시오.

한민우

편지를 다 읽고 나서 다혜는 잠시 하늘에 뜬 구름을 올려다보았다. 공교롭게도 뜰에서 고개를 쳐들면 담 안의 산정이 정면으로 쳐다보인다. 그 산정 너머로 흘러가는 구름을 바라보면 이곳이 번화한 도시 속이라는 느낌은 전혀 떠오르지 않았다. 흘러가는 구름꽃에 엇비긴 흰 목련꽃이 종이를 찢어 만든 조화(造花)처럼 눈부시게 빛나고 있다.

한민우.

다혜는 소리를 내어 중얼거려보았다.

그러자 그녀의 가슴에 누군가 돌팔매질이라도 한 것 같은 파문이 일렁이며 울려퍼졌다.

다혜는 다시 편지를 펼치고 읽어보았다. 세 번 네 번, 그리고 다섯 번을 처음부터 끝까지 마치 처음 읽을 때처럼 정성스레 읽어나갔다. 단정하고 섬세한 글씨였다. 화려하거나 멋을 부린 흔적이 없는 글솜씨였지만 그가 따뜻하고 착한 심성을 지닌 사람이라는 것을 나타내 보이고 있었다.

금요일, 오후 세 시라면. 다혜는 날짜를 헤아려보았다. 그래, 오늘이 목요일이니 금요일 오후 세 시라면 바로 내일이 아닌가. 벌써 일찍 눈떠 만개한 목련꽃 한 잎이 찬바람에 떨어져내렸다.

도서관 앞 분숫가라면 다혜가 다니는 학교 캠퍼스에서 가장 아름다운 곳이다. 그곳엔 작은 연못이 있고 그 한가운데 분수가 치솟고 있었다. 분수의 원형 가장자리를 따라서 나무 벤치가 나란히 놓여 있다.

때가 되면 나무 벤치 위로 등나무꽃이 만발해서 보랏빛 향내를 풍기기도 하고 때가 되면 작은 연못 위에 연꽃이 활짝 피어나기도 한다.

이 학교의 졸업생이라는 유명한 조각가가 분수 한가운데 벌거벗은 인어상을 조각해놓았는데, 그 인어상은 밤이나 낮이나 솟구치는 분수의 물줄기로 항상 젖어 있었다. 그 인어 아가씨가 버림을 받을 때는 늦가을이 지나고부터인데 한겨울이면 꽁꽁 얼어붙은 분수 위에서 벌거벗은 채 가련한 나신으로 오들오들 떨고 있었다.

그곳에서 만나자고 그가 약속 시간을 정해온 것이다. 일방적으로. 그런 것을 보면 그는 세심하고 따뜻한 성격이지만 어딘가 천진스러운 데가 있는 것이 아닐까. '다른 일이 있으면 나오지 않아도 됩니다. 그러나 나오건 말건 한 시간은 기다리겠습니다' 라고 덧붙인 문구를 볼 때마다 다혜는 즐겁고 유쾌했다. 그가 유머를 발휘한 것이 아니라 순진스런 성격이라는 것을 나타내는 문장이었으므로…….

어쨌든 그것으로 다혜는 그 남학생이 같은 대학교에 다니는 의과 대학생이라는 것을 알 수 있었으며 그 남학생의 이름이 한민우라는 것도 알게 되었다.

그러나 그날 밤 다혜는 민우가 약속한 시간에 그 장소에 나가지는 않을 것이라고 마음을 정했다. 그것은 자존심 때문은 아니었다. 더구나 잘 모르는 남학생의 일방적 약속에 호락호락 응낙해서 자신이 상대하기 쉬운 여자로 보이고 싶지 않다는 여성 특유의 심리 때문도 아니었다.

그가 정한 약속 장소는 마땅한 곳이 아니었다. 그곳은 언제

나 학생들로 들끓고 있는 인기 있는 휴식처였다. 어째서 그곳을
약속 장소로 정했을까. 그곳에서 만난다면 오가는 사람들의 눈
에 단박 띄게 될 것이다. 물론 그 장소가 아닌 다른 곳에서 만나
기로 약속을 했다손 치더라도 나가지 못하리라는 것은 분명한
일이었지만 학교 안 분숫가는 더더구나 난처한 장소가 아니겠
는가.

어쨌든 그를 만나서 무슨 이야기를 할 것인가.

나는 그를 약속에 의해서 만나고 싶지 않다. 우연히, 우연한
시간에, 우연한 장소에서, 우연한 사건으로 만나고 싶다. 우연히
강의실 복도에서, 우연히 지나는 길모퉁이에서, 우연히 학교 식
당 안에서, 우연히 학생회관 로비에서, 우연히 같은 지하철 안
에서, 그래서 우연히 만나, 우연히 인사를 하고, 그러고는 많은
이야기를 나누고 싶다.

나는 알아볼 수 있다. 비록 그의 모습을 또렷이 본 것은 아니
었지만 그와 우연히 맞닥뜨린다면 나는 언제나 어디에서건 그
의 모습을 기억해낼 수 있을 것이다.

다음 날 오후, 다혜는 민우가 약속한 시간에 약속 장소에 나
가지 않았다. 시간이 없었던 것은 아니었다. 오후 내내 시간이
비어 있었다. 오후 늦게 강의가 한 시간 남아 있을 뿐이었다. 오
전 강의를 끝내고 그 시간까지는 네 시간이나 기다려야 했다.
그 시간을 다혜는 도서관에서 책을 보면서 지냈다.

도서관에서 그 분숫가의 광장을 똑바로 내다보았다. 다혜는
조용한 도서관 창가에 앉아서 꼬박 책을 읽었다. 처음에는 책에

열중할 수 없었다. 내가 그 사람에게 바람을 맞히고 있다는 생각으로 글의 내용이 머리에 빠르게 들어오지를 않았다.

그러나 곧 다혜는 책 속으로 빠져들어갔다. 책에 빠져 있는 동안 다혜는 민우와의 약속도, 그에 대한 미안함도, 마음 한구석에 남아 있는 한 가닥의 미련도 모두 잊어버리고 있었다.

창가로 비쳐드는 햇살이 뉘엿뉘엿거리고 저녁 기운이 스며들자 다혜는 읽던 책을 덮고 일어났다. 시계는 다섯 시 십오 분 전을 가리키고 있었다.

늦은 강의는 다섯 시부터 한 시간이었다.

그 남학생은 이제 떠나고 없을 것이다. 약속 시간에서 두 시간이나 지났으므로. 순간 다혜의 가슴엔 걷잡을 수 없는 외로움이 모래처럼 쌓였다.

그를 얼마나 기다렸던가. 며칠 전 강의 시간에 마치 그 남학생이 닫힌 문 앞 저편 복도에서 서성거리며 자신만을 기다리고 있을 것 같아 얼마나 가슴 죄며 낯을 붉혔던가. 막상 텅 빈 복도를 보았을 때의 쓸쓸함을 기억하고 있겠지.

다혜는 백을 어깨에 메고 텅 빈 도서관 복도로 나갔다. 그리고 창가로 다가가 분숫가를 내려다보았다. 오후의 햇빛이 한적한 캠퍼스를 부드럽게 어루만지고 있었다. 분수의 물줄기가 여전히 기운차게 솟아올랐고, 이제 막 물속에서 헤엄쳐 나와 휴식을 취하고 있는 것 같은 인어 아가씨의 모습은 오후의 햇살 속에 비늘을 반짝였다.

누군가 호숫가 옆 나무 벤치에 앉아 있었다. 긴 그림자가 잔디밭 위로 드리워져 있었다. 그 사람은 벤치의 등받이에 어깨를 활짝 펴고 두 손을 길게 뻗쳐 걸치고 있었다. 그 남학생의 모습을 본 순간 다혜는 꼼짝도 할 수 없었다. 숨이 막힐 것 같은 질식감이 다혜를 사로잡았다.

민우였다.

그는 뉘엿뉘엿 저물어가는 저녁 햇살이 학교 건물과 키 큰 나무들의 그림자를 길게 드리우는 조용하고 쓸쓸한 분숫가 벤치에 홀로 앉아 있었다. 그는 초조해 보이거나 누구를 오랫동안 기다린 끝에 엿보이는 짜증도 나타내 보이지 않고, 그저 그곳에서 오직 기다린다는 사실만이 유일한 즐거움인 것처럼 줄기차게 솟아오르는 분수를 바라보며 앉아 있었다.

문과대학 앞, 시계탑의 그림자가 해시계의 긴 바늘 끝처럼 민우의 모습을 찌르고 있었다.

언제까지 앉아 있을 것인가. 이미 약속 시간이 두 시간이나 지났는데, 오지 않을 거라는 점이 분명한데도 도대체 무엇을 망설이며 기다리고 있는 것일까. 언제나 학생들로 들끓던 등나무 앞 벤치도 텅 비었는데, 아직까지도 희망을 버리지 않는 것일까. 내가 나타나리라는 희망을 여전히 갖고 있는 것일까. 바보처럼. 아아, 저처럼 어리석고 저처럼 순진하게.

그날 자신의 편지에 분명히 한 시간만 기다리겠다고 했으면서도, 사정이 있으면 나오지 않아도 좋다고 말했으면서도.

다혜는 꼼짝할 수 없었다. 그가 자기를 저처럼 늦게까지 기다리고 있다면 그를 모른 체하고 늦은 강의를 듣기 위해 문과대학으로 갈 수는 없다고 생각했다. 그의 눈을 피해 도서관 뒷문으로, 분숫가의 광장을 지나는 일 없이 문과대학으로 가는 샛길을 다혜는 알고 있었다. 그러나 그것은 얄미운 짓이었다.

다혜는 창가에 서서 그의 모습을 지켜보았다. 민우의 모습은 아름다웠다. 저처럼 아름다운 사람이 어째서 나를 저처럼 오랫동안, 기다림이 초조하거나 불안한 것이 아니라 하나의 기쁨이며 소망인 듯 천천히 저물어가는 분숫가의 벤치에서 휘파람을 불면서 기다리고 있는 것일까.

다혜는 깊은 감동으로 그를 지켜보았다. 늦은 강의에 들어갈 생각을 포기하고 창가에 몸을 기대어 서서 생각했다.

그가 분숫가의 벤치를 떠나면 그때야 나도 이 자리를 떠날 것이다. 그 혼자만을 기다리게 하고 나 혼자 모른 체 내 볼일만을 볼 수는 없는 것이다.

민우는 아주 오랜 시간이 흐른 뒤에야 벤치에서 일어섰다. 이미 날은 완전히 저물어 있었다.

어둠이 짙어지자 분수의 물줄기도 멎고 가로등의 불빛만이 정적에 찬 캠퍼스의 뜰을 밝히고 있었다. 그제야 그는 아무런 일이 없었다는 듯 벤치에서 일어나 계단을 내려가서 교문을 향해 내리뻗친 큰길을 따라 사라져갔다. 일단 일어서서 떠난 이상 그는 조금도 망설이거나 미련을 두는 기색이 없었다.

그의 모습이 어둠에 묻혀 순식간에 사라져버리자 다혜는 천천히 도서관의 복도를 걸어나갔다.

온몸은 딱딱하게 굳어 있었고 몹시 배가 고팠다. 늦은 도서관은 억척같이 파고드는 공부벌레들로 야간열차처럼 불을 환히 밝히고 있었다. 손목시계를 보았더니 저녁 일곱 시가 가까워오고 있었다. 꼬박 네 시간 이상을 민우는 분숫가의 벤치에서 기다리고 있었던 것이다.

다혜는 발을 질질 끌면서 교문까지의 먼 길을 천천히 걸어갔다.

그 사람 혼자서만 기다린 것은 아니었다.

나 역시 그 사람이 그 자리에서 떠나기를 기다리고 서 있었으니까. 그래, 그것은 서로 만나기 위한 약속이 아니었어. 한 사람은 만나기를, 또 한 사람은 떠나주기를 기다리는 기묘한 약속이었어.

민우와의 첫 번째 약속이 이처럼 이상한 결말로 끝나버린 셈이 되었지만 그것으로 끝난 것은 아니었다.

밤마다 꿈속에서 그의 얼굴이, 모습이 보였다. 어떤 때는 그가 자전거를 몰고 한없이 달려가다 죽음의 늪 속으로 빠져들어가는 악몽을 꾸기도 했다.

안타깝게 소리치고 만류하려 해도 소리는 입 밖으로 비명 소리가 되어 나오지 않았고 그는 못 들은 채 계속 달려서 캄캄한 어둠 속으로 사라져버리곤 했다. 잠을 깨면 눈가에 눈물이 맺혀 있었고 그리고 조금은 부끄러웠다.

일찍 강의를 마치고 혼자 시내의 극장에서 영화를 보기 위해 휴게실에 앉아 다음 상연 시간까지의 빈 시간을 죽이며 벽에 붙어 있는 외국 영화배우의 얼굴들을 무심코 바라볼 때면, 문득 그가 있다면, 지금 이 순간 민우가 내 옆에 앉아 있다면, 그냥 앉아만 있다면, 상대방에게 잘 보이기 위해 일부러 멋진 말이나 공식적인 말을 꺼내는 부담감 없이 그냥 앉아만 있다면 얼마나 좋을까. 혹은 어쩌다 밤늦게 집으로 돌아갈 때면, 골목은 어둡고 누군가 어두운 골목에서 그녀를 습격할 것 같은 공포심으로 걸음을 빨리 할 때면, 지금 내 곁에 민우가 있다면, 함께 걷기만 해준다면, 아무런 말 없이, 상대방에게 잘 보이기 위해서 일부러 지어 보이는 행동이나 허세나 과장됨 없이 그냥 옆에서 걸어 주기만 한다면 얼마나 좋을까, 하고 다혜는 생각했다.

다혜는 학교에서 돌아올 때면 우체함을 들여다보는 것을 잊지 않았다. 집의 주소를 알고 있었다면 전화번호를 기억하고 있을 것이 분명했으므로 전화벨 소리가 울리면 가슴이 지레 뛰기도 했다.

그러나 민우에게서는 더 이상 편지도 연락도 전해오지 않았다. 그 사람이 아무래도 첫 번째 약속이 바람맞은 사실에 몹시 자존심을 상한 모양이라고 다혜는 생각했다.

그러던 어느 날이었다.

토요일 오후, 일찌감치 강의를 끝낸 다혜가 홀로 교정을 내려오고 있을 때였다. 봄은 이미 지나가고 초하(初夏)의 계절이 성큼 다가오기라도 한 듯 더운 날씨였다.

운동장에선 웃옷을 벗고 러닝셔츠 바람의 학생들이 소리를 지르며 공놀이를 하고 있었다. 더운 열기에 콧등에 맺힌 땀방울을 손수건으로 거듭 찍으면서 언덕길을 내려오는데 누군가 다혜의 옆으로 끼어들었다.

"……실례합니다."

다혜는 갑자기 뛰어든 그의 인기척에 놀라서 제자리에 섰다. 전혀 모르는 남학생이 그곳에 서 있었다. 그의 얼굴은 붉게 상기되어 있었고 약간 술 냄새가 풍겼다. 그러나 불량기는 없어 보였다.

"아가씨가 정다혜 씨죠? 그렇지요?"

"……그런데요."

엉겁결에 다혜가 대답했다. 전혀 모르는 남학생이 자신의 이름을 알고 있다는 것이 이상하다고 느꼈으면서도 다혜는 순순히 말했다.

"아, 잘됐습니다. 역시 제 눈이 정확하군요. 이봐요, 다혜 씨, 민우라고 아시죠? 한민우. 음, 물론 알지야 못하시겠지만 이름이야 들으셨겠지."

남학생은 제멋대로 중얼거렸다. 그는 맨발에 고무신을 신고 있었다. 머리카락은 방금 잠자리에서 일어난 듯 부스스하고 바지는 검정 작업복이었다.

"아가씨가 다혜 씬가 아닌가 망설이면서 강의실에서 여기까지 따라오기만 했어요. 가만있자, 그렇지, 민우라고 아시죠? 기분 나쁘게 생각지 말아요. 내 친구 민우는 아가씰 짝사랑하고 있는 모양인데 이제 보니 민우가 좋아하는 아가씨의 모습이 어떤 것인지 알 만하군. 나 같으면 아가씨처럼 생긴 여자는 별로 좋아하지 않겠는데, 미안합니다. 우리 어머니가 말입니다. 여자란 자고로 건강하고 이가 좋아야 한다고 말씀하셨습니다. 여자란 이가 좋아야 식복을 타고나고, 건강해서 아이를 잘 낳아야만 좋은 여편네 노릇을 할 수 있다고 그럽니다……."

다혜는 걷던 걸음을 재촉했다. 그의 당돌하고 버릇없는 접근에 기분이 나빠서라기보다는 어떻게 해야 이런 불쾌한 일에 현명하게 대처해나갈 수 있는가 마땅한 방법이 떠오르지 않았기 때문이었다.

"제 말에 기분 상했다면 용서하세요."

다혜의 걸음걸이에 보조를 맞추면서 그가 따라왔다.

"민우의 단 하나밖에 되지 않는 친구입니다. 난 불한당이 아닙니다. 나도 이 학교에 다니는 학생입니다. 난 상과대학에 다니고 있습니다. 내 이름은 박현태라고 합니다. 낮술을 약간 마셨습니다. 그래서 혀가 조금 꼬부라지긴 했지만 정신만은 말짱합니다. 다혜 씨 무슨 걸음걸이가 그리도 빠르십니까? 지금 뛰고 계시는 겁니까, 걷고 계시는 겁니까?"

"……."

다혜는 말없이 부지런히 걸었다. 교문을 지나서 상점 거리 쪽으로 빠르게 걸어갔다. 빨리 버스를 타고 그의 곁을 떠나버리는 것이 최선의 방법이라는 생각이 떠올랐기 때문이었다.

"이봐요, 다혜 씨, 민우라고 아시죠? 한민우라구 아시죠? 그 친구 말입니다. 지금 말입니다. 죽을병에 걸려서 병원에 입원해 있습니다. 의사의 진단으로는 불치의 병이라구 그럽디다. 앞으로 육 개월 이상은 넘기기 힘들다고 그러는 거예요. 이봐요, 제 말을 들으세요."

순간 사내가 다혜의 몸을 막아섰다. 다혜는 본능적으로 제자리에서 뒤로 두어 발짝 물러섰다.

"제 친구가 지금 죽어가고 있습니다. 다혜 씨만을 애처롭게 찾고 있단 말입니다. 제가 지금 실없는 장난을 하고 있는 줄 아십니까?"

사내가 진지하게 입을 열었다. 다혜는 그의 얼굴을 마주보았다. 도대체 이 사람의 말을 액면 그대로 받아들일 것인가 아니면 낮술에 용기를 얻어 객기 어린 말장난을 능숙한 연기로 구사하고 있다고 여겨야 하는 것일까. 그의 말은 어디서부터 어디까지가 농담이고 어디까지가 진실인지를 구별해낼 수 없을 만큼 천연덕스러웠다.

"다혜 씨를 제발 자기 곁으로 데려와달라구 그 친구가 말했습니다. 이 말은 그 친구의 유언인지도 모르겠습니다. 어쩌면 지금쯤 민우는 숨을 거뒀을지도 모릅니다. 자, 다혜 씨, 전 아가씨를 친구 곁으로 데리고 가야 할 엄숙한 사명을 띠고 아가씨를 기다렸습니다. 전 다혜 씨가 제 말을 순순히 듣지 않는다면 강제로라도 납치해서 제 친구 곁으로 데리고 가겠습니다."

현태는 다혜의 진로를 몸으로 막으면서 강압적으로 나왔다.

"도대체……."

다혜가 날카롭게 말을 올렸다.

"도대체 왜 이러시는 거예요?"

"잠깐이면 됩니다. 오래 걸리지 않습니다. 한민우라고 아시죠?"

"알아요."

엉겁결에 다혜가 대답했다. 그러나 막상 대답하고 나니 수치심에 얼굴이 발갛게 달아올랐다. 능숙하고 교묘한 남학생의 수법에 그만 보기 좋게 말려든 셈이었다.

"하지만……."

당황해서 다혜가 더듬거렸다.

"난 지금까지 한 번도 만난 적이……."

"물론 알고 있습니다."

싱글싱글 웃으면서 현태가 두 손을 활짝 폈다.

"그 친구가 지금 임종 직전에 있습니다. 다혜 씨만을 찾고 있습니다. 자, 가시죠. 제가 모셔다드리겠습니다."

현태는 두 사람의 관계를 기정사실화시켜버린 듯 자연스럽게 앞장섰다. 다혜는 난처했다.

"뭘 망설이는 겁니까, 다혜 씨. 잠깐이면 됩니다. 아주 가까운 곳에 그 친구가 누워 있습니다. 걸어서 채 오 분도 걸리지 않습니다."

다혜는 그가 앞장선 길을 따라서 주춤주춤 걸어갔다.

"이를테면 제 신세가 말입니다.『춘향전』에 비유할 것 같으면 방자인 셈인데 그렇다면 제 짝은 어디에 있는 겁니까? 향단이는 어디에 있는 겁니까?"

두어 발짝 앞서 걷던 현태는 행여 중도에 모처럼 꾀어 잡힌 다혜가 마음 변해 돌아설까봐 잠시라도 딴생각 못 하도록 부지런히 말을 건넸다. 익살스러운 그의 말에 그만 다혜가 피식 웃음을 터뜨렸다. 웃음을 보인 것은 불찰이었다. 조그만 허점이라도 노리기 위해서 이리저리 눈치를 보던 현태가 다혜의 얼굴에 떠오른 미소를 보자 아귀처럼 물고 늘어졌다.

"아니, 다혜 씨도 웃을 때가 있습니까. 이건 참 해괴망측한 일인데요. 난 민우에게서 다혜 씨를 전해 듣기로는 밥도 안 먹고 풀이슬만 먹고 사는 선녀인 줄로 알고 있었는데……. 그렇구나, 다혜 씨도 웃는구나, 이제 보니."

현태가 낄낄거렸다.

"이제 보니 다혜 씨도 사람이구나."

"도대체 병원이 어디예요?"

도저히 미워할 수 없는 현태의 익살이 다혜의 마음을 편안하게 풀어주었다. 이제 다혜의 발걸음은 망설임과 경계로 더 이상 주춤거리지 않았다.

"이제 다 와갑니다."

현태가 한 곳을 가리켰다.

"저쪽에 병원이 있습니다."

다혜는 현태가 가리키는 쪽을 보았다. 그곳은 병원이 있는 쪽이 아니었다. 대학에 다니고 있는 학생이라면 아무리 여학생이라도 그곳이 어느 곳인지 모를 리가 없었다. 그곳은 남학생들이 즐겨 찾아가는 술집들이 집단을 형성하고 있는 복개된 천변이었다.

"저쪽에 병원이 있다구요?"

다혜가 의아한 목소리로 물었다.

"물론입니다."

단호하고 쾌활하게 현태가 대답했다.

"저곳은 병리학적 병환을 치료하는 병원이 있는 곳이 아니라, 생리학적 혹은 과민성 청춘 열병을 치유하는 병원이 있는 곳입니다."

키 낮은 한옥들이 어깨를 맞대고 나란히 붙어 있었다. 밤이면 이 거리가 학생들로 들끓는다는 것을 다혜는 알았다.

"절대로 이상하게 생각지 마세요, 다혜 씨. 여기까지 와주신 이상 더 이상 망설이거나 이상하게 생각하실 필요는 없습니다."

문이 열린 한옥집 앞에 서서 현태가 빠르게 말을 뱉었다. 목포집이라는 옥호가 문 옆에 붙어 있었다.

"잠깐이면 됩니다. 잠깐만 들르시면 됩니다. 어려운 일은 아닙니다. 이제 다 됐습니다."

현태가 문을 열었다.

"들어오세요, 이곳이 목포 병원이라는 곳입니다. 야."

문 안으로 들어서자마자 한시름 놓았다는 듯 이마에 흐르는 땀을 닦으며 현태가 소리 질렀다. 홀 안 탁자 앞엔 한복을 입은 두 여인이 담배를 피우고 앉아 있다가 느닷없이 고함 지르는 현태의 목소리에 깜짝 놀라 일어났다.

"손님이 왔으면 일어나야 할 게 아닌가."

"어이구, 깜짝이야. 애 떨어질 뻔했네."

한 여인이 유들유들하게 대답하고는 피우던 담배를 던져버렸다.

"어디 갔나 했네. 도망간 줄 알았더니 나갔다 색시 하나 주워 왔네."

"말 조심해, 이 즈슥아."

소리를 꽥 질러놓고 현태가 다혜에게 지나치게 돌변한 태도로 굽신거렸다. 그는 좋은 의미로 명연기를 보이는 어릿광대 역의 희극배우 같았다.

"미안합니다. 저애들의 입은 워낙 시궁창이 되어놔서요. 미안합니다."

"전 가야겠어요."

다혜가 정색을 하고 말했다.

"이젠 돌아가겠어요."

"안, 안 됩니다."

딱딱한 목소리로 현태가 말을 잘랐다. 현태는 드럼통 화덕 옆에서 의자를 들어다가 다혜 앞에 내밀었다.

"앉으세요, 잠깐만 앉으시면 됩니다."

다혜는 의자에 앉았다. 현태는 술과 안주를 시키고 나서 주머니에서 담배를 꺼내 피워 물었다.

"난 민우만큼 착한 성격을 가진 녀석을 만난 적도, 본 적도 없습니다. 그앤 세상의 때와 먼지가 묻지 않은 천진한 어린아이 그대로입니다. 그래서 난 그애를 피리 부는 소년이라고 부르고 있습니다."

술이 오자 그는 굶주린 사람처럼 주전자를 기울여 술을 따라 벌컥벌컥 들이켰다.

"민우가 며칠 전 제게 달려와서 말했습니다. 그토록 찾아헤매던 다혜 씨를 만났다고 내 방 안에서 길길이 날뛰었지요. 덕분에 내 이불은 엉망이 되었습니다. 또 며칠 전에 민우는 저를 찾아왔습니다. 다혜 씨에게 편지를 썼다고 내게 고백했으며 만나기로 약속했는데 오랫동안 기다렸지만 나오지 않았다고 말했습니다. 그애는 다혜 씨를 기다리는 것만으로도 충분히 즐거운 얼굴이었습니다. 그렇습니다, 다혜 씨 난 민우와 지금껏 오 년을 사귀어왔습니다만 그처럼 행복한 얼굴을 본 적이 없습니다. 민우는 생각보단 고독한 청년입니다. 그애는 남부러울 것 없는 가정환경과 남들이 부러워하는 대학생활을 보내고 있습니다만 아주 고독하게 자랐습니다. 난 압니다. 난 민우가 어느 누구보다 고독하고 쓸쓸하게……."

현태는 잠시 말을 끊고 침묵을 지켰다. 그리고 술잔에 술이 넘치도록 가득 따랐다.

"……한잔 하시겠습니까?"

"아, 아니에요."

다혜가 대답했다.

"내가 할 말은 못 됩니다. 언젠가는 민우의 입에서 직접 전해 듣게 될 것입니다. 어쨌든 민우는 다혜 씨를 사랑하고 있습니다. 그앤 내게 말했습니다. 대학 1학년 땐가 2학년 땐가 언제인지 잘 기억나지는 않습니다만 그때 그애는 내게 이렇게 말했습니다. 나는 사랑하는 사람을 첫눈에 알 수 있을 것이다. 나는 평생 단 한 사람만을 사랑할 것이며 그 사람은 만나자마자 알 수 있을 것이다. 그 자식의 그 말이 얼마나 어리석게만 들렸는지. 하지만 어제."

현태는 말을 끊었다. 그는 주전자를 기울였다. 술은 이미 다 마셔버려 더 이상 흘러나오지 않았다. 그는 빈 주전자로 탁자 위를 두드렸다.

"그 자식의 말이, 예언이 그대로 적중되었습니다. 그 자식이 첫눈에 사랑을 느낀 사람, 평생 단 한 사람을 사랑할 것이라고 말한 사람, 그 사람이 바로 제 앞에 앉아 있는 것입니다. 그렇습니다. 그 사람은 바로 다혜 씨입니다."

한 여인이 빈 주전자에 술을 따라 들고 화덕 옆으로 걸어왔다. 그녀가 다가오자 현태가 한 손으로 그녀의 손을 잡아 옆자리로 잡아끌고 나서 다혜를 쳐다보았다.

"앤 제 애인입니다. 노래를 기막히게 부르지요. 인사 드려라, 너의 시누이님이시다."

"안녕하세요."

빤히 쳐다보는 눈빛으로 여인이 다혜를 쏘아보았다.

"안, 안녕하세요."

엉겁결에 다혜는 당황한 목소리로 인사를 받았다. 인사한 여인은 다혜가 상냥하게 인사를 받아주자 기분이 좋은지 서슴지 않고 옆 빈자리에 걸터앉았다.

"이 아이의 이름은 설희입니다."

여인은 드럼통 위에 놓인 담뱃갑에서 담배를 한 개비 뽑아 물면서 말을 이었다.

"하지만 본명은 아니에요."

"노래나 한 곡 불러드려라, 설희야. 시누이님 앞에 잘 보여야 만 시집살이 퇴박맞지 않을 게 아니냐."

"술이 있어야 노래를 부르지요."

자연스럽게 여인은 말을 받아넘겼다.

"조오치."

현태가 주전자를 기울여 빈 잔에 술을 따랐다. 여인은 갈증 들린 사람처럼 큰 잔에 가득 따른 술을 단숨에 들이켰다. 한잔 쭉 들이켜고 나서 여인은 입가에 묻은 술을 손등으로 닦았다. 그리고 잠시 가쁜 숨을 고르기 위해서 심호흡을 두어 번 했다. 여인은 눈을 감았다. 마침내 여인은 노래를 부르기 시작했다.

　

불어오는 봄바람이 문 틈으로 기어들어,
잠들은 이 얼굴을 짓밟고 달아나니,
깊이 든 잠 놀라 깨어 문을 열어 내다보니
천지간 너른 땅에 봄소식이 가득하다.

　

여인의 노랫소리는 자신의 노래 솜씨를 진심으로 칭찬해주는 남자에 대한 정성으로 가득 차 있었다. 다혜는 물끄러미 눈을 감고 열창하는 발갛게 상기된 여인의 얼굴을 쳐다보았다. 이미 다혜는 이 낯선 환경이 주는 딱딱한 분위기에 어울려들고 있었 다. 그녀에게는 생전 처음 만나는 신기하고 신비로운 미지의 세 계였다. 현태도 역시 지그시 눈을 감고 젓가락을 두드리고 있었다. 이따금 조오타아, 얼씨구 하는 신바람 소리로 장단을 맞추었다.

> ……앞 남산 붉을 홍 자, 뒷동산 푸를 청 자
> 골목마다 내 천 자요, 가지마다 홍화로다.
> 아마도 놀기 좋긴 봄바람이 제일이라.
> 꽃피는 봄철이라 혈기방창 좋은 때에
> 허송세월 말으시오. 이팔청춘 지나가면
> 백발로 변하면서 푸줏간에 가는구나……

긴 노래가 끝나자마자 여인은 버릇처럼 술을 찾아 들이켰다. 현태는 그제야 정신이 든 듯 두 눈을 번쩍 떴다.

"이 아인 돌대가린데 노래 하나 외우는 덴 천재적인 머릴 갖고 있습니다. 어떻습니까, 다혜 씨. 좋은 노래 아닙니까."

"그래요, 잘 부르시네요."

진심으로 다혜가 대답했다.

"내 말은 노래 솜씨가 아니라, 노랫말 얘깁니다. '허송세월 말으시오, 이팔청춘 지나가면 백발로 변하면서 푸줏간에 가는구나…….'"

현태는 가는 목소리로 한 소절 한 곡조를 혼잣말처럼 되뇌었다.

"전 이제 가겠어요."

다혜가 주춤하더니 일어섰다.

"좋은 노래, 좋은 말, 좋은 이야기 듣고 갑니다."

깍듯하게 인사하고 일어설 채비를 하는데 깜박 잊었다는 듯 현태가 말을 뱉었다.

"실은 제가 다혜 씨를 속여서 여기까지 모시고 온 것은 이렇게 해서라도 다혜 씨를 한번 만나보고 싶었기 때문입니다. 내가 어제 민우에게 약속을 했지요. 내가 한번 다혜 씨를 만나보겠다고요. 일단 만나보고 난 뒤에야 결정을 내리겠다고요."

현태는 술을 따라 잔을 기울여 꿀꺽꿀꺽 갈증 들린 사람처럼 술을 마셨다.

"만나고 보니 아주 상냥하고 좋은 분이로군요. 민우의 말을 듣고는 무슨 만화 주인공처럼 부끄러움이나 많이 타는 사람처럼 느껴졌는데…… 부탁합니다."

갑자기 현태는 꾸벅 인사를 했다.

"내 친구 민우를 부탁합니다. 많이 사랑하고 많이 귀여워해주세요. 이것으로 됐습니다. 제가 하고 싶은 말은 모두 끝났습니다."

이윽고 결정했다는 듯 현태가 필터까지 타들어간 담배를 바닥에 힘차게 내던져버리면서 일어섰다.

"자 가시죠. 제가 버스 정류장까지 바래다드리겠습니다."

"괜찮아요."

다혜가 밝게 대답했다.

"나 혼자라도 갈 수 있으니까요."

"안 됩니다."

현태가 머리를 흔들었다.

"저도 이제 하숙집으로 돌아갈 때가 됐습니다. 가는 길에 버스 정류장까지 모셔다드리겠습니다. 벌써 땅거미가 어둑어둑 내렸을 겁니다. 이곳은 잘 아시겠지만 여자분 혼자서 걷기엔 위험이 따르는 우범지대입니다. 자, 가시죠."

현태가 앞장섰다. 그는 언제 제가 술을 마셨더냐는 듯 멀쩡한 얼굴로 정신이 번쩍 들어 있었다.

"난 간다."

현태가 홀 안에 앉아 있는 여인들에게 소리 질렀다.

"안녕히 가세요, 또 오세요."

문 앞까지 따라온 설희라는 여인이 예의 바르게 다혜를 향해 인사의 말을 던졌다.

"안녕히 계세요."

등 뒤에서 문이 닫혔다.

이미 거리엔 땅거미가 내려 있었다. 길을 따라 낮은 키로 잇대어 서 있는 한옥집들의 처마 밑은 붉은 등불로 밝았다. 한낮의 쓸쓸함과 정적을 상쇄라도 하려는 듯 시장 거리를 찾아 몰려드는 노동자 차림의 주객들과 학생들로 거리는 서서히 흥청이기 시작했다. 열린 문 안에서 곱게 한복으로 차려입은 아가씨들이 밤 단장을 하고 지나는 고객들을 향해 소리를 질렀다.

"들어오세요, 쉬었다 가세요."

주점가와 시장 거리가 맞대어 있었다. 먼 골목 어귀로 알전구 불빛을 밝힌 야시장의 불빛이 휘황찬란하게 빛나고 있었다.

"……고맙습니다."

거리로 나선 이래로 침묵을 지키면서 성큼성큼 걸어가던 현태가 느닷없이 말을 던졌다.

"저를 믿어주신 것두 고맙구, 그래서 저를 따라와주신 것두 고맙구, 제 넋두리를 들어주신 것두 고맙구, 끝까지 자리를 지켜주신 것두 고맙구, 그리고 무엇보다도 고마운 것은 제 친구, 민우의 눈앞에 다혜 씨가 나타나주었다는 것이 고맙습니다."

"전 이쪽으로 가겠어요."

골목을 벗어나자 다혜가 발을 멈췄다.

"전 이쪽으로 가겠습니다."

딱딱하게 현태가 말했다.

"언제 또다시 만나게 될 것입니다. 그때 민우가 다혜 씨를 제 앞에 모시고 오겠지요. 민우는 제 친구지만 다혜 씨 역시 제 친구니까요. 안녕히 가세요."

쾌활하게 웃으며 현태가 손을 흔들었다.

다혜는 막 다가오는 버스에 올라탔다.

민우에게서 두 번째 편지가 온 것은 그로부터 사흘 뒤였다.

학교에서 돌아온 다혜가 매일의 버릇처럼 우체함을 들여다보았을 때, 그곳에 흰 봉투가 비스듬히 누워 있었다. 다혜는 봉투를 꺼내들고 단숨에 자기 방으로 뛰어들어갔다. 아무도 없는 집이었지만 다혜는 방문을 닫고 문을 잠갔다.

봉투를 뜯자 이미 낯익은 필체가 눈에 들어왔다. 기쁜 마음이 그녀의 다리를 무너뜨렸다. 그녀는 침대에 절로 주저앉았다.

안녕하세요, 다혜 씨.

두 번째 편지를 띄웁니다. 전번에는 왜 약속 시간에 나오지 못하셨는지요? 몹시 만나뵙고 싶어서 오랜 시간 기다렸습니다. 무슨 피치 못할 바쁜 일이 있었던 모양이지요…….

바보 같은 사람.
편지를 읽어내리다 말고 다혜가 중얼거렸다.

간단하게 용건만 말씀드리겠습니다.
만나뵙고 싶습니다.
약속 장소는 전번과 마찬가지로 도서관 앞뜰 분숫가에서 오는 26일 오후 다섯 시에 만나뵙고 싶습니다. 이번에는 꼭 나와주시리라 믿습니다.
한민우 올림

편지를 다 읽고 나서 다혜는 달력을 보았다. 약속 날짜는 아직도 이틀이나 남아 있었다. 하지만 왜 그가 선택한 약속 장소가 그곳이어야 하는지 다혜는 그것이 못마땅했다.
—그 사람은 아는 곳이 도서관 앞 분숫가밖에 없나봐.
약속 시간까지의 이틀 간 다혜는 몸살감기와 같은 증세에 시달렸다. 다혜는 언제나, 어디서나 시간 약속의 강박관념에서 벗어날 수 없었다. 왜냐하면 다혜 역시 그를 만나고 싶었으므로. 다혜의 마음속에 깃들인 민우의 존재는 이미 열병과 같은 그리움으로 발전하고 있었으므로. 그의 존재는 부정할래야 부정할 수 없고 지울래야 지울 수 없는 뚜렷한 것이었다. 그가 더 이상 먼 사람, 먼 타인으로만 느껴지지 않았다.

무엇을 얘기할까. 그를 만나면, 무슨 말을 건네볼 것인가. 그를 만나면, 어떠한 표정과 어떠한 몸짓을 해야 할 것인가, 그를 만나면. 어쩌면 그를 첫 번 만난 그날에 결정적으로 실수를 할지도 모른다. 그와 걸어가다 볼썽사납게 넘어질지도 모른다. 느닷없이 재채기가 거푸거푸 터져나올지도 모른다.

이틀 뒤 약속 시간에 다혜는 지난번처럼 도서관 위층에 앉아 있었다.

그녀는 아까부터 책을 들여다보고 있었지만 단 한 줄의 문장도 머릿속에 들어오지 않았다. 그가 왔을까 아직 오지 않았을까 하는 조바심으로 마음은 흔들렸다. 시간은 이제 십여 분이나 지나 있었다.

아무것도 망설일 필요가 없었다. 그저 편한 마음으로 도서관 계단을 내려가 분숫가의 벤치로 나아가면 그만이었다. 그러나 막상 약속 시간이 다가오자 다혜의 마음은 돌처럼 딱딱하게 굳어버렸다. 그것은 차라리 공포와 같은 두려움이었다.

나는 왜 이럴까. 이럴 필요가 없는데. 아아, 오늘 아침 집을 나설 때 그와의 약속을 생각해서 머리를 감고 정성들여 빗질을 하지 않았던가.

그런데 막상 약속 시간이 되자 왜 나는 분숫가로 나갈 생각은 않고 두려움에 떨면서 책을 들여다보고 있는 것일까.

시간은 십오 분이나 지나 있었다.

일어나자, 일어나서 그의 곁으로 다가가자. 가서 이렇게 말하자. 웃으면서, 명랑하게,

—안녕하세요? 오래만이에요.

가능한 일일까. 그의 곁에 앉아서 말로써 이야기를 나누고 말로써 가슴속에 들어 있는 생각을 표현해낼 수 있을까.

시간은 더 빨리, 더 많이 흘러가고 있었다. 아직 밖은 어두워지지 않았지만 실내는 어두웠으므로 형광등이 깜박깜박 흔들리다가 반짝 켜졌다.

그와 동시에 다혜는 보던 책을 놓고 자리에서 일어섰다. 그녀는 단숨에 방을 나와 계단을 걸어내려갔다. 그것은 될 대로 되라는 자포자기와 같은 심정이었다.

그녀는 도서관 정문을 나와 언덕길을 정신없이 걸었다.

긴 오후의 햇살 속에 분수는 기운 좋게 뻗쳐 올랐다. 교정은 텅 비어 있었다. 잔디밭의 초록빛 풀들이 오후의 역광 속에 칼날을 번뜩이면서 빛났다.

누군가 벤치에 앉아 있는 것이 보였다. 민우였다. 민우가 두 팔을 벤치 등받이에 활짝 펴 걸치고 앉아 있다가 다가오는 다혜를 보자 벌떡 일어났다.

"안, 안녕하세요."

민우가 먼저 더듬거리면서 말을 꺼냈다.

"안녕하세요."

다혜가 인사하며 곁에 다가서자, 민우는 벤치 위에 깔고 앉았

던 신문지를 황급히 옆 빈자리에 밀어놓았다.

"앉으세요."

다혜는 앉았다.

두 사람은 등나무 밑 그늘 아래 나란히 앉았다. 솟아오르는 분수가 하늘로 솟구쳤다 떨어지는 물소리가 등 뒤에서 부서지고 있었다. 잔바람에 실려온 안개와 같은 물방울들이 동편 하늘에 아주 희미한 무지개 빛깔의 색동 띠를 떠올리고 있었다.

"오래 기다리셨지요?"

다혜가 웃으면서 민우를 보았다. 그의 곁에 앉자 지금까지 느끼던 모든 불안과 두려움은 거짓말처럼 눈 녹듯 사라져버렸다. 차라리 마음이 안정되었으며 바람막이 벽에 몸을 기대고 선 것 같은 아늑하고 편안한 마음이 들었다. 아무것도 무서울 것도 두려울 것도 없었다. 오히려 겸연쩍어하는 쪽은 민우였다. 그는 눈이 부신 듯 다혜를 보았으며 간혹 멋쩍게 웃기도 했다.

"아니에요. 조금밖에 기다리지 않았습니다. 어쨌든 나와주셔서 감사합니다. 난 다혜 씨가 이번에도 나와주시지 않을 것 같아서 그것이 조마조마했어요."

홍조가 익어가는 석양빛을 정면으로 받고 있는 민우의 옆얼굴은 단아하고 아름다웠다. 목까지 올라오는 검은 스웨터를 입고 있었는데 그래서 그는 나이보다 훨씬 소년으로 보였다. 잔바람에 머리카락이 풀잎처럼 흔들렸다. 이따금 그는 손가락을 펴서 흘러내린 머리칼을 가리마질하듯 쓸어올렸다.

순간 얼굴 어딘지에서 화끈한 작열감이 있었다. 다혜는 순간 당황했다. 어떤 생각에 곰곰이 열중하거나 골똘히 마음을 쓰면 그런 뒤끝에 터지는 코피가 주르르 다혜의 코에서 굴러떨어졌기 때문이었다.

"아."

다혜는 비명 소리를 내면서 흘러내리는 피를 손으로 받아들었다.

"고개를 젖히세요."

당황한 목소리로 민우가 말했다. 다혜는 그가 시키는 대로 머리를 젖혔다. 목구멍을 타고 흘러내려가는 피 냄새가 비릿하게 풍겨왔다. 아아, 또다시 나는 보이지 않아도 좋은 모습을 그에게 보여주고 말았다. 도대체 왜 내 곁에서는 이런 일들이 자주, 그리고 결정적인 순간에 일어나는 것일까.

"아무것도 아닙니다."

민우가 말했다.

"코피가 터진 것뿐입니다."

순간 머리 위에 선뜻한 느낌이 있었다. 아마도 민우가 분수의 물 속에 담갔다 쥐어짠 차디찬 손수건을 다혜의 이마에 얹어놓은 모양이었다.

"곧 멎을 겁니다. 코피는 대단한 일이 못 됩니다. 피로하거나 건조한 날씨로 코의 점막이 터지면 나올 수 있는 것입니다. 그저 가만히 계세요. 마음을 안정하면 금방 멎을 것입니다."

그의 목소리가 아주 가까운 곳에서 다정하게 들려왔다. 왜 그럴까. 전적으로, 첫 번째 만나는 그의 바로 옆에서 보여주어서는 안 되는 창피스럽고 주책스런 모습을 온통 드러내놓고 있는데도 왜 그에게 미안하다거나 부끄럽다거나 하는 낭패한 느낌이 들지 않는 것일까.

민우 역시 조금도 당황하지 않았다. 그는 코피 흘리는 환자를 늘 도맡아 처리하는 전문 의사처럼 보였다. 아아, 그렇지. 그는 의과 대학생이었지.

목구멍을 타고 넘어가던 코피가 뜸해지기 시작했다. 다혜는 이미 코피가 멎었음을 느꼈다. 그래서 고개를 세웠다.

"벌써 코피가 멎었습니까?"

"괜찮아요."

"좀더 안정을 하는 편이 좋을 텐데요."

"코피는 어렸을 때부터 수없이 흘려왔는데요, 뭘."

다혜가 웃었다.

"제 일에 대해서는 의사 선생님보다 더 잘 알아요."

밝게 민우가 웃었다.

"얼굴에 피가 묻었습니다. 닦으세요."

다혜가 손수건을 꺼내기 위해서 백을 뒤지자 민우가 말했다.

"제 손수건을 쓰세요. 이미 젖었는데요."

다혜는 그가 시키는 대로 얼굴에 묻은 피를 닦고 두 손을 분수의 물로 씻어내렸다. 얼굴에 묻은 물기 때문에 저녁 한기가 선뜻하게 느껴졌다.

"나가요, 우리."

민우가 성큼 말했다.

"다른 학생들은 만나면 어떤 데이트를 하나요? 난 정말 그게 궁금해요. 다른 학생들은 만나서 뭘 할까. 뭘 하면서 시간을 보낼까. 밥을 먹고, 술을 마시고, 아이스크림을 먹고, 영화 구경을 하고, 그리고 또 뭘 할까요? 무슨 말들을 그렇게 재미있게 하길래 한쪽이 말하면 한쪽이 웃고, 한쪽이 말하면 또 한쪽이 열심히 듣고 있지요? 그들은 입에서 꿀을 만들어내고 있는 것이 아닐까. 나는 그것이 궁금해요. 어쨌든 나가요. 우리도 나가서 그들처럼 데이트를 해야지요."

민우가 일어섰다. 다혜도 일어섰다. 민우의 키가 커서 다혜는 그의 어깨에 겨우 턱걸이를 하고 있었다. 두 사람은 나란히 교정을 내려오기 시작했다.

교정에는 아직 많은 학생들이 오가고 있었다. 남학생과 나란히 교정을 걸어내려온다는 것은 꿈에도 생각지 못한 일이었다. 남학생은 물론 같은 클래스메이트의 여학생들과도 동반해서 걸어가는 일은 드물었다. 그녀는 늘 혼자서 걸어다녔을 뿐이다.

"그래서 말입니다."

민우가 일부러 다혜의 걸음걸이와 호흡을 같이하기 위해 천천히 걸으면서 말을 이었다.

"어젯밤 나는 수많은 계획과 상상을 했습니다. 다혜 씨를 만나면 어디로 갈까, 남들처럼 찻집으로 갈까, 가서 커피부터 한잔 마실까, 아니면 오후 다섯 시면 배가 고플 때니 어디 가서 햄버거라도 한 개 먹을까. 참, 배고프세요?"

생각난 듯 민우가 발을 멈추고 다혜를 보았다.

"아뇨."

다혜가 분명히 머리를 흔들었다.

교문까지의 먼 길을 두 사람은 단숨에 걸어나왔다. 어둑어둑 땅거미가 내리기 시작했고, 학교 앞 거리에는 조금씩 저녁불이 켜졌다.

"자전거를 타고 다니지 않았던가요?"

한길을 건너면서 다혜가 물었다.

"자전거요?"

민우가 말을 받았다.

"아, 자전거요. 자전거를 자주 타고 다니는 편이지요. 의과대학 앞 공터에 매어놓고 다니지요. 필요할 때만 자전거를 타고 다녀요."

"지금은 왜 자전거를 타지 않지요?"

"지금은 다혜 씨가 제 곁에 함께 있으니까요. 자전거를 타실 줄 아세요?"

"조금은……."

다혜가 웃으면서 대답했다.

"정말입니까?"

믿기 어렵다는 듯 민우가 발을 멈췄다.

"정말 다혜 씨가 자전거를 타실 줄 안단 말입니까? 이건 정말 뜻밖인데요."

"나는요."

다혜가 낯을 붉히면서 말을 받았다.

"세발자전거를 말하는 거예요."

하하하 소리를 내며 민우가 유쾌하게 웃었다.

민우가 길거리에 구르는 돌멩이를 구둣발로 걷어찼다. 두 사람은 다시 걷기 시작했다. 민우는 묵묵히 주머니에 손을 찌르고 저만큼 굴러간 돌멩이를 찾아 다시 구둣발로 걷어찼다. 작은 돌멩이는 보도와 부딪쳐 메마른 소리를 내면서 굴렀다.

"실은……."

짧은 침묵 끝에 민우가 다혜를 바라보았다.

"다혜 씨를 보고 싶어하시는 분이 있습니다. 그 사람은 내게 다혜 씨를 자기에게 데리고 오라고 말했습니다. 물론 어색하시면 가지 않아도 됩니다."

"……현태 씨 말인가요?"

다혜가 의아한 목소리로 물었다.

"아닙니다. 다혜 씨를 만나고 싶어하는 사람은 다름 아닌 제 아버님입니다."

"……."

다혜는 너무나 의외라서 그가 지금 농담을 하고 있는 것이 아닐까 하는 표정으로 민우의 얼굴을 쳐다보았다.

"다혜 씨에 관한 이야기를 제가 며칠 전 아버지와 우연히 얘기 끝에 꺼내놓았습니다. 아버지는 몹시 흥미가 있어 했어요. 아버지는 제 나이 많은 친구와 다름없습니다. 아버지는 제게 좋아하는 여자 친구가 생긴 것을 축하한다고 말씀하시고, 한번 데리고 와보라고 했습니다. 아버지는 제 친구입니다. 다혜 씨가 내 친구라면 아버지는 다혜 씨의 좋은 친구도 될 수 있을 것입니다. 함께 가시지 않겠습니까?"

민우가 정중하게 격식을 차리면서 다혜에게 대답을 구해왔다.

갑자기 왜 이 사람은 자기 아버지의 이야기를 꺼내는 것일까. 서너 번 만나서 우정이 깊어지고 피차 친밀감이 돈독해진 뒤라면 또 모른다. 하지만 오늘이 두 사람의 첫 번째 데이트 날이 아닌가.

"하지만……."

다혜가 간신히 입을 열었다.

"오늘은 처음으로 만나는 날……."

"상관없습니다."

큰 소리로 민우가 대답했다.

"절대로 미안해하거나 부담을 가지실 필요는 없습니다. 아버지는 우리보다 훨씬 젊은 분입니다. 아버지는 다혜 씨를 자기 딸보다도 훨씬 귀여워해주실 겁니다. 아버지는 다혜 씨를 꼭 보고 싶다고 말씀하셨어요. 자, 같이 가요. 망설일 필요는 없어요. 자, 택시."

민우가 달려오는 빈 택시를 향해 손을 들었다. 차는 급브레이크를 밟으며 섰다. 민우는 망설이는 다혜를 차 안에 밀어넣었다.

"아저씨, 시내로 달려주세요."

문을 쾅 닫으며 민우가 소리 질렀다.

"오늘 아버지에게 용돈을 두둑이 탔어요. 다혜 씨를 만나기로 한 약속을 아버지는 잘 알고 계십니다. 그래서 오늘은 제가 아주 부자입니다."

불안한 마음을 숨기지 못하고 엉거주춤 앉아 있는 다혜를 안심시키기라도 하듯이 민우가 부드럽게 웃었다. 시내로 들어갈수록 차는 밀리고 있었다. 이미 어둠은 완전히 내려 도심의 야경은 휘황한 네온과 현란한 불빛으로 번득였다.

다혜는 말없이 창밖을 내다보았다.

이 사람은 내가 아버지가 없다는 사실을 전혀 모르고 있다. 그 사실을 안다면 이렇게 자기의 아버지 이야기를 꺼내지는 못할 것이었다.

문득 다혜의 눈앞에 오래전에 돌아가신 아버지의 모습이 잠깐 떠올랐다 사라졌다.

"지금 이 시간에 민우 씨 아버님이 우릴 기다리고 계실까요?"

다혜가 슬픈 기억을 거두기 위해서 짐짓 명랑한 목소리로 민우에게 말을 건네었다.

"아직 사무실에 계실 겁니다."

"미리 약속을 하셨던가요?"

"약속은 하지 않았습니다."

민우는 빠르게 말을 받았다.

"하지만 지금 이 시간에 퇴근했을 리가 없습니다. 아버지는 언제나 밤 열 시가 넘어서야 퇴근하시니까요."

"그렇게 바쁘시면 만나 시간을 빼앗는 게 오히려 예의에 벗어나는 일이 아닌가요. 우리가 아니라, 민우 씨 아버님이요."

"아닙니다."

단호하게 민우가 말했다.

"아버지는 다혜 씨를 만나는 일을 가장 즐거워하실 겁니다. 그것보다도 전 아버지에게 다혜 씨를 보여드리는 일이 자랑스럽기 때문입니다. 아버지는 제가 대학에 들어간 지 오 년 만에 비로소 여자 친구를 사귀게 되었다고 자신의 일처럼 기뻐하시고 계셨습니다. 아버지는 늘 제게 이렇게 말했습니다. 민우 이 녀석아, 넌 왜 여자 친구 하나도 없니. 넌 바보 멍텅구리가 아니냐. 이제 난 이렇게 말할 것입니다. 아버지, 제 친구예요, 여자 친구요. 이름이 정다혜예요. 불문학과 3학년이구요. 제가 참 좋아하는 여자 친구예요. 전 우물쭈물 시간을 끌 수 없어요. 아버지에게 빨리, 조금이라도 빨리 다혜 씨를 보여드리고 싶습니다. 아버지와 난 단 둘만의 친구입니다. 다혜 씨가 이제 끼어든다면 우리 세 사람으로 친구가 늘어나는 셈이 되는 것입니다."

"아버지를 참 좋아하시나 보죠?"

다혜는 물으면서도 그 질문이 어리석은 것이라는 느낌을 지울 수가 없었다.

"……아버지는."

민우가 고개를 돌리면서 대답했다.

"제 단 하나의 친구입니다."

민우의 흰 얼굴에 우수의 그림자가 얼른 스치고 지나갔다. 그런 사소한 기미를 다혜는 직감적으로 눈치챘다.

"집에서는 아버지가 유일한 친구이고, 밖에서는 현태가 제 유일한 친구입니다. 하지만 이제 난 친구 부자가 되었어요. 다혜 씨가 내 친구가 되었으니까요. 아, 세워주세요."

시청 앞에서 차는 멈추었다. 민우가 값을 치르고 두 사람은 택시에서 내렸다.

도심의 빌딩들은 내부에 환한 불빛을 밝히고 우뚝우뚝 서 있었다. 민우가 앞장서서 빠른 걸음으로 걸었다.

그는 어느 빌딩의 계단을 성큼성큼 뛰어올라갔다. 꽤 높은 빌딩이었다. 회전문을 밀고 들어가자 휘황하게 밝은 불빛이 가득한, 널찍한 로비가 드러났다.

퇴근을 서두르는 빌딩 내의 회사원들이 막 열린 엘리베이터에서 꾸역꾸역 내리고 있었다. 로비는 단정한 신사복 차림의 회사원들로 금방 가득 차버렸다.

민우는 로비 한가운데 자리잡은 안내원 앞으로 다가갔다. 안내하는 여자가 민우를 보자 알은체를 하면서 몸을 일으켰다.

그녀의 태도가 지나치게 딱딱하고 공손한 것으로 보아 민우가 어떤 존재인가를 알고 있는 것 같았다. 또한 그것으로 보아 평소 민우가 아버지를 만나기 위해서 자주 빌딩에 들러 안내를 맡은 여사무원의 눈에 익었다는 사실을 알 수 있었다.

다혜는 회전문 옆 유리창에 기대어 서서 민우의 모습을 지켜보았다. 민우는 전화기를 붙잡고 뭐라고 명랑하게 떠들고 있었다. 웃음 띤 얼굴로 보아 그가 바라던 대로 아버지와 통화를 하는 모양이었다. 거리가 멀고 퇴근하는 회사원들이 웅성대서 그의 목소리는 들리지 않았지만 민우는 큰 소리로 말하고 있었다.

아버지를 만나는 일이 저처럼 즐거운 일일까. 내가 만약, 아버지가 만약 지금까지 살아 계셔서 아직까지 중·고등학교의 교장 선생님으로 재직하고 계신다면 나도 민우 씨처럼 저렇게 기쁜 표정과 큰 목소리로 아버지에게 전화를 걸어 얘기를 나눌 수 있었을까.

아마도 아닐 것이다. 아버지는 학교에서 엄격한 교장 선생님이었으며 집 안에서는 더욱 말없고 엄격한 선생님이셨다. 다혜는 자라면서 한 번도 아버지 앞에서 농담을 해보거나 큰 소리로 떠들어본 적이 없을 정도였다.

"여기 계셨군요."

전화를 끝내고 민우가 다혜 곁으로 다가왔다. 그는 미끄러운 대리석 바닥의 돌을 스케이트 타듯 지치면서 달려왔다.

"곧 나오신대요. 아버지가 굉장히 기뻐하고 계세요."

민우의 얼굴에 기쁨이 흘러넘치고 있었다.

"금방 회의가 끝나셨대요. 조금만 늦었어도 아버지를 만나지 못했을 거예요. 다혜 씨가 와 있다고 하니까 아버지가 이렇게 말했어요. 먼젓번처럼 바람은 맞지 않은 모양이구나. 그것 참 다행이로구나."

핫하하 소리를 내어서 민우가 웃었다.

"따라오세요, 아버지가 혼자서만 살짝 주차장으로 내려오신다고 했으니까요."

두 사람은 지하 주차장으로 내려가는 비상구 쪽으로 걸어갔다. 비상구 계단은 어둡고 을씨년스러웠다.

계단을 내려가 두꺼운 철문을 밀고 들어서자 싸늘한 냉기와 지하 차고 안을 울리는 차들의 엔진 소리가 파도처럼 몰려들었다. 빈틈없이 들어찬 승용차들이 흐린 불빛을 받아 반짝였다. 퇴근하는 사람을 태우기 위해서 차들이 좁은 차고를 빠져나왔고 대기하고 있는 차들의 넘버를 부르는 마이크 소리가 확성기를 통해 크게 들려왔다.

큰 승용차 한 대가 시동을 걸고 있었다. 민우가 다가가자 차의 문이 열리고 정장을 한 운전사가 내려섰다.

"안녕하세요, 아저씨."

민우가 손을 흔들어 명랑하게 인사를 했다. 그러나 차에서 내린 운전사는 예의상의 미소만 띠었을 뿐 딱딱한 자세로 서 있었다.

"아버지가 곧 내려오신다고 했어요."

"연락을 받았습니다."

"아저씨는 그냥 퇴근하라고 했어요. 여기서 들어가세요."

"예?"

이해가 가지 않는 얼굴로 운전사가 민우의 얼굴을 쳐다보았다.

"회장님이 아저씨를 퇴근시키라고 했어요."

"하지만 그럼 누가……."

"내가 모실 거예요. 내가 오늘밤만은 아저씨 대신 차를 몰 거예요. 아저씬 제 운전 솜씨를 아시잖아요."

"그야 물론 알고 있습니다만……."

"그럼 됐어요. 자 이젠 그만 돌아가세요. 차의 키는 어디 있죠?"

"하지만……."

아무래도 난처한 듯 운전사가 엉거주춤한 자세로 말을 이었다.

"그래도 회장님을 뵌 뒤에 퇴근을 해야 할 게 아닌가 하는 생각이 드는데요."

"그럼 내가 아저씨한테 거짓말을 하고 있다고 생각하세요?"

"물론 아닙니다."

당황한 표정으로 그가 대답했다.

"그럼 됐어요. 퇴근하세요. 제발 여기 서 있지 마시고."

"알겠습니다."

그제야 운전사는 물러섰다. 그는 주머니에서 흰 약봉지를 꺼내 들었다.

"저, 이건 회장님 약인데요. 일곱 시가 회장님 약을 맞춰 드시는 시간입니다. 일곱 시에 회장님에게 시간을 일깨워드리십시오. 워낙 약 잡수시기를 싫어하시는 분이라서 시간을 가르쳐드리지 않으면 복용을 건너뛰시니까요."

"알았어요."

민우가 약봉지를 받아 주머니에 넣었다. 그리고 나서 차의 문을 열고 마치 안내를 맡은 친절한 호텔의 보이처럼 허리를 굽힌 자세로 다혜에게 말했다.

"자 타시죠, 어디든 제가 모셔다드리겠습니다."

다혜는 얼떨결에 그가 연 차 안으로 들어가 앉았다. 그러자 민우는 쾅 소리가 나도록 차의 문을 닫았다. 그는 반대편 운전석으로 다가가 문을 열고 앉았다. 차 안은 두꺼운 방음 유리로 밀폐되었으므로 귀를 울리던 경적 소리도 차의 타이어 소리도 들려오지 않았다. 아무래도 불안하다는 듯 운전석을 비켜준 운전사가 저만큼 물러서서 이쪽을 은근히 경계하고 있었다.

"아, 됐다. 이제야 귀찮은 감시병 한 사람을 따돌려버렸다. 저 사람은 말이에요, 아버지의 운전사이기도 하지만 저 사람은 말이죠, 이를테면 첩보원 같은 사람이에요. 몇 시부터 몇 시까지 어디 가고 거기서 뭘 했다는 것을 모조리 어머니한테 일러바치는 치사한 스파이거든요. 이젠 됐어요. 이젠 진짜 우리 둘끼리만 됐어요. 이제 곧 아버지가 몰래 접선하는 간첩처럼 나타날 거예요. 참, 배고프지 않으세요?"

민우가 다혜의 얼굴을 쳐다보면서 생각난 듯 물었다.

"조금."

솔직하게 다혜가 대답했다.

"아주 조금은 배가 고파요."

"조금만 참으세요……."

민우가 라디오의 스위치를 넣었다. 맑고 밝은 노랫소리가 깨끗하게 흘러나왔다.

"아버지한테 맛있는 걸 빼앗아 먹기로 하지요. 그보다도 불안하지 않으세요……?"

"뭐가요?"

"제가 운전대를 잡는다는 것이 불안하지 않으세요? 지금이라도 생명보험을 들고 오시든지요."

"정말 자신 있으세요? 자전거도 잘 못 타시는 분이잖아요."

다혜가 깜박 잊었다는 듯 민우의 아픈 곳을 찔렀다.

"자전거도 제대로 운전 못 해서 사람을 친 형편없는 운전 솜씨잖아요. 난 가겠어요. 난 무서워요. 날 내려주세요."

"살려주세요, 뽀빠이—"

갑자기 민우가 가늘게 여자 목소리로 소리를 질렀다.

"시금치를 드시면 원기가 솟을 겁니다. 안심하세요, 다혜 씨. 난 이래 봬두 삼 년 무사고 운전사예요."

그는 운전대를 잡았다. 키를 돌리고 액셀러레이터를 밟자 차가 위잉 하고 반응을 보였다.

"아버지는 저 사람이 운전할 때보다 내가 운전하는 것을 더욱 좋아하세요. 내가 운전할 때면 아버지는 나를 믿고 주무세요. 아버지가 잠잠하다 싶어 백미러로 들여다보면 시트에 머리를 젖히고 잠이 들어 있곤 해요. 잠이 깜박 들었다 깬 후엔 내게 이렇게 말하곤 하지요. 네가 운전하면 잠이 금방금방 온다, 민우야, 넌 수면제를 내게 먹인 것 같아. 조금도 불안하지가 않구나, 민우야."

순간 다혜는 그의 옆얼굴이 아름답다고 생각했다. 어쩌면 저렇게 옆얼굴이 아름다울 수 있을까. 남자의 얼굴이 어쩌면 저렇게 천진한 순수함으로 빛날 수가 있을까. 턱이. 그리고 목이. 곱슬곱슬한 머리칼이 물결치듯 그의 희고 반듯한 이마를 담쟁이덩굴처럼 뒤덮고 있었다.

그때였다.

운전대를 잡고 앉아 있던 민우의 입에서 작은 소리가 흘러나왔다.

아, 아버지.

이미 시동이 걸려 있는 승용차 헤드라이트를 민우는 작동시켰다. 비상구 앞에 웬 사람이 서 있었다. 한눈에 몹시 비대한 사람으로 보였다. 헤드라이트의 불빛이 깜박거렸다. 그 사람은 눈이 부신 듯 두 손으로 얼굴을 가리면서 천천히 이쪽으로 다가왔다. 흰 장갑을 낀 채 부동자세로 서 있던 쫓겨난 운전사가 황급히 차의 뒷문을 열어주었다. 비대한 사람 뒤에 따라오던 신사복 입은 젊은 사내가 난처한 표정으로 가방을 들고 곁에 섰다. 그 젊은 사람은 비서인 모양이었다.

"타세요, 아버지."

민우가 고개를 돌리면서 소리 질렀다.

그러자 뚱뚱한 사람은 그 말을 신호 삼아 재빨리 차 안으로 뛰어올랐다. 운전사가 차의 문을 가볍게 닫았다. 그러자 젊은 사내 역시 만만하게 물러서지는 않았다. 얼른 차창 옆으로 허리를 굽혀 차 안을 들여다보았다.

"내가 연락하겠어. 내가 연락하겠다니까……."

뚱뚱한 사내가 짜증스런 목소리로 말했다.

"하지만 회장님도 아시다시피……."

"알겠다니까. 이봐, 민우."

"예."

운전대를 잡은 민우가 지나치게 큰 소리로 대답했다.

"그만 출발하지."

"알겠습니다."

부르릉— 엔진 소리를 내면서 차는 앞으로 나아갔다. 차는 지하 차도를 지나 밤거리로 나섰다.

거리는 완전히 밤의 장막으로 덮여 있었다. 호사스런 불빛과 요염한 네온의 불빛으로 거리는 불야성을 이루고 있었다. 익숙한 운전 솜씨로 민우는 차량들의 홍수 속을 헤엄쳐 나갔다.

"이제 겨우 해방되셨어요, 아버지……."

"아아, 그런 셈이다."

맥없이 등 뒤에서 아버지가 말을 받았다.

"난 박 기사를 감쪽같이 따돌렸지만 아버지는 김 비서님을 끝까지 따돌리지 못했군요. 난 완전범죄에 성공한 셈이지만 아버지는 끝까지 꼬리를 잡혔다구요. 아버지와 은행을 터는 것은 아무래도 힘들 것 같아요. 아버지와 2인조 강도는 아무래도 힘들 것 같단 말이에요. 자, 말씀하세요, 회장님."

민우가 클랙슨을 울렸다.

"어디로 모셔드릴까요?"

"그보다 우선 네 옆에 앉아 있는 낯선 여자 운전사를 내게 소개해줘야 도리가 아닌가?"

"아버지, 이 아가씨는요, 우리 은행 강도단에 새로 끼어든 여자 단원이에요. 인사하세요, 다혜 씨. 우리 아버지입니다."

"안녕하세요."

다혜는 허리를 돌려 등 뒤의 사람에게 고개를 숙여 인사했다.

"실내등을 켜라."

인사를 받은 다음 아버지가 부드럽게 아들에게 명령했다.

"실내등을 켜고 밝은 불빛 아래에서 신입 단원의 얼굴을 보고 싶구나."

반짝 실내등이 켜졌다. 결코 밝은 불빛이 아니었지만 그 빛이 켜진 순간 다혜는 부끄러움의 그물이 온몸을 결박하듯 동여매는 것을 느꼈다. 머리숱이 적은 사람이 다혜를 보고 인자하게 웃고 있었다. 숱이 적은 머리의 벗겨진 부분을 감추기 위해서 머리카락을 옆으로 길게 빗어넘기고 있었다.

"안녕하세요, 아가씨."

민우의 아버지가 웃음 띤 얼굴로 가볍게 말을 던졌다.

"아가씨의 입단을 진심으로 축하하오. 됐다, 운전사. 우리 여성 단원이 몹시 부끄러워하는 것 같다. 불을 꺼라."

불이 꺼졌다.

"어느 은행으로 갈까요, 아버지?"

"서울 은행보다는 지방이 낫겠지, 안 그러냐?"

"그럼 인천으로 내뺄까요?"

"그게 좋겠다."

"알겠습니다."

차는 가야 할 방향이 분명해졌으므로 한결 속력이 빨라졌다. 도심의 거리를 벗어나 인천으로 가는 고속도로를 타기 위해서 외곽지대로 빠져나갔다. 잠시 침묵을 지키던 민우가 주머니에서 약봉지를 꺼냈다. 조금 전에 운전사에게서 인계받은 아버지의 약봉지였다. 민우는 한 손으로 운전대를 잡고 다른 한 손으로는 약봉지를 꺼내 뒷자리의 아버지에게 내밀었다.

"이게 뭐냐?"

"약입니다, 아버지."

"도대체 또 무슨 약이냐?"

"시간 맞춰 잡수시라는 의사의 신신당부입니다. 드세요, 아버지. 약을 잡수실 시간이에요."

"너까지 이러기냐. 넌 운전사야. 넌 내 주치의가 아니야. 아직 의대생인 주제에 벌써부터 의사 흉내내지 마라. 의사라면 지긋지긋하다. 운전사면 얌전히 차를 몰아. 그것이 네 의무다."

"뭐라고 하시든 약을 드세요. 물은 뒷자리 보온병 속에 있습니다."

"이봐, 운전사. 이 약을 먹으면 술을 마실 수 없다. 약 먹기 싫어하는 것을 네가 잘 알지 않느냐."

"드세요."

차갑게 민우가 말했다.

"약을 먹기 싫으시면 제발 체중을 빼시든지."

"젠장."

아버지가 대답했다.

"산 넘어 산이로구나. 해방되었을 줄 알았더니 이번엔 말 많은 시어머니 하나 들어온 셈이구나. 좋아. 난 약을 먹겠다. 하지만 넌 오늘 해고야. 당장 운전대를 놓고 꺼져버려."

등 뒤에서 민우의 아버지가 할 수 없다는 듯 보온병의 마개를 열어 물을 따랐다.

"잘 보세요, 다혜 씨. 아버지는 약을 먹는 체하시면서 슬쩍 창
밖으로 버릴지도 모릅니다. 어쩌면 혀 밑에다 알약을 숨기고 있
다가 먹는 체 꿀꺽꿀꺽 물만 마시고 나중에 혀 밑에서 알약을
꺼내 슬쩍 버릴지도 모릅니다. 한 번은 말이에요, 아버지가 말
이에요……."

"이봐, 도대체 넌 무슨 이야기를 하는 게냐. 아버지에게도 자
존심이라는 게 있는 법이야. 네가 정 그런 내 치부를 드러내놓
겠다면 나도 네 창피한 약점을 네 여자 친구에게 털어놓겠다.
네 녀석은 초등학교 3학년 때까지 이불에 오줌을 싸는 오줌싸
개였다든지……."

"좋습니다. 아버지."

민우가 말했다.

"우리 신사 협정을 맺읍시다. 그 대신 약을 먹었다는 증거로
입을 아 하고 벌려보세요."

"좋아."

다소 화난 표정으로 아버지가 말을 받았다.

"아."

아버지가 약을 분명히 삼켰다는 증거를 내보이기 위해서 입
을 크게 벌렸다. 민우가 잠시 시선을 돌려 아버지 입 안을 노려
보았다.

"혀를 올려보세요."

"아."

아버지는 마치 잠자리에 들기 전에 이를 분명히 닦았음을 검사받는 막내둥이처럼 선선히 혀를 올려 보였다.

"됐습니다. 아버지는 분명히 약을 삼키셨습니다."

"미친 녀석."

갑자기 킬킬거리면서 아버지가 웃기 시작했다.

"너 하나쯤은 속이기야 누워서 떡 먹기다. 어이 돌팔이 의사님, 난 아예 입 속에 약을 넣지도 않았어. 넌 속았다."

아버지가 손끝에 빨간 알약을 들어서 약이라도 올리듯 민우의 눈앞에 슬쩍 보였다가 물러섰다. 아버지는 아들을 감쪽같이 속인 것이 신이 나 죽겠다는 듯 벌씬 웃으면서 킬킬거렸다.

"어떠냐 돌팔이 의사 나리. 이만하면 솜씨가 괜찮은 편이냐?"

"잡수세요."

투정을 부리면서 민우가 대답했다.

"오, 물론 먹어야지. 이젠 남의 명령을 받지 않고 내 힘으로, 나 혼자 결정으로 먹겠다."

차는 어느새 고속도로 위로 올라서 있었다. 무서운 속도로 밤의 도로 위를 질주해나갔다. 밤하늘엔 무성한 별들이 보였다. 잠시만 밖으로 나와도 저처럼 또렷또렷하게 별들의 열매가 알알이 여물어 있는 것을 볼 수 있다.

다혜는 말없이 밤하늘을 가만히 우러러보았다. 아버지와 아들의 꾸밈새 없는 말다툼으로 다혜의 마음은 편안하게 가라앉았다.

아버지는 나이를 꽤 많이 드신 것처럼 보였다. 그가 비만한

체구에 거인과 같은 거대한 몸을 갖고 있는 데 비해 민우의 몸
은 어려 두 사람의 외모만으로는 부자지간으로 보이지 않았다.
민우도 아버지를 아버지로 여기기보다는 무례하고 버릇없는 행
동을 해도 용서받는 할아버지, 그래서 나이를 초월한 은근한 공
범자 친구처럼 여기는 것 같았다.

두 사람에게는 조그마한 격의도, 어색함도 엿보이지 않았다.
그 막대한 사업과 골치 아픈 업무에서 도망쳐 아들이 손수 운전
하는 승용차 안에 몸을 숨기고 평소에 남들에게 보여야 하는 딱
딱한 권위와 형식에서 해방되어 저처럼 천진하게 아들과 장난
칠 수 있는 아버지의 애정은 부자지간 이상의 것이었다.

"네 여자 친구를 내버려두고 너무 우리 둘이서만 떠든 것 같다."

잠시 침묵이 온 뒤끝에 아버지가 가라앉은 목소리로 입을 열
었다.

"이봐요, 다혜 씨. 운전사 옆에 앉아 있지 말고 뒷좌석 내 곁
으로 와요. 여기가 귀빈석이니……."

"안 됩니다."

단호하게 민우가 말했다.

"다혜 씨에게 눈독 들이지 마세요. 다혜 씨를 유혹하지 마세요."

"이런 제엔장."

아버지가 투덜거렸다.

"젊었다고 재지 마라, 요놈의 새끼야. 요 돌팔이 의사놈아."

아버지는 일부러 지어 보이는 화난 목소리로 말을 이었다.

"니 녀석이 내 아들이라면 다혜는 내 딸이 아니냐, 이 돌팔이

의사 녀석아."

두 사람은 마음놓고 낄낄거리면서 웃었다.

"니 녀석이 다혜 앞에서 나를 망신시켰으니 이번에는 내가 너를 망신줄 차례가 된 셈이다. 다혜 양, 내가 아주 재미있는 이야기를 하나 해주지."

어느새 민우의 아버지는 신사복의 저고리를 벗고 앉아 있었다. 그는 팔뚝까지 와이셔츠의 소매를 걷어올렸다. 비만하긴 했지만 완강한 느낌을 주었다.

"저 녀석이 본과 2학년 때 말이요, 학교에서 말이에요."

"무슨 얘기하시는 거예요, 다혜 씨 앞에서."

운전대를 잡고 차를 몰아가던 민우가 비명을 질렀다.

"소리 지르지 마라. 니 녀석이 다혜 앞에서 내 치명적인 약점을 드러내었으므로 나 역시 돌팔이 의사 후보생 녀석의 치부를 털어놓을 생각이니까."

"도대체 무슨 얘기를 하시려는 거예요?"

"주사 얘기다."

시치미를 떼면서 아버지가 말을 잘랐다. 그러자 비교적 태연을 가장하고 있던 민우가 비명을 질렀다.

"아버지, 제발 그 얘기만은 하지 마세요. 제발 부탁입니다."

"일단 뱉은 이야기니 그만둘 수는 없는 것 아니냐. 남자가 칼을 뺐으면 하다못해 호박이라도 찌르는 것이 당연하지 않냐."

"항복요."

느닷없이 민우가 소리를 질렀다.

"항복이에요, 아버지."

차는 어느새 고속도로에서 내려 한적한 간선도로를 달리고 있었다. 드문드문 불빛이 보일 뿐 인가들이 모여 있는 주거지는 아닌 모양이었다. 붉은 벽돌집들과 긴 담들이 잇달아 어둠 속에 드러나고 긴 굴뚝들이 곤두서 있는 것으로 보아 아마도 공장들이 밀집한 공업지대처럼 보였다.

이미 종업원들의 근무 시간이 지난 때문인지 거리는 한적하고 조용했다. 밤늦도록 교대해서 조업을 계속하는 공장은 보이지 않았다.

"좋다. 조건이 없는 항복이라면 받아주마."

의기양양한 목소리로 아버지가 말을 받았다.

"그 대신 다혜 양 앞에서 까불지 말 것을 조건으로 하겠다. 한 번이라도 까불면 그땐 용서하지 않겠다."

"치사해요, 아버지, 치사합니다."

차의 속력은 줄어들었다. 차는 커브를 틀면서 한 공장 정문으로 다가갔다. 공장 문은 열려 있었지만 통행을 차단하는 굵은 철책 저지선이 문 앞을 가로막고 있었다. 차가 다가가자 경비실 문이 열리면서 한 사람이 황급히 뛰어나왔다. 그는 작업복 차림이었다.

"어딜 가십니까?"

그는 차 안을 기웃거리면서 들여다보았다.

"근무 시간이 지났는데요."

갑자기 차 안을 들여다보던 사내가 당황한 얼굴로 몸을 일으켰다. 그는 한눈에 차의 번호와 차 안에 탄 사람의 신분을 확인하고는 몹시 당황하더니 깜박 잊었다는 듯 거수경례를 올려붙였다.

그는 급한 나머지 허둥대고 있었다. 그래서 철책 저지선을 치우는 것을 잊어버린 모양이었다. 민우가 클랙슨을 두 번 누르자 그는 그제야 저지선을 치웠다. 차는 공장 안으로 들어섰다.

수위의 말대로 근무 시간이 지난 공장 안은 폐허와 같았다. 차의 헤드라이트 불빛 속에 뭔가 거대한 더미들이 군데군데 쌓여 있었다.

그것들은 딱딱한 철(鐵)들이었다. 짜개지고 깨어지고 부서지고 갈라진 철들이 한데 모여서 어둠 속에 웅크리고 있었다. 밝은 불빛들이 밤안개가 스며드는 공장의 뜰을 대낮같이 밝혔다. 엄청난 고철들은 바위 같은 침묵으로 운집된 채 묵묵히 입을 다물었다.

차는 고철더미와 공장지대를 지나 건물 앞으로 다가갔다. 사무실임이 분명한 단층 건물 안엔 불이 환히 밝았다.

차가 멎자 민우는 재빨리 내려서 뒷문을 열었다.

밤안개가 천천히 스며들고 있었다. 습기에 촉촉이 젖은 자갈돌들이 윤기를 내면서 빛났다. 사무실 문을 열고 들어서자 경비원 제복을 입은 두 사내가 난롯불에 라면을 끓여서 먹다가 벌떡 일어섰다. 그들은 마치 나쁜 짓을 하다가 들킨 사람처럼 몹시 당황해했다.

"회장님이 웬일이십니까?"

먼저 안정을 찾은 회사원 차림의 사내가 단추를 여며 채우고 입을 열었다.

"연락도 없이 웬일이십니까?"

"자넨 누군가?"

"예, 저는 밤 당직하고 있는 영선부의 김영홉니다."

"됐어. 먹던 라면이나 마저 먹지."

"아, 아닙니다."

사내는 손을 내저었다.

"배가 고파서 먹던 것은 아니었습니다. 심심하던 차에…… 저 공장장님한테 연락을 하겠습니다. 이리로 나오시게 하겠습니다."

"필요없어."

아버지가 어깨에 걸쳤던 신사복을 내리면서 입을 열었다.

"난 아무도 만나고 싶지 않네. 난 쉬러 온 것뿐이니까. 잠시 우리끼리만 쉬다 가겠네. 이쪽은 내 아들이고, 이쪽은 내 딸일 세. 번거로움을 끼쳐 미안하네."

"아, 아닙니다. 하지만 여긴 워낙 누추한 곳이라서……."

사무실을 임시 숙소로 개조한 것이 분명했다. 사무실 의자를 한 곳으로 밀어놓고 군용 침대 두 개를 난롯가 옆에 바짝 붙여 놓았다.

"천만의 말씀이지. 내겐 이곳이 호텔보다 마음이 놓이고 내 집 안방보다도 마음놓이는 곳이지. 웬 말을 그리도 험하게 하는가."

"……죄송합니다."

사내는 깍듯하게 머리를 숙였다.

"아무래도 공장장님에게 연락을 드리는 편이……."

"자네 이외에 누구라도 또 새로 나타나 우리의 즐거운 저녁 자유를 박탈한다면 그땐 자네에게서 사표를 받겠네."

"아, 알겠습니다."

"그 대신 부탁이 있네."

아버지는 침대 위에 털썩 주저앉으며 말했다.

"요 앞 바닷가에 나가 생선회와 소주 두 병만 사다주게."

아버지는 주머니에서 지갑을 꺼내들었다.

"아닙니다. 저희들이 사오겠습니다. 제게 당직비 받은 돈이 조금 있는데요."

"자네한테 얻어먹었다간 자린고비로 소문날 텐데. 난 쓸데없이 폐를 끼치고 싶지 않네."

"천만의 말씀입니다. 곧 다녀오겠습니다. 회사 노선 차가 있으니까요."

마침내 세 사람이 텅 빈 공장 안에 남게 되었다. 닫힌 창밖으로 점점 밤안개가 짙어가는 것이 보였다. 바닷가가 가까웠으므로 안개가 저처럼 빠르고 짙게 드리우는 것일까. 다혜는 문득 생각했다. 어디선가 안개를 뚫는 뱃고동 같은 기적 소리가 들려왔다.

"자, 앉아, 다혜 양. 우린, 이제 완전히 우리들 셋만 되었어. 저 안개 좀 봐라, 민우야, 보기 좋지 않느냐. 난 이곳에만 오면 저놈의 안개가 가장 마음에 든다. 난 이곳에서 너만치 어린 나이 때부터 저놈의 밤안개하고만 싸워왔다. 내가 일찍부터 뜻을 세웠던 것도 이곳이었고, 저놈의 밤안개와 싸우기 시작했던 것도 이곳이었고, 평생 동안 쇠(鐵)하고만 싸워왔어. 그러니까 니 애빈 쇠만 주워먹는 불가사리인 셈이지."

갑자기 아버지가 걷어올린 팔뚝을 굽혀서 주먹을 들어 보였다.

"이래 봬도 내 팔 힘을 당할 놈은 인천 부둣가에서는 단 한 명도 없었다. 민우 네 녀석 정도야 팔목을 잡아쥐두 내가 아직도 이길 수 있지. 원래부터 내가 팔 힘이 세었던 것은 아니었다. 저놈의 쇠, 저 망할 놈의 쇠와 싸우느라고 팔뚝이 굵어진 것이지. 난 쇠를 지고 이고 때로는 자르고 때리면서 살아왔다. 아, 아 생각만 해도 넌덜머리가 난다."

아버지는 주머니에서 담배를 꺼냈다. 그는 담배에 불을 붙여 한 모금 빨아들였다.

"담배를 피우지 않기로 하셨잖아요."

민우가 따지듯이 물었다.

"술 담배를 안 하기로 하셨잖아요. 엄마가 알면 가만두지 않으실 텐데요."

"이 자식아, 술 담배가 없으면 무슨 재미로 살겠냐?"

"하지만……."

"한 번만 더 내게 이래라 저래라 돌팔이 의사 노릇 하겠다면 하는 수 없다. 그 망할 놈의 비밀을 다혜 양 앞에서 털어놓을 수밖에."

"맘대로 하세요."

다소 불만스런 목소리로 민우가 말을 받았다.

"한 번만 더 쓰러지시면 그땐 끝장이에요."

"나야 쇠를 잡아먹는 불가사리니까 잘 알고 있다. 사람도 나이가 들면 쇠처럼 녹이 스는 게다. 녹이 슬면 아무리 벗겨내도 속까지 개비할 수는 없는 거다. 난 이미 녹이 슬었다. 녹이 슨 강철은 엿장수도 받지 않는다."

아버지는 담뱃갑에서 담배를 한 개 뽑아 아들 앞에 내밀었다.

"한 대 피우시지, 의사 나으리. 이젠 담배를 배울 나이도 되었지 않으냐."

그는 다혜에게도 담배를 한 대 내어밀었다.

"난 여자들이 담배 피우고 술 마시는 게 예쁘다고 생각한다. 요즈음 젊은이들은 너무 마일드해. 난 좀더 와일드해지길 바라는데……"

"담배 피우고 술 마시는 게 와일드한 것인가요?"

민우가 항의라도 하듯이 아버지의 얼굴을 정면으로 쏘아보았다.

"오우, 물론."

아버지는 서양식 제스처로 어깨를 들썩해 보였다.

"물론 아니지. 하지만 내 말은 그런 뜻이 아니다. 난 물론 건강하지는 않다. 의사 말대로 담배와 술을 끊고 제시간에 꼬박꼬박 약을 먹지 않으면 위험할지도 모른다. 네가 말한 대로 한 번만 더 쓰러지면 그땐 영영 일어나지 못하게 될지도 모른다. 그러나 난 죽는 것이 무섭지 않다. 이젠 살 만큼 살았다고 생각한다. 먹고 싶은 것 못 먹고 마시고 싶은 것 못 마시고 피우고 싶은 것 못 피우면서 생명을 부지해서야 무슨 뜻이 있겠느냐. 내 말은 이런 뜻이다. 네 눈에 저 쇳덩어리가 몇 킬로그램쯤 되어 보이냐?"

아버지는 안개가 스며드는 창밖을 가리켰다. 뽀얀 안개 속에 산더미처럼 쌓인 쇳조각들이 젖은 물기를 번득이면서 빛나고 있었다.

"저것이 일정한 규격 없이 제멋대로 잘라놓은 쇳덩어리처럼 보이지만 실은 모두 일정한 무게로 잘라놓은 거야. 네가 혼자서 저 쇳덩어리 몇 개를 들어올릴 수 있다고 생각하냐?"

"전 보기보단 힘이 세요, 아버지."

민우가 자랑스레 팔뚝을 부풀려 보였다.

"제 팔 힘이 센 것은 아버지도 잘 아시지 않아요. 이래 봬두 누구한테든 팔씨름을 해서 져본 적은 없었다구요."

"물론 네 팔 힘이 센 것은 일단 인정해주지. 그건 그렇다 치고 도대체 몇 개나 들어올릴 수 있다고 보니?"

"글쎄요."

민우가 눈을 가느다랗게 떴다. 무언가 골똘히 생각하듯 숨을 죽였다.

"아주 작아 보이는데. 서너 개쯤 들어올릴 수 있겠지요."

"서너 개?"

어이없다는 듯 아버지는 껄껄 웃었다.

"나가서 한번 들어올려봐라. 두 개만 들어올려도 네가 원하는 대로 뭣이든 해줄 용의가 있다. 아니다. 하나만, 단 하나만이라도 들어서 네 머리 위까지 올린다면 네가 원하는 대로 담배와 술을 끊겠다."

"아버진 몇 개나 들어올리셨어요?"

"젊었을 땐 두 개를, 그러나 이젠 하나는 들어올릴 수 있지."

"좋아요. 그렇담 나도 아버지만큼은 들어올릴 수 있어요."

민우가 결심했다는 듯 사무실을 박차고 뛰어나갔다. 그의 모습은 방 안에서 사라졌다. 잠시 짧은 침묵이 왔다. 석유난로 속에서 작은 애가 칭얼대는 소리로 불길이 솟아오르고 있었다.

"민우를 통해 이야길 많이 들었어요. 민우와 난 못하는 이야기가 없지. 저앤 내 막내아들이오. 내겐 두 아이가 있는데 큰아인 저애보다 스무 살이나 많소. 내 곁에서 일을 도와주고 있지. 난 저앨 아들 녀석으로 생각하기보다는 손자 녀석으로, 아니 친구 녀석으로 생각하고 있어요. 저애가 내게 말했소. 아버지, 난 요즘 이상해요. 보는 것, 듣는 것 모두가 새롭고 어제와는 달라요. 난 그것이 고맙소. 왜냐하면 저 아이는 어렸을 때부터 단 한 번도 남에게 사랑을 받고 자라지 못했기 때문이오."

아버지는 빠르게 말을 이어내려갔다. 그는 일부러 민우를 두 사람 곁에서 떼어놓아 그 짧은 시간에 다혜에게 하고 싶은 속말을 한꺼번에 털어놓고 싶어하는 것 같았다. 그래서 그는 서두르고 있었다.

그는 뭔가 내게 말하고 싶어했다. 아직 첫 번째의 만남밖에 되지 않았으므로 조심하고 있지만 그의 말투에는 성급한 속마음을 털어놓고 싶어하는 초조를 짐짓 억제하는 조바심이 깃들어 있다.

이때였다. 창밖에서 고함 소리가 들렸다.

두 사람은 창밖을 내다보았다. 안개 속에서 민우가 홀로 서 있었다. 그는 마치 체육대회에 나선 역도 선수처럼 쇳덩어리를 주워들었다. 그는 욕심을 부리고 있었다. 한꺼번에 두 장을 포개어 서서히 들어올렸다. 허리까지 들어올리는 데는 성공했다. 하지만 허리 위로 꺾어올리는 데에는 역부족이었다. 그는 비틀거리면서 엉거주춤 들어올렸던 쇳덩어리를 땅바닥에 떨어뜨렸다.

"이 녀석 안 될걸."

물끄러미 아들의 힘자랑을 바라보던 아버지가 미소를 띠면서 말했다.

"네 녀석이 두 장을 머리 위까지 들어올린다면 그건 기적이지. 다혜 양, 저 쇳덩어리 한 개가 얼마 정도가 되어 보여요?"

"……글쎄요."

다혜가 긴 침묵 끝에 입을 뗴었다.

"……잘 모르겠어요."

"저게 보기엔 가볍게 보여도 하나에 오십 킬로그램이 넘어가지. 두 개를 포개서 든다면 백 킬로그램을 들어올리는 셈인데 그건 어림도 없는 이야기지."

이번엔 민우가 무리를 하지 않았다. 그는 쇳덩어리 한 개만을 집어들었다. 그것도 만만치가 않았다. 그러나 그는 필사적이었다.

아버지 앞에서 업신여김당하는 것보다는 좋아하는 여자 친구 앞에서 자신이 무력하고 나약한 사내라는 사실이 밝혀진다는 게 못내 굴욕적인 일처럼 느껴졌는지 그는 혼신의 힘을 다해서 쇳덩어리를 들어올렸다.

그는 마침내 머리 위까지 쇳덩어리를 들어올린 후 그것을 힘차게 내어던졌다. 그러고 나서 신바람난 뜀박질로 다시 사무실을 돌아 방으로 들어왔다. 그는 땀을 흘리며 가쁜 숨을 몰아쉬었다.

"봤지요, 아버지. 난 해냈어요."

풍향기 風向旗

민우와 첫 번째 만남이 있은 뒤 그에게서는 아무런 소식도 없었다. 다혜는 애써 모른 체하고 있었지만 마음은 소식 없는 그에 대한 궁금증으로 쉴 새 없이 흔들렸다.

소식을 보내는 방법은 여러 가지가 있을 것이다. 굳이 편지를 보내지 않더라도 전화를 거는 방법도 있다.

그는 이미 내 수첩에서 전화번호를 보아 알고 있지 않은가. 편지는 직접 전해지지 않고 많은 시간을 허비한 뒤에야 본인에게 전해지는 불편한 물건이므로.

차마 전화를 걸 만큼 용기가 없는 것일까.

저녁 무렵 어둑어둑할 즈음, 초인종 소리에 대문가로 나아가 문 밖에 그가 멋쩍은 미소를 띠고 머리를 긁으며 서 있는 모습을 볼 수 있다면 얼마나 재미있을까.

그렇다면 난 서슴지 않고 집 안으로 들어오게 할 거야. 집에는 아무도 없으니까. 엄마는 늘 밤에 늦게 돌아오시곤 하니까. 집 안에 들어오면 소파에 앉히고 커피를 끓여줄 거야. 그가 들고 온 장미꽃은 꽃병에 꽂아두겠지.

그러나 민우에게서는 아무런 소식도 없었다. 편지도, 전화도, 돌연한 방문의 기색도 전혀 보이지 않았다.

어쩌면 학교의 강의실로 직접 찾아오는 것이 아닐까.

다혜는 몹시 기다렸다.

강의를 듣다 말고 지금쯤 문 밖에 그가, 민우가 큰 키로 주머니에 손을 찌르고 휘파람을 불면서 꾸부정히 서 있을 것만 같아 가슴이 와랑와랑 뛰곤 했다.

그러나 막상 강의가 끝난 복도에 나가보면 그의 모습은 보이지 않았다. 어디선가 그를 만날 수 있겠지. 오고 가는 캠퍼스에서 우연히, 전혀 생각지도 않던 도서관의 열람실에서 우연히, 학교 앞 버스 정류장에서 자전거를 타고 가는 그의 모습과 우연히, 정말 예기치도 않게 우연히.

우연에 대한 기대로 하루하루가 힘겹게 지나갔다.

집으로 돌아올 때면 골목길 저 끝에 그가 기다리고 서 있을 것만 같아서 가슴이 뛰었다. 마침내 아무런 기별도 없이 빈 방문을 열고 들어설 때면 아아, 오늘 하루도 그에게서, 민우에게서 아무런 소식이 없었다는 참담한 슬픔으로 몹시 우울하고 그리고 쓸쓸했다.

그가 몹시 보고 싶고, 그가 몹시 그리웠다. 지금 이 순간 그가 내 곁에 있다면. 언제나 어디서나 그런 그리움이 가슴속에 그림자를 드리웠다.

그를 직접 만나러 찾아가자.

한길 건너 의대 부속 병원을 돌아가면 대학 본부가 나올 것이다. 그 대학 건물 안 게시판에 강의 시간표가 붙어 있겠지. 그 시간표를 보고 강의실을 찾아가면 그는 어떤 표정을 지을까.

그는 바람둥이일지도 몰라. 그는 부자고, 또 잘생긴 대학생이니까. 다른 여학생들과 수없이 데이트를 하고 있는 상습범인지도 몰라.

그 얼굴에 나타나 보이던 천진한 표정과 순진한 미소는 일부러 여자들을 유혹하기 위해 준비하고 다니는 가면일지도 몰라.

그래. 그를 찾아간다는 것은 우스운 일이야.

차라리 그에게 편지를 쓰자. 그에게 절교의 편지를 쓰자.

민우 씨와의 일들을 생각하면 생각할수록 분하고 억울해요. 모두 없었던 것으로 해주세요. 다시는 만나고 싶지 않아요. 앞으로 다시는 편지하지 마세요.

겨우 한 번의 만남으로 어떻게 절교를 선언할 수 있단 말인가. 그런 편지를 쓴다면 그는 다 읽어본 후에 이렇게 말하겠지.

이 아가씬 정상이 아니야.

어느덧 새학기의 어수선한 봄 분위기는 초여름의 열기로 변해가고 곧 성하(盛夏)의 계절이 다가왔다.

다혜는 늦도록 도서관에서 책을 읽다가 밤이 으슥해서야 책을 덮고 밖으로 나갔다. 밤늦은 교정을 밝히고 선 가로등 주위로 새하얗게 밤벌레들이 날갯짓을 하면서 몰려들었다. 몇 마리의 불나방들은 따가운 등에 날개를 데고는 땅 위에 곤두박질쳐 굴렀다.

순간 다혜는 민우가 보고 싶다는 생각이 샘처럼 솟아오르는 것을 느꼈다.

민우. 한민우.

다혜는 그만 소리내어 중얼거려보았다. 입 밖으로 소리를 내어 그의 이름을 부르자, 두 다리에서 힘이 빠지고 가슴이 미어졌다.

민우. 그가 지금 내 곁에 있다면. 그가 내 곁에 있어 함께 이 밤늦은 교정을 걸어갈 수 있다면.

혼잡한 버스 손잡이에 간신히 매달려 집으로 올 때까지 다혜는 공연히 눈물이 쏟아질 것 같은 슬픔에 젖어 있었다. 집에 돌아온 다혜를 맞아준 것은 어머니였다.

"늦었구나."

어머니는 문을 열어주면서 덤덤하게 말했다.

"어디서 오는 길이냐?"

"……도서관에서요."

"밥은 먹었니?"

"……아뇨."

다혜는 될 수 있는 대로 빨리 엄마 곁에서 벗어나고 싶었다. 빨리 벗어나 혼자 있고 싶었다. 그래서 서둘러 신발을 벗고 계단으로 올라가려는데 등 뒤에서 어머니의 목소리가 다혜를 불러세웠다.

"나하고 얘기 좀 하자."

다혜는 돌아섰다.

"밥을 안 먹었다고 하면서 왜 방으로 올라가려고 서두르니.
나도 밥을 아직 안 먹었으니 같이 먹자."

"옷을 벗고 씻으려구요."

다혜가 짐짓 명랑하게 말했다.

"옷을 갈아입고 금방 내려올게요, 엄마."

"잠깐, 잠깐이면 된다."

어머니가 말을 받았다.

"도대체 민우란 사람이 누구냐? 가만있자, 한민우. 맞았어, 한
민우. 너 한민우란 사람을 알고 있니? 도대체 이 사람이 누구
냐? 너하고 어떻게 되는 사이냐?"

어머니의 입에서 전혀 생각할 수 없는 엉뚱한 사람의 이름이
불쑥 튀어나오자 다혜는 소스라치듯 놀랐다. 다혜는 뭐라고 대
답할 말이 금방 떠오르지 않았다. 그래서 고개를 숙이고 마루를
내려다보고 서 있었다.

"그렇다면, 전혀 모르는 사람의 이름이냐?"

딸의 표정을 주의해서 관찰하던 어머니가 다짐하듯 물었다.

"왜 대답을 못하니? 한 번도 만난 적이 없는 사람의 이름이
냐?"

"······아뇨."

간신히 다혜는 기어들어가는 목소리로 대답했다.

"그럼 어떤 사이냐?"

"저어…… 학교에서 함께 간혹 만나곤 했던 친구 사인데요……."

"친구?"

의외라는 듯 어머니가 말을 받았다. 그녀로서는 전혀 뜻밖의 대답이 딸의 입에서 나온 듯 조금 놀란 표정이었다. 그녀가 평소 생각하고 있던 딸의 이미지는 조용하고 내성적이고 선병질적인 것이었다. 그런데 그렇게 생각하고 있던 딸의 입에서 엉뚱한 대답이 튀어나오자 당황한 것은 오히려 어머니 쪽이었다.

"무슨 소리냐? 친구라니?"

마침내 어머니는 주머니에서 흰 종이봉투를 꺼냈다.

"집으로 들어오는 길에 우체함 속을 보았더니, 그 속에 이 편지가 들어 있더구나. 분명히 겉봉엔 네 이름이 적혀 있었어. 그런데 뒷면을 보니까 한민우라고 보낸 사람의 이름이 적혀 있었어. 그래서 한민우라는 사람의 이름을 알게 되었다. 솔직히 말해서……."

어머니는 낯을 붉힌 채 고개를 숙이고 서 있는 다혜의 얼굴에서 조금도 시선을 떼지 않았다.

"네가 들어오기 전에 내가 먼저 편지를 뜯어보려고 했다."

어머니로서는 다소 부드럽게 농담식의 말을 꺼낸 셈이었다.

"……허지만 난 편지를 뜯어보지는 않았다. 그건 다 큰 딸아이의 인권을 무시하고 다 큰 아이의 자유를 무시하는 셈이 되니까. 다 큰 딸아이라는 것이 얼마나 간수하기 힘든 물건인지 넌 모를 게다. 그래서 말인데."

어머니는 손에 들었던 흰 사각봉투를 다혜에게 내밀었다.

"그대로 이 에미 앞에서 이 안에 들어 있는 편지의 내용을 함께 보여주지 않겠니? 이 에미도 안심시켜줄 겸 말이다. 이 학생이 쓴 편지의 내용을 네 입으로 낭독해주면 더욱 좋겠구. 어떠냐? 이것은 에미로서 당연한 요구라고 생각한다. 이 요구도 네 사생활을 침해하는 행위라고 생각하니?"

다혜는 말없이 어머니의 손에서 민우의 편지를 받아들었다.

어머니의 손에 들린 민우의 편지를 본 순간 다혜의 마음엔 작은 노여움이 일었다. 왜 어째서 저 편지가, 그토록 기다리던 민우의 편지가 어머니의 손에 들려 있어야만 하는지 다혜는 그것이 이해가 되지 않았다.

"……올라가겠어요."

다혜가 감정을 억제하며 말했다.

"내 방으로 올라갈 테야."

"에미와의 약속은 지키지 않아두 좋단 말이냐?"

"난 약속하지 않았어요. 그건 엄마가 일방적으로 정한 약속이었지."

"난 알아야 돼. 편지를 뜯어라. 요 맹추 계집애야."

다혜는 손으로 봉투를 뜯었다. 떨리는 손으로 안의 내용물을 꺼냈다. 접힌 종이를 펼치자 눈에 익은 민우의 글씨가 나타났다. 그의 글씨를 본 순간 기쁨과 수치감이 한데 어우러져 다혜의 마음을 흔들었다. 다혜는 결연히 계단을 뛰어오르면서 말했다.

"나중에 말할게요, 엄마."

쿵쾅거리면서 방 안으로 들어선 다혜는 스탠드의 불을 밝히고 민우의 편지를 펼쳐 보았다.

"안녕하세요, 다혜 씨."

편지는 이렇게 시작되고 있었다. 오랜만에 온 편지였지만 내용은 무척 짧았다. 안부의 인사보다는 다음에 만나기로 할 장소와 시간만을 정확히 밝힌 싱거운 편지였다. 세 번째의 편지를 그것도 아주 오랜만에 보내면서도 이처럼 짧게, 언뜻 보면 무성의하게 보낼 수 있을까. 다혜는 한눈에 편지를 읽어내린 후 생각했다. 그러나 그런 생각도 잠깐뿐이었으며 그에게서 마침내 그토록 오랜 침묵 끝에 편지가 왔다는 사실에 다혜의 마음은 흥분해서 흔들리고 있었다.

다음 날 오후, 다혜는 민우가 편지에 약속한 장소로 일찌감치 나갔다. 오전에 모든 강의가 끝났으므로 오후는 내내 빈 시간이었다. 오후 다섯 시까지의 빈 시간 동안 다혜는 혼자서 전람회의 그림을 감상하기도 하고 모처럼 책방에 들러 읽고 싶은 책도 두어 권 샀다. 그래도 시간이 많이 남아 있으므로 다혜는 약속 장소로 걸어갔다.

고궁으로 들어가는 길목에 있는 조그마한 찻집이었다. 젊은 사람들이 약속 장소로 정하기엔 아주 좋은 곳이었다. 고궁의 울창한 숲과 나무들이 찻집 유리창 밖으로 정원처럼 펼쳐져 있었다.

다혜는 가장 구석진 자리에 앉아 책방에서 사가지고 온 책을 펼쳐들었다. 오래전부터 읽고 싶었던 책을 별러서 샀지만 활자는 눈에 들어오지 않았다. 눈은 활자를 좇아 훑어내려갔지만 내용은 전혀 머릿속을 헤집지 못했다.

잠시 후면 그가 나타나리라는 기쁨으로 가슴이 미어졌다. 얼마나 그가 보고 싶었던가, 지난 며칠 동안. 그를 마지막으로 만난 후 한 달 정도밖에 지나지 않았는데도 일 년이 훨씬 넘은 것 같은 기분이 들었다. 그동안 그는 왜, 무슨 일로 그토록 연락을 하지 않았던가. 그를 만나면 어떤 표정을 지을 것인가. 노골적으로 그가 보고 싶었던 그리움을 얼굴 위에 나타낸다면 나를 너무 경박한 여인이라고 생각지 않을까. 그러면 일부러 쌀쌀하고 새침한 표정을 지어볼까. 아아, 그것은 거짓이다. 감정이 이끄는 대로 행동해야지.

지루하게 참으로 지루하게 기다린 뒤에야 약속 시간이 되었다. 다섯 시가 가까워오자 다혜는 읽던 책을 덮었다. 다혜는 창 너머로 그가 걸어들어올 고궁의 뜰을 내다보았다. 모퉁이를 돌아서 이제 약속 시간이 되었으므로 뛰듯이 성큼성큼 걸어들어올 민우의 모습이 이제나저제나 숲 사이에서 나타날까 다혜는 창밖을 지켜보았다. 반쯤 마시다 남긴 커피는 싸늘히 식었고 서편 창가에 머물던 저녁 햇살의 잔영이 슬그머니 사라졌다. 아직 어두운 저녁은 아니었지만 실내엔 불이 켜지고 약속을 지킨 젊은이들이 호들갑을 떨면서 웃고 박수를 치고 있었다. 나무들의 긴 그림자가 정갈한 고궁의 잔디밭 위에 길게 누웠다.

"커피 다 드셨어요? 치울까요?"

반쯤 마시다 남긴 커피를 보고 찻집 종업원이 다혜에게 물었다.

"아뇨. 아직 마시지 않은 걸요."

다혜는 머리를 흔들었다. 그리고 그녀는 반쯤 남긴 커피를 단숨에 들이켰다. 커피는 식어 있었으므로 마치 차디찬 얼음을 깨뜨려 마시는 느낌이었다. 그러자 왈칵 슬픔이 솟구쳤다.

그는 나타나지 않을 것이다. 그는 자기가 일방적으로 약속한 시간과 장소에 나타나지 않을 것이다. 그는 오지 않을 것이다. 그는 나를 잊어버린 것이다. 아니다, 잊어버린 것이 아니라, 나를 무시하고 있는 것이다.

다혜는 시계를 보았다. 약속 시간은 한 시간이나 지나 있었다.

이제 그는 오지 않을 것이다. 나는 더 이상 앉아서 그를 기다릴 필요가 없다. 만약 그에게 무슨 일이 있어 뒤늦게 나타난다고 해도 그것은 용서할 수 없는 일이다.

다혜는 책을 들고 일어섰다. 몹시 부끄럽고 창피했다. 다혜는 계산을 하고 찻집을 나왔다.

이미 땅거미가 내려 있었다. 한낮의 열기와는 달리 서늘한 한기가 벌겋게 상기된 다혜의 얼굴을 식혀주었다.

그때였다.

누군가 소나무숲 사이의 모퉁이를 돌아서 달리듯 걸어오고 있었다. 그 그림자는 머뭇거리지 않고 직선거리로 오다가 다혜를 보자 멈칫 제자리에 섰다.

"안, 안녕하세요?"

숨가쁜 소리로 그는 소리부터 질렀다. 다혜는 그를 쳐다보았다. 낯익은 얼굴이었다.

"접니다. 현탭니다."

그는 다혜를 보자 비로소 안심했다는 듯 가쁜 숨을 헐떡거리며 입이 찢어져라 크게 웃었다.

"난 그새 가신 줄 알고 얼마나 바쁘게 달렸는지 압니까. 제트기를 타고 날아왔습니다. 오래 기다리셨죠, 다혜 씨."

왜 그가 나타난 것일까. 약속 편지를 보낸 민우는 나타나지 않고 왜 그가 대신 나타난 것일까. 그것도 훨씬 늦은 시간에.

"화나셨죠?"

싱긋 웃으며 현태가 물었다.

"……아뇨……."

다혜가 사무적인 목소리로 대답했다.

"간신히 민우에게서 연락을 받았어요. 나보구 대신 나가달라는 부탁을 받은 게 글쎄 삼십 분 전이었어요. 민우가 서너 시간 전부터 날 찾은 모양인데 내가 하숙집으로 늦게야 들어섰지 뭡니까. 연락을 받는 즉시 제가 제트기를 타고 달려오는 길입니다. 아아……."

현태가 어느 정도 가쁜 숨을 가누었는지 이마에 밴 땀을 닦으며 유쾌하게 웃었다.

"다행입니다. 일 분만 늦었어도 못 만나뵐 뻔했군요. 천만다행입니다. 우리 둘이서 커피라두 한잔 마실까요?"

"아뇨, 전 그만 돌아가겠어요."

146 겨울나그네

다혜가 말했다.

"웬일이십니까? 제가 반갑지 않으세요? 민우 군이 나오지 않고 제가 대신 나온 것이 속상한 일이라도 됩니까? 이보세요, 우리 같은 녀석이야 이런 때 핀치히터로 다혜 씨 같은 미녀하구 데이트해보지 언제 해봅니까. 좋습니다. 찻집엔 들어가지 말기로 합시다. 그 대신 여기 벤치에 앉기로 합시다. 사실 난 오늘 미리 말해두지만 한푼도 없는 빈털터리입니다. 여기까지 오느라고 버스표 하나 남은 것을 사용해버렸으니까요. 이따 갈 때 차비 좀 주세요."

현태가 자신의 말이 사실이라는 것을 증명하듯 모든 주머니를 뒤집어 속을 까발려 보였다. 그의 말대로 그의 모든 주머니는 텅 비어 있었다.

다혜는 그의 행동에 자신도 모르게 픽 웃어버렸다. 그리고 그가 가리킨 벤치에 주저앉았다. 다혜의 곁에 현태가 털썩 앉았다. 그에게서 술 냄새가 풍겨왔다.

"현태 씨는 언제나 술을 마시고 있나요? 젊은 학생이 언제나 술 냄새가 나고 있어요."

"이러지 마세요. 다혜 씨가 절 만난 것이 겨우 두 번밖에 되지 않으니까."

그는 귓가에 꽂아두었던 담배꽁초에 불을 붙였다.

"하기야, 친구 녀석들은 돈 달라면 안 줘도 술 사달라면 잘 사주거든요. 돈 인심은 나빠두 술 인심은 좋은 편이죠. 다혜 씨두 제게 술 한잔 사주지 않겠습니까. 물론 많은 돈은 필요치 않습니다. 커피 두 잔 값이면 소주 한 병 값이니까요. 좀 봐주이소. 높은 데 있을 때 좀 봐주이소."

느닷없이 현태가 사투리로 짓궂게 물고 늘어졌다.

"좋아요."

천천히 다혜가 대답했다.

"정말입니꺼. 이게 웬 횡재지. 자, 갑시다. 앞장서시소. 마음 변하기 전에."

두 사람은 나란히 걸어 한적한 고궁을 빠져나갔다. 현태는 운동화 뒤축을 꺾어 신고 있었다. 그래서 걸을 때마다 신발 뒤축이 보도와 부딪쳐서 숨찬 소리를 냈다.

"민우 씬⋯⋯."

다혜가 망설이다가 입을 열었다.

"어떻게 된 거예요? 웬일로⋯⋯."

"그 자식은 얘기하지 말기로 합시다."

서둘러 현태가 다혜의 말을 막았다.

"그 자식은 나쁜 놈이니까요. 그 자식은 믿을 놈이 못 됩니다. 그 자식은 거만하고, 돈이 좀 있다고 거들먹거리고, 사람을 무시하는 건방진 데도 있고, 그냥 모르고 지냈지만 잔인한 데도 있으니까요. 한마디로 민우 그 새낀 나쁜 놈입니다."

현태가 주머니에 손을 찌르고 성큼성큼 걸었다. 그는 아까부터 땅바닥에 구르는 돌멩이를 발끝으로 톡톡 차며 걷고 있었다.

"그 자식은 내게 이런 말을 했어요. 미안하다, 현태야. 그만 내가 이중 약속을 했거든. 그래서 말인데, 다혜한테는 니가 대신 나가주지 않겠니. 나가서 말이야, 변명은 네 맘대로 하라구, 몸이 아프다구 그러든지 아니면 무슨 피치 못할 사정이 생겼다구 변명해달라구. 그래서 내가 나온 것입니다, 다혜 씨."

현태가 힘껏 돌멩이를 차면서 다혜를 돌아보았다. 다혜는 그가 농담을 하고 있다는 사실을 분명히 알면서도 그의 말이 하나하나 가시가 되어서 가슴을 찌르는 것을 느꼈다. 그의 농담 속에 뭔가 심상치 않은 비밀과, 저런 식으로 과장을 해야만 숨길 수 있는 사연이 깃들어 있을 것만 같았다.

두 사람은 번화가를 향해 걸어나갔다. 어둠은 짙어지고 거리는 요염한 불빛으로 현란하게 빛났다. 번화가의 뒷골목에서 현태가 발을 멈췄다.

"들어갑시다."

돼지불고기를 문 밖에서 연탄불에 지글지글 태우고 있는 허름한 술집 앞에서 현태가 다혜를 보았다.

"틀림없이 술 한잔 사주시는 거죠?"

다혜가 머리를 끄덕이자 현태는 기다렸다는 듯 술집 안으로 들어갔다. 고기를 굽는 연기로 뿌옇게 흐려진 술집 안은 들어설 틈 없이 사람들로 가득 차 있었다.

두 사람은 구석진 빈자리에 앉았다. 가운데엔 빈 드럼통으로 만든 화덕이 놓여 있었고 그 안엔 뜨거운 불길이 솟아올랐다. 돼지갈비와 소주 한 병을 시키고 나서 현태는 다혜를 바라보았다. 다혜는 고기를 굽는 연기에 매워 눈물을 찔끔찔끔 흘리고 있었다.

"솔직히 말씀드리죠. 어차피 아실 일이니까."

빈 잔에 따른 소주를 굶주린 듯 벌컥 들이켜고 나서 현태는 가위로 자른 돼지갈비를 한 점 씹었다.

"민우는 약속을 지킬 수가 없습니다. 왜냐하면 민우는 지금 병원에 있으니까요."

"병원에요?"

다혜는 그의 말에 적이 놀랐다.

"왜요? 민우 씨가 어디 아픈가요?"

"한잔 받으십시오."

대답 대신 현태는 빈 잔에 술을 따랐다. 그는 그 잔을 다혜에게 내어밀었다. 다혜는 머리를 흔들었다.

"전 술을 마실 줄 몰라요."

"형식적인 술입니다. 겨우 서너 방울 떨어뜨린 술입니다. 단숨에 들이켜십시오."

그는 막무가내로 술잔을 든 손을 내밀었다. 다혜는 엉겁결에 술잔을 받아들었다. 잠시 만지다가 단숨에 술잔을 입 안에 털어넣었다. 입에서 불이 나는 것 같았다. 빈 잔을 돌려주자 현태는 술을 따라 마시면서 말을 이었다.

"민우가 아픈 것이 아닙니다."

"그럼 왜 민우 씨가 병원에 있단 말인가요?"

"누가 위독하기 때문입니다. 좋지 않은 일이 민우에게 생겼습니다. 아주 위급한 일이 생겼으니까요."

"누가요?"

입 밖으로 튀어나오는 것과 동시에 뭔가 확실한 예감 같은 것이 머리를 때렸다. 그렇다, 어쩌면.

"민우의 아버님이 쓰러지셨습니다."

다혜의 예감을 증명이나 하듯 현태가 말을 받았다.

"어제저녁에 쓰러지셨습니다. 일 년 전 민우의 아버님은 같은 병으로 쓰러진 적이 있었습니다. 이번이 두 번째입니다. 그래서 더욱 위급하고 걱정스런 일인 모양입니다. 아직 경과를 봐야겠지만 예후는 좋지 않을 것 같다고 민우가 내게 말했습니다. 전번처럼 일어서서 집무를 할 만큼 소생했던 것은 기적이라고 하더군요. 난 의학적인 상식은 없습니다. 그래서 제가 대신 다혜 씨를 만나러 나온 것입니다. 지금 민우는 아버님의 병상을 지키고 있습니다. 병원에 있습니다."

"어느 병원인가요?"

다혜가 현태를 정면으로 보았다. 한 모금 마신 술이 이내 취기를 몰고 왔다. 얼굴이 화끈화끈 달아오르고 있었다.

"S병원입니다."

"아주 위독하신가요?"

"글쎄요. 그건 잘 모르겠습니다. 난 다만 연락만 받았으니까요."

"입원실을 알고 계신가요?"

"물론입니다."

"저하구 함께 그 병원으로 가요. 물론 동행해주실 수 있겠지요?"

순간 현태는 물끄러미 다혜를 보았다. 그녀의 입에서 나온 단순한 말이 믿어지지 않는 모양이었다.

"물, 물론입니다."

현태가 더듬거리면서 말을 받았다.

"물론 함께 가지요. 하지만……."

현태가 이해할 수 없다는 눈동자로 다혜를 보았다.

"좋습니다."

그는 빈 잔에 술을 거푸 따라 단숨에 들이켰다.

"갑시다. 제가 모셔다드리겠습니다."

두 사람은 약속이나 한 듯 벌떡 일어났다. 셈은 다혜가 치렀다. S병원으로 가는 버스를 탔다. 버스는 대만원이었다. 두 사람은 손잡이에 매달려서 정류장에 내릴 때까지 아무 말도 하지 않았다.

"다혜 씨와 헤어진 후 민우에게 전화를 걸어주기로 약속했습니다. 다혜 씨를 만나서 무슨 일이 있었으며, 어떤 얘기를 나눴는가 몹시 궁금해하고 있을 것입니다. 이렇게 다혜 씨와 불쑥 나타난다면 민우는 어린애처럼 기뻐할 것입니다."

정류장에서 내려 병원 입구를 지나 언덕길을 오르면서 현태가 술 기운이 가신 목소리로 말을 꺼냈다. 그는 언제 술을 마셨냐는 듯 말짱한 얼굴과 말짱한 목소리였다.

"누구의 집도 마찬가지겠지만 민우의 아버님이 돌아가신다면 민우는 다른 사람보다 더 많은 타격을 받게 됩니다. 민우의 아버님은 아버님이자 어머님이었으며, 어머님이자 형이고 그의 친구였으니까요."

회전문을 밀고 병원 내부로 들어서자 넓은 로비가 나타났다. 입원실로 들어가는 복도의 입구에는 제복을 입은 관리인이 길목을 지키고 앉아서 들어가는 사람을 일일이 체크하고 있었다.

"여기서 기다리시겠어요? 아니면 병원 밖 뜨락 잔디밭 위에서 기다리시든지요. 제가 병실로 올라가서 민우를 데리고 오겠습니다. 오래 걸리지는 않을 겁니다."

"여기 아니면 병원 밖 잔디밭에서 기다리고 있겠어요."

다혜가 긴 나무 벤치를 가리켰다. 현태는 빠르게 사라졌다.

다혜는 넓은 홀을 가득 메운 수많은 사람들의 모습을 하나하나 훑어보았다. 푸른 환자복을 입은 환자들이 텔레비전을 보고 있었다. 밤샘을 하기 위해 병원으로 찾아온 보호자들은 간호에 지친 피로한 얼굴로 벤치에 앉아서 졸거나 창밖을 내다보았다.

다혜의 눈앞에 똑똑하고 낙천적으로 생겼던 민우의 아버지 모습이 또렷이 떠올랐다. 자상하고 인자하던 모습이었다. 모습뿐 아니라 아들과 나누던 격의 없는 대화와 언뜻 보면 유치하다고 생각될 만큼 치기 어린 장면들이 함께 떠올랐다.

잔디밭은 한낮의 열기를 식히고 오랜 감기 뒤끝에 비로소 평온을 되찾은 어린아이의 이마처럼 싸늘하게 식어 있었다. 다혜는 잔디밭 위에 주저앉았다.

교외로 빠져나가는 기차가 기적 소리를 울리면서 길게 나지막한 둑 위를 달려갔다. 투명한 달빛 속에서 기차의 연기가 희게 떠올랐다.

그래서 민우 씨는 약속 시간에 나타나지 못했다. 어쩌면 이런 불행한 일이 다가올 것 같은 불길한 예감 때문에 민우 씨는 그토록 오랜 시간 동안 내게 연락을 해오지 못했을지도 모른다.

언덕 아래서 바람이 불어왔다. 이마의 땀을 식히는 서늘한 바람이었다. 그 바람을 타고 인근 교회에서 울리는 저녁 종소리가 들려왔다.

그때였다.

등 뒤에서 다혜를 찾는 것 같은 인기척이 있었다. 다혜는 등 뒤를 돌아보았다. 빛 밝은 병원 앞 계단 위에 민우와 현태가 나란히 서 있었다. 이쪽은 어둡고 그곳은 흘러넘치는 불빛의 소용돌이 안이었으므로 다혜의 모습이 자세히 보이지 않았던 모양이었다. 두 사람은 천천히 다혜가 앉아 있는 잔디밭 쪽으로 걸어왔다. 다혜는 깔고 앉았던 책을 들고 일어섰다.

"어디 계셨나 했더니 여기 있었군요."

현태가 어색한 분위기를 의식했는지 과장된 큰 목소리로 소리를 질렀다.

"두 분 서로 인사하시지요. 이쪽은 다혜 씨고 이쪽은 민우라고 부릅니다. 인사하시지요."

"안, 안녕하세요."

민우가 한 발 주춤 앞으로 내딛으면서 떨리는 목소리로 입을 열었다.

"어떻게 여기까지, 미, 미안합니다. 약속을 지키지 못해서. 그보다 어떻게 여기까지 오셨는지."

그의 목소리는 피로에 갈라지고 낮게 가라앉아 있었다.

"아버지는 어떠세요?"

다혜가 짐짓 명랑한 목소리로 말을 건넸다.

"우린 좋은 친구 사이였는데……."

다혜가 상심과 근심으로 지친 그의 마음을 위로하기 위해서 밝게 말을 이었다.

"……그렇습니다. 아버지는 다혜 씨를 친구 이상으로 생각하고 계셨지요."

민우가 낮은 소리로 대답했다.

"하지만 이제 아버지는 아무도 알아보지 못하고 있습니다. 내 얼굴도 내 목소리도, 못 알아보고 듣지도 못하고 있습니다. 결과를 두고봐야 알겠지만 아버지는 현재로는 식물인간과 다름없습니다. 오늘밤이 고비입니다."

의외로 침착하고 냉정한 목소리로 민우가 말했다. 그는 가족들에게 환자의 용태를 설명해주는 초년병 의사와도 같았다.

"오늘밤만 무사히 넘기면 아직도 희망은 있습니다."

그는 꿈꾸듯 중얼거렸다. 꼬박 아버지의 침대 곁에서 눈 한번 붙여보지 못하고 밤을 새운 것일까. 몹시 지치고 초췌한 얼굴이었다. 밝은 병원 복도에서 흘러넘치는 불빛이 그의 얼굴에 비끼고 있었다. 그는 충혈된 눈을 비비면서 다혜의 곁으로 다가왔다.

"난 알아요. 아버지는 또다시 일어설 거예요. 아버지는 죽지 않을 거예요."

그는 천천히 잔디밭 위에 무릎을 꿇었다.

"하느님을 믿으세요? 다혜 씨."

지친 무릎을 꺾고 앉으면서 민우가 침통한 목소리로 물었다.

"이럴 땐 뭐라고 기도하지요? 어떻게 기도하는 거지요? 그저 내가 지은 죄를 용서해달라고 빌어야 하는 것인가요? 그분이 어디에 있지요? 그분에게 뭐라고 빌어야 하지요? 아버지를 살려달라고 빌까요? 그건 너무 욕심 사나운 기도예요."

그는 의미 없이 잔디를 한 줌 거머쥐어서 뜯어냈다. 그는 울고 있지 않았다. 하지만 마음의 안정을 찾지 못하고 몹시 지친 것처럼 보였다. 다혜는 그가 불쌍해서 견딜 수 없었다. 그가 애처롭고 불쌍해서, 잔디 위에 꿇어앉은 그의 머리를 쓰다듬어주고 싶었다.

왜 그는 어린애 같을까.

물론 아버지의 생사가 걸린 병상을 지키는 아들의 고통을 모르는 것은 아니다. 그러나 민우에겐 살아가는 모든 일들, 만남의 기쁨과 헤어짐의 슬픔, 그러한 사소한 일들조차도 영혼에 상처를 입히는 일처럼 보인다.

그는 할 수만 있다면 아버지를 대신해서 앓고, 할 수만 있다면 대신해서 죽어가고 싶어하는 것처럼 보인다. 이 지상의 모든 물건들, 태어나고 앓고 죽는 것들, 벌레들, 바람들, 하늘을 나는 새들, 바위를 부딪는 예사로운 물건들을 대신해서 앓고, 대신해서 부딪고, 흘러가며 죽어가기를 원하는 천둥벌거숭이 어린아이처럼 보인다.

"전번에 만났을 때 아버지가 다혜 씨에게 내 약점을 얘기하려 했지요. 아버지가 한사코 다혜 씨에게 말하려 했던 것을 제가 한사코 말렸지요. 그게 무슨 이야기인지 아세요. 몇 년 전의 일이에요. 우리는 서로 주사를 놓는 실습을 했어요. 서로의 혈관에 주삿바늘을 꽂아 피를 뽑아보는 연습을 했지요. 주사 놓는 일을 실습한다기보다 상대방의 몸속에 주삿바늘을 꽂아넣는 일에서부터 서서히 상대방의 아픔, 고통에서 초월해 마침내는 칼로 살을 찢고 수술을 하는, 그런 경지에까지 단계적으로 발전해나갈 수 있기 때문이지요. 그런데 난 도저히 같은 친구 녀석의 혈관 속에 주삿바늘을 꽂아넣을 수 없었어요. 내 몸속에 주삿바늘을 찔러놓고 얼마든지 피를 뽑아내는 것은 아무렇지도 않았지만 난 도저히 고무밴드로 묶어 부풀어오른 친구 녀석의 팔뚝에 주삿바늘을 찔러넣을 수는 없었던 거예요. 괜찮아, 이 자식아. 찔러. 찔러넣어. 아무것도 아니야. 친구 녀석이 땀을 뻘뻘 흘리는 내게 말했어요. 내가 땀을 흘리면서 허둥대자 당황했던 것은 나보다 오히려 친구 녀석이었습니다. 왜냐하면 단숨에 혈관을 찌르지 않으면 오히려 여기저기 찌르게 돼 아프기도 하거니와, 피도 공연히 흘리게 되기 때문이지요."

민우는 병원 아래로 길게 뻗어나간 둑 위를 바라보았다. 그 둑 위로 교외선 열차가 느릿느릿 스쳐 지나갔다. 환히 불 밝힌 열차의 내부가 주마등처럼 흘러갔다.

"난 결국 단 한 방울의 피도 뽑아내지 못했어요."

왜 민우는 지금 이 자리에서 지난 옛이야기를 꺼내는 것일까. 저 이야기가 생사의 기로에 서서 어쩌면 임종을 맞을지 모르는 아버지와 무슨 관계가 있단 말인가.

　다혜는 그러나 그런 내색 없이 진지하게 그의 말을 들었다. 그는 아주 오래전부터 그 이야기를 다혜를 통해 고백하고 싶었다는 듯 천천히 말을 이어나갔다. 마치 사제 앞에서 자신의 잘못을 고해(告解)로서 성사(聖事)하듯.

　"그건 참으로 어처구니없는 일이었지요. 그날 밤 나는 아버지한테 그 얘길 모두 했습니다. 그러자 아버지는 내게 인형을 하나 가지고 왔었지요. 그 인형의 엉덩이에 주삿바늘을 꽂으라고 내게 말했습니다. 찔러라. 이것은 인형이다. 이것은 아파하지 않는다. 피도 흘리지 않는다. 그러나 나는 인형에게조차 주삿바늘을 찔러넣을 수가 없었지요. 인형은 아파하지 않는 게 아니라 다만 참고 있는 것이라는 느낌이 들었기 때문이지요. 난 못 해요, 하고 말했습니다. 그러자 아버지는 내게 자신의 팔을 내밀었습니다. 아버지는 자신의 팔을 고무밴드로 단단히 죄어매셨습니다. 그러자 굵은 핏줄이 뱀처럼 솟아올랐습니다. 아버지는 내게 자신의 팔을 내밀면서 이렇게 말했습니다. 찔러라, 무서워하지 말고. 난 이런 주삿바늘 따위에 아파하는 사람이 아니다."

　그는 말을 끊었다. 그리고 마른기침을 서너 번 쿨럭쿨럭 했다. 그는 이마 위로 흘러내린 머리카락을 마른 검불 뜯어내리듯 손가락으로 쥐어뜯고 있었다.

　"난 아버지의 명령을 거역할 수 없었지요. 아버지는 나의 일이라면 무엇이든 용서해주는 분이셨지만 어떤 때는 나의 일이라면 무엇이든 용서해주지 않는 분이기도 했습니다. 나는 아버지의 명령대로 주삿바늘을 찔렀습니다. 난 무서웠어요. 난 창피스럽게도 무섭고 두려웠습니다. 아버지의 팔에서는 피가 흘러나왔지요. 손이 떨려서 여기저기 상처를 입혔으니까요. 그럼에도 아버지는 말씀하셨습니다. 괜찮아, 걱정할 거 없다. 한 번 더 찔러봐라. 한 번만 더 찔러봐라. 그날 밤."

민우는 잠시 말을 끊었다. 잔디밭 위에 핀 장미에서 꽃향기가 조금씩 전해오고 있었다.

"난 아버지의 팔 위에서 비로소 무서움을 극복할 수 있었습니다. 난 이제 아무것도 두려워하지 않습니다. 설혹 다혜 씨라 할지라도, 다혜 씨의 팔이라고 할지라도 누구보다 익숙하게 단숨에 주삿바늘을 찔러서 내가 원하는 만큼의 피를 뽑아낼 수 있습니다. 그 공포를 극복시켜준 것이 아버지였습니다. 만약 아버지가 돌아가신다면 그때 나는 누구에게서 배워나갈 수 있을까요? 누구의 팔에서 피를 조금씩 뽑으면서 두려움을 이겨나가고 고통을 극복해나갈 수 있을까요? 다혜 씨."

그는 비로소 다혜를 쳐다보았다. 그의 두 눈에 촉촉한 물기가 어려 있었다.

"아버지의 병상을 지키면서 내 머릿속에서 줄곧 떠나지 않던 기억은 바로 이것이었습니다. 이 기억이 선명하게 떠올라 언제나 제 머릿속에서 떠나지 않았습니다."

민우는 일어섰다. 마치 할 말을 모두 끝낸 사람처럼.

"이젠 돌아가겠습니다."

민우가 다혜를 바라보면서 가볍게 웃었다.

"다들 저를 기다리고 있을 겁니다. 정말 고맙습니다. 저를 찾아서 이곳까지 와주셨으니 뭐라고 감사의 말을 해야 할지 모르겠어요. 아버지에게도 말씀드리겠습니다. 정신이 드시면 제가 꼭 말씀드리겠습니다, 다혜 씨가 문병을 왔었다고 제가 말씀드리겠습니다. 이 친구 어디 갔지?"

민우는 그제야 현태가 생각난 듯 주위를 돌아보았다. 다혜도 지금까지 자신이 현태의 존재를 까맣게 잊고 있었다는 사실을 깨달았다.

"아마도 이 친구가 우리 둘이서 이야기하기 좋도록 자리를 피해준 모양입니다. 이 친구는 이런 엉뚱한 구석이 있습니다. 어디 갔을까."

민우가 발돋움하고 언덕 아래의 병원 앞 광장을 훑어보았다.

"혹시 가버린 것이 아닐까요?"

다혜가 물었다.

"천만에요. 그럴 친구가 아닙니다. 틀림없이 이 근처 어딘가에 있을 겁니다. 우리 두 사람이 이야기하는 자리에 함께 있어 혹시 방해하는 셈이 될까 모른 체 물러나 있을 것입니다. 가만있어보세요."

두 사람은 장미꽃 덩굴이 우거진 화단 아래로 걸어내려갔다. 병원 광장과 잔디밭 뜰은 충만한 달빛으로 백야처럼 빛났다. 어디선가 휘파람 소리가 들려왔다. 히포크라테스의 동상이 서 있는 광장 쪽에서 휘파람 소리가 들려왔다. 낯익은 곡조의 휘파람 소리였다.

"현탭니다."

확신을 가지고 민우가 불러댔다.

"현태, 이봐, 현태. 어디 있어?"

민우가 주먹나팔을 만들어 소리 질렀다. 그러자 휘파람 소리가 멎었다. 그와 동시에 그늘진 잔디밭에서 현태가 벌떡 몸을 일으켰다. 팔베개를 하고 잔디밭에 누워 있었는지 등에 검불들이 다닥다닥 붙어 있었다.

"뭐야, 얘기가 벌써 끝난 건가?"

현태가 싱겁게 웃으며 물었다.

"난 다시 병실로 돌아가겠어. 다혜 씨 좀 집까지 바래다줘."

"이건 완전히 방자 노릇이로군."

킬킬거리며 현태가 웃었다.

"도련님이 하라면 해야지요. 자, 갑시다. 춘향 아씨."

"안녕히 가세요."

민우가 다혜 앞에 손을 내밀었다. 다혜는 망설이지 않고 그의 손을 쥐었다. 따뜻하고 부드러운 손이었다.

"보고 싶을 때는 찾아가겠습니다. 편지는 오랜 시간이 걸려요. 안녕히 가세요."

"안녕……."

다혜는 앞장서 걸어가는 현태를 따라 언덕길을 내려갔다. 서너 발짝 앞에 서서 현태는 주머니에 손을 찌른 채 잠시 멈추었던 휘파람을 이어 불었다. 언덕을 돌아갈 때 다혜가 돌아보았다. 언덕 위에 민우가 서 있다가 다혜와 시선이 마주치자 손을 흔들었다.

병원을 벗어날 때까지 현태는 끝내 침묵이었다. 그는 휘파람 부는 일에만 열중했다. 병원을 벗어나자 로터리가 나타났다.

"집이 어디죠?"

정류장이 가까워오자 현태가 비로소 입을 열었다.

"남산 밑 회현동이죠? 언젠가 민우에게 들은 적이 있는데."

혼잣말로 현태는 중얼거렸다.

"갑시다. 어디에 집으로 가는 버스가 있지요? 여기에 있나요?"

"아마 있을 거예요."

다혜는 새삼스런 느낌으로 그를 가만히 쳐다보았다. 그는 언제 술을 마셨냐는 듯 말짱한 얼굴이었다.

"저 혼자 갈 수 있어요."

"바래다드리겠습니다."

"혼자 갈 수 있다니까요."

"안 됩니다."

딱딱한 목소리로 현태가 대답했다.

"민우가 내게 말했습니다. 다혜 씨를 집까지 바래다드리라고 말했습니다. 내가 그러마고 약속한 이상 약속을 지켜야죠. 나는 그의 방자니까요."

엘리베이터는 12층에서 멎었다. 민우는 엘리베이터에서 내렸다. 그리고 방의 호수를 알리는 안내판을 보고 자신이 가야 할 방향이 어느 쪽인가를 가늠해보았다. 그는 오른쪽으로 방향을 돌렸다. 형 민섭과의 약속 시간이 조금 지나 있었으므로 그는 빠르게 복도를 걸어갔다.

민우로서는 지난 열흘 동안 한 번도 만나보지 못한 형이었다.

형 민섭은 나이 차이가 스무 살이나 넘어 형제라기보다 아저씨와 같은 느낌을 주었다. 형 민섭은 가족 중에서 아버지 말고는 그와 이야기를 나눌 수 있는 유일한 사람이었다.

그는 비록 배다른 형제이긴 했지만 민우를 자신의 친동생으로 생각해주고 어머니의 눈치를 보면서도 동기간의 사랑을 베풀어주는 편이었다.

아버지가 쓰러지고 난 뒤부터 형 민섭은 집에 한 번도 돌아오지 않았다. 심지어는 아버지가 입원해 있는 병원에도 한 번 들르지 않았다. 아버지의 사업을 대신 책임지고 떠맡아야 할 형 민섭은 아버지의 치명적인 병환으로 그러지 않아도 날로 기울어가는 사업이 이미 돌이킬 수 없는 절망적인 시점에 이르렀다는 것을 알고 있었다.

그는 아버지가 쓰러지자 한꺼번에 밀어닥치는 채권자의 눈을 피해 행방을 감출 수밖에 없었다. 그러나 행방을 감추는 것만으로는 근본적으로 해결되지 않았다. 회사는 기울다 못해 쓰러지기 직전이었다.

민우는 그런 불안을 본능적으로 느끼고 있었다. 사실 그로서는 생각 밖의 일이었다. 그것이 그토록 무서운 것인지 민우로서는 상상조차 되지 않았다. 민우는 비록 행복하고 축복받지 못하는 사생아로 태어났으며, 또한 어머니의 보살핌 없이 성장했다고는 하지만 그런 외로움을 빼놓고는 언제나 포근하고 부족한 것 없는 환경에서 유복하게 자라왔다.

그는 이제 겨우 대학생에 불과한 철 모르는 청년일 뿐이었다.

아버지의 병상을 지키면서 어떤 때는 채권자들이 직접 병실로 나타나는 것을 보고 나면 민우는 그들이 무엇 때문에 저토록 분노하고 화를 내고 있는가 도저히 이해할 수 없었다. 한때 빌려준 돈이, 빚이, 재산이 생사의 기로에 선 환자에게조차 따지고 들어야 할 절대의 것이란 말인가.

의식을 잃은 환자의 손엔 아무 쥐어진 것도 없고 그들에게 돌려주어야 할 그 무엇도 가진 것 없는 빈 몸임에도 불구하고 그들은 기회만 있으면 병실을 기웃거렸다. 마치 그들이 한때 맡겨둔 보석을 돌려주는 일 없이 임종을 맞이할까 두려운 사람들처럼.

"차라리 아버지는 시간 끄는 일 없이 회복되지 않으시고 그대로 돌아가시는 편이 훨씬 낫다."

아버지가 입원한 첫날 밤 형 민섭은 민우에게 긴 한숨을 쉬면서 그렇게 말을 뱉었다. 형 민섭의 말이 무엇을 뜻하는지 대충 미루어 짐작은 할 수 있었지만 그 자조적인 말에 민우는 몹시 실망했다.

민우에게 아버지는 단 하나의 희망이었다. 그를 살리기 위해서라면 자신의 생명과 맞바꿔도 좋다고 민우는 생각했다. 아직 학생에 불과했지만 그가 알고 있는 의학 지식으로도 아버지는 기적이 없는 한 회복될 수 없으며, 회복된다고 해도 평생을 누워서 지낼 수밖에 없다는 것을 잘 알았다.

아버지는 놀라울 만한 정신력으로 서서히 의식을 되찾고는 있었지만 아직은 식물인간에 불과했다.

민우는 복도 끝 구석진 방문 앞에 가 섰다.

민우는 방문 앞에 새겨진 방의 호수를 확인해보았다.

"누구에게도 알려주는 일 없이, 그럴 리가 없겠지만 누가 따라오지 않도록 신경써서 곧장 1206호실로 오너라."

병실로 걸려온 전화 목소리는 몹시 서두르고 있었다. 뭔가 조급하고 불안한 기색을 억지로 감추고 있는 듯한 음성이었다.

민우는 초인종을 눌렀다. 닫힌 문 저쪽으로 낭랑하게 초인종 소리가 번져나갔다. 잠시 후 문이 달칵 열렸다.

"누구세요?"

반쯤 열린 문 안쪽에서 낯익은 사람의 얼굴이 나타났다.

"저예요, 민우예요."

"아."

그제야 문고리가 벗겨지고 문이 열렸다.

"들어와라."

아버지의 먼 친척으로 회사일과 집안일을 돌보고 있는 아저씨가 문 앞에 서 있었다. 민우는 방 안으로 들어섰다. 등 뒤에서 문이 닫혔다.

"들어가봐라. 전무님은 안쪽에 계시니까."

방은 두 개로 분리되어 있었다. 민우가 들어선 곳은 거실처럼 꾸며진 방이었다. 탁자 위에 짐이 가득 든 두 개의 트렁크가 놓여 있었다.

형 민섭은 거울 앞에서 전기 면도기로 수염을 깎고 있었다. 넥타이를 매고 정장을 한 모습이 이제 막 여행을 떠나려는 사람처럼 보였다. 민우가 나타나자 민섭은 거울 속에서 흘끗 민우를 보았다.

"늦었구나."

민섭이 거울 속에서 입을 열었다.

"중요한 강의가 있어서요. 그것을 듣구 오느라고 늦었어요."

"방문을 닫아라."

민섭은 턱으로 열린 방문을 가리켰다.

"우리끼리만 이야기를 나누고 싶다. 시간도 없으니 곧장 용건으로 들어가자."

민우는 방문을 닫고 들어왔다.

"앉거라."

대충 면도를 끝내고 민섭이 돌아서며 면도기의 스위치를 내렸다. 그는 전기 면도기를 상자 속에 재빠르게 쩔러넣었다.

"병원에 들렀다 오는 길이냐?"

"아뇨. 오전에만 들렀어요."

"널 알아보시는 것 같더냐?"

"예."

민우가 밝게 대답했다.

"눈으로 제 행동을 따라다니셨어요."

민우는 자기 움직임을 따라 눈동자를 굴려나가던 아버지의 두 눈을 떠올렸다.

"아직 말은 못하시지?"

"……예, 그건 아주 오랜 뒤에나 가능한 일이에요."

민우는 의자에 앉았다.

"하지만 난 알아들어요. 난 아버지의 눈을 보고 아버지가 무슨 말을 하고 있는가를 알아들을 수 있어요."

"그야 그렇겠지. 너야 워낙 아버님과 친했으니까."

민섭이 이해할 수 있다는 듯 머리를 끄덕였다. 그러면서 그는 흘긋 손목시계를 보았다. 그는 뭔가 초조해 보였다.

"니가 보기에 아버지는 어떠실 것 같으냐? 다시 일어나실 것 같으냐?"

"일어나십니다."

민우는 자신 있게 대답했다.

"그 대답은 아들로서 말이냐, 아니면 의과 대학생으로서 말이냐?"

민우는 묵묵히 입을 다물었다. 그는 이마 위에 흘러내린 머리칼을 쓸어올렸다. 그는 더듬거렸다.

"아, 아들로서 말입니다."

"그렇겠지. 그게 솔직한 말이겠지. 어차피 현실은 현실이다. 언젠가 내가 이야기했지만 아버지는 차라리 다시 살아나셔서 못 볼 것 보고 욕되는 것보다는 눈을 감는 것이 행복하실지 모른다. 물론……."

민섭이 빠르게 단안을 내렸다.

"오해하지는 말기 바란다. 지금 우리 사정은 말이 아니다. 넌 아직 학생이고 나이가 어리니까 어떻게 회사가 돌아가고 사회가 돌아가는지 잘 모를 것이다."

"저 스물세 살이에요, 형님."

민우가 자랑스럽게 말을 받았다.

"스물세 살이구나. 네가 벌써 그런 나이가 되었지. 너하구 나하구 꼭 스무 살 차이니까 내 나이 먹는 것은 알아두 니가 크는 것은 모르고 있었구나. 그래 스물세 살이라면 적은 나이는 아니지. 하지만 넌 아직도 책만 끼구 공부만 하니까 세상 물정에 대해서 아는 것이 있을 리가 없지."

"한 대 피울래?"

"아뇨."

황급히 민우가 머리를 흔들었다. 형으로서는 종전에 없던 온정이었다. 그와 나이 차이 많은 배다른 형제여서라기보다는 뭔가 서먹서먹한 것이 두 사람 간에 남아 있었다.

"아직 담배를 배우지 않았니?"

"아직 맛을 모릅니다."

"하기야 배우지 않는 게 낫지. 담배는 몸에 해로우니까. 술은 좀 하는 편이냐?"

"네."

"아, 어머니한테 들었다. 넌 가끔 아버지하구 술 한잔 하곤 했다더구나. 그 점 미안하구나. 아버지하구는 술좌석을 같이 하면서도 정작 형제끼리 술자리를 한 번도 같이 하지 못했으니 그건 내 불찰이다."

왜 그럴까. 순간 민우는 생각했다. 왜 형 민섭은 이처럼 사소한 일에 신경을 쓰고 세심한 배려를 하는 것일까.

"결론부터 이야기하겠다."

민섭이 갑자기 딱딱하게 사무적인 목소리로 말했다.

"난, 오늘밤 미국으로 떠난다. 오후 여덟 시 비행기니까 일곱 시까진 공항으로 나가야 해. 지금이 다섯 시니까 너한테 이야기할 시간이 한 시간밖에 남지 않았구나. 잘 알겠지만 이건 여행이 아니다. 이건 여행이 아니라 일종의 도주인 셈이야. 어머니한텐 며칠 전에 말씀드렸다. 다행히 니 형수가 지금 미국에 있으니 그 점은 잘된 셈이지. 아이들은 당분간 어머니께서 돌봐주리라고 하셨다. 너두 네 조카들을 귀여워해주기 바란다. 하기야 넌 내 아이들이 아니더라도 아버지를 돌보는 일만 전담해도 무리겠지만……."

민섭은 잠시 말을 끊었다. 그리고 민우의 얼굴을 물끄러미 바라보았다. 마치 그의 돌연한 말에 어떤 반응을 보일 것인가를 가늠하듯. 민우는 갑작스런 형 민섭의 말에 갈피를 잡을 수가 없었다.

"짐은 벌써 싸두었다. 곧바로 공항으로 나가면 된다. 우린 여기서 이별하기로 하자. 공항까진 나올 필요가 없으니까……."

민섭은 침대 위에 걸터앉았다. 그는 잠시 말을 끊고 손의 마디를 신경질적으로 꺾었다.

"일단 미국으로 들어가서 자리를 잡는 대로 내가 연락을 보내마. 다행히 니 형수가 미국 시민권을 갖고 있으니 영주권을 얻는 것은 어렵지 않을 것이다. 아이들과 어머니도 초청하겠다. 너도 곧 초청하겠고. 그러나 우리는 어쩌면 아주 오랜 시간 헤어져 있을지도 모른다. 나 없는 동안 저 방에 있는 강씨 아저씨와 모든 것을 의논하도록 해라. 회사는 내가 없어도 당분간은 굴러갈 것이다. 그러나 분명히 말해서 열흘 이상은 버티지 못해. 내가 만일 이곳에 있는다면 아버지를 대신해서 모든 책임을 져야 할 것이다. 넌 내가 아버지를 대신해서 이곳에 남아 모든 형사 책임을 져야 한다고 생각하느냐? 모든 책임을 회피하고 도망치는 날 비겁한 사람이라고 생각하느냐?"

민우는 아무런 대답도 하지 않았다. 그는 할 말을 잃어버린 사람처럼 묵묵히 앉아 있었다.

"대답해봐라, 민우야. 나를 비겁한 사람이라고 생각하느냐?"

"아, 아닙니다."

민우가 머리를 흔들며 대답했다.

"전 형님을 비겁한 사람이라고 생각지 않습니다. 하지만……."

민우가 정면으로 형 민섭을 바라보았다.

"형님이 떠나신다면 아버지는 어떻게 되는 겁니까."

"아버지는 환자다."

딱 잘라서 민섭이 대답했다.

"환자인 아버지에게 차마 책임을 묻겠느냐. 나만 책임지면 된다. 너는 아직 학생이고 나머지 사람들은 사업과 무관한 사람들이니까. 나를 원망하지 마라. 차라리 이것이 책임을 지는 최선의 방법인지도 모른다. 나도 물론 오랜 시간 동안 밤잠 자지 않고 심사숙고해왔다. 회사는 채권단과 은행에 의해서 정리되겠지. 모든 것을 정리하면 어쩌면 빈털터리가 될지 모른다. 아버님의 병원비조차 쩔쩔매게 될지도 모르지. 하지만 너무 걱정하지는 마라. 어머니한테 모든 것을 일임해두었으니까……."

어머니란 말이 나오자 민섭은 새삼스레 말을 끊고 민우를 보았다.

"말이 나온 김에 한마디 하겠다. 너도 이젠 스무 살이 넘은 청년이니 내 말의 뜻을 오해하지는 않겠지. 내가 떠난다면, 제일 마음에 남는 게 병상에 있는 아버님보다 오히려 민우 너다. 아버님이야 환자니까, 세상 돌아가는 일에 신경쓰지 않아도 되지만 넌 아직 학생이 아니냐. 게다가 솔직히 말해서 어머니가 널 좋아하지 않는다는 것을 너 자신도 잘 알지 않느냐. 나마저 없다면 그땐 어떻게 하겠느냐. 한때 나도 너를 미워했던 적이 있지만 지금은 그것을 후회한다. 네가 아주 어렸을 때, 다섯 살 때던가 널 지하실 광 속에 하루 종일 가둬놓은 적이 있었다. 물론 네가 아주 미워서였지. 너는 그때 울면서 소리쳤지. 형아, 날 꺼내줘. 무서워, 날 꺼내줘."

민우가 두 손으로 얼굴을 가렸다.

"물론 나는 널 꺼내주지 않았다. 난 네가 우리집에 들어왔으므로 그것으로 어머니가 대신 죽어가고 있다고 생각했지. 네가 우리 어머니를 죽인다고 생각했어. 네가 우리집의 행복과 평화를 깨뜨렸다고 나는 널 증오했지."

민섭은 두 손으로 얼굴을 감싸쥔 민우를 물끄러미 바라보았다. 그는 새삼스레 동생의 마음을 아프게 하거나 동생을 슬프게 하고 싶은 마음은 아니었으므로 주의깊게 동생을 바라보았다.

"그날 밤 늦게서야 난 너를 지하실에서 꺼내주었지. 넌 허기와 피로에 지쳐서 잠들어 있었다. 잠든 네 모습은 미워할래야 미워할 수 없는 얼굴이었다. 이 말은 언젠가는 꼭 하고 싶었다. 널 지하실 광 속에 가둬두었던 이 형을 용서해달라고 언젠가는 허심탄회하게 형제끼리 마음을 털어놓고 이야기하고 싶었다."

"그땐 무서웠어요, 형님."

민우가 조용한 목소리로 입을 열었다. 그는 얼굴을 가렸던 두 손을 떨어뜨렸다.

"어둠이 무서웠어요, 형님."

"난 니가 아직도 그날을 기억하고 있음을 알았다. 그날의 기억이 네 뇌리에 상처로 남아 있을 줄 알았다."

"지하실 채광창으로 빛이 한 줌 쏟아져 들어왔어요. 그 한 빛이 하루 종일 원을 그리면서 움직였어요. 그 한 빛이 움직일 때마다 나는 그것을 좇아다녔어요. 밤이 되자 그 빛마저 없어지더군요."

"미안하다."

민섭이가 낮은 소리로 대답했다.

"그런 일들을 용서해주기 바란다. 혹시 내가 네게 잘못한 게 있다면 모든 것을 용서해주기 바란다."

"형님은 제 형님 아녜요? 제가 무엇을 형님에게 용서할 수 있겠어요."

"알았다."

긴 한숨을 쉬면서 민섭이 말했다.

"우린 형제다. 배다른 형제이긴 하지만 동기간은 너와 나뿐이다."

그때였다. 닫힌 문 밖에서 노크 소리가 났다. 자연 말이 끝났다. 곧 문이 열리고 강씨가 들어왔다.

"떠나실 시간입니다. 곧 출발해야 합니다. 차는 대기시켜두었습니다."

민섭이 흘긋 손목시계를 보았다.

"아직 십 분 이상 남아 있어요. 알았어요. 십 분만 더 이야기하겠어. 아직 할 말이 남아 있으니까."

그는 문을 닫고 사라졌다.

"이젠 별로 시간이 많이 남아 있지 않다. 함께 식사라도 나누었으면 좋겠지만 그럴 수도 없고, 그러니 서둘러 이야기를 계속하기로 하자. 아까 얘기하다가 화제가 바뀌었는데 어머니 얘기 말이다. 나마저 이곳을 떠난다면 어머니와 너의 장래가 아주 소원해질 것 아니냐. 너한테 한 가지의 비밀을 알려주겠다. 이제넌 이런 비밀을 알고 있어야 한다고 생각한다. 물론 네게 이 비밀을 털어놓는다는 것은 아버지와의 약속을 배신하는 일이지만 너도 이젠 완전한 성인으로 컸으며 그래서 이런 사실을 알아야한다고 생각하기 때문에 입을 여는 것이다. 네 엄마는 물론 돌아가셨다. 그러나 네 엄마가 혈혈단신의 고아였다는 것은 거짓말이었다. 네 엄마에겐 두 살 차이의 언니가 있었다. 그 언니는 네 엄마보다 먼저 고아원에서 입양되어 나갔으며 지금은 의정부에서 살고 있다. 난 그분의 이름을 알고 있다……."

"……듣고 싶지 않습니다."

훌쩍이면서 민우가 말했다.

"아무런 이야기도 듣고 싶지 않아요."

"듣고 싶지 않아도 들어야 된다."

냉정한 목소리로 민섭이 말했다.

"언젠가는 네가 알아야 할 중요한 일들이니까. 넌 너를 낳은 어머니의 얼굴도 전혀 모르지 않느냐. 그분이 어디서 왔으며 누구이며, 고향은 어디인 줄 모르잖느냐. 네가 알고 있는 것은 너를 낳은 어머니의 이름과 비참하게 돌아가셨다는 사실뿐 아니냐. 그렇다, 난 오래전 부하직원을 시켜서 은밀하게 추적시켜보았다. 그래서 마침내 네 엄마에게 단 하나의 언니가 있다는 것을 알아내었다. 이게 그 주소다."

민섭은 지갑 속에서 네모지게 접은 메모용지를 꺼냈다. 그는 그것을 민우에게 내밀었다.

"소중하게 보관해둬라. 어쩌면 네가 알고 싶어서가 아니라 고통스러워서, 고독하고 쓸쓸해서 그분을 찾아가게 될지도 모른다."

민섭은 명령처럼 네모진 메모용지를 민우에게 내밀었다. 민우는 그것을 받아들었다. 그리고 주머니 속에 집어넣었다.

"자, 이제 시간이 되었다."

그는 흘긋 시계를 보았다.

"이젠 떠날 시간이다."

그는 침대에서 일어섰다. 민우도 따라 일어섰다. 민섭이 시간을 알기 위해서 보았던 시계를 풀었다. 민섭은 그 시계를 민우에게 내밀었다.

"이것을 차도록 해라."

"저두 시계가 있어요."

"이건 정말 비싼 시계다. 그 대신 네 시계를 내게 주지 않겠니?"

"하지만 이것은 싸구려 시곈데……."

"바꿔 차기로 하자."

민우는 시계를 끌렀다. 두 사람은 시계를 바꿔 찼다. 민섭은 주머니에 지녔던 반지를 꺼내었다.

"이 반지도 네가 끼도록 해라."

"형님."

의아한 눈초리로 민우가 형 민섭을 쳐다보았다.

"끼고 있어라. 언젠가는 다 요긴하게 쓰일 것이다."

민우는 민섭이 건네주는 반지를 받아들었다. 반지는 조금 헐렁하게 컸으나 가운뎃손가락에 끼자 꼭 맞았다.

"자, 여기서 이별하도록 하자. 우린 곧 만나게 될 것이다. 모든 것이 잘될 것이다. 아버지를 부탁한다. 어머니도 잘 보살펴 드리고 조카들도 귀여워해주렴. 무슨 일이 있으면 강씨 아저씨에게 의논하도록 해라."

민섭이 민우에게 손을 내밀었다. 민우는 그 손을 바로 잡았다. 민섭이 천천히 민우의 몸을 부둥켜안았다.

"난 네가 이렇게 키가 컸는지 몰랐구나. 나보다 5센티는 더 크겠다."

민섭이 민우의 머리를 부둥켜안고 동생의 얼굴을 가만히 쳐다보았다. 그때였다. 두 사람의 침묵을 깨뜨리듯 방문을 두드리는 소리가 났다.

"시간이 다 됐습니다."

두 사람은 방을 나왔다. 강씨가 초조한 얼굴로 서 있었고 호텔 보이가 양손에 백을 들고 기다리고 있었다.

"자, 갑시다."

민섭이 사무적인 목소리로 말했다. 두 사람은 먼저 문을 열고 나섰다. 민섭은 뒤따라 문을 나서면서 잠시 등을 돌려 민우를 보았다. 그는 떨리는 목소리로 말했다.

"잘 있거라, 아버지를 부탁한다."

민우는 막 문을 닫고 사라지려는 형님의 모습을 향해 무어라고 한마디 외쳐 불러야 한다고 생각했다. 그러나 아무런 말도, 아무런 생각도 떠오르지 않았다.

딸각 문이 닫혔다. 두꺼운 호텔 객실의 방문은 육중한 철제 셔터처럼 외부 세계를 차단하고 있었다.

방 안엔 이미 형 민섭의 그림자도 남아 있지 않았다. 언제 만날지 모를 먼 이별의 순간이었음에도 불구하고 헤어짐은 거짓말처럼 짧았다. 민우는 우두커니 벌서는 학생처럼 주머니에 손을 찌르고 서 있었다.

형은 떠났다. 이제 잠시 후면 비행기를 타고 태평양을 건너갈 것이다. 아아, 내 곁엔 이제 아무도 없다. 나는 혼자다.

문득, 민우의 머릿속에 좀 전에 형 민섭이가 사과했던 어린 날의 기억이 떠올랐다. 아주 오랜 캄캄한 기억의 심연 속에서 그 하나의 현실만은 생생하게 상기되었다.

캄캄한 지하실의 헛간 속에 어린 민우를 처박아넣으면서 형 민섭은 말했다.

꺼져버려. 이 자식아. 네 모습은 꼴도 보기 싫다.

나는 그때 얼마나 울면서 매달렸던가. 나는 그때 들었다. 문이 닫히는 소리, 문 밖에서 빗장을 잠그는 소리, 멀어져가는 발소리, 살려달라는 자신의 목소리, 울음소리, 캄캄한 어둠, 먼 허공에 매달린 채광창에서 동전만 한 햇살이 바닥에 굴러떨어져 있었지.

아아, 무서웠다. 얼마나 무서웠는지.

헛간 속엔 못 쓰는 기구들, 쓰다 버린 도구들이 산더미처럼 쌓여 있었다.

이따금 쥐들이 우르르 달려가곤 했지. 처음엔 사람을 무서워했지만 별로 두려워하지 않아도 될 만큼 작은 아이라는 것을 알아채고는 일부러 보란 듯 여기저기서 출몰하곤 했지. 울음은 나오지 않았어. 울다 지치니까 배가 고프지도 않았어.

살려달라는 소리도 더 이상 나오지 않았어. 말할 기운도 없었고 목은 이미 쉬어 있었어.

왜 나를 미워할까. 왜 나를 이처럼 가두는 것일까. 그러나 나는 어린 마음에도 나를 가둔 형과 나를 미워하는 어머니를 원망

하지 않았었어.

저녁이 되자 하루 종일 헛간의 바닥을 헤매던 햇빛도 희미하게 사라져갔어. 그것은 하나의 섬〔島〕이었지. 그 햇빛이 사라지는 순간이 얼마나 무서웠던지. 나는 다시 소리쳐 울기 시작했어. 그러다가 잠이 들었어.

그렇다. 민우는 주머니에 손을 찌른 채 아직도 형님이 사라져간 문을 우두커니 지키고 있었다.

지금 나는 어린 날의 헛간과 같은 공포와 고독 속에 홀로 던져져 있다. 형님은 나를 보다 큰 헛간과 보다 큰 어둠과 보다 큰 고독 속에 던져두고 떠나버렸다.

민우는 방 안의 스위치를 올렸다. 반짝반짝 형광등이 껌벅거리다가 켜졌다. 민우는 소파에 주저앉았다. 그는 주머니에서 형님이 주고 간 메모용지를 끄집어내었다.

이것은 전혀 뜻밖의 이야기였다. 민우는 어렴풋이 자신을 낳았던 어머니가 혈혈단신의 고아라는 것만 알고 있었을 뿐이었다. 민우는 어머니의 이름만 알고 있을 뿐, 어머니에 대해서는 아무것도 알지 못했다.

김향숙.

그것이 어머니의 이름이었다. 스무 살의 어린 나이로 민우를 낳았으며, 그리고 스물한 살에 스스로 목숨을 끊었다. 그것이 민우가 알고 있는 어머니에 관한 전부였다. 그 흔한 사진도 남아 있지 않았으며 그 이외의 사실은 전혀 알려지지 않았다.

그 사실을 아는 것은 오직 아버지뿐이었다.

아버지는 고아원에서 자란 젊은 처녀를 사랑했으며, 그리고 그녀를 속였다. 아이를 낳은 뒤에야 그 여인은 자신이 이미 결혼한 남자에게 속았다는 사실을 알게 되었으며, 그녀는 자기가 또 하나의 사생아인 고아를 낳았다는 슬픔에 스스로 바다에 몸을 던졌다. 그뿐이었다.

　언젠가 민우는 아버지에게 어머니에 관한 모든 사실을 전해 듣고 싶었다.

　어머니는 어떻게 생겼으며 왜 어머니를 죽게 했던가. 그토록 어머니를 사랑한다면 왜, 왜, 왜, 어머니를 죽게 만들었던가, 그 것을 따져묻고 싶었다.

　그보다 왜 속였던가, 왜 거짓으로 젊은 이제 갓 스물의 어린 처녀를 속이고 그녀를 유혹했던가, 사랑했기 때문에, 사랑으로 모든 것이 용서될 수 있을까.

　눈은 어떻게 생겼던가, 키는 얼마만큼 컸던가, 목소리는 어땠는가, 왜 어머니는 인천에서 고아로 성장하지 않으면 안 되었는가.

　좀더 세월이 흐른 뒤에 민우는 아버지에게 모든 사실을 전해 듣고 상세한 이야기를 나누고 싶었다. 아직까지 어머니에 대한 이야기는 피차 가족 간에 해서는 안 될 금기사항 같은 것이었다. 어머니에 대한 이야기는 가정의 평화를 깨뜨리는 일이었다.

　그러나 이제 아버지는 스스로 혀를 놀려 말을 할 수 없게 되었다. 어쩌면 영원히 말을 하지 못할지도 모른다. 그렇게 되면 어머니의 모든 것을 알고 있는 단 한 사람은 절대의 침묵으로 굳게 입을 다물게 되는 셈이며, 나는 더 이상 어머니에 관한 단 한 마디의 말도 듣지 못하게 될 것이다.

"네 어머니의 얼굴을 못 봤다고 섭섭히 생각지 마라. 바로 네 얼굴이 어머니의 얼굴을 빼어박았으니까……."

언젠가 아버지는 지나가는 말로 흘리듯 말을 뱉었다. 그것이 어머니에 관한 유일한 설명이었다.

민우는 떨리는 손으로 메모용지를 꺼내들었다.

왜 이제 와서 형님은 먼 길을 떠나며 내게 이 메모용지를 준 것일까. 그것보다 형님은 왜 뭣 때문에 사람을 시켜, 까마득히 오래전에 우리의 곁을 떠난 한 여인의 발자취를 추적해낸 것일까.

그렇다면…….

민우는 순간 섬뜩한 공포를 느꼈다.

떠나면서 전해준 이 메모용지는 이런 뜻이 아닐까. 네 갈 길은 네가 알아서 가라는 간접적인 뜻이 아닐까.

아버지가 저렇게 쓰러지고 이제 형님마저 내 곁을 떠난다면 가족 간의 유대는 완전히 끊기고 만 셈이다. 떠나기 전 대화를 나눌 때도 형님은 말했다.

내가 떠나면 가장 걱정되는 것이 어머니와 너의 관계라고 말했다. 그렇다면 형님은 이것을 내게 줌으로써 이제 가족과의 관계를 끊고 네 할 일을 스스로 하고 갈 길을 가라는 무언의 명령을 내린 것이 아닌가.

민우는 떨리는 손으로 메모용지를 움켜쥐었다.

이것을 펼친다면, 그렇게 된다면, 나는 이제 형님이 원하는 대로 가족들 간의 유대를 스스로 절연시키는 셈이 되는 것이다. 그러나 이 속엔 그토록 알고 싶었던 어머니에 관한 모든 사실의 실마리가 들어 있지 않은가.

혈혈단신의 고아로만 알았던 어머니에게 두 살 손위의 언니가 있다고 이야기하지 않았던가. 만일 그게 사실이라면, 아니다, 거짓일 리는 없다. 그 언니를 만날 수 있다면 어머니에 관한 모든 것, 내 피에 관한 모든 것을, 내 뿌리가 어디인가 하는 근원적인 모든 문제를 알 수 있을 것이다.

아버지마저 완전한 침묵 속에 침잠해 있을 때 이 비밀의 쪽지는 단 하나의 증인을 알리는 열쇠인 것이다.

민우는 방 안 탁자 위에 놓인 성냥을 주워들었다. 떨리는 손으로 성냥개비를 꺼내 불을 붙였다. 마악 메모지에 불을 당기려던 순간 민우는 입김으로 그 불을 꺼버렸다. 도저히 그 마지막 증인을 태워버릴 수가 없었다.

민우는 도망치듯 호텔방을 빠져나왔다.

호텔 광장에 세워두었던 자전거를 타고 민우는 병원으로 달려갔다. 미친 듯이 페달을 밟으며 앞으로 달려나가는 민우의 눈에서 눈물이 한 가닥 흘러내렸으나 이내 스쳐가는 바람으로 말라붙었다.

병원에 도착하고 나서야 민우는 자기가 너무나 오랜 시간 아버지를 잊고 있었다는 사실을 깨달았다. 그는 병상에 누워 있을 아버지에게 미안했다. 그는 주머니의 돈을 털어, 꽃을 몇 송이 사들고 병원 안으로 들어갔다. 긴 복도를 지나는 동안 민우의 마음은 말짱하게 가셨다. 천성적인 낙관과 밝은 기쁨이 잠시 어둡게 흔들리던 그의 마음에 환한 햇살로 비쳐들었다.

특실 병동은 조용했다.

함께 아버지의 병실 앞을 지키고 있을지도 모르는 채권자들의 모습이 보일까봐 마음을 졸였지만 복도가 조용하고 한적하자 민우는 마음이 놓였다. 문을 조심스레 열고 민우는 병실 안으로 들어섰다. 아버지는 침대 위에 누워 있었다. 링거병 속의 주사액이 규칙적으로 굴러떨어지고 있었다.

민우는 아버지가 잠들었는지 발돋움해보았다. 아버지는 똑바로 누운 자세에서 눈을 감고 있었다. 손에 들고 온 새 꽃을 화병에 꽂기 위해서 침대 머리맡으로 가다 말고 민우는 문득 아버지의 얼굴을 들여다보았다.

잠이 든 줄 알았던 아버지는 어느새 눈을 뜨고 있었다. 그 눈이 민우의 모습을 내내 좇고 있었다. 왜 이제 오느냐, 얼마나 너를 기다렸는지 아느냐, 그 눈이 그렇게 말하는 것 같았다.

민우는 아버지와 눈이 마주치자 크게 웃었다.

"난 잠드신 줄 알았어요. 잠을 깨웠다면 미안해요. 주의하려 했는데."

민우는 사들고 온 꽃을 화병 속에 꽂으며 짐짓 명랑하게 말했다.

아버지는 기적적으로 의식을 회복하긴 했지만 말은 전혀 하지 못했다. 그는 완전히 식물인간과 다름없었다. 그러나 눈빛 하나만은 생생하게 살아 있었다.

민우는 아버지가 비록 입을 움직여 말은 하지 못한다 하더라도 그 눈빛을 보면 지금 무슨 말을 내게 하려 하는가 그 침묵의 뜻을 헤아릴 수가 있었다. 그래서 민우는 아버지와 충분히 대화를 나눌 수가 있었으며, 그와 소리내어 이야기를 하곤 했다.

어떤 때 아버지는 이야기를 하기 위해서 굳어진 혀를 움직여 알 수 없는 불확실한 신음 소리 같은 것을 입 밖으로 토해내기도 했다. 그것은 필사적인 몸부림이었다. 아버지가 말을 하려고 할 때면 차마 그의 모습이 안쓰러워서 민우가 지레 입에 손가락을 대고 말을 하곤 했다.

"말하려 하지 마세요, 아버지. 말하지 않아도 아버지가 무슨 말을 하려 하는지 난 다 알 수 있단 말이에요."

민우는 아버지의 몸을 편하게 해드리기 위해서 침대의 축을 올려 다소 머리 부분이 높도록 조종했다. 아버지의 눈은 민우가 움직일 때마다 그의 행동을 좇았다.

"하루 종일 심심하시죠. 밖에서 일이 있었어요. 그래서 늦게 온 거예요."

민우는 순간 방금 형 민섭을 만나고 오는 길이라는 말을 무심코 입 밖으로 꺼내놓으려다가 입을 다물었다. 아버지는 형 민섭이 왜 한 번도 찾아오지 않는가 하는 이유를 잘 알고 있을 것이다. 그러나 이제 민섭이 자신을 버려두고 먼 외국으로 도망치듯 떠나버린 것을 안다면 아버지는 어떤 느낌을 받을 것인가. 그 사실을 아버지에게 고백해야 할 것인가.

아니다.

민우는 머리를 흔들었다.

절대로 그 얘기를 아버지에게 하여서는 안 된다. 이것은 영원히 비밀로 덮어두어야 한다. 만약 그 사실을 알게 된다면 그는 한 가닥 남아 있는 실낱 같은 생명의 끈을 스스로 절단시켜버리고 말 것이다.

그러나 그러한 비밀을 비밀로서 간직해야 하는 자신의 슬픔과 고독의 무게가 얼마나 무거운지, 민우는 무거운 짐을 진 사람처럼 고통스러웠다.

민우는 흘긋 아버지의 얼굴을 보았다.

그는 눈을 감고 있었다. 숨소리가 고르고 표정이 편안한 것으로 보아 잠시 잠에 빠져든 것이다. 그가 돌아왔으므로, 민우가 곁에 왔으므로 비로소 마음이 놓여 편안한 얼굴로 그는 요람에 누운 아이처럼 잠이 들었다.

민우는 살며시 병실을 빠져나왔다. 그리고 복도 창가에 서서 밤하늘에 빛나는 별들을 바라보았다. 문득 그의 마음속에 섬광과 같은 그리움이 번득이며 마음을 찔렀다.

그것은 다혜에 대한 그리움이었다.

아아, 다혜가 지금 내 곁에 있다면, 이 자리에 함께 있어줄 수만 있다면, 마음에 담아두어야 하는 그 엄청난 슬픔의 짐을 그녀에게 고백함으로써 한결 가벼워질 텐데.

민우는 무심코 중얼거렸다.

—다혜, 네가 보고 싶다.

폭풍의 아침

 버스가 종점에 도착한 건 한낮이 훨씬 기운 오후 네 시 무렵이었다. 거의 모든 승객이 종점에서 내렸다. 민우도 종점에서 내렸다.

 살인적인 무더위였다. 달리는 버스 속도 한증막처럼 끓어올랐다. 차창이 모두 열려 있는데도 차가 스칠 때마다 불어오는 바람에 오히려 숨이 막힐 정도로 한낮의 열기가 기승을 부렸다.

 차창으로 바라보는 좁은 도로의 길 옆에는 키 큰 포플러들이 줄지어 서 있고 작열하는 태양빛이 박살난 유리 조각처럼 으깨어져 빛났다. 가만히 서 있기만 해도 절로 땀이 줄줄 솟아 흘렀다.

 차에서 내린 민우는 주춤주춤 간이매점으로 다가갔다. 매점 앞 빈터에 파라솔로 만든 간이탁자가 두어 개 마련되어 있었다. 얼음 넣은 콜라 한 잔을 주문하고 나서 민우는 파라솔 밑 의자에 앉았다.

이마에 흐르는 땀을 수건으로 닦으며 민우는 눈앞에 전개된 낯선 도시의 모습을 물끄러미 바라보았다.

서울에서 얼마 떨어지지 않은 인접 도시임에도 불구하고 거리는 촌락처럼 작고 협소했다. 서울에서 시외버스로 한 시간 정도밖에 걸리지 않는 거리에 있으면서도 세월이 흘러가지 않고 제자리에 머물러버린 것 같은 분위기를 풍겼다. 포장된 거리인데도 버스가 오갈 때마다 먼지가 자욱이 피어올랐다. 마른 먼지들이 공중을 날아다니다가 도로 위에 가득 내려쌓인 모양이었다. 먼지는 도로 위뿐 아니라 온 거리에 내려앉아 있었다. 거리의 가로수 위에도, 키 낮은 퇴락한 집의 지붕 위에도 먼지들이 날아다녔다.

바람도 없이 무더운 날씨라 거리는 한산했다. 몇 명의 군인이 보였고 몇 사람의 농부가 보였다. 미군들을 태운 지프가 달려가고 있었고, 쇼윈도에 내걸린, 지금은 늙은 흘러간 옛 배우 사진이 새파랗게 젊어서 이를 보이며 한껏 웃고 있었다.

민우는 차가운 얼음 콜라를 천천히 들이켰다.

그는 자신이 아직도 마음의 갈피를 잡지 못한 상태여서 몹시 흔들리고 있음을 느꼈다. 버스를 타고 종점인 이곳까지 오는 동안 몇 번이고 자신이 공연한 짓을 하고 있다는 생각이 불쑥불쑥 되받아올랐다.

내가 지금 무엇을 하고 있는가. 차라리 아무 정류장에서라도 내려 다시 집으로 돌아가는 것이 현명한 방법이 아닐까.

그러나 그런 생각이 들 때마다 민우는 자신의 흔들리는 마음에 이렇게 타일렀다.

일단 버스에 탄 이상 종점까지 가보자. 가서 마음이 내키지 않으면 낯선 거리에서 낯선 풍경을 구경하고 훌쩍 다음 번 버스를 타고 되돌아오자. 그러면 아무런 일도 없을 게 아닌가.

그는 셔츠 윗주머니에서 메모용지를 꺼내들었다. 그곳엔 자신이 찾아야 할 주소와 이름이 적혀 있었다.

김영숙.

그것은 생전 처음으로 들어본 이름이었다. 그런데도 불구하고 그 이름은 그의 마음에 새겨졌다. 왜냐하면 그 이름은 그를 낳은 어머니의 언니 이름이었으므로.

말하자면 민우는 지금 한 번도 만나보지 못한, 아니 이 세상에 절대로 존재하지도 않을 것이라고 믿었던 이모를 찾아서 길을 떠나온 셈이었다.

천애의 고아로만 생각했던 어머니에게 친언니가 있었다는 충격적인 사실은 미국으로 떠나기 전 형님에게 전해 들은 말이었다. 기약 없는 이별로 헤어지기 직전 형님은 민우에게 청천벽력과 같은 소식을 전해주었다.

—내게 이모가 있다.

그런 생각은 마치 내게 나를 낳은 어머니가 있다는 생각과 같은 느낌으로 다가왔다. 그녀를 만나고 싶다. 그녀를 만나서 서로의 얼굴을 확인하고 그 얼굴에서 한 번도 보지 못했던 어머니의 모습을 상상해보고 싶다.

민우는 어머니에 대해서 상상할 수 있는 아무런 근거도 갖고 있지 못했다. 단 하나의 유품도 사진도 하다못해 그럴 듯한 이야기도 전해 들을 수가 없었다.

어머니의 이야기는 금기사항이었으며 어머니의 유품도 단 하나, 바로 민우 자신뿐이었다. 그래서 민우는 한 번도 어머니의 얼굴을 상상할 수도 떠올릴 수도 없었다.

나이가 들어갈수록 어머니는 동화 속의 왕비나 심성이 고운 공주님과는 달리 나이 차이가 많은 한 사내와 뜨거운 정열을 나누고 그 증거로 사생아를 낳을 수 있을 만큼 뜨겁고, 어떤 의미로 보면 더러운 욕망을 가진 여인이며, 마침내 자신이 배신당했다는 사실을 느낀 순간 스스로 목숨을 끊어버릴 만큼 격정적인 성격을 가진 여인이라는 것을 깨닫게 되었으면서도 어릴 때부터 꿈꾸고 상상해온 어머니의 이미지, 귀족이며 왕비며 공주인 어머니의 모습은 좀처럼 지워버릴 수 없었다.

이모를 만나게 된다면 민우는 그처럼 갈망해오던 어머니의 영상을 확실한 이미지로 떠올릴 수 있게 될 것이다.

그렇다. 이모를 만나러 가는 길은 단 하나의 혈육을 만나러 가는 길이 아니라 실은 어머니를 만나러 가는 길이다. 아니다, 그것은 어머니를 만나러 가는 길이 아니라, 실상은 나 자신, 잃어버린 나를 찾아서 떠나는 길이다.

빈 잔에 들어 있는 얼음을 이로 와드득 깨물고 나서 민우는 일어서서 셈을 치렀다. 그리고 가게 주인에게 자신이 가야 할 주소를 대고 어느 방향으로 가야 할까를 물어보았다.

"그곳까지 걸어가려면 시간이 꽤 되는데, 택시를 타고 가시오."

그는 버스 정류장에 대기하고 있는 택시들을 가리키면서 말했다.

"기본요금밖에 나오지 않을 겁니다. 기본요금에다 담뱃값이나 얹어주시오. 그럼 후딱 갈 겁니다."

민우는 고맙다고 고개를 숙여 인사하고는 휘적휘적 택시들이 주차돼 있는 공터로 다가갔다. 앞문이 열린 택시 안에서 좌석을 뒤로 젖히고 운전기사가 세상 모르고 낮잠에 빠져 있었다. 저고리를 풀어헤친 그 안은 맨살이었다. 민우가 차체를 두드리자 운전사는 눈을 떴다.

"갈 거요?"

"갑시다."

민우가 대답하자 운전사는 재빨리 등받이를 세웠다. 그리고 차의 시동을 걸었다.

"어디로 모실깝쇼?"

운전사는 명랑하게 물었다. 민우는 종이에 적어둔 주소를 읽어주었다. 가야 할 방향이 정해졌는지 차는 무서운 속도로 달려나갔다. 먼지가 내리깔린 도로 위에서 뽀얗게 흙먼지가 일었다.

전부 열어젖힌 차창으로 후끈후끈한 오후의 바람이 밀려들어와 숨이 막힐 지경이었다.

차는 시내의 거리를 벗어나 빠른 속도로 달려갔다. 거리의 양옆으로 푸른 들판이 보였고, 이제 고비를 넘긴 햇살은 조금씩조금씩 기운을 잃어가고 있었다.

"멀었습니까, 가는 곳은?"

민우는 젖은 수건으로 목덜미를 가린 운전사에게 물었다.

"웬걸요. 다 와갑니다."

차는 로터리에서 급커브를 틀었다. 퀀셋으로 지은 군용 건물이 나타났다. 그러나 그것은 한국군의 병영이 아니라 미군들의 퀀셋이었다.

철조망이 도로를 따라 무한정 뻗어 있었다. 철조망 안으로 헬리콥터들이 보였고 경비행기도 보였다. 활주로에 놓인 경비행기들은 햇살을 받고 투구벌레 등처럼 빛났다.

"양키들 비행장입니다."

운전사가 묻지도 않은 말을 꺼내 설명해주었다.

"우리야 이처럼 덥지만 저 안은 더울 게 뭡니까? 에어컨으로 감기가 들 판인데. 그뿐인가요, 저 안엔 없는 게 없어요. 골프장도 있고 영화관도 있고 바도 있고……."

운전사는 차창 너머로 가래침을 돋워서 퉤— 뱉었다.

"저 자식들이야 군인이 아니라 놀자판 천국이지."

병영을 둘러친 철조망이 끝나자, 곧 부대 주변의 작은 거리가 나타났다. 한마디로 그곳은 주변의 미군들을 상대로 먹고사는 신설 거리였다.

거리 양옆엔 영어로 쓰인 간판들이 잇달아 걸려 있었고 벌써부터 거리에는 야한 옷차림의 여인들과 휴무를 맞아 놀러 나온 병사들이 심심찮게 보였다. 그러나 그 거리는 어딘가 활기에 넘치는 것처럼 보였다. 살아 움직이고 약동하는 생생한 활력을 갖고 있었다.

"여기가 텍사스촌이오."

운전사가 흥미롭다는 듯 거의 팬티가 보일 정도로 짧게 치마를 입고 걸어가는 여인의 엉덩이를 눈으로 좇으면서 중얼거렸다.

"낮이야 이렇게 보이지만 밤이면 요란하지. 네온이 번쩍거리고 여기저기서 춤과 노래가 벌어진단 말이오. 그야말로 불야성이지."

거리의 양옆은 빽빽하게 가게와 술집, 사진관, 맞춤 옷집 등 상점들이 자리잡았지만 거리에서 한 발짝만 나가면 살림집들이 좁은 골목에 다닥다닥 붙어 있었다. 살림집들로부터 한 마장만 나가면 그대로 논과 밭이 천지로 펼쳐졌다.

달리던 차가 삐익 소리를 내면서 급정거했다. 하마터면 방심하고 있던 민우가 앞으로 넘어져 시트에 부딪칠 뻔했다.

"다 왔소."

운전사가 뒤를 돌아보면서 말했다.

"당신이 찾아가는 곳은 여기요. 이 근처니까 내려서 찾아보시오."

민우는 얼떨떨한 표정으로 차에서 내려 미터기에 나와 있는 요금의 두 배를 지불했다.

차는 휘발유 냄새와 흙먼지를 남기고 사라졌다. 그는 완전히 외톨이가 되었다. 그는 낯선 거리에 홀로 떨어진 미아 신세였다. 민우는 우두커니 서서 주위를 돌아보았다.

그곳은 그가 생각해왔던 거리와는 엉뚱한 이질감을 갖고 있었다. 이곳은 전혀 우리나라의 거리라는 느낌이 들지 않고 낯선 먼 나라의 거리라는 느낌을 불러일으켰다. 어디서 누구에게부터 말을 물어나가야 할지 민우는 난감하기만 했다.

왜 나를 이곳에 떨어뜨리고 가는 것일까, 그 운전사는 어쩌면 나를 일부러 골탕먹이기 위해 이곳에 떨어뜨리고 도망쳐버린 것일지도 모른다.

더운 날인데도 등 뒤에 호랑이를 수놓은 점퍼를 입은 미군 병사와 거의 알몸의 원피스 차림인 여인이 팔짱을 끼고 민우 옆을 스쳐 지나갔다. 짙은 화장품 냄새가 민우의 코를 찔렀다. 그 냄새를 맡는 순간 민우는 홀연 정신이 들었다.

이 거리는, 그가 찾아온 이 거리는, 그가 들고 있는 종이에 적힌 주소의 거리는 저 짙은 화장품 냄새가 풍기는 텍사스촌인 것이다. 미군들을 상대로, 양키들을 상대로 밥을 팔고, 술을 팔고, 웃음을 팔고, 마침내 몸을 파는 그런 육욕의 거리다.

민우는 누구에게 떠밀리듯 주춤주춤 몇 발짝 앞으로 걸어갔다.

어디선가 요란하게 재즈 음악이 들려왔다. 운전사의 말대로 아직 환락의 불을 켜기엔 이른 시간이었으므로 거리는 텅 비었다는 느낌이었지만 곧 땅거미가 지면 본격적으로 영업을 차릴 채비를 하기 위해서 거리의 상점들은 조용히 기지개를 켰다.

성급한 상점의 쇼윈도에서는 이른 형광 불빛이 켜져 있었다. 형광 불빛이 켜진 쇼윈도 안에서 미국 대통령의 초상화와 마릴린 먼로의 초상화가 함께 웃고 있었다.

초상화점 옆에 복덕방이라는 푯말이 붙은 작은 가게가 있었다. 민우는 그 가게 안으로 들어갔다. 구멍가게와 복덕방을 함께하는 좁은 상점 안에서 나이 든 노인들이 장기를 두고 있었다. 민우는 그들에게 자신이 찾고 있는 주소를 대고 그곳이 어디인가를 물어보았다.

노인 하나가 민우에게 다시 한 번 그 주소를 물어보더니 대수롭지 않다는 듯 대답해주었다.

"'나이아가라'를 말하는가보군. 그렇지? 나이아가라가 16의 20번지 맞지?"

노인은 마주앉은 노인에게 동의를 구해 물었다. 맞은편에 앉은 노인은 흥미없다는 듯 떨떠름한 표정으로 대답했다.

"나이아가라가 16의 20번지지."

"그곳이 어디쯤 됩니까?"

민우가 묻자 노인은 대답했다.

"밖으로 나가 이 길만 주욱 따라가시오. 그러면 대로변에 나이아가라라는 술집이 나오지."

"고, 고맙습니다."

꾸벅 인사를 하고 민우는 거리로 나섰다.

그는 걷던 방향으로 계속 걸어나갔다. 나이아가라. 나이아가라. 복덕방 할아버지들의 말이 맞다면 그가 찾아가는 곳은 '나이아가라'라는 술집이다. 그곳은 보나마나 미군을 상대로 술을 파는 곳이며 술뿐만 아니라 춤과 웃음과 그리고, 그리고…… 어쩌면 몸까지 파는 곳일지도 모른다.

민우는 뛰듯이 빨리 걸었다. 어쩌면 이대로 도망쳐버릴지도 모를 마음의 동요를 물리치기 위해서 민우는 내처 나아갔다.

땅거미가 내려앉는 거리에 나이아가라란 술집이 보였다. 그곳은 술집들만으로 이루어진 주점 거리였다. 아직 본격적인 영업 시간이 아니었으므로 네온의 불빛은 번득이지 않았고 사람들도 거의 보이지 않았다

나이아가라 술집 문은 활짝 열려 있었다.

홀 안이 거리에서 들여다보였다. 몇몇 여인은 홀 안에 앉아서 잡담을 나누고 있었고, 어떤 여인은 손거울을 들여다보면서 화장을 하고 있었다. 술집 앞에는 나무 의자를 갖다놓고 여인들이 나란히 앉아서 담배를 피워 물었고 저쪽 거리에서는 두 미군 병사가 거리에 쭈그리고 앉아 깡통맥주를 마셨다.

민우는 망설이다가 결심하고 홀 안으로 들어섰다. 홀 안은 어두웠다.

"이봐요, 아직 영업 시간이 아닌데요."

문간에 앉아서 화장을 하던 여인들이 들어서는 민우를 보고 쌀쌀하게 말을 뱉었다.

"게다가 우린 한국 사람을 받지 않아요, 손님. 여긴 미국 사람 상대의 술집이에요."

"알, 알고 있습니다."

민우는 더듬거리며 대답했다. 얼굴이 화끈거리고 목이 불처럼 뜨거웠다. 입 안의 침이 모조리 말라붙어 모래를 씹은 듯 깔깔했다.

"난 술을 마시러 온 것이 아니라 사, 사람을 찾으러 왔습니다."

여인은 손거울을 통해서 민우를 보았다. 여인은 머리를 지나

치게 볶고 있었다. 화장에 열중하느라고 다리를 포개서 앉았는데 치마가 끌어당겨져 팬티가 보일 지경이었다.

"사람을 찾으려요?"

"그, 그렇습니다."

홀 안 구석에 떼지어 앉은 여인들이 일제히 말을 끊고 민우를 주시했다. 그러나 곧 흥미없다는 듯 자기들끼리 재재거리기 시작했다. 홀 안에서는 시끄러운 노래가 계속해서 흘러나왔다.

"누굴 찾으러 왔는데요?"

잠시 말을 끊었던 여인이 눈에 속눈썹을 붙이면서 물었다.

"김영숙입니다."

"김영숙이요?"

눈꺼풀에 속눈썹이 제대로 붙는지 아닌지 오직 그 하나에만 열중해서 여인은 건성으로 물었다.

"여기선 그런 이름으로는 통하지 않아요. 여기 있는 사람들은 다들 미국 이름을 갖고 있거든요. 제니, 로라, 제니퍼…… 아시겠어요. 그 이름을 갖고는 찾을 수가 없어요. 찾는 곳이 분명히 여긴가요?"

"예, 맞습니다. 이곳입니다."

"언제 이곳에 있던 사람인가요?"

민우는 생각했다. 그리고 대답했다.

"일 년 전엔 있었을 겁니다."

"이 양반 정신이 있나 없나."

여인은 혼잣말로 중얼거렸다.

"여기 일 년이면 바깥 십 년이에요. 호랑이 담배 먹던 시절 이야기를 지금 하면 어떻게 해요? 어제 있던 애들도 오늘이면 딴 데로 간다구요. 정 알고 싶으면 저기 건물에 있는 자치위원회에 가서 알아보세요. 그곳엔 여기 있는 사람들의 명단이 대부분 적혀 있으니까."

"분명히 이곳에 있을 겁니다."

민우는 확신을 갖고 말했다.

"그 사람은 아가씨 나이 또래가 아니라 이미 마흔이 넘은 중년 여인이니까요."

순간 여인은 거울을 접고 민우를 보았다. 그 말에는 뭔가 느낌을 받은 모양이었다. 그녀는 다그치듯이 물었다.

"이름이 뭐라구요?"

"김영숙입니다."

민우는 대답했다.

"김영숙, 김영숙. 어쩌면."

여인은 혼잣말로 중얼거리면서 눈을 깜빡거렸다.

"언니 이름이 김영숙인 모양인데. 가만있자, 김영숙, 맞아. 언니 이름이 김영숙이지."

여인은 생각 끝에 확신을 얻은 듯 단정을 내렸다.

"잠깐만 기다려요. 곧 언니가 나올 테니까. 벌써 나올 시간이 지났는데."

여인은 눈을 돌려 벽에 걸린 시계를 올려다보았다.

"내 생각이 틀림없을 거예요. 어쩜 마담 언니 이름이 김영숙이 틀림없을 거예요. 하여간 우리는 언니를 로라라고 부르지만. 거기 앉아서 기다리세요."

여인은 턱으로 빈자리를 가리켰다. 민우는 그녀가 턱으로 가리킨 의자에 앉았다.

아직 때가 되지 않아서 에어컨을 틀지 않은 것 같았다. 한증막처럼 무더웠다. 바깥의 바람을 끌어들이기 위해서 창문을 활짝활짝 열어젖혀두었지만 바람은 한 점도 새어들어오지 않았다.

실내는 꽤 어두운 편이었는데도 어느 누가 먼저 일어나 불을 켤 생각을 하지 않았다. 홀 안에는 귀에 익은 외국 노래만 울려 퍼지고 있을 뿐이었다.

저쪽 구석에 떼지어 앉아 서로 재잘거리며 잡담하던 여자들은 하나씩 둘씩 일어나 손님 맞을 채비를 했다.

홀 벽에는 치졸한 야자수와 바닷가의 그림이 그려져 있었는데 그 그림 위로 비상등의 불빛이 비쳤다. 치졸하게 그려진 바닷가의 그림은 형광 물질이 포함된 특수 페인트로 채색되었는지 꿈결 같은 이상한 느낌을 불러일으켰다.

민우는 문 입구 쪽을 마주하고 앉아 거리를 내다보았다. 거리엔 아직도 한낮의 잔광이 남아 있었다.

차라리 민우의 마음은 물처럼 담담하게 가라앉았다. 이제 잠시 후면 난생 처음으로 이모의 얼굴을 보게 되는 것이다. 내친김에 모든 사실을 있는 그대로 받아들여야 한다고 민우는 약해지려는 마음에 채찍질을 가하고 있었다. 그때였다. 홀 앞에 승용차가 멎었다.

차 안에서 서너 명의 백인들이 우르르 떼지어 내렸다. 그들은 낄낄거리면서 홀 안으로 들어섰다. 그러자 실내는 갑자기 부산스럽게 움직이기 시작했다.

열렸던 창문이 닫히고 위윙 소리를 내면서 에어컨이 작동되었다. 눈 깜짝할 사이에 색등이 켜졌다. 음악 소리는 더욱더 고조되고 실내엔 비로소 생기가 돌기 시작했다.

사람들이 속속 밀려들었다. 그들은 미리 약속이나 한 듯 일정한 시간에 한꺼번에 몰려들었다. 여기저기에 맥주병이 터지고 홀 안에서 여인들과 음악에 맞춰 춤을 추는 사람들의 모습이 조금씩 늘어갔다.

민우는 꼼짝도 않고 입구만을 노려보고 있었다. 조금 전에 함께 얘기를 나눴던 여인이 어느 쪽에 있는가 민우는 그녀의 행방을 쫓아보았다.

그녀는 부지런히 좌석에 찬 맥주병을 날라다주고 있었다. 다행스럽게 이 술집 안에서 민우 혼자만이 이방인이었지만 그들은 개의치 않았다. 한국인 출입 금지가 분명했지만 굳이 민우의 존재를 꼬집어 골라내지는 않았다.

"맥주 한 병 드릴까요?"

조금 전에 얘기를 나눴던 여인이 작은 맥주병을 민우의 탁자 위에 내려놓았다.

"한잔 드세요. 목이 마를 테니까."

"……감사합니다."

"언니가 오늘은 웬일까. 벌써 나올 시간이 지났는데……

아, 언니가 오나봐요."

문이 열리고 한 여인이 빠른 걸음으로 들어섰다. 맥주를 탁자 위에 내려놓은 여인이 그 여인 앞으로 다가갔다.

두 사람은 뭐라고 얘기를 나누었다. 늦게 들어선 여인이 흘긋 구석진 자리에 앉아 있는 민우를 보았다. 그녀는 머리를 흔들었다.

민우는 탁자 위에 놓인 맥주병을 들어 병째로 꿀꺽꿀꺽 들이켰다. 목이 몹시 말랐다. 이윽고 얘기가 끝났는지 여인은 민우 앞으로 다가왔다.

"날 찾아왔어요?"

음악 소리가 몹시 컸으므로 여인의 목소리는 분명하게 들리지 않았다. 그러나 그녀의 목소리는 면도날처럼 민우의 가슴을 베었다.

"전, 전 김영숙 씨를 만나러 왔습니다."

"내가 김영숙이에요."

여인은 짧게 말을 잘랐다. 민우는 그녀의 얼굴을 보았다. 흐린 실내의 등으로 그녀의 얼굴은 뚜렷이 보이지 않았다.

"하지만 그 이름은 오래전에 쓰던 이름이에요. 누구세요? 어릴 때의 내 이름을 알고 있는 사람이? 나이도 젊은 사람인데."

여인은 담배를 피워 물었다. 그리고 물끄러미 민우의 얼굴을 바라보았다.

"이런 데 올 사람은 아닌데."

짙은 화장으로 얼굴을 가리고 있었지만 그녀의 모습은 나이가 들어 보였다. 오히려 한껏 멋을 부린 머리의 모양새와 어깨가 온통 드러난 옷맵시가 나이를 숨기려는 그녀의 저의를 온통 드러내고 있었다. 목과 귀와 손에는 액세서리가 필요 이상으로 번쩍였다. 담배를 피우는 다섯 손가락에는 빈틈없이 반지가 끼워져 있었다.

이미 술을 마신 모양이었다. 눈동자가 거슴츠레하게 풀렸고 그 술 냄새를 짙은 향수 냄새로 감추었을 뿐이다. 얼굴은 짙은 화장으로 위장했지만 이런 생활을 오랜 시간 영위해온 세월의 그림자가 앙금처럼 가라앉아 있었다. 그래서 그 얼굴에는 인간의 표정이라기보다는 어떤 야비한 고깃덩어리의 표정이 떠올랐다. 민우로서는 이 세상에 태어나 한 번도 만나보지 못한 표정이었다.

오랜 세월을 평범하게 살아온 사람의 얼굴에서 볼 수 있는 온화함과 인성(人性)의 모습은 한 곳도 없고 그녀의 얼굴엔 술과 타락과 방탕, 오직 세월을 본능으로 살아온 추악한 그림자만 깃들어 있을 뿐이었다.

민우는 떨리는 손으로 맥주를 병째 들이켰다. 그의 마음은 몹시 흔들렸다.

"당신 누구예요? 도대체 어디서 온 사람이에요?"

"아무것두 아닙니다."

머뭇거리면서 민우가 말했다.

"난 단지 누구의 부탁을 받고 심부름으로 찾아온 것뿐입니다."

"심부름? 도대체 누구의 심부름?"

탁하고 쉰 듯한 목소리로 그녀는 물었다.

"누가 젊은이를 이곳에 보냈나요?"

"모르겠습니다."

민우는 정색했다.

"……누가 날 이곳에 보냈는지 모르겠습니다."

"그럼 잊어버렸나요?"

"그렇습니다. 잊어버렸습니다."

"……이, 이상한 사람이네."

장난스레 여인이 대답했다.

"보기보단 건망증이 심한 모양이지. 머리가 나빠 보이지는 않는데."

여인은 피우던 담배를 재떨이에 눌러 껐다.

"잊어버린 사람을 생각해내기를 기다리면서 앉아 있을 필요는 없지."

여인은 웃으면서 일어났다.

"생각나면 내게로 와요. 난 바쁘니까. 그래도 너무 오래 생각지 말아. 여긴 한국 사람이 못 들어오는 곳이야. 조금 더 있다가는 쫓겨나게 될걸."

여인은 미련 없이 돌아섰다. 그녀는 수많은 사람들이 함께 뒤엉켜 춤을 추는 홀을 가로질러 걸어갔다. 누군가 그녀의 엉덩이를 손으로 세차게 후려쳤다. 여인은 순간 표독스럽게 돌아섰다.

그녀의 입에서 더럽고 상스러운 욕이 서슴지 않고 흘러나왔다. 막상 욕을 먹은 미군 병사도 여전히 싱글거리면서 자기보다

목 하나가 작은 여인의 머리 위에 손을 얹고 흐느적거리고 있었다. 이따금 한 손에 들린 맥주를 벌컥벌컥 들이켜면서.

그녀의 모습은 어두운 홀 안에서 더 이상 보이지 않았다. 민우는 그녀의 모습을 찾기 위해서 홀 안을 기웃거리지도 않았다. 그는 떨리는 손으로 맥주병을 들어올렸다. 그러나 이미 술은 한 방울도 남아 있지 않았다. 어디서부터 뭘 해야 할 것인지 몹시 머리가 혼탁해서 판단이 서질 않았다.

누군가 민우 곁에 와서 물었다.

"……만났어요?"

조금 전에 민우와 처음으로 만났던 아가씨였다. 그녀는 이미 술에 취한 모양이었다. 아주 기분이 좋아 보였다.

"그 사람이 찾던 사람인가요? 로라는 이 가게의 주인 언니예요. 내 말이 맞죠? 언니의 이름이 맞죠? 찾던 사람이 맞던가요?"

"……아닙니다."

민우는 머리를 흔들었다.

"제가 찾던 사람이 아닙니다."

"그래요?"

여인은 가슴에서 담배를 꺼냈다. 민우는 벌떡 일어섰다.

"계산을 하겠습니다. 아까 얻어마신 맥주값을 치르겠습니다. 얼마를 드릴까요?"

순간 여자는 웃으면서 부드럽게 민우의 얼굴을 쓰다듬었다.

"우리나라 사람의 얼굴 중에도 이처럼 귀여운 얼굴이 있다니.

난 우리나라 사람이야말로 이 세상에서 깜둥이 다음으로 못생
겼는 줄 알았는데. 그냥 가세요. 그 맥주값은 당신 얼굴값이야."

"고, 고맙습니다."

민우는 더듬거렸다. 그는 비틀거리면서 걸어갔다. 그의 등 뒤
에서 여인의 술 취한 목소리가 화살처럼 꽂혀왔다.

"빠이빠이. 유 선 오브 비치."

민우는 말없이 문을 밀고 밖으로 나갔다. 밖은 이미 캄캄한
어둠이었다. 밤이었다.

거리의 상점들은 모두 훤히 불을 밝히고 있었다. 여기저기서
현란한 네온의 불빛들이 명멸하고 있었다. 그 불빛이 물기에 젖
어 있었다. 민우는 손등으로 눈을 씻었다. 그리고 벼랑 위에서
추락하는 듯 내친걸음으로 걸었다.

민우는 떨리는 손으로 빈 잔에 술을 따라 단숨에 들이켰다. 그
는 이제 더 이상 마실 수 없을 만큼 술을 들이켠 셈이었다. 시외
버스를 타고 시내로 돌아온 이래 그는 줄곧 술을 마셨던 것이다.

그는 아버지의 병실을 지켜야 했기 때문에 병원 앞까지는 쫓
겨 도망치듯 부지런히 찾아왔다. 그러나 막상 병원 앞에 이르러
서는 그대로 맨송맨송한 정신으로 아버지를 만나러 병원으로
들어갈 수는 없을 것 같았다. 술을 마시지 않고서는, 술의 기운
으로 이성을 마비시키지 않고서는 도저히 견딜 수 없을 것 같
았다.

그는 시장 거리의 허름한 술집으로 들어섰다. 그 술집은 노무

자 차림의 행인들이 잠시 들렀다 사라지는 목로주점 같은 곳이었다. 민우는 몹시 갈증을 느끼는 사람처럼 성급히 술을 찾았으며 그리고 거친 속도로 술을 들이켰다.

술은 휘발유처럼 강하고 독했다. 술의 힘이 그 슬픔과 충격을 마비시켜주리라 믿었던 것은 잘못된 생각이었다. 술의 힘이 오히려 잊으려 했던 종전의 기억을 생생하게 재현시켜주었다.

그 여인이 이모였던가. 내가 그토록 만나고 싶던 이모였던가. 차라리 만나지 않았어야 했다.

그녀의 얼굴은 인간의 얼굴이라기보다는 추악하고 더러운 짐승의 고깃덩어리와도 같았다. 살기 위해서 온갖 야비한 짓을 서슴지 않았던 흔적이 그녀의 얼굴에서 인성(人性)을 빼앗아갔다. 그리하여 그녀의 얼굴엔 오직 환락과 쾌락과 욕정과 뻔뻔스런 짐승의 본능만이 남아 있는 것이다.

그 얼굴에서 무엇을 떠올릴 수 있단 말인가.

어릴 때부터 막연히 상상하고 홀로 꿈꿔온 공주와 왕비와 귀족으로서의 어머니 영상은 실체의 그녀를 만난 순간 무참하게 깨졌다. 그 더러운 얼굴 어디에서 어머니의 얼굴을 상상해낼 수 있단 말인가.

그렇다.

민우는 술기운이 관자놀이의 혈관을 망치질하듯 두드리는 것을 느끼면서 생각했다. 참을 수 없는 욕지기가 치받치고 있었다.

어머니의 환상은 이제 끝났다.

민우는 비틀거리면서 일어섰다. 이제는 가야 한다고 그는 중얼거렸다. 더 이상 술을 마시면서 시간을 지체할 수는 없다고 생각했다. 밤 시간을 교대해서 아버지의 곁을 지키는 것이 오늘 밤 그의 임무였다.

더 이상 술에 취하기 전에 병원에 도착해야 한다고 민우는 생각했다. 이미 그는 몹시 취했으므로 자신도 모르게 두 다리가 제멋대로 흔들렸다. 유쾌한 기분은 아니었다. 계속 토해버리고 싶은 욕지기가 치받아오르고 있었다.

아, 아.

민우는 병원 앞 광장을 비틀거리며 오르면서 생각했다.

아버지에게 오늘밤 난 모든 사실을 털어놓을 것이다. 생전 처음으로 난 아버지에게 내가 느낀 모든 감정들을 사실대로 고백하고 말 것이다.

민우는 병원 복도를 지나 아버지의 병실로 돌아왔다. 아버지의 병실엔 아무도 없었다. 민우가 돌아오기를 기다리던 강씨 아저씨는 그새를 못 참고 먼저 떠난 모양이었다.

민우는 아버지 곁으로 다가가보았다. 그가 조심스럽게 발소리를 죽이고 다가갔지만 눈을 감고 있던 환자는 예민한 촉각을 곤두세워 주위의 인기척을 날카롭게 감지한 듯 눈을 떴다. 아버지는 물끄러미 민우의 얼굴을 바라보았다.

"술 좀 마셨어요, 아버지."

짐짓 명랑한 목소리로 민우가 입을 열었다. 그러나 혀가 꼬부라져 목소리는 제대로 발음되어 나오지 않았다.

"오늘은 혼자서 술을 마셨어요. 생전 처음 이렇게 많이 마셔

봤어요. 그래서 아버지, 난 엉망으로 취해버렸다구요. 똑바로 걸을 수가 없어요."

그는 비틀대면서 아버지의 침대 곁을 걸어보았다.

"제가 일부러 비틀거리는 것은 아니에요. 똑바로 걷고 싶지만 자꾸만 발걸음이 제멋대로 흔들리고 있는 거예요. 난 취했어요, 아버지."

민우는 딸꾹질을 했다.

"미안해요, 아버지. 술 냄새를 풍겨서."

그는 침대 옆에 보호자용으로 비치해놓은 작은 걸상 위에 앉았다. 그리고 아버지의 얼굴을 바라보았다.

아버지는 똑바로 누운 자세로 민우를 바라보고 있었다. 입원한 이래로 줄곧 같은 자세로. 누군가의 도움 없이는 자기 스스로 돌아눕지도 못하는 고정적인 자세로. 살아 있는 것이라곤 또렷또렷하게 움직이는 두 개의 눈동자뿐.

민우는 두 손으로 얼굴을 감싸쥐었다. 그는 갑자기 견딜 수 없을 정도로 아버지와 자신이 불쌍해졌다.

아버지는 무엇을 위해 저렇게 누워 있는 것일까. 자신의 의지로는 손가락 하나도 세우지 못하는 몸으로 무엇을 기다리는 것일까. 오직 기적만을 기다리는 것일까.

"아버지."

두 손으로 얼굴을 가린 채 민우가 중얼거렸다.

"난 오늘 전혀 생각지 않았던 사람을 만났어요. 그 사람을 만나고 돌아오는 길이에요. 그 사람이 누군지 아세요?"

민우의 얼굴에서 눈물이 떨어졌다. 얼굴을 감싸쥔 두 손가락 사이로 눈물이 번져나왔다.

"제 말을 듣고 계세요? 제 말이 들리기나 하는 거예요?"

민우가 눈물 젖은 얼굴로 아버지의 얼굴을 바짝 들여다보았다. 아버지의 눈이 민우의 얼굴에서 멎어 있었다. 마치 민우의 질문에 무언의 대답을 해주듯.

"난 오늘 말이에요, 어떤 사람을 만났어요. 아버지가 들으면 깜짝 놀랄 사람이에요. 그 사람은 말이에요, 누군가 하면 말이에요, 어머니의 언니예요. 아버지 놀라셨죠, 아버지. 이십 년도 훨씬 전에 죽은 어머니에게 언니가 있다는 사실이, 놀라셨죠. 저 역시 믿어지지 않는 사실이었어요. 아버지, 그 사람의 이름은 김영숙이었어요."

민우는 쿡쿡 어깨로만 웃었다.

"하지만 이렇게 불러서는 아무도 알아듣지 못하더군요. 왜냐하면 그 사람은 다른 예쁜 이름을 갖고 있었으니까요. 사람들은 그 사람, 아니, 그렇게 불러서는 안 되겠죠. 어머니의 언니니까요. 그러니까 그 사람을 이모라 불러야 되겠죠. 사람들은 그 사람을 로라라고 불렀어요. 그래요, 아버지. 이모의 이름은 로라 킴이었어요."

민우는 다시 울기 시작했다. 그의 얼굴에서 다시 새로운 눈물이 흘러내렸다.

"아버지는 내게 말했어요. 네 어머니처럼 예쁘고 아름답던 여인은 이 세상에 없었다. 난 진심으로 네 어머니를 사랑했다. 그

래서 난 말이에요. 어릴 때부터 어머니를 생각할 때면 먼 이국의
공주님을 떠올리거나 왕비마마를 떠올리기만 했어요, 아버지."

민우는 소리 죽여 웃었다.

"그럴 수밖에 없었으니까요. 하지만 아버지, 그 말이 진실이
던가요, 아버지?"

그는 아버지의 얼굴을 바라보았다. 아버지는 눈을 감고 있었
다. 그래서 그는 잠이 든 사람처럼 보였다.

"그 말이 거짓이 아니었던가요, 아버지? 아버지는 이미 아버
지의 죄로 죽어간 젊은 여인에게 속죄하는 마음으로 어머니를
그렇게 천사처럼 미화시켜 말씀하신 것은 아니었나요, 아버지.
눈을 뜨세요, 아버지."

민우가 앉은 채로 말했다. 그의 가슴은 흥분과 광기로 찢어질
것만 같았다. 그는 슬프고 화가 나고 그리고 무엇보다 절망스러
웠다.

"비겁하게 눈을 감지 마세요. 잠든 척 눈을 감지 마세요. 그리
고 뭐라고 말 좀 하세요, 아버지."

민우는 몸을 일으켰다. 그는 침대의 철제 난간을 부여잡았다.

"어머니는 천사가 아니에요, 아버지. 난 알 수 있었어요. 어머
니의 언니를 만난 순간 나는 아버지가 나를 줄곧 속여온 사실을
깨달았어요. 그 여인은 천박하고 더러운 여인이었어요, 아버지.
내 몸속에도 그런 피가 흐르고 있어요, 아버지. 이러한 내가 무
엇을 할 수 있겠어요."

그때였다. 누군가 병실 문을 두드리는 노크 소리가 났다. 민우

는 등을 돌려 문을 보았다. 무시로 병실을 드나드는 간호사나 의사들이라면 새삼스레 노크를 할 리가 없을 것이었다. 그렇다면.

민우는 불길한 예감을 받았다. 이따금 병실로 들르는 채권자인지도 모른다.

형님이 미국으로 도망치듯 떠나버린 것이 밝혀진 뒤 많은 채권자들이 아버지의 병실로 만나러 오곤 했다. 아무런 소용이 없는 일이라는 것을 알면서도 그들은 이따금 병원에 들렀다.

아버지와 아무런 이야기를 할 수 없다는 사실을 알면서도 그들은 아버지가 유일한 빚보증의 담보물이라도 되는 양 그것을 확인하러 들르곤 했다. 마치 인질의 안전 여부를 확인하는 유괴범들처럼.

민우는 병실의 문을 열었다. 문 밖에는 낯익은 사람이 서 있었다. 민우의 예감이 적중했다. 그는 채권자 중에서도 가장 자주 들르는 사람 중 하나였다.

민우는 자신의 예감이 적중되어 문 앞에 서 있는 그 사람의 모습을 확인하자 분노가 치밀어올랐다.

"아, 아버지는 잠들었습니다."

민우는 더듬거리면서 말했다. 그러나 상대방은 민우를 개의치 않았다. 한눈에도 날카롭고 꼬장꼬장한 느낌을 줄 수 있을 만큼 까다로운 성격을 갖고 있는 사람이었다. 나이는 아버지의 나이에 훨씬 못 미쳐 보였지만 그러나 그것은 체격의 차이 때문이었다. 아버지가 뚱뚱한 체격이었다면 그는 빼빼하게 말라 있었다. 머리에는 중절모를 눌러 쓰고 있었고 언제나 단장을 짚고 병원에 나타나곤 했다.

그는 흘끗 민우를 보더니 병실 안으로 들어섰다.

"아, 아버지는 잠이 드셨습니다."

민우가 그를 막아서며 말했다.

"치워라, 인석아."

그는 몹시 불쾌한 목소리로 자신의 몸을 막으려는 민우를 노려보았다.

"너와 말을 하러 온 게 아니야, 니 애비와 얘기를 나누러 왔다. 이 손을 치워라. 어린 녀석이 버릇도 없이."

"목, 목소리를 낮추십시오."

민우가 애원하듯 말을 이었다.

"여긴 조용한 병실입니다."

"……내가 지금 조용하게 말하게 되었느냐. 니 형은 우릴 빼돌렸고 니 애빈 보다시피 속수무책이다. 뉘들은 우릴 속였다. 속인 것쯤이야 참을 수 있지만 그것만이 아니다. 우린 뉘들 때문에 망했다. 우린 모든 것을 잃었어."

그는 꼿꼿하게 서서 잡고 있는 단장으로 세게 바닥을 내리쳤다.

"지금은 밤입니다. 시간이 늦었습니다. 내일 오십시오."

"밤이고 낮이고 가릴 것은 이제 더 이상 없어. 벌써 찾아왔다 돌아간 것이 몇 번째냐. 이젠 가고 올 필요는 없어졌다. 난 이제 아주 이곳에 있을 것이다."

"……면회 시간이 아닙니다. 이 병은 절대 안정이 필요합니다."

순간 그는 민우를 노려보면서 카랑카랑하게 소리쳤다.

"네 아버지한테만 절대 안정이 필요한 게 아니다. 내게도 안정은 중요해. 난 너와 말하러 온 게 아니다. 난 저 사람과 이야기를 나누러 왔다."

그는 단장을 집어들어 침대 위에 누운 아버지를 가리켰다. 그는 끓어오르는 소리를 뱉었다.

"한형국, 일어나라. 누워 있지 말고 일어나. 일어나서 나와 담판을 짓자."

그는 감정을 주체하지 못하고 온몸을 사시나무처럼 떨었다. 민우는 거친 기세로 다가서는 그의 몸을 막으면서 소리쳤다.

"······제발 말소리를 낮추세요. 밤이 늦었습니다. 그리고 여긴 병실이에요."

순간 뭔가 민우의 어깨를 강타하면서 내리꽂혔다. 민우는 본능적으로 신음 소리를 내면서 어깨를 부여잡았다. 그 사람의 단장이 하나의 목검이 되어 자신의 어깨 위를 세차게 강타한 사실을 그제야 깨달았다.

엉겁결에 민우는 어깨를 감싸쥐면서 물러섰다.

"비켜라, 이놈."

그 사람의 입에서 호령이 터졌다.

"이젠 더 이상 물러설 곳이 없다. 이젠 마지막 담판을 지으러 왔다."

그는 침대 곁으로 다가섰다. 그의 몸에서 살기가 느껴졌다. 침대 위에 속수무책으로 누워 있는 아버지에게 무엇을 하려 함인가. 아버지를 일으켜세우려는 것인가. 아니면, 아니면, 내 어깨를 내리쳤던 단장으로 아버지를 해치려 하는 것인가.

"안 돼."

민우가 그의 몸을 잡아당겼다.

"안 됩니다, 제발."

순간 상대방의 손에서 단장이 재빠르게 날아들었다. 그저 화가 치미는 대로 마구 휘젓는 솜씨가 아니라 하나의 타격마다 맺고 끊음이 분명한 맥락이 있었다.

민우의 몸은 서너 차례의 타격으로 바닥을 나뒹굴었다. 순간 민우는 걷잡을 수 없는 분노를 느꼈다.

민우는 용수철을 튕긴 듯 일어났다. 그리고 그 사람의 손에서 단장을 빼앗아 들었다. 민우의 입에서 불확실한 신음 소리가 흘러나왔다.

민우는 미친 듯이 소리를 지르며 단장을 들어 흰 벽을 후려쳤다. 단장은 곧 두 동강이 났다. 부러진 단장을 들고 민우는 눈에 보이는 모든 것을 찌르고 때렸다.

그의 몸에 숨어 있는 알 수 없는 폭력에 대한 갈망이 스스로 제어할 수 없는 광기를 불러일으켰다. 민우는 소리치고 울부짖었다.

흐린 흙탕물이 가라앉듯 흥분과 광기로 흐려졌던 혼미한 의식이 차차 가라앉기 시작했다. 미친 말갈기처럼 휘날리던 이성의 눈이 서서히 밝아졌다. 민우는 부러진 단장을 든 채 우두커니 서 있었다.

민우는 한 사람이 병실 바닥 위에 누워 있는 것을 보았다.

그는 병실 바닥에 쓰러져서 신음 소리를 내고 있었다. 민우는 그가 왜 이곳에 누워 있는지, 그는 도대체 어디서 왔으며 왜 자신의 손에는 부러진 단장이 들려 있는지를 이해할 수 없었다.

민우는 그래서 그를 부축하려고 몸을 굽혔다. 그때 민우는 쓰러져 누운 사람의 입에서 저주의 신음 소리가 흘러나오는 것을 들었다. 그가 누구를 왜 저주하고 있는지 민우는 그것이 몹시 궁금했다.

민우는 그래서 열심히 그의 목소리에 귀를 기울였다. 잠시 후 민우는 그 저주 대상이 다름 아닌 자신이라는 사실을 알게 되었으며 그가 증오하는 사람이 바로 자신이라는 사실을 확인했다.

순간 민우는 반짝하는 촉광을 느꼈다. 아직도 자신의 손에 들린 부러진 단장이 무엇에 쓰였던가를 그제야 비로소 알아차렸다. 민우는 공포와 경악에 그 단장을 무심코 집어든 뱀이라도 되듯 집어던졌다.

멀리서 복도를 달려오는 발걸음 소리가 들렸다. 그 소리는 점점 가까워졌다. 모든 것은 삽시간에 일어난 일이었다. 발걸음 소리는 병실 앞에서 멈췄다. 그리고 왈칵 문이 열렸다.

문 앞에 간호사와 담당 의사의 모습이 보였다. 좀 전에 병실을 뒤흔든 민우의 고함 소리에 무슨 일인가 달려온 모양이었다. 그 빠른 찰나의 순간이 왜 그처럼 길게만 느껴지는 것일까.

그들은 방 안으로 들어왔다. 그들은 한눈에 방 안에서 벌어진 모든 광경을 보았고 한바탕의 폭풍으로 걷잡을 수 없는 참상이 벌어진 것을 확인했다.

"일으켜 부축해."

의사의 입에서 꿈결과 같은 목소리가 흘러나왔다. 그들은 민우의 곁으로 다가왔다. 본능적으로 민우는 두어 발짝 물러섰다. 민우는 그들이 자신을 꼼짝없이 포위하기 위해 다가오는 것처럼 느껴졌다. 그러나 그들은 민우에 대해서 개의치 않았다. 그들은 우선 바닥에 쓰러진 사람을 부축해서 일으켰다. 순간 민우는 뒷걸음질쳐서 그들로부터 물러나갔다.

병실을 벗어난 순간부터 민우는 미친 듯이 달려나가기 시작했다.

내가 그 사람을 때렸다. 아, 내가 사람을 향해 폭력을 휘둘렀다. 나이 들어 거의 노인에 가까운 사람을 때려 넘어뜨렸다.

아니다. 넘어뜨린 것뿐이 아니다, 어쩌면 그는 이미 숨이 끊어졌을지도 모른다.

그렇다. 나는 사람을 죽였다. 나는 살인을 했다. 아아, 나는 내 두손으로 사람을 죽였다. 어디로 가야 병원 밖으로 나서는 문이 있을까.

민우는 미친 듯이 병원 안을 맴돌았다. 그는 출구 없는 미로에 빠진 느낌이었다. 간신히 병원 밖으로 나서는 문을 발견하고 민우는 탈출하는 데 성공했다. 병원 뜰을 그는 단숨에 뛰어내렸다. 빠른 시간 안에 현장에서 멀어져야 한다고 민우는 조바심을 내고 있었다. 그는 초조하고 성급했다.

병원을 떠나 거리로 나왔으면서도 민우는 줄곧 뛰었다. 숨이 턱까지 차오르고 온몸으로 구슬땀이 흘렀다. 거리의 사람들은 필사적으로 달려가는 민우를 이상하게 보았지만 그런 것은 문제도 되지 않았다.

내가 사람을 죽였다. 내가 살인을 한 것이다.

방향도 없이 발 닿는 데로 달려나가던 민우의 발이 마침내 가야 할 방향이 정해진 것처럼 일관되게 움직이고 있었다. 공포와 두려움 속에서도 민우는 구원처럼 자신을 맞아줄 상대를 떠올렸다.

그 상대는 현태였다.

가야 할 방향이 정해졌다는 것은 마치 폭풍이 몰아치는 밤의 바닷가에서 난파 직전에 등대의 불빛을 발견한 느낌과 같은 것이었다. 그는 지금 이 순간 현태가 어디에 있을까를 잘 알았다.

현태는 여름방학을 맞아도 당분간 고향집으로 내려갈 수가 없었다. 학교 연극부에서 공연하는 여름 대공연의 연출을 맡고 있었기 때문이었다. 그래서 현태를 만나려면 하숙집으로 가거나 그가 무시로 드나드는 목포집으로 가는 것보다는 학교의 노천극장으로 가는 편이 훨씬 정확한 만남이었다.

현태는 지금쯤 노천극장에서 총연습을 하고 있을 것이다. 공연이 임박했으므로 조명과 분장과 의상을 모두 실제처럼 꾸미고 밤을 새우면서 연습에 임했을 것이다.

민우는 내처 달려나갔다. 한시라도 빨리 현태를 만나야겠다고 생각했다. 현태를 만나서 모든 아픔을 털어놓고 조언을 구한다면 어떤 해결의 실마리가 풀릴 것처럼 느껴졌다.

방학을 맞은 캠퍼스는 을씨년스럽게 텅 비어 있었다. 언제나 가득 찬 학생들로 병원처럼 환히 형광 불빛을 발하던 도서관도 대학들의 건물들도 야간 방공훈련을 하듯 캄캄하게 잠들어 있었다. 교문으로 빠져나가는 길 양옆을 따라 일정한 간격으로 열병식을 올리듯 서 있는 가로등만이 예전처럼 눈부신 불빛을 비출 뿐이었다.

민우는 노천극장 쪽으로 뛰었다. 오랜 거리를 줄곧 뛰어왔으므로 숨이 턱까지 차올랐다. 기진맥진해서 쓰러질 것만 같았다. 땀은 더 이상 흘러내리지 않았다.

민우는 온종일 줄곧 마라톤의 장거리 경주를 달린 셈이었다. 한낮에 받은 충격과 그 고통을 잊기 위해 마신 술, 아버지에게 내뱉는 고백, 그리고 전혀 예기치 않게 휘두른 폭력.

그는 온 인생에서 맞닥뜨릴 수 있는 충격을 오늘 하루 동안 집중적으로 얻어맞은 셈이었다.

노천극장에는 수많은 학생들이 웅성거리고 있었다. 민우의 예감은 적중했다. 공연을 며칠 앞두었으므로 무대 위엔 실제 공연 때처럼 무대 텐트가 서 있었고 조명도 모두 켜져 있었다. 각각 맡은 역할대로 분장을 한 배우들이 마침 휴식 시간이었는지 서성거리고 있었다.

노천극장 한가운데에는 누가 피워놓았는지 모닥불이 타올랐다. 불이 꺼질 만하자 누군가 기름을 퍼부었다. 다시 세찬 기세로 불길이 피어올랐다. 밤을 새우면서 새벽이 올 때까지 연습을 계속하려는지 계단식으로 만들어놓은 객석 위에는 담요들이 펼쳐져 있었다.

현태는 모닥불 옆에 앉아 있었다. 수많은 사람들 중에서도 그의 모습은 똑똑히 보였다. 그는 모닥불 옆에 앉아서 담배를 피워 물고 있었다. 종이컵에 소주를 따라 마른오징어를 안주 삼아 마시면서.

민우는 그의 곁으로 휘청거리면서 걸어갔다. 현태는 무심코 어둠 속에서 나타나는 민우를 보자 믿을 수 없다는 얼굴로 일어섰다.

"웬일이냐, 피리 부는 소년."

민우는 이미 대답할 수 없었다. 민우는 대답 대신 그 자리에 쓰러졌다. 민우가 갑자기 썩은 나무토막처럼 쓰러졌으므로 무심히 모닥불 주위에 앉아 있던 여학생들이 비명을 지르면서 비켜났다.

현태는 민우의 몸에 심상치 않은 일이 벌어졌음을 직감했다. 그의 숨소리가 고르지 않았고 그의 얼굴은 백지장처럼 창백했다.

"왜 그래, 민우. 정신차려, 민우."

"물."

민우는 간신히 입을 열어 말했다.

"물 좀 줘."

"물 좀 가져와."

현태는 곁의 학생에게 명령했다. 곧 물이 왔다.

현태는 민우의 상반신을 부축해 일으켜서 물을 마시게 했다. 그러나 민우는 조금밖에 마시지 못하고 기진해서 늘어졌다.

"……추워."

민우가 떨면서 중얼거렸다. 심한 탈수현상이 오는 모양이었다. 현태가 담요를 가져와서 민우의 몸을 덮어주었다. 보고 있던 학생들이 모닥불에 통나무를 더 집어넣고 휘발유를 끼얹었다. 확 불길이 세어졌다. 탁탁 통나무가 세찬 불기운에 쪼개지면서 불티가 튕겨 날았다.

"술을 마시게 하세요."

누군가 말했다.

현태가 마시다 남은 소주를 민우의 입에 부어넣었다.

"아직도 춥냐?"

현태가 그의 곁에 가까이 기대어 앉아 갑자기 나타난 친구의 얼굴을 다정스럽게 쳐다보았다.

"……괜찮아."

여전히 몸을 떨면서 민우가 말했다.

"곧 따뜻해질 거야."

현태가 담요 안으로 손을 넣어 민우의 몸을 옷 위로 비벼주기 시작했다. 믿을 수 없을 만큼 민우는 심하게 몸을 떨고 있었다. 그래서 현태는 그가 갑자기 죽을병에 걸린 것이 아닌가 하는 두려움을 느꼈다. 현태는 그의 몸을 여기저기 주무르고 비벼 마찰했다. 눈 녹듯 그의 몸이 안정되기 시작했다.

학생들은 모닥불 곁에서 일어나 무대 위로 사라졌다. 모닥불 주위에는 현태와 민우 단 둘뿐이었다. 떨리던 민우의 몸이 가라앉았다. 몸이 따뜻해오고 창백하던 얼굴에 핏기가 돌기 시작했다.

"무슨 일이냐, 피리 부는 소년."

몸과 마음이 안정되자 현태가 긴 막대기로 모닥불을 쑤셔 불길을 잡으면서 물었다. 민우는 담요를 걸친 채 일어나 앉았다.

"난 사람을 죽였어."

민우가 입을 열었다.

일제히 켜진 조명으로 인해 숲속에서 잠든 밤새 한 마리가 놀라서 푸드득 날아갔다. 그 큰 날개 그림자가 민우의 얼굴을 스치고 사라졌다.

"난 사람을 죽였어. 내 손으로 사람을 넘어뜨렸다."

"이봐."

현태는 목소리를 낮추고 말을 잘랐다.

"지금 무슨 말을 하는 거야. 차근차근 말해. 흥분하지 말고……."

"……단장을 부러뜨렸어. 하지만 난 그럴 마음이 없었어. 그가 나를 세차게 때렸어. 난 내 정신이 아니었어. 난 수없이 맞았어. 내 몸속에 무서운 광기가 들어 있나봐, 현태. 내 몸속엔 내가 모르는 또 하나의 악마가 들어 있나봐. 내가 그 단장을 빼앗아 부러뜨렸어. 그리고 그 사람을 때리고 쓰러뜨렸어……."

"이봐, 난 네가 무슨 소릴 하는지 모르겠어."

빈 컵에 소주를 따라 마시던 현태가 참다못해 말을 뱉었다.

"처음부터 차근차근 얘기해봐. 이걸 한잔 마시고."

현태가 술잔을 민우에게 내밀었다. 민우는 잔을 받아 단숨에 마셨다. 그리고 그는 오늘 하루 종일 있었던 일을 털어놓기 시작했다. 때로는 흥분해서 두서없을 때도 있었지만 비교적 침착하게 마음이 가라앉았다.

현태는 그의 이야기를 참을성 있게 끝까지 들었다.

"그게 전부냐?"

모든 이야기가 끝나자 현태가 짐짓 가볍게 물었다.

"……그래."

민우가 대답했다.

"미친놈, 미친 녀석."

현태가 강하게 민우를 비웃었다. 그의 과장된 말투는 민우의
마음을 위로해주기 위함이었다.

"이 자식아, 그 사람이 죽었는지 어떻게 아니?"

"……하지만, 그 사람은 쓰러졌어."

"……쓰러지면 다 죽는단 말이냐?"

"하지만 단장으로 내가 그 사람을 때렸어."

짧은 기억 속에 민우는 몸을 떨면서 두 눈을 가렸다.

"한 대도 아니야, 난 수없이 그 사람을 때리고 치고 후려쳤어.
쓰러질 때까지, 넘어질 때까지. 그 사람은 죽지 않았을지 모르
지만 난 분명히 살의를 품고 있었어. 젊은 사람이 아니야, 현태.
그 사람은 아버지 또래의 노인이야. 그 노인을 내가 때렸어. 내
가 넘어뜨렸어."

두 손으로 가린 민우의 얼굴에서 눈물이 번져나왔다. 현태는
그의 눈물을 보자 위로하고 싶은 마음보다는 차라리 눈물이 나
오는 대로 내버려두는 편이 충격과 공포에서 벗어나는 길이라
고 생각했다.

"난 사람을 죽였어…… 내가 그 사람을 죽였어."

민우가 자신의 머리카락을 쥐어뜯으면서 신음했다. 보고 있던 현태가 이윽고 민우의 두 손을 잡아 내렸다.

"그만 울어라, 피리 부는 소년. 아무런 일도 생기지 않았어. 난 네가 사람을 때렸다는 건 믿어지지 않는다. 넌 파리 한 마리도 죽이지 못하는 착한 애가 아니냐. 하지만 난 네가 누구를 향해 폭력을 휘둘렀다면 그럴 만한 이유가 있었다고 생각한다. 피리 부는 소년. 난 어렸을 때 술에 취해 잠든 아버지를 내 손으로 죽이려고도 했어. 난 그가 미웠다. 난 밤낮 술만 마시고 동리에서 싸움이나 하고 손가락질 당하고 어머니만 두들겨패는 아버지가 원수처럼 미웠어. 내 증오 때문인지 아버지는 그 이듬해 돌아가셨다. 민우, 사람은 때로 걷잡을 수 없는 증오에 사로잡힐 때가 있다. 민우, 넌 지쳤어. 벌써 며칠째냐, 병든 아버지 간호와 갑자기 기울어진 네 집의 형편으로. 게다가 낮엔 생전 처음 이모를 만났다면서. 넌 나보다 정신력이 훨씬 강하다. 민우, 이젠 자. 편히 쉬거라. 사람은 쉽게 죽는 법이 아니야. 물론 네가 잘못했지만 그 사람은 쓰러진 것에 지나지 않으니까……."

누군가 저벅저벅 발소리를 내면서 걸어왔다.

"연출자님, 준비가 되었는데요."

"알겠어."

벌떡 일어서면서 현태가 말했다.

"자거라, 담요를 덮고."

현태가 민우의 어깨 위에 담요를 덮어주었다.

"추우면 모닥불 속에 나무를 더 집어넣어라."

그는 무대 아래로 걸어갔다.

민우는 혼자가 되었다. 민우는 담요를 쓰고 무대 위를 쳐다보았다. 몸은 한결 따뜻해지고 마음은 충격과 공포에서 차츰 벗어났다.

괜찮아, 모든 것이 잘될 거야.

민우는 밑도 끝도 없이 중얼거리면서 밤하늘을 바라보았다. 별이 무성한 밤하늘에서 별똥별이 길게 획을 그으면서 떨어졌다.

다혜는 읽던 책을 덮었다. 그리고 창밖을 내다보았다. 방충망을 친 창문 밖에는 불빛을 보고 달려드는 불나방들이 하얗게 달라붙었다.

여름방학도 어느새 끝나가고 있었다.

지난 기나긴 여름방학 동안 무얼 했던가. 다혜는 오랫동안 책을 읽느라고 책상에 팔꿈치를 댄 채 꾸부정한 자세로 앉아 있었기 때문에 허리가 몹시 아팠다. 허리를 펴서 길게 기지개를 켜다 말고 다혜는 문득 그런 생각을 했다.

긴 여름방학 동안 무얼 했던가. 아무것도 한 일이 없다.

집 안에서 소설책 읽은 기억밖에 없다.

지난여름은 얼마나 무더웠던지 가만히 앉아 있기만 해도 땀이 줄줄 흘렀다. 그럼에도 불구하고 바닷가는커녕 물가에도 가본 일이 없었다. 사람들은 모두 바닷가로 산으로 달려가서 켄터키 옛집의 검둥이들처럼 시커멓게 타가지고 돌아오곤 했다.

다혜는 스탠드의 불마저 껐다. 그러자 마당 한가운데에 떠 있는 둥그런 달빛이 은은하게 방 안으로 밀려들어왔다. 어디선가 날카로운 라디오의 시보 소리가 들려오고, 아직 이른 밤이었는데도 옆집 열린 창문으로 유난히 크게 언제나처럼 들려오던 텔레비전의 연속극 소리도 멎었다. 가만히 귀를 기울이면 먼 모래사장을 핥는 듯한 파도 소리처럼 도심을 흘러가는 온갖 소음이 정적의 밑바닥에 항상 출렁였다.

다혜는 가만히 두 팔을 벌려 머리 뒤에 팔베개를 하고 의자에 깊이 기대서 정면으로 달을 쳐다보았다.

잘 자라, 우리 아가. 앞뜰과 뒷동산에
새들도 아가 양도, 다들 자는데.
달빛은 영창으로 금구슬 은구슬
보내어주는 이 밤. 잘 자거라.

다혜는 흔들의자를 가만히 앞뒤로 흔들면서 자장가를 입 속으로만 불러보았다.

그러자 다혜의 마음에 기쁨이 솟아올랐다. 진정으로 그녀가 품 안에 아가를 안고 토닥거리면서 잠재우고 있는 것 같은 느낌이 뿌듯하게 가득 차올랐다. 다혜는 허공의 달빛 아가를 품 안에 안고 자장가를 부르기 시작했다.

우리 아기 착한 아기, 소록소록 잠들라.

하늘 나라 아기별도 엄마 품에 잠든다.

두둥 아기 잠자거라. 예쁜 아가 자장.

우리 아기 금동 아기 소록소록 잠들라.

바둑이도 짖지 마라 곰실 아기 잠깰라.

오랜 꿈을 담뿍 안고 아침까지 자장……

"누나, 누우나."

노래를 부르던 다혜는 신경질적으로 자기를 부르는 남동생의 고함 소리에 깜짝 놀라 일어섰다.

"누가 누나를 찾아왔어."

다혜는 자신의 방심한 마음을 남에게 들킨 것 같은 부끄러움으로 얼른 스탠드의 불을 켰다.

"뭐라구?"

손에 주먹나팔을 하고 다혜는 소리쳐 물었다.

"누가 누나를 찾아왔어. 문 밖에 있어. 나가봐."

다혜는 순간 가슴이 철렁 내려앉았다.

누굴까. 누가 이 밤중에 나를 찾아왔을까. 이 밤중에 나를 찾아올 사람은 없는데. 혹시 그렇다면 나를 찾아온 사람은 민, 민우가 아닐까.

다혜는 현기증으로 서재에 그대로 주저앉을 뻔했다. 다행히 아직 엄마는 집에 돌아오지 않으셨다.

다혜는 와랑와랑 뛰는 가슴으로 거울 앞으로 달려갔다. 머리 뒤를 하나로 묶었던 손수건을 풀어내리자 출렁이면서 긴 머리칼이 흘러내렸다. 다혜는 빗으로 얼른얼른 머리를 빗었다.

"뭐 해?"

아래층에서 재촉하는 남동생의 고함 소리가 꼬리를 달았다.

"손님이 문 밖에서 기다리고 있다니까……."

"알겠어."

다혜는 뛰어서 계단을 내려갔다. 계단 아래 남동생이 서 있었
다. 그는 싱글벙글 웃고 있었다.

"웬일이야, 집으로 남자 친구가 다 찾아오구. 나가보슈, 누날
찾아왔으니까."

다혜는 슬리퍼를 끌고 문 밖으로 나가보았다. 열린 대문 밖
기둥 아래에 웬 사내가 우두커니 서 있었다.

막연히 기대했던 민우의 모습이 아니었다. 한눈에 민우의 모
습이 아니라고 확인하자 다혜는 가볍게 실망해서 어두운 그림
자를 보았다.

"누구세요?"

"……안녕하세요, 다혜 씨."

밝은 불빛 아래로 나서면서 그가 입을 열었다. 아, 다혜는 그
제야 상대편을 알아보았다.

"……웬일이세요?"

"이제야 절 알아보셨군요. 전 다혜 씨가 절 못 알아보실 줄 알
고 얼마나 걱정했는지 모릅니다."

현태가 특유의 익살을 부리면서 킬킬거렸다.

"……잠깐 들어오세요."

"아닙니다. 들어가지 않겠습니다."

"괜찮아요. 집 안에 아무도 없으니까요."

"아무도 없는 집 안에 들어가는 사람은 도둑입니다."

현태가 손을 저으면서 말했다.

"괜찮으시다면 잠깐 제게 시간을 내주셨으면 합니다. 요앞에 나가 커피라도 한잔 나누지요."

다혜는 자신의 발밑을 내려다보았다. 허둥대느라고 양말을 신지 못한 자신의 부주의가 못내 마음에 걸렸다.

"십 분이면 됩니다. 더 이상 뺏긴 곤란합니다. 저도 오늘밤 고향으로 내려가야 하니까요."

"좋아요."

다혜는 문을 닫았다. 밖에서 잡아당기면 자동적으로 닫히는 철문이었으므로 따로 문 간수할 필요 없이 두 사람은 어두운 골목을 지나 거리로 걸어나왔다. 거리 한 모퉁이에 작은 찻집이 있었다. 두 사람은 그 찻집에 들어가 마주앉았다.

"오랜만에 뵙습니다."

현태가 밝게 웃으면서 다혜에게 손을 내밀었다. 다혜는 그의 손을 마주잡았다.

"그동안 어디 안 가셨던 모양이지요? 얼굴이 타지 않으신 걸 보니."

"집에만 있었어요."

커피를 마시면서 다혜가 대답했다.

"방학 동안에 오늘이 제가 집에서 떨어져나온 제일 먼 거리예요. 현태 씨는요?"

"전 연극 공연 때문에 어제까지만 해도 정신없이 바빴습니다. 공연은 어제 끝났습니다."

"아 참."

깜박 잊었다는 듯 다혜가 말했다.

"깜박 잊었어요. 연락을 주셨더라면 거길 갈 수 있었을 텐데요. 무슨 연극이더라, 학교 게시판에서 봤는데……."

"「슬픈 카페의 노래」였습니다."

"아, 맞아요. 아주 좋은 작품이지요."

"그, 그렇습니다. 아주 좋은 작품이지요. 슬프고 아름답고 그리고 무엇보다 환상이 있는 작품이지요."

현태가 주머니에서 담배를 꺼내 피워 물었다.

"공연이 끝나고 이제야 전 고향으로 내려갑니다. 방학이 끝나기 전에 엄마 젖이나 빨다 와야지요. 하기야 내려가봤자 뾰족한 수는 없지만 효자 흉내라도 내야 등록금도 하숙비도 얻을 수 있으니까요."

"오늘밤 차인가요?"

"그, 그렇습니다. 밤 열한 시 삼십 분, 마지막 밤 열차지요. 밤새도록 달려서 내일 아침에는 부산에 도착할 것입니다."

현태는 필터 없는 싸구려 담배 때문에 입술에 묻는 담배를 떨어내기 위해서 푸푸 입바람을 불며 말했다.

"왜 내게 민우에 관한 이야기를 묻지 않으시죠?"

대뜸 현태는 다혜의 얼굴을 보면서 물었다.

"제일 궁금한 것이 민우 소식이 아니겠어요. 난 그의 소식을
전해주기 위해 달려온 방자인 셈이니까요. 정작 궁금한 민우의
소식은 모른 체하고 있으려니 답답하시겠네요."

다혜는 낯을 붉히면서 웃었다.

"민우 씨는 어때요? 아버님은 여전히……."

"사실은 민우 때문에 다혜 씨를 만나러 왔습니다."

다혜의 말을 자르면서 현태가 말을 이었다. 지금까지의 익살
스럽고 능글스럽게 말하던 그가 돌변했다. 말 나온 김에 용건을
빨리 이야기하겠다는 듯 그는 서두르고 있었다.

"……제 발로 제가 다혜 씨를 만나러 왔습니다. 제가 다혜 씨
를 만나러 온 것은 전혀 저 혼자만의 결정이고 저 혼자만의 의
사입니다. 다행스럽게도 저번에 다혜 씨를 집까지 바래다드렸
기 때문에 집을 알고 있었지요."

"왜요? 민우 씨에게 무슨 일이 생겼어요?"

직감적으로 다혜는 좋지 않은 일이 일어났음을 느꼈다. 전혀
말을 않고 현태가 다혜의 눈치를 살폈다. 그러고 나서 대답했다.

"아주 안 좋은 일이 생겼습니다. 다혜 씨, 그는 지금 여기에
없습니다. 그는 지금 병실에 없습니다. 민우는 지금 먼 곳에 있
습니다."

"……먼 곳이라뇨?"

"……그는 도망갔습니다."

현태는 단숨에 놀라운 말을 꺼냈다.

"……도, 도망이라니요?"

짧은 침묵 끝에 다혜는 되물었다.

"민우는 지금 여기에 없습니다. 남의 눈을 피해 숨어 있습니다."

"왜요? 도대체 무슨 일인데요?"

"공교롭게도 사건에 말려들었습니다."

"사건에요? 난 도대체 무슨 말인지 모르겠어요."

현태는 말없이 엽차를 후루룩 들이켰다.

"민우가 사람을 때렸습니다. 맞은 사람이 민우를 고소했습니다. 민우는 경찰에 형사 입건되었어요. 경찰에서 민우를 찾고 있습니다. 고소한 사람의 태도가 강경하고 만만치 않아서 우선 민우는 몸을 피해 먼 곳으로 도망친 것입니다."

"……민우 씨가……."

다혜는 믿어지지 않았다. 무슨 이야기인지 실감나지도 않았다. 그러나 현태의 진지한 태도로 보아 거짓말이 아닌 것만은 분명했다.

"사람을 때려요? 민우 씨가 폭력을 휘둘렀어요?"

어떻게 그가 폭력을 휘두를 수 있단 말인가. 그처럼 마음이 약한 사람이. 환자의 팔뚝에 주삿바늘조차 찔러넣지 못하는 마음 약한 사람이.

"그렇습니다. 상대방은 중상을 입었습니다. 병원의 진단으로는 8주가 나왔습니다. 8주의 진단이라면 가벼운 부상이 아닙니다. 중상 중에서도 무거운 중상인 셈이지요. 그러나 문제는 그것이 아닙니다. 부상을 당한 사람은 젊은 사람이 아닙니다. 그 사람은 환갑에 가까운 나이 든 사람입니다. 사회적 배경과 만만치 않은 사회적 지위를 갖고 있는 사람입니다. 그 사람이 민우를 경찰에 고발했습니다. 경찰은 수사에 나서서 민우를 찾고 있습니다. 며칠 전에 제게두 형사 한 사람이 찾아와 민우의 소재를 묻고 사라졌습니다. 놀라지 마세요, 다혜 씨."

현태는 흘긋 빠른 시선으로 시계를 보았다.

"어쩌면 경찰에서 다혜 씨를 찾아와 민우의 행동에 대해서 물을지도 모릅니다."

"제게요?"

"꼭 온다는 것은 아니지만 가능성이 전혀 없는 것도 아닙니다."

현태는 구겨진 담뱃갑에서 마지막 남은 담배 한 개비를 꺼내 피워 물었다. 잠시 말이 끊겼다. 다혜는 충격과 놀라움과 두려움으로 얼굴에서 핏기가 사라지는 것을 느꼈다.

"도대체 왜 그 사람이, 민우 씨가 그런 무서운 일을 저질렀나요?"

"거기엔 복잡한 사연이 있습니다."

현태가 가볍게 말을 잘랐다.

"그건 제 입으로 얘기할 성질의 것이 못 됩니다. 또한 해를 입은 그 상대방이 그처럼 경찰에 고소하고 강경하게 나오는 것도 폭력을 당한 억울함 때문보다는 더 큰 이유와 복선이 숨어 있는 것입니다. 민우를 경찰에 고소하고 이제 겨우 의과 대학생에 불과한 그를 형사 사건으로 구속 의뢰한 것은 보다 큰 목적을 이루기 위해서 민우를 속죄양으로 만들려는 저의 때문입니다."

"난 무슨 소린지 모르겠어요."

다혜가 큰 소리로 말을 받았다.

"현태 씨가 지금 내게 무슨 말을 하는지 모르겠어요."

"나도 마찬가집니다."

현태가 정색을 하고 대답했다.

"나도 자세한 사실은 모릅니다. 다만 미뤄 짐작할 뿐입니다. 보다 상세한 것은 민우 자신만이 알고 있을 뿐입니다. 나보다 민우 자신에게 들으시면 모든 것을 일목요연하게 알 수 있을 겁니다."

"민우 씨는 지금 어디에 있나요?"

문득 현태가 다혜를 쳐다보았다. 그는 지그시 다혜의 눈을 마주 바라보았다.

"모르시나요? 민우 씨가 숨어 있는 곳을 현태 씨만은 알고 있을 테지요?"

"물론……."

현태가 무겁게 입을 열었다.

"난 알고 있습니다. 그 친구를 피신시킨 것도 접니다. 텐트와 배낭을 빌려주어서 먼 곳으로 보낸 사람이 바로 나니까 말입니다."

현태는 재떨이에 담배를 눌러 껐다.

"그래서 찾아왔습니다. 바로 그 일 때문에 찾아온 것입니다. 다른 일 없으시면 민우를 만나주었으면 하는 바람 때문에 제 발로 다혜 씨를 만나러 온 것입니다. 그는 벌써 일주일 동안이나 홀로 산속에서 텐트를 치고 있을 것입니다. 먹을 것은 충분히 가지고 갔으니까 걱정은 없을 것입니다. 그러나 먹을 것이 문제가 아니겠지요. 고독과 소외감, 그리고 절망감과 홀로 있는 외로움이 가장 무서운 고통이겠지요. 이제 얼마 안 있으면 개학입니다. 불확실한 미래에 대한 참담함, 쫓기는 사람의 불안함으로 민우는 밤마다 홀로 울고 있을지도 모릅니다. 그런 기분은 제가 잘 압니다. 오래전 대학 2학년 때 학원 소요의 주모자로 몰려 한 달가량 산속에 텐트를 치고 홀로 야영을 한 적이 있었지요. 아아, 그땐 정말 죽고만 싶었습니다. 밤에는 짐승들이 울고 미래는 바람에 흩날리는 낙엽과도 같았습니다. 그는 지금쯤 절망과 고독 속에서 몸부림치고 있을 것입니다. 가서, 찾아가서 그를 만나주십시오. 그를 만나서 그에게서 모든 이야기를 들어주십시오. 그의 곁에 앉아 있는 것만으로도 그는 용기를 얻을 것입니다. 그는 태어나서 그 누구에게도 하지 못했던 이야기들을 모두 다혜 씨에게 털어놓을 것입니다. 아무것도 가져가실 필요는 없습니다. 제가 충분한 먹을 것과 충분한 담요를 주었으니까요. 굳이 가지고 가겠다면 칫솔과, 그리고 숟가락뿐일 것입니다."

현태는 다시 시계를 보았다. 시간은 꽤 흘러 있었다. 기차 시간까지 잠깐 시간을 뺏겠다던 그의 말은 이미 허풍이 되어버린 셈이었다.

"그는 지금 설악산에 있습니다. 설악산에 가보신 적 있습니까?"

"아뇨."

다혜는 머리를 흔들었다.

"설악산에 가면 백담사란 절이 있습니다. 내설악 쪽의 깊은 계곡이지요. 그 백담계곡 뒤쪽에 백담사란 절이 있습니다. 그 절 계곡 위쪽에 민우는 텐트를 치고 있을 것입니다. 찾기 쉽습니다. 그 계곡 바로 밑까지 가는 버스가 있습니다."

현태는 주머니에서 볼펜과 종이를 꺼내 중요한 부분을 메모했다. 현태는 다혜가 민우를 만나러 갈 것을 믿어 의심치 않는 눈치였다. 메모를 끝내고 나서 현태는 그 쪽지를 다혜에게 주었다. 다혜는 무심코 그 쪽지를 받았다.

"내일이라도 당장 그를 만나러 떠나세요. 물론 당연한 일이지만 민우가 있는 곳은 다혜 씨와 나 둘만의 비밀입니다. 그런 의미에서 우린 공범자가 된 셈이로군요."

비로소 현태가 씨익— 흰 이를 보이고 웃었다.

"전 이제 가겠습니다."

현태가 몸을 일으켰다.

"너무나 시간이 많이 흘렀습니다. 곧바로 역으로 나가야겠어요. 부탁이 있습니다. 커피값 좀 내주시겠습니까?"

겸연쩍게 웃으면서 현태가 뒷머리를 긁었다. 다혜가 셈을 치르고 두 사람은 찻집에서 나왔다.

"오늘도 결국은 제가 방자 노릇을 한 셈이로군요. 또 언제나 얻어먹는 거렁뱅이 노릇을 한 셈이지요. 어쨌든 고, 고맙습니다."

느닷없이 현태가 다혜에게 손을 내밀었다.

"여기서 헤어지기로 하지요. 아마도 개학 때는 학교에서 뵐 수 있을 테니까요. 작별 인삽니다."

다혜는 손을 내밀었다. 생각보다 큰 손이었다. 그리고 따뜻했다.

"제발 부탁입니다."

손을 흔들면서 현태가 다혜의 눈을 들여다보았다.

"민우를 만나러 찾아가주시기 바랍니다. 이건 정말 제 일생 일대의 소원입니다. 오, 물론 강요하는 것은 아니구요. 여자 혼 자서 먼 길을 떠나는 것이 그리 쉽지 않다는 것도 잘 알고 있으 니까요. 안녕."

"……안녕히 가세요."

현태가 뒷걸음질치면서 사라져갔다.

그의 모습이 시장 거리를 지나 가물가물 멀어질 때까지 다혜 는 오랫동안 그를 지켜보았다. 커피값을 치르고 난 잔돈을 손에 꼬옥 쥐고. 그의 모습이 완전히 안 보이게 되자 다혜는 비로소 돌아섰다.

문득 캄캄한 어둠이 다가왔다. 손가락 사이로 백동전 하나가 새어나와 거리에 굴러떨어졌다. 다혜는 동전을 찾기 위해서 허 리를 굽히고 어두운 골목을 내려다보았다.

순간 그녀는 그 어둠 속을 훑어 찾고 있는 것은 실제로 우연 히 떨어뜨린 백동전 한 닢이 아니라 저 심연의 어둠 속에서 홀 로 떨고 있는 가여운 사람, 너무나 작고 너무나 여려서 마치 가 벼운 아기와 같은 민우라는 느낌을 받았다. 다혜는 어두운 땅바 닥에 떨어진 동전을 주워올리면서 중얼거렸다.

가리라. 난 갈 것이다. 그의 곁으로 찾아갈 것이다.

우편 마차

버스가 종점인 원통리에 닿은 것은 오후 세 시였다. 버스는 험한 산길을 굽돌아 네 시간 가까이 달려온 셈이었다. 끝없는 산과, 그리고 군인들의 부대가 이어지는 먼 길이었다.

다혜는 창가에 기대 앉아 영사막처럼 차창으로 스쳐 지나가는 산과 들과 나무와 계곡의 물을 줄곧 바라보고 있었다.

신기했던 것은 종점에 도착하기까지의 먼 길을 오는 동안 단 한 번도 멀미를 하지 않았다는 사실이었다. 멀미는커녕 그런 증상을 느낀 적도, 불안감을 가진 적도 없었다.

미리 약을 먹어두기는 했지만 꼭 약기운 덕만은 아니었다.

오직 하나의 신념, 민우를 만나야겠다는 일념 하나로 모든 불안과 걱정은 자연 물리칠 수가 있었다. 어떤 때는 깜박 차창에 머리를 기대고 잠이 들기도 했다. 잠깐잠깐 눈을 붙이는 토끼잠이었는데도 깜박 눈을 뜨면 깊은 숙면에서 깨어난 듯 머리가 맑아졌다.

종점에서 내리자 한결 서늘한 느낌이 다가왔다.

군부대를 낀 작은 마을은 온통 산과 산으로 병풍을 두르고 있었다. 이따금 인근 부대로 면회를 온 가족들과 젊은 부인들, 함께 외출 나온 군인들이 오갈 뿐 거리는 한산했다.

산으로 야영을 떠나는 젊은이들이 배낭을 메고 산에서 먹을 반찬거리를 사기 위해서 시장 거리를 쏘다니는 모습도 보였다.

아직 이글거리는 한낮의 태양이 작열하고 있었지만 공기가 맑은 산골이어서 그런지 무덥게 느껴지지는 않았다.

다혜는 우선 늦은 점심을 먹기로 했다. 버스가 종점에 도착했다고 해서 여행이 끝난 것은 아니었다. 이제부터가 오히려 문제였다.

현태의 말에 의하면 백담사로 가기 위해서는 다시 버스를 타고 외가평 용대리 버스 정류장까지 가야 한다는 것이다. 택시를 잡아타면 이삼십 분이 걸리고 버스로 가면 한 시간은 잡아야 백담계곡으로 들어가는 초입 마을까지 갈 수 있다는 것이었다. 그곳에서 내려 백담사 절까지 두 시간은 족히 걸어가야 한다는 설명이었다. 젊은 여자들의 걸음걸이로 두 시간쯤 걸린다면 다혜로서는 한 시간이 더 걸릴지도 모른다. 더구나 산길을 걸어본 적이 없는 다혜였다.

학교의 강의실로 가기 위해 계단을 오르는 것만으로도 어지럽고 숨이 가쁜 다혜로서 두 시간 넘어 걸리는 험한 산길은 생각보다 훨씬 더 어려운 코스인지도 모른다. 가다가 띄엄띄엄 쉬어가야 하리라. 그렇게 하면 서너 시간은 충분히 잡아야 할 것이다.

그뿐이랴, 백담사에 이른다 해도 계곡 근처에 있을 민우의 야영 텐트 찾는 데도 시간은 걸릴 것이다. 그리고 보면 버스 종점인 원통리에 닿았다 해도 민우를 만나는 데에는 앞으로 대여섯 시간은 훨씬 더 걸린다고 보아야 한다. 산속의 햇살은 금세 기울 것이다.

아직 8월 하순의 여름이라 늦게까지 햇살이 남아 있겠지만 산 계곡의 일몰은 눈깜짝할 사이이다. 어두웠다 싶으면 금방 햇살이 기울고 간신히 남아 있는 잔광(殘光)들도 금세금세 스러져버릴 것이다. 산속에서 날이 저물면 어떻게 할 것인가.

지금이 오후 세 시.

넉넉잡아 다섯 시간 후면 그를 만날 수 있다 해도 어둠이 덮이면 산속에서는 칠흑 같은 야밤일 것이다. 서둘러 간다 해도 두 시간인데 만약 도중에서 길을 잃거나 불가분의 착오가 생기면 그땐 난감해질 것이다.

차라리 이것저것 걱정이 될 바엔 이곳에서 하룻밤을 묵고 내일 아침 일찍 길을 떠나는 것이 어떨까, 맛없는 식사를 급히 먹으면서 다혜는 잠시 생각했다. 그러나 그럴 수는 없다고 생각했다. 무슨 일이 있더라도 오늘밤 안에 그를 만나야 한다고 마음을 굳혔다.

그가 있을 산기슭 마을에서 어떻게 하루를 지낼 수 있을까.

저기 보이는 저 푸른 하늘, 하늘에 떠 있는 뭉게구름들이 만든 구름의 성탑(城塔) 및 산봉우리 아래 그 숲의 계곡에 홀로 있을 그를 지척에 두고 어떻게 또 다른 하루 낮과 하룻밤을 지낼 수 있을까.

나는 갈 것이다.

가다가 길을 잃으면 돌아서 물어 가리라.

가다가 짐승을 만나면 피해 가리라.

가다가 밤이 되어 어둠을 만나면 달빛에 드러나는 흰 숲길을 따라 혼자 노래를 부르면서 걸어가리라.

노래를 부르면 홀로 걷는 밤길도 무섭지 않으리라.

저벅저벅 이는 발소리도 무섭지 아니하고 계곡을 타고 흘러내리는 물소리도 무섭지 아니하리라.

다혜는 간신히 밥을 먹고 서둘러 식당을 나왔다. 쓸데없는 곳에서 시간을 지체해 낭비할 필요는 없다고 생각했다. 그래서 백담계곡으로 들어가는 초입 마을까지 택시를 타기로 했다.

그러나 택시가 보이지 않았다.

오후의 거리는 텅 비어 있었다. 이따금 군용 트럭과 지프만이 먼지를 날리며 맹렬한 속도로 달려갈 뿐 움직이는 물건은 보이지 않았다. 모두들 낮잠에 빠져 있는 것 같았다.

간신히 인제 쪽에서 손님을 태우고 들어오는 택시를 잡을 수 있었다. 그러나 택시 운전사는 어디까지 가겠느냐고 까다롭게 물었다. 다혜가 외가평까지라고 말하자 운전사는 설레설레 머리를 흔들었다.

그곳은 비포장이라 길이 험하고 자갈돌들이 튀어올라 차체에 무리가 간다고 머리를 흔들었다. 차라리 버스를 타고 가는 것이 훨씬 편할 것이라고 운전사는 말을 덧붙였다. 다혜가 사정을 하자 운전사는 담배를 한 대 피우고서야 다혜를 쳐다보면서 말했다.

"좋습니다. 그 대신 용대리까지만입니다. 거기서 더 올라가자고는 하지 마세요. 손님들은 조금만 더 올라갑시다 올라갑시다, 하고 딴소리를 하거든요. 내 차는 이미 고물이라 거기에 가는 것만으로도 해소병이 걸릴 판인데 외지 사람들은 걷기를 죽기보다 싫어해서 그저 길만 있으면 더 올라갑시다, 더 올라갑시다, 하고 떼를 쓴단 말이에요. 약속하시겠어요?"

"예."

재빨리 다혜가 대답했다.

"좋습니다. 타세요. 그 대신 거기까진 요금이 좀 비쌉니다. 워낙 험한 산길이고 올 때는 빈 차로 돌아올 것이 분명하니까요. 그래도 좋습니까?"

"……좋아요."

"좋습니다. 갑시다."

갑자기 운전사는 차의 시동을 걸었다. 운전사 말대로 차는 이미 낡아 있었다. 그래서 달려가는 속도에 비례해 털털거리는 엔진 소리가 크게 들려왔다.

차는 쏜살같이 마을을 벗어나 산길로 접어들었다. 열린 차창으로 파도처럼 출렁이면서 산바람이 쏟아져 들어왔다. 운전사는 무서운 기세로 차를 몰아나갔다. 차는 종내 부서질 듯 위태로운 소리를 냈지만 속력 하나만은 주인의 명령에 충실하게 복종하고 있었다.

"이제부터가 산길입니다. 더우셔두 문을 닫읍시다. 먼지가 들어오니까요."

순탄하게 달리던 포장도로에서 급커브를 틀어 산길로 접어들면서 운전사가 소리를 질렀다.

"꼭 좌석을 붙잡으세요. 마음놓고 있다간 턱이 빠집니다."

다혜는 차의 창문을 닫았다.

차 안은 한증막처럼 무덥고 열기가 배어 있었다. 그러나 함부로 창문을 열 수는 없었다. 안개처럼 흙먼지가 피어올랐으므로 그 흙먼지를 들이마시느니 차라리 더위에 땀을 흘리는 편이 나았다. 차는 좁은 산길을 털썩거리면서 올랐다. 그의 말대로 넋을 놓고 있다가는 차체에 머리를 부딪칠 판이었다.

그런데도 사내는 속력을 줄이지 않았다. 누가 이기나 보자는 식의 무모한 내기라도 하듯 사내는 있는 힘을 다해 차를 몰아나갔다. 힘에 부친 차는 비명을 지르면서도 위태롭게 버텼다.

"무섭지 않으세요?"

왱왱거리는 엔진 소리 속에서 사내가 소리 질러 물었다. 다혜는 앞좌석을 두 손으로 부둥켜안은 채 눈을 감았다. 온몸에서 땀이 솟아나왔다.

"달려, 이놈아. 이놈의 망아지야."

험한 산길이었다. 피어오르는 흙먼지로 차창 밖의 풍경은 운무 속에 숨어 있는 것 같았다. 고통스러운 땀이 이마에서 내뱄다.

"……괜찮으세요, 아가씨?"

앞쪽에서 백미러로 뒤쪽의 다혜를 살피면서 사내가 물었다. 사내는 은근히 다혜의 당황함을 즐기고 있는 눈치였다.

"……괜찮아요."

다혜는 흰 이를 보이고 웃었다.

"대단하십니다."

갑자기 속력을 줄이면서 사내가 말했다.

덜컹거리면서 차가 멎었다. 순식간에 먼지가 가라앉았다. 차체에 먼지가루 등이 하얗게 쌓여 있었다.

"다 왔어요, 아가씨. 우린 최고의 속력으로 이곳까지 왔습니다. 더 이상 빨리 올 수 없을 만큼이오. 참 대단하십니다. 다른 아가씨들 같았으면 기절이라도 했을 텐데."

다혜는 셈을 치르고 차에서 내렸다. 다리가 후들거려서 하마터면 균형을 잃고 넘어질 뻔했다.

차는 먼지를 날리며 사라졌다.

한적한 버스 정류장은 흙먼지를 뒤집어쓴 채 작은 촌락을 형성하고 있었다. 주위를 둘러보면 어디나 깊은 산뿐이었다. 샛길로 빠져드는 좁은 오솔길에 백담사로 들어가는 이정표가 서 있었다. 울창한 소나무들은 숲길을 가리며 짙은 그늘을 내려뜨렸다.

다혜는 그 숲길로 천천히 접어들었다.

숲길을 따라 줄곧 계곡이 형성돼 있었다. 굽이쳐 흐르는 계곡에는 치열한 격투 끝에 지쳐빠진 것처럼 보이는 바위들이 포개어져 있었고 그 바위를 핥으면서 격랑(激浪)이 쏟아져내렸다. 바위와 부딪는 물소리는 경사가 급한 만큼 희다못해 짙푸른 포말을 부서뜨렸고 깨어진 물소리는 산의 깊은 곳을 줄곧 쥐어뜯었다.

숲속은 어디나 먼 계곡을 타고 내려와 바위를 때리고 쏟아져 흐르는 물소리로 가득했다. 이따금 나무숲 속에서 목청껏 우는 차진 매미 소리들이 물소리와 어우러져 호루라기 소리를 내고 있었다.

택시가 미친 속도로 달려왔으므로 그만큼 시간을 벌어준 셈이었다. 시간은 오후 네 시가 되어가고 있었고 이제 쉬엄쉬엄 간다 해도 햇살이 남아 있는 늦은 저녁 무렵까지는 충분히 도착할 수 있을 것이다. 그러나 어쨌든 서둘러 가지 않으면 안 되었다.

비탈진 숲길을 오를 때마다 백담사까지의 방향을 알리는 이정표가 화살 시위를 당기고 있었다. 산은 깊어서 숲속에는 온통 나무들의 짙은 향기들뿐이었다. 하늘은 분명히 머리 위에 있었지만 나무가 너무 울창해서 외계로 뚫린 작은 구멍처럼 보일 뿐이었다.

물길이 흘러내리는 계곡에는 이따금 야영을 하는 사람들의 텐트가 보였다. 그러나 다혜는 그들의 모습에는 조금도 신경을 쓰지 않았다. 민우는 절 뒤쪽 계곡에서 야영을 하고 있을 것이라고 현태가 설명해주지 않았던가.

다혜가 오르는 산길을 따라 함께 오르는 사람들은 없었지만 이따금 엇갈려서 산을 내려오는 사람들과 마주칠 때가 있었다. 그들은 떼지어 산을 내려오다가 아무런 산행 준비도 없이 홀로 산에 오르는 다혜를 보자 신기한 듯 눈길을 주었다.

금세 온몸에서 땀이 솟아나왔다. 거듭 손바닥으로 얼굴에 밴 땀을 닦아내렸지만 숲속에 가득한 열기와 한낮의 더위로 충분히 달구어진 지열을 막을 수가 없었다. 다혜는 숲길에서 벗어나 계곡 아래로 내려갔다. 가파른 비탈길을 굴러내려 계곡 아래로 내려가자 빠르고 힘센 물살이 콸콸콸 쏟아져내리고 있었다.

다혜는 바위 위에 들고 온 백을 놓고 물속에 두 손을 집어넣었다. 물은 얼음처럼 차디찼다. 땀에 젖은 수건을 물속에 넣고 대충 빨아 쭉 쥐어짜서 얼굴을 닦았다. 대번 정신이 들고 피로가 가시는 기분이 들었다. 등 뒤에서는 햇살이 따뜻하고 물에 반사되는 햇살이 눈에 아른거렸다.

다혜는 운동화를 벗고 맨발을 물속에 집어넣었다. 온몸이 저리듯 차가웠다. 더위는 일순에 가시고 몸속으로 비수와 같은 냉기가 달렸다.

흘러내리는 물가에서 고개를 떨군 풀잎 사이에 이름 모를 들꽃이 한 다발 떼를 이루고 피어 있었다. 평범한 보라색의 작은 꽃이었다.

저것이 무슨 꽃일까, 다혜는 신기한 듯 흐르는 물속에 맨발을 찔러넣고 물끄러미 풀 속에서 수줍게 고개를 내민 들꽃을 바라보았다.

패랭이꽃일까. 너무나 부끄러워 될 수 있는 대로 남의 눈에 띄지 않는 수수한 빛깔의 옷을 차려입고 나선 여인처럼 꽃잎은 숨어 있었다. 무심코 손을 내밀어 꽃잎을 따려다 말고 다혜는 손을 거두었다.

여기서 너무나 많은 시간을 빼앗겨서는 안 된다.

다혜는 아직 물기가 덜 마른 맨발에 양말을 신고 운동화를 신었다. 그리고 도망치듯 백을 들고 숲으로 올라섰다.

찬물에 더위뿐 아니라, 그동안의 마음고생과 여행의 피로가 한꺼번에 씻겨내린 기분이었다. 마음은 가벼워져서 절로 노래라도 나올 것 같은 느낌이었다.

다혜는 빠르게 숲길을 올라갔다. 신기할 정도로 숨도 차오르지 않았다. 민우를 만나러 간다는 일념 하나로 줄곧 달려오고 뛰어왔던 서두름도 막상 숲길에 들어서자 흐르는 물에 떠내려보낸 느낌이었다. 그를 향해 걸어가는 숲길에서 나타나는 모든 풍경만이 다혜의 마음을 사로잡았다.

그녀는 생전 처음으로 홀로 숲길을 걸었다. 생전 처음으로 아무도 없는 산의 계곡을 올랐다. 그러나 그녀는 이제 아무것도 두렵지 않았고 그 무엇도 불안하지 않았다.

숲속에는 온통 향기뿐이었다.

안으로는 온갖 고통이, 마치 계곡을 타고 흐르는 성난 물처럼 솟구치고, 분노가 미친 폭풍우처럼 흔들리고, 어쩔 때는 벼락으로 떨어져 수백 년의 나무를 뿌리째 뽑아버리기도 하고 그러다가도 물 위로 얼굴을 떨군 푸른 패랭이꽃처럼 수줍어하는 이 모든 것들이 저와 같은 눈부신 숲의 향기를 이루듯이 우리의 젊음도 안으로는 그러한 고통과 분노의 수줍음과 슬픔을 감추고서 마침내 생생한 청춘의 향기를 이루는 것이 아닐까.

너무나 아름다워, 다혜는 눈물이 흐를 것만 같았다.

뉘엿뉘엿거리는 시들어버린 저녁 낙조도, 나뭇가지의 빈틈으로 쏟아져 들어오는 화살과 같은 햇살도, 지는 햇볕 속에 날카롭게 빛나는 풀잎의 검은 잎새도 너무나 아름다웠다.

깊어갈수록 물러앉아 품을 벌리고 있는 산도, 저 숲의 바다도, 너무 아름다웠다.

해가 저물기 시작하자 불안해서 이 나무에서 저 나무로 자리를 옮기며 울어대는 새의 소리도 죽음처럼 아름다웠다.

마침내 절이 나타났다. 생각했던 것보다는 쉬운 산행이었다. 두 시간은 넘어 걸린다는 현태의 말을 너무 액면 그대로 받아들였던 탓인지 불쑥 나타난 절은 그래서 실재하지 않는 어떤 신기루처럼 보였다. 아주 작고 아담한 절이었다. 절은 붉은 낙조 속에서 마치 타오르는 불처럼 빛나고 있었다.

이젠 다 왔다.

다혜는 긴 한숨을 쉬었다. 마침내 긴 여정이 끝났다는 기분이었다. 해가 지려면 한참 더 많은 시간이 남아 있다. 그러므로 절 위쪽 계곡에서 야영을 하고 있을 민우를 찾는 것은 서두르지 않아도 될 일이었다.

가사를 입은 스님 하나가 절로 들어가는 오솔길을 따라 잰걸음으로 걸어가고 있었다.

절 마당은 누군가 대나무 빗자루로 깨끗이 쓸기라도 했는지 가장자리에 빗질한 자국이 있었다. 퇴색하고 빛바랜 대웅전 앞뜰엔 이름 모를 꽃들이 흐드러졌다.

산그늘이 뜰을 처처히 뒤덮었다 어디선가 기침 소리 같은 것이 얕게 들려오고, 어디선가 낮게 불경 외는 소리도 짤막짤막 들려왔다가는 사라졌다. 아직 산그늘에 먹히지 못한 햇볕의 잔영이 대웅전 앞뜰 한구석에서 사금처럼 빛났다.

다혜는 누구나 다 먹을 수 있도록 채비해놓은 약수터에서 물을 마셨다. 산그늘이 짙어가자 한기가 느껴졌다. 그래서 백 속에서 준비해간 스웨터를 꺼내 입었다. 다혜는 절 위쪽의 계곡을 향해 걸어갔다.

절을 따라 형성된 계곡은 너무나 아름다워 비현실적인 환상과도 같았다.

곳곳에 형성된 작은 소(沼)에는 저물어가는 산의 그림자가 거꾸로 투영되어 있었다. 절을 낀 계곡에는 야영하는 사람들이 많았다. 사람들은 대부분 저녁때라서 그런지 물가에 나와 쌀을 씻거나 반찬을 만들고 있었다. 바람을 피해 벽을 만들어 밥을 짓는 사람도 있었고, 밥이 익을 때까지 기다리면서 기타를 치며 노래를 부르는 젊은이도 보였다.

생각보다는 많은 사람들이어서 어디에서부터 민우를 찾아나서야 할 것인지 난감하기만 했다.

다혜는 어쨌든 물가를 따라 천천히 훑어 올라가기로 했다. 가족들끼리 야영을 하는 사람들도 꽤 많았다.

아직 해가 충분히 남았는데도 텐트 앞에 야전용 램프를 켜둔 사람들도 있었다. 나뭇가지를 모아다가 밥을 짓는 사람들이 있는지 여기저기에서 푸른 연기가 솟아올랐고 나무 타는 냄새가 향긋하게 몰려왔다.

계곡을 따라 위쪽으로 위쪽으로 올라갈수록 사람들의 숫자는 적어졌다. 다혜는 그만 오르고 다시 몸을 돌려 올라왔던 계곡을 내려갈까 생각했다. 그래서 넘어지지 않도록 주의해서 비탈길을 내려가는데 나뭇가지 사이에서 어른거리는 사람의 그림자가 보였다.

다혜는 그 그림자를 본 순간 숨이 멎는 것 같은 충격을 받았다.

민우였다. 그는 아무것도 없는 계곡 바위 위에서 뭔가를 열심히 하고 있었다.

다혜는 그가 무엇을 하는가 바라보았다. 그는 물가에 쭈그리고 앉아서 야전용 나이프로 감자의 껍질을 벗겨내고 있었다. 다혜는 혹시 잘못 본 것이 아닌가 불안해서 나뭇가지 사이로 한참을 쳐다보았다.

틀림없는 그 사람, 민우였다.

이미 날은 저물어 산그늘의 그림자가 짙어가고 어둑어둑 어둠이 안개처럼 끼어들었지만 계곡의 편편한 바위 위에 주저앉아 있는 사람의 모습은 분명히 민우였다.

그는 감자와 양파와 커다란 고추 등을 물에 씻어 나이프로 껍질을 깎고 찌개거리에 알맞도록 잘랐다. 그의 등 뒤로 낮은 분지가 형성되어 있었고 그곳엔 까치집과 같은 텐트가 간신히 서 있었다.

민우는 애써 껍질을 깎고 물에 씻어 자르고 다듬은 찌개거리
들을 이미 끓어 김을 무럭무럭 피워올리는 야전용 그릇 속에 집
어넣었다. 그리고 뚜껑을 닫았다. 김이 새어나가지 않도록 뚜껑
위에 커다란 돌멩이를 올려놓았다.

성큼성큼 발빠른 어둠은 이제 사물의 선을 서서히 지우고 있
었다. 어어이— 어어이— 계곡 아래에서 바람을 타고 소리쳐 외
치는 사람들의 고함 소리가 들려왔다.

밥이 익고 애써 장만한 찌개가 먹기에 알맞게 끓을 때까지 견
딜 수 없는 허기를 달래기라도 하겠다는 듯이 민우는 주머니 속
에서 하모니카를 꺼내들었다. 그는 커다란 돌멩이의 압력마저
이겨내어 연방 푸우푸우— 흰 김을 떠올리는 노천 부엌 바로
옆에 발을 뻗고 앉아 서투른 솜씨로 하모니카를 불기 시작했다.

그가 연주하는 노래는 아주 귀에 익은 멜로디였다. 하모니카
를 배우는 사람들이 으레 처음에 연주하는 레퍼토리였다.

이제 겨우 하모니카를 배웠는지 한 소절이라도 제대로 넘어
갈 때가 없었다. 음절은 번번이 틀리고 틀릴 때마다 그는 열심
히 맞는 음계를 찾아 새로 고쳐 불렀다. 마치 잘못을 저지르고
따로 혼자만 방과후에 남아 잘못을 지적받으면서 반성문을 쓰
는 학생처럼.

그의 서투른 하모니카 소리가 다혜의 마음을 슬프게 했다. 그
것은 전선에 걸린 연이 갑자기 불어닥친 바람에 실머리가 풀려
날아가듯 마지막 남아 있던 한 가닥의 쑥스러움을 앗아갔다. 다

혜는 백을 들고 계곡의 비탈길을 내려갔다.

갑작스런 인기척에 놀란 듯 하모니카 소리가 멎었다. 이미 상당히 어두워졌지만 아직 희미한 잔영은 남아 있었다.

"……안녕하세요?"

다혜가 먼저 물 건너 민우에게 소리쳤다.

바위에 등을 기대고 편안히 앉아 있던 민우가 엉거주춤 일어섰다. 도저히 믿어지지 않는 눈앞의 현실에 대해 어떻게 받아들여야 할지, 거짓인지, 꿈인지, 기적인지, 민우는 뚜렷한 판단이 서질 않는 모양이었다.

"저예요, 서 계시지만 말구요. 물살이 빨라서 어떻게 이 물을 건너가지요?"

다혜는 주먹나팔을 만들어 소리를 질렀다. 밤이 되자 물소리는 더욱 높아져 귀청을 찢었다. 순간 민우가 두어 발 앞으로 걸어나왔다. 그러더니 바짓자락을 무릎까지 걷어올리고 대뜸 물속으로 뛰어들었다.

"어떻게 된 거예요?"

성큼성큼 물속을 맨발로 걸어들어와 민우는 다혜 앞에 섰다.

그는 크게 웃고 있었다. 아직 빛의 숨결이 완전히 끊어지지 않았으므로 그의 빛나는 미소와 흰 이가 보였다. 헐떡이면서 그가 물었다.

"도대체 어떻게 된 거예요?"

그는 달리 말이 생각나지 않는 듯 같은 말만 계속해서 묻고 있었다.

"……언제 왔어요? 어떻게 온 거예요?"

"너무 한꺼번에 많은 걸 물으면 어디서부터 대답하지요?"

웃으면서 다혜가 말했다.

"짐 좀 받아주세요. 손이 아프고, 어깨가 뻐근해요."

"이리 주세요."

어깨에 메었던 백을 성큼 민우가 받아들었다.

"어디 얼굴 좀 봐요, 똑똑히. 정말인가요? 정말 다혜 씨가 내 앞에 나타난 건가요? 믿어지지가 않아서요. 이건 정말 최고의 선물, 최고의 기쁨이에요. 아아, 보이지가 않네. 벌써 밤이 되었구나. 조금 있으면 달이 뜰 거예요. 여긴 너무나 깊은 산이어서 한참 있어야만 달빛이 이곳까지 기별이 오지요. 왜 있잖아요. 깊은 산에는 편지도 늦게 배달되잖아요. 마찬가지예요. 달도 우편 배달부도 마찬가지거든요. 저 산의 높이를 넘어서야만 비로소 이 계곡에도 우표 붙인 달빛 편지가 배달되는 차례가 오지요."

말에 굶주렸기 때문일까, 눈앞에 나타난 믿어지지 않는 현실에 정신이 없어 두서없는 말이 자신도 모르게 나오는 것일까, 민우는 혼자 말하고, 혼자 대답하면서 웃었다.

"……그럼 볼 수 있을 텐데. 자, 주의하세요. 넘어지지 마세요. 바지를 걷어올리세요. 무릎까지만 걷어올리면 젖지는 않을 거예요. 신발은 벗으시구, 양말도 벗으시면 돼요. 제가 걷어드릴까요?"

다혜는 신발과 양말을 벗었다. 양말을 신발 속에 넣고 양손에 신발 한 짝씩을 들었다. 민우 말대로 무릎까지 바지를 걷어올리

고서 차디찬 물속에 뛰어들었다. 쑤와아— 폭포와 같은 물살이
거칠게 다혜의 다리를 때렸다. 유난히 경사가 심한 계곡이었다.
지난 며칠 동안 계속 비라도 내린 뒤끝일까, 물의 양은 엄청나
게 불어 있었다.

"제 손을 잡으세요."

앞장선 민우가 다혜에게 손을 내밀었다. 다혜는 그의 손을 잡
았다. 두 사람은 무사히 계곡을 건너서 편편한 바위 위에 섰다.

"이게 무슨 냄새지요?"

겨우 한시름 놓았다는 듯 긴 한숨을 쉬던 민우가 갑자기 소리
를 쳤다. 과연 무슨 냄새가 나고 있었다. 돌멩이를 올려놓고 끓
이던 밥이 익다 못해 타는 모양이었다.

민우는 뛰어가 돌멩이를 치우고 뚜껑을 열었다.

"아, 뜨거워."

급한 마음에 열에 달구어진 뚜껑을 맨손으로 집어올린 듯 그
는 비명을 지르면서 뚜껑을 집어던졌다. 아까운 밥이 타고 있었
다. 구수한 냄새가 풍겨왔다.

"배고프시죠?"

지척지간인데도 이미 날은 완전히 저물어서 그의 모습이 보
이지 않았다.

"먼 길을 걸어오느라, 시장하시죠. 조금만 계세요. 제가 맛있
는 성찬을 대접하겠습니다. 마침 밥도 익고 찌개도 익었으니까
요."

다혜는 바위에 등을 기대고 앉았다. 바위는 한낮의 열기를 아

직 잃지 않아서 병아리처럼 따뜻했다.

민우의 말대로 시장하고 그리고 피곤했다. 올 때까지는 그를 찾을 수 있을까 없을까, 과연 해 지기 전에 그를 만날 수 있을까 없을까, 줄곧 긴장하고 있었지만 막상 그를 만나고 보자 탁 긴장이 풀려 허탈한 마음이 되었다.

"어둡지요?"

며칠간의 야영으로 길과 지리에 익숙해진 듯 민우는 불이 없는데도 성큼성큼 다혜 곁으로 다가오면서 물었다.

"램프를 켜드릴게요."

어둠 속으로 민우가 사라졌다. 아무것도 보이지 않았다. 캄캄한 어둠은 눈을 장님으로 만들었다. 그러나 바위를 부딪고 으깨어지는 흰 물방울들은 분명하게 보였다.

계곡을 타고 흐르는 물소리가 너무 커서 다른 소리들을 죽이고 있었지만 그 소리에 익숙해지자 숲 사이를 빠져 달아나는 바람 소리도 들려오고 그 바람에 문풍지가 떨듯 진저리를 치는 나뭇가지의 소리도 들려왔다.

"조금만 있으면 달이 뜰 거예요."

바로 곁에서 민우가 말했다. 그는 타악타악 성냥불을 그었다.

"달이 뜨면 램프는 있으나마나예요."

램프 심지에 성냥불을 붙였다.

"난 보이지 않는데요. 온통 캄캄한데 어떻게 달이 떴는지 아세요?"

"밤하늘을 보세요."

문득 민우가 손을 들어 하늘을 가리켰다. 아, 다혜는 자신도 모르게 감탄을 했다.

"저렇게 별들이 많이 보이잖아요. 저처럼 맑은 밤하늘인데 달이 없을 리가 없지요. 곧 문안 인사를 올 거예요."

그의 말은 이미 들리지 않았다.

저처럼 밤하늘이 찬란할 수 있을까, 그것은 경이의 세계였으며, 기적의 꽃밭이었다.

우리가 언제나 머리에 이고 다니는 하늘에 저렇게 많은 꽃들이 피어 있었던 것일까. 도대체 누가 씨를 뿌렸으며 누가 물을 주어 꽃을 가꾸었던가. 저렇게 많은 꽃송이들이 수천 개 수만 개의 별이 되어 오늘이 절정의 화원인 듯 모두 일제히 피어나 있다. 우러러보는 밤의 꽃밭에서 이제 막 시샘하고 바람에 낙하하듯 별꽃 하나가 길게 획을 그으면서 굴러떨어졌다.

"잠깐만 기다리세요."

김이 무럭무럭 나는 밥과 찌개 그릇을 들고 민우가 열심히 뛰어다녔다. 그는 이 뜻밖의 손님을 위해 부지런히 식탁을 준비했다. 덜어 먹을 그릇을 따로 챙겨서 뛰어가 물에 씻어 오더니 다혜 앞에 펼쳐놓았다.

"자, 준비가 다 됐습니다. 식사하세요."

민우가 빈 그릇을 내밀면서 싱싱하게 웃었다.

"밥이 좀 탔지만 그런대로 먹을 만할 겁니다. 제 반찬 만드는 솜씨 좀 봐주세요. 반찬은 그렇지만 오직 한 가지뿐입니다. 미리 말해두겠지만 지금 들고 계신 수저는 어제까지 제가 쓰던 것입니다. 손님용으로는 따로 준비해둔 것이 없었으니까요, 그 점 미안하게 생각합니다. 그러나 안심하셔도 됩니다. 흐르는 물에 수십 번, 아니 수백 번 닦아 깨끗하게 소독되었을 테니까요."

"그럼 민우 씨는요?"

무심코 숟가락을 집어들다 말고 다혜가 물었다.

"민우 씨는 어떻게 밥을 먹나요?"

"제겐 이것이 있잖아요."

민우가 자신의 손가락 두 개를 펼쳐 보였다.

"어머, 그럼 손가락으로 밥을 먹는단 말이에요?"

"아랍인들은 지금도 손가락으로 밥을 먹는데요. 손처럼 깨끗한 것은 없습니다."

민우는 킬킬거리면서 웃었다.

"하지만 안심하세요. 전 실은 손가락으로 먹지 않고 이것으로 먹고 있으니까요."

민우는 임시로 만든 나무젓가락을 들어 보였다.

"나뭇가지를 잘라서 젓가락을 만들었지요. 마음만 먹으면 얼마든지 만들 수 있어요. 온 천지가 다 나무니까요. 이 온 산에 있는 나뭇가지들을 모두 잘라서 젓가락을 만들어 매 한 끼의 밥을 먹는다면, 그렇게 산다면 언제까지 살 수 있을까요? 천년만년 더 살 수 있을 거예요."

민우는 자기가 말하고 자기가 웃었다.

"맛이 있으세요?"

민우는 문득 맹렬한 식욕을 발휘하고 있는 다혜를 쳐다보며 물었다.

"그럼요."

다혜는 머리를 끄덕이면서 대답했다.

"난 이처럼 맛있는 식사를 해본 적이 없어요."

"다행입니다. 미리 오실 줄 알았더라면 제가 더 맛있는 반찬을 준비해놨을 텐데. 그런데, 도대체 어떻게 제가 있는 데까지 찾아온 것인가요? 도대체 누가 제가 있는 곳을 가르쳐주던가요?"

"어젯밤 현태 씨가 제 집으로 찾아와서 민우 씨 계신 곳을 가르쳐주었어요."

"현태가요?"

민우는 맥없이 말을 되받았다.

"연극 공연이 끝난 모양이지요?"

"고향으로 내려가는 도중이었어요. 서울역으로 기차를 타러 가기 전에 우리집에 들렀어요. 지금쯤 현태 씨는 부산에 내려가 있을 거예요."

"아아, 까마득한 이야기만 같아요."

생각난 듯 민우가 말을 이었다.

"마치 오래전의 이야기인 것만 같아요."

"산에 온 지 얼마가 되나요?"

"오늘로서 꼭 일주일째예요. 지나간 일주일이 내겐 칠 년이었어요. 하루하루가 내겐 일 년이었어요. 아아, 저걸 보세요. 달이 뜨잖아요."

민우가 산등성이를 가리켰다. 민우의 말대로 달이 뜨고 있었다. 달은 숨어 지켜보다가 마침내 고개를 내미는 익숙한 도적처럼 숲으로 이루어진 산의 울타리를 넘어왔다.

찬란한 빛이 일제히 쳐든 경기병들의 예리한 창끝처럼 일어섰다. 숲과 나무들이 비에 젖듯 대번에 월광(月光)에 촉촉이 젖어들었다.

"저것이 밤마다의 내 유일한 친구였지요. 그런 동화를 알고 계시지요? 밤마다 낯선 지방의 이야기를 해주는 달님의 이야기를요. 우린 밤마다 이야기를 나누었어요. 달은 내 동무였지요."

식사를 끝내고 다혜는 설거지를 했다. 그동안 민우는 커피를 끓였다. 달빛이 온누리를 밝히고 있어서, 더 이상 램프 불빛은 필요치 않았다. 다혜는 그릇들을 챙겨 들고 흐르는 물가로 나가 씻었다. 깨끗이 그릇들을 씻은 후 나중에는 손과 얼굴도 함께 씻었다. 설거지를 끝내고 돌아오자 이미 커피물이 끓고 있었다.

밤이 으슥해지자 한기가 느껴졌다. 민우도 스웨터를 꺼내 입었고, 다혜는 아주 중무장을 했다. 민우가 깨끗이 씻어온 양푼 그릇에 물을 붓고 커피를 탔다. 향긋한 냄새가 풍겨왔다. 달은 계곡 위로 떠올라 정수리를 찌르고 있었다.

"잔이 초라하지만 맛 하나는 좋을 겁니다. 드셔보세요."

그릇째 다혜에게 내어밀면서 민우가 웃었다.

두 사람은 나란히 마주앉아 커피를 마셨다. 커피의 양은 넉넉했다. 그래서 마음이 놓였다. 휘발유처럼 뜨겁고 강렬한 커피의 맛은 몸과 마음을 촛농처럼 녹였다.

이제 아무런 일도 남아 있지 않았다.

밥을 만들어 먹고, 먹고 난 뒤의 음식 찌꺼기를 버리고, 그릇을 씻어 챙기는 일만이 그들이 해낼 가장 어렵고 고된 작업이었다. 그러고는 아무것도 없었다. 그 흔한 라디오 소리도 들려오지 않았다. 무심코 누르면 영상이 튀어나오는 텔레비전의 화면도 보이지 않았다.

머리 위에서 우수수— 우수수— 찬바람에도 진저리를 치는 나뭇잎들의 파도 소리가 들려왔다.

새삼스레 이 산중에 그와 나 단 둘뿐이라는 느낌이 다혜의 가슴에 와닿았다. 커피를 다 마시기까지 민우는 아무 말도 하지 않았다.

계곡 아래에서 누군가 모닥불이라도 피우는지 어른어른 불꽃의 그림자가 일렁였고 함성 소리도 때때로 들려왔다.

"언제까지……."

아껴 마시는 커피의 온기도 싸늘하게 식었다 생각되었을 때 다혜가 먼저 입을 열었다.

"언제까지 이 산에 있을 건가요?"

"……모르겠어요."

오랜 침묵 끝에 민우가 대답했다.

"아직 먹을 것은 충분하니까요. 쌀은 아껴 먹으면 보름은 더 먹을 수 있을 거예요."

"……하지만 곧 개학이 되는데요. 벌써 여름도 지나가고 있어요. 참, 이번 여름엔 원래 학생들과 함께 낙도를 찾아서 바닷가로 간다고 그러지 않았던가요? 의료봉사 활동을 하면서요."

"······그랬지요."

맥없이 민우가 대답했다.

"그들도 이젠 돌아왔을 거예요. 까맣게 얼굴들이 타가지고, 등의 허물은 서너 번도 더 넘게 벗겨졌겠지요. 아아, 이 세상에 우리가 베풀어주어야 할 가난한 사람들이 너무나 많구나 하는 건방진 자신감도 가슴에 안고서요. 마치 아프리카에서 돌아오는 슈바이처 박사처럼. 나도 처음엔 그랬으니까요. 의사의 면허를 따면 무의촌을 찾아 먼 낙도에 가겠다고 생각했으니까요. 다들 돌아가겠지요. 다혜 씨, 이 계곡에 처음 왔을 때는 지금보다 더 많은 사람들이 들끓었어요. 아침이 되면 수많은 사람들이 텐트를 걷고 돌아들 갑니다. 쌀이 남은 사람들은 그동안 정든 사람에게 나눠주고서요. 내일 아침이면 더 많은 사람들이 떠나겠지요. 마침내는 이 계곡의 모든 사람들이 떠날 것입니다. 안녕, 안녕히, 내년에 또 만나요 하면서 작별 인사를 나누면서요. 마침내는 이 계곡에 나 혼자 남을지도 모릅니다."

쿨럭쿨럭 민우가 마른기침을 했다.

"내려가면 되지 않아요, 민우 씨두요?"

자연스럽게 가벼운 목소리로 다혜가 말을 받았다.

"저와 함께 내려가요, 우리도 내려가면 돼요. 제가 내려가는 길을 잘 알고 있어요. 제가 안내할게요, 민우 씨."

"전 내려갈 수 없습니다."

비통한 목소리로 민우가 대답했다.

"현태가 아무런 이야기를 하지 않던가요?"

"대강 이야기를 들었어요. 민우 씨가 폭력을 휘두른 것도, 사람을 다치게 한 것도, 경찰에서 민우 씨를 찾고 있다는 사실도 들었어요."

　"오오, 그것이 이유가 아닙니다. 다혜 씨, 그것이 무서워서 못 내려가는 건 아닙니다. 물론 처음에 난 그것 때문에 사람이 다쳤다는 공포감, 경찰에서 나를 수배하고 있다는 불안감 때문에 일단 몸을 숨기고 보자는 마음으로 이곳으로 떠나왔어요. 하지만 이곳에서 일주일 동안 곰곰이 생각해보면서 나는 마침내 깨닫게 되었어요. 난 그 이유만으로 이곳으로 도망쳐온 것은 아니다, 난 보다 중요한 것에서 도망쳐왔다, 난 그것을 느꼈습니다. 난 무섭습니다. 다혜 씨, 난 내일이 무섭습니다. 내겐 희망이 없습니다. 내겐 절망뿐입니다. 난 저 산 아래로 내려가야 할 미래가 무섭습니다. 저 산 아래에서 벌어질 나의 청춘이 두렵고 겁이 납니다."

　"왜 그런 말을 하시죠?"

　정색을 하고 다혜가 말을 잘랐다.

　"왜 그렇게 마음 약한 말씀만 하시는 거예요? 민우 씨답지 않게."

　"전 원래 약합니다. 난 강하지 못해요."

　"이제 겨우……스물세 살이…… 아니시던가요?"

　"그렇습니다, 다혜 씨. 전 이제 스물세 살입니다."

　"그런데 무엇이 그처럼 두렵고 무서우신가요?"

　"미래가요. 내겐 내일이 무섭습니다."

"왜요? 미래가 왜 무서우세요?"

"오오."

민우가 머리를 두 손으로 부여잡았다.

"어디서부터 이야기를 해야 하나요. 어디서부터 이야기를 꺼낼 수 있을까요. 많은 영화들이, 많은 소설들이 그 첫머리를 그처럼 능숙하게 끌어내건만."

명랑하게 다혜가 웃었다.

"천천히 말씀하세요. 밤은 아직 멀었어요."

"그래요, 산속의 밤은 정말 길지요. 풀리지 않는 삼각 함수의 문제처럼. 하지만 피로하지 않으세요? 졸리지 않으세요? 졸리시면 텐트 속에 들어가 주무세요. 전 이곳에 있겠습니다."

"전 잠을 자기 위해서 이곳에 온 건 아니에요. 잠은 매일같이 자는데요 뭘. 지겹지도 않으세요? 밤마다 어김없이 잠을 자고 꿈을 꾸고."

낮은 소리로 민우가 웃었다.

"밤마다 달님에게 이야기를 하셨다면서요? 제게 말하세요. 난 말이에요, 민우 씨의 이야기를 들어주기 위해서 이곳에 왔어요."

소리를 내어 다혜가 웃었다.

"순회 신부님처럼요."

민우가 말을 받았다. 그리고 물끄러미 다혜의 얼굴을 보았다.

"이젠 제가 신부님에게 고해성사를 할 차례로군요. 오오, 신부님."

갑자기 민우가 무릎으로 기어 물가로 다가갔다.

"우선 제 손과 마음을 씻고서요. 난 더럽고 때묻은 놈이니까요. 난 더러운 녀석입니다."

민우는 물속에 손을 넣고 정성들여 씻기 시작했다. 마치 손에 묻은 더러운 때를 씻어내기라도 하려는 듯. 손을 씻고 돌아와 물 묻은 손을 바지에 써억써억 닦으면서 민우는 말했다.

"……내가 무서운 것은 아버지가 돌아가실지도 모른다는 사실만은 아닙니다. 내겐 희망이 없어요. 다혜 씨. 난 어쩌면 더 이상 학교를 다니지 못하게 될지도 모릅니다."

민우는 더듬거리면서 다혜에게 모든 사실을 털어놓기 시작했다. 민우는 자신이 처한 입장과 형편을 차분한 목소리로 고백했다.

집은 망해 재기 불능의 쑥밭이 되었고 가족들은 도망쳤으며 남아 있는 사람이라면 말도 운신도 하지 못하는 병상의 아버지뿐으로 그는 식물인간과 다름없다고 민우는 말했다.

그는 조리 있게 말을 펴나가지 못했다. 때로는 어눌하게 말을 더듬기도 했으며 어떤 때는 격앙되어 흥분하기도 했다. 그러나 그의 말엔 진심이 깃들어 있었다.

다혜는 무릎을 세우고 아무런 말도 하지 않고 그의 말을 들었다. 그의 고백을 들으면서 그가 얼마나 그동안 고통스러워했으며 얼마나 괴로워했는지 그 마음을 읽을 수 있었다. 그가 가여워서 견딜 수가 없었다.

어째서 저와 같이 아름답고 순수한 사람에게 그처럼 가혹한 불행의 덫이 내려져야 하는가 다혜는 그것이 안타까웠다.

"난 이번에야 알았어요."

말을 끝내고 나서 민우가 긴 한숨을 쉬었다.

"내가 얼마나 무능하고 아무짝에도 쓸모없는 놈인가를 알게 되었습니다. 이곳에서 홀로 일주일 있는 동안에 난 내가 할 수 있는 일이 무엇인가 생각해보았습니다."

그는 두 손을 허공에 들어 보였다.

"난 아무것도 할 줄 모르는 바보예요. 땔감 하나도 구해내지 못하는 백치예요. 밤마다 나는 울었습니다. 참으로 부끄러운 얘기지만 밤이면 바람 소리가 무서워 담요를 뒤집어쓰고 숨을 죽여 울기도 했어요. 아니에요, 다혜 씨. 아직 고해성사는 멀었어요. 내가 진심으로 하고 싶은 것은 이런 얘기가 아니에요. 진심으로 하고 싶은 이야기는 내버려두고 겉으로만 빙빙 돌고 있는 셈이에요."

그는 자신을 향한 모멸감 때문에 자신이 견딜 수 없을 정도로 미워지기라도 하는 듯 머리카락을 쥐어뜯었다.

"난 모든 것을 털어놓고 싶어요. 그 누구에게도 털어놓지 못했던 나만이 가진 비밀 이야기를요. 이제는 더 이상 마음의 빗장으로 잠글 수만은 없어요. 무거워서 나 혼자서는 감당할 수 없을 것 같아요. 들어주시겠어요, 다혜 씨? 물론 제가 오늘밤 모든 것을 다혜 씨에게 고백한다면 곧 후회하게 될지도 모르지요. 원래 비밀이란 털어놓기는 쉬워도 그것을 들어준 사람이 나중엔 죽이고 싶을 만큼 미워진다니까요. 들어주시겠어요, 다혜 씨?"

"절 죽이고 싶도록 미워하지 않는다면요."

웃으면서 다혜가 대답했다.

어느덧 달은 중천에 떠 있었고 밤이 깊자 계곡의 물소리도 잦아들었다.

"내가 아무래도 우리집에서 정상적으로 태어난 아들이 아니라는 느낌을 받은 것은 정확히 언제부터인지 모릅니다. 어릴 때부터 조금씩 조금씩 느껴왔으니까요. 꼭 집어 말할 수는 없지만 우리집 가정의 평화가 나 때문에 방해받고 있다는 사실을 느낀 것은 거의 본능에 가까운 것이었습니다. 나이 차이 많은 형님은 어린 나에게 말했습니다. 널 죽인다, 이 자식아, 내 눈에서 보이지 않는 곳으로 꺼져버려. 한번은 형님이 나를 지하 광에 가둔 적이 있었어요. 난 그때 그 일을 선명히 기억하고 있습니다. 어린 나이에도 나는 내가 그렇게 심한 벌을 받을 만큼 잘못했다고는 생각지 않았습니다. 너무나 분하고 억울했지요. 난 그때 광에 하루 종일 갇혀 있었습니다. 광엔 쥐들이 수없이 기어다니고 있었지요. 쥐들에게도 눈치가 있었는지, 처음엔 어린 나를 두려워했지만 나중엔 무서워하지 않아도 괜찮은 만만한 상대라는 것을 알았다는 듯 제 앞을 함부로 기어다니곤 했습니다. 아, 무서웠어요. 난 쥐들이 올 때마다 광에서 몽둥이를 집어들고 발작적으로 후려치곤 했지요. 그리고 울었습니다. 울고 또 울었지요. 내가 왜 이처럼 무서운 형벌을 받아야 하는가. 그래요, 다혜 씨. 난 나중에야 알게 되었습니다. 난 우리집에서 골치 아픈 암세포와 같은 존재였습니다. 아버지가 어머니 아닌 다른 여인에게서 낳아 데리고 들어온 사생아였습니다."

잠시 민우는 말을 끊었다. 그는 더 이상 다혜를 쳐다보지 않았다. 그는 자신의 발 아래로 흘러내리는 물만 계속 바라보았다.

그는 흥분해서 어조를 높이지도 않았고 말을 더듬지도 않았다.

"아버지는 피난민으로 배를 타고 온 젊은 여인과 사랑에 빠지게 되었지요. 참으로 진부한 멜로드라마 같은 이야기입니다. 아버지는 부모 없이 피난와 고아원에서 자란 젊은 여인을 속였지요. 젊은 여인은 나이 차이 많은 아버지의 거짓말에 쉽게 속아넘어갔을 것입니다. 아아, 그것을 용서할 수 있을까요? 아무리 사랑에 빠져 사랑이 이끄는 대로 행했다고 하지만 사랑의 이름으로 그것을 핑계 삼아 남을 속이고 상처를 입히는 것이 용서될 수 있을까요? 어쨌든 젊은 여인은 아버지의 유혹에 넘어갔습니다. 유혹에 넘어가지 않을 수가 없었겠지요. 왜냐하면 견딜 수 없을 만큼 외로웠을 테니까요. 그리하여 한 아이를 배었고 그 아이를 낳았습니다. 어머니는 그 아이의 이름을 민우라고 지었습니다. 저를 낳고서야 그 젊은 여인은 자기가 속았으며 자기에게 결혼을 맹세했던 사람은 이미 가정을 가진 사람이라는 사실을 깨닫게 되었습니다. 그러지 않아도 천애의 고아가 되어 고아원에서 자라나며 그 비참하고 불쌍한 아이들을 보는 일에 진력이 나 있던 그 젊은 여인은 바로 자기 자신이 고아와 다름없는 사생아를 낳았다는 사실을 깨닫게 된 것입니다. 며칠 뒤 그 여인은 바다에 뛰어들어 스스로 목숨을 끊었습니다. 그 여인의 나이는 스물한 살이었고 사람들은 그 여인을 김향숙이라고 부르고 있습니다."

민우는 손등으로 눈가를 씻어내렸다. 그는 잠시 말을 끊고 중천에 뜬 달을 우러러보았다.

어디선가 산의 깊은 곳에서 워워 하는 바람 소리인지 달을 보며 우는 짐승의 소리인지 알 수 없는 외마디 소리가 날아왔다.

"그렇습니다. 그 여인은 제 어머니입니다. 제 어머니가 바로 그 여인입니다. 나는 고등학교에 들어가서야 그 사실을 알게 되었습니다. 내가 나 자신을 분별할 수 있을 만큼 컸을 때 아버지는 제게 모든 사실들을 가르쳐주기 시작했습니다. 이제는 내가 컸으니 모든 사리를 분간할 수 있을 거라고 아버지는 생각했을 것입니다. 나는 놀라지 않았지요. 바닷가에 사는 사람들의 음식에도, 옷에도, 물속에도 조금씩 조금씩 모래가 깃들어 있는 것처럼 이미 어린 시절을 지내오는 동안 집안 식구들의 표정에, 말에, 분위기에 숨어 있는 아슬아슬한 비밀의 독을 조금씩 조금씩 눈치채고 예감했으니까요. 그러나 내가 가장 고통스러웠던 것은 어머니가 그처럼 젊은 나이에 스스로 목숨을 끊었다는 사실이었습니다. 난, 난 말이에요, 다혜 씨. 난 그 젊은 여인이 불쌍해서 견딜 수가 없어요. 난 한 번도 그 여인을 내 어머니라고 생각해본 적은 없어요. 난 한 번도 그 여인을 내 어머니라고 생각해본 적은 없습니다. 내 어머니라기에는 그 여인은 너무나 젊고 그리고 애처로웠습니다. 나 자신의 불행은 아무것도 아닙니다. 그것은 티끌이나 먼지와 같은 것이지요. 아닙니다. 난 나 자신을 불행하다고 느껴본 적은 한 번도 없었습니다. 내가 사생아라는 사실은 다만 불편한 것이지 그 자체가 불행한 일은 아니었으니까요."

갑자기 민우는 말을 끊었다. 그것은 침묵의 의미가 아니었다. 그의 놀연한 침묵은 보다 격앙된 감정을 제어하기 위한 예비 동작과 같은 것이었다. 그는 헐떡이기 시작했다.

"그래요, 난 행복했으니까요. 나를 낳은 아버지의 비극은 먼 과거의 일일 뿐입니다. 어머니의 비극은 오히려 내게 마침 아름다운 동화 속에 나오는 인어 아가씨의 비극 같은 것으로 승화되고 있었으니까요. 그러나 난 알게 되었습니다. 어머니는 내가 꿈꿔오던 젊고 아름답고 매혹적인 여인이 아니었습니다. 다혜 씨, 극히 최근에야 나는 어머니의 실상을 볼 수 있게 되었어요. 아버지가 젊은 여인을 유혹한 것이 아니라 그 반대로 젊은 여인이 아버지를 유혹했던 것인지도 모른다. 이미 결혼한 사람이라는 것을 알면서도 어머니는 단지 아버지의 안정된 생활과 어느 정도의 재산을 탐내서 아버지를 유혹하고 아버지에게 자신을 책임져주기를 강요하던 그런 천박하고 야비한 여인인지도 모른다. 그렇습니다. 다혜 씨. 그 젊은 여인은 고아원에서 잡초처럼 자라나 밥을 먹기 위해서라면 자신의 몸이라도 팔 수 있는 그런 거리의 여인이었는지도 모르는 일입니다. 어머니는 자신의 배 속에 들어 있는 아기를 미끼 삼아 아버지에게 공갈 협박을 했을지도 모릅니다. 아기를 낳는다면 그가 자신을 어떻게든 책임지리라고 생각했을지도 모릅니다. 아기가 있으면 어떻게든 모른 체하지 않으리라 교활하게 생각했을지도 모르는 일입니다. 그렇습니다. 나는 그 젊은 여인의 담보와 같은 존재였습니다. 자신의 삶을 책임지게 하기 위한 인질과 같은 존재였어요."

"……그런 식으로 어머니를 욕되게 하지 마세요."

비로소 다혜가 입을 열었다.

"……그것은 죄악이에요."

"죄악이라구요?"

민우는 헐떡이면서 웃었다.

"그것은 죄악이 아닙니다."

"어째서요?"

강한 목소리로 다혜가 말을 잘랐다.

"난 알 수 있습니다. 어머니는 지금까지 내가 생각해왔던 천사와 같은 여인은 아니었습니다. 어머니는 삶의 구렁텅이에서 먹고살기 위해 몸을 던졌고, 더럽고 타락한 여인이었습니다. 어머니는 나를 미끼로 아버지를 협박했을 것입니다. 슬픈 일이지만 그것은 사실입니다."

"어떻게 그걸 아셨어요? 돌아가신 어머니를 만나기라도 하셨어요?"

"물론 어머니를 만나지는 않았습니다. 하지만 어머니의 실상을 보았습니다."

민우는 두 손으로 얼굴을 감싸쥐었다. 그는 잠시 말을 끊고 묵묵히 앉아 있었다. 밤이 깊어가자 쏴아 바람 소리가 높아졌다. 숲의 깊은 곳에서 달려왔다 밀려가는 바람의 파도 소리가 한층 격앙되었다.

"난 어머니를 만나본 것은 아닙니다. 하지만 어머니의 언니를 만날 수 있었습니다. 형님은 미국으로 몸을 피하기 전에 제게 어머니는 천애의 고아가 아니라 친언니가 있었다는 사실을 가르쳐주었습니다. 나는 왜 형님이 이제 와서 내게 숨겨진 어머니의 친척이 있다는 사실을 가르쳐주었는지 짐작할 수 있습니다. 형님은 나에게 태어난 곳으로 돌아가라고 간접적으로 명령한 셈이지요. 머지않아 아버지는 돌아가실 것이고 아버지가 돌아가신다면 나는 더 이상 집에서 필요없는 그런 천덕꾸러기가 되니까요. 난 만났습니다. 그분을 찾아서 서울의 변두리 위성도시로 떠났습니다. 그리고 그 사람을 만났지요. 그렇습니다. 그 사람은 나를 낳은 어머니의 친언니였지요. 내게는 이모가 되는 셈이었습니다. 그 사람은 그러나 정상적인 사람은 아니었습니다."

민우는 말을 끊었다. 그는 잠시 쿨럭쿨럭 마른기침을 했다. 두 어깨가 흥분된 감정을 이기기 위해서 흔들리고 있었다.

"먹고살기 위해서 술과 웃음과 몸을 파는 더러운 창녀였습니다. 난 그녀를 만났습니다. 난 지금까지 그녀의 얼굴처럼 야비하고 천박한 얼굴은 본 적이 없습니다. 그녀는 악의 상징이었으며 옳게 살기 위해서 조금이라도 고민하고 반성한 흔적은 전혀 없는 추악한 얼굴을 갖고 있었습니다. 그렇습니다. 분명히 말하겠습니다. 그 사람은 외국 사람들을 상대로 술을 팔고 몸을 파는 그런 여인이었습니다. 사람들은 그런 여인들을 양색시라고 부릅니다."

민우는 더 이상 북받쳐오르는 감정을 가눌 수가 없었다. 떨리는 목소리로 헐떡이면서 그는 두 손으로 바위를 때렸다.

"그렇습니다. 그것이 바로 어머니의 실상이었습니다. 난 이모의 얼굴을 본 것이 아니라 그 얼굴에서 어머니의 실상을 본 것입니다. 난 비로소 알았습니다. 피난민으로 고아원에서 자라난 어머니가 어떻게 살아갈 수 있었던가 하는 그 구체적인 방법을 말입니다. 난 그것을 모르고 꿈과 같은 행복에 휩싸여서 공부를 하고, 빛나는 미래를 꿈꾸면서, 그래요, 나는 누구보다 훌륭한 의사가 되는 것을 꿈꾸었지요. 이제 와선 다 부질없는 일입니다. 내겐 미래가 없습니다. 내겐 희망이 없습니다. 내가 폭력을 휘두른 것은 아버지의 병상을 침범한 채권자에 대한 분노 때문은 아니었습니다. 그것은 나 자신에 대한 혐오 때문이었습니다. 난 그 사람의 지팡이를 빼앗아 들었으며 그것으로 그 사람을 때렸습니다. 그 사람을 죽일 마음이었습니다. 살인이라도 저지를 그런 마음이었습니다. 제 얘긴 이것입니다. 거의 모든 이야기를 다혜 씨에게 털어놓은 셈입니다."

불쑥 민우는 말을 끊었다. 팽팽하게 긴장되어 떨리던 현악기의 줄이 갑자기 끊어진 듯 긴 침묵이 왔다.

달은 점점 더 떠올라 계곡의 한가운데를 명중시켰다. 흘러내리는 물 위에 달빛은 은린(銀鱗)으로 부서졌다.

"고맙습니다."

오랜 침묵 끝에 민우가 말했다.

"제 긴 얘기를 들어주셔서."

나뭇잎 하나가 바람에 날려 민우가 앉은 바위 위에 떨어졌다.

민우는 무심코 나뭇잎을 주워들어 흐르는 물 위에 던졌다. 나뭇잎은 물결을 타고 급하게 떠내려갔다.

"밤이 깊었습니다. 이제 그만 들어가 쉬세요. 이제 주무실 차례입니다."

민우는 자리에서 일어섰다. 그러나 다혜는 꼼짝도 하지 않았다. 그녀는 바위에 등을 기대고 무릎을 세우고 앉아서 움직일 생각을 하지 않았다.

민우는 다혜 곁으로 다가갔다. 그리고 다혜가 침묵을 지키고 앉아 있는 것이 아니라 울고 있는 것을 보았다.

차마 밖으로 울음소리가 새어나올까봐 그것을 참고 인내하면서 다혜는 고개 숙여 눈물을 흘리고 있었다. 그녀는 민우가 다가가자 얼굴을 무릎 위에 파묻었다. 그러나 너무나 밝아 백야 같은 달빛 속에서 언뜻 흘러나오는 눈물을 보았으므로 민우는 와락 다혜 곁에 다가섰다.

"……울지 마세요."

민우가 비통한 목소리로 말했다.

"……난 다혜 씨를 슬프게 할 생각은 아니었습니다."

민우는 두 손으로 다혜의 얼굴을 받쳐들었다. 무성한 머리칼이 만져졌다. 민우의 손이 닿자 다혜의 얼굴이 더욱 깊이 무릎 사이로 숨어들었다. 성급한 마음으로 앞뒤 생각 없이 다혜의 얼굴을 향해 손을 내밀었지만 막상 손이 그녀의 부드러운 머리칼에 닿자 민우는 전율을 느꼈다. 그녀의 흰 목덜미는 숨어 있는 둥우리 속의 작은 새처럼 따뜻하고 희었다.

민우는 둥우리 속의 새를 꺼내듯 그녀의 얼굴을 받쳐들었다. 눈물에 젖은 그녀의 얼굴이 떠오르는 달처럼 일어섰다.

다혜는 젖은 눈으로 한 사내의 얼굴이 온통 눈물에 젖어서 자신의 얼굴을 향해 다가오는 것을 보았다. 눈물에 젖어 있었으므로 다가오는 사내의 얼굴이 비현실적으로 보였다. 그의 얼굴이 자신의 얼굴을 향해 밀려들어왔다. 그러나 피할 수는 없었다. 그것은 거역할 수 없는 운명이었다.

젖은 입술이 다혜의 입술에 부딪쳤다. 그가 태어나서 지금까지 가꾸고 키워온 것과, 그녀가 지금까지 태어나서 가꾸고 키워온 신성한 것이 비로소 부딪쳤다.

자신이 가진 영혼을 상대방의 육신 속에 부어내리는 듯 온몸이 떨렸다. 그의 숨결이 강하게 느껴졌다. 숨이 막힐 것 같았다. 심장이 무섭게 고동쳤고 온몸에서 힘이 빠져나갔다.

다혜는 바람에 눕는 풀처럼 쓰러졌다. 쓰러지려는 그녀의 몸을 민우가 황급히 받아들었다. 자신의 행동이 무심결에 저지른 잘못된 행동인 것 같아 민우는 겁을 집어먹었다.

그러나 곧 그것이 죄가 아니며 그녀도 거부하고 있지 않다는 기쁨이 생생하게 느껴졌다. 그래서 민우는 이번에는 자신감에 넘쳐서 다혜의 몸을 바위 위에 눕히고 그녀의 얼굴을 가까이서 바라보았다.

그녀는 눈을 꼭 감고 있었는데 그래서 그녀는 깊은 잠에 들어 있는 것 같았다. 민우는 그 얼굴에 자신의 얼굴을 부딪쳐갔다. 터질 것 같은 마음의 동요가 그녀의 몸에서 일어났으며 무섭게 뛰는 심장의 고동이 몸으로 느껴졌다.

민우는 그녀의 얼굴을 두 손으로 쥐고 키스를 했다. 입술은 두려움과 신선한 기쁨과 사랑에 대한 목마른 갈증으로 떨리고 있었다.

무섭고 두려운 듯 그녀의 손이 허공을 내저었으며 그러다가 그곳에 있는 민우의 어깨를 부여잡았다.

민우는 숨이 막혔으므로 입술을 떼었다가 다시 아주 가까이서 그녀의 얼굴을 보았다.

흰 얼굴 위에 감은 눈이 작은 풀잎과 같은 속눈썹을 세우고 잠들어 있었다. 그 속눈썹은 다가올 미래에 대한 두려움으로 정신없이 떨리고 있었다. 감은 두 눈 사이로 눈물이 한 방울 빠져나왔다.

두어 번의 키스로 갑자기 민우의 마음속엔 이 여자가 나를 받아들였으며 나를 사랑하고 있다는 확신이 복받쳐올랐고 이 여인이 다름 아닌 내 것이며 내 소유물이라는 느낌이 들었다. 그래서 누군가 그녀를 빼앗아갈지도 모른다는 두려움으로 그녀를 포옹해서 육신으로 결박지었다. 보호해주어야 한다는 무언의 계약이 성립된 듯 민우는 다혜의 몸을 껴안았다.

그는 다혜의 귀에 속삭였다.

"사랑해."

최초의 말이 그를 흥분하게 만들었다. 그는 잠들어 있는 다혜를 깨우려는 듯 몸을 흔들었다.

"……눈을 떠봐요. 나를 봐."

그러나 다혜는 눈을 뜨지 않았다. 민우는 손끝으로 눈가에 머물러 있는 눈물을 찍어 닦아내면서 속삭였다.

"눈을 뜨세요."

천천히 다혜의 눈이 열렸다. 찬란한 달빛에 눈이 부신 듯 그녀는 조심스럽게 눈을 떴다.

"조금 있으면 밤이슬이 내려요, 자, 들어갑시다. 밤이 깊었어요. 잠시 후면 저 달빛이 맞은편 산등성이를 넘어가게 될 거예요. 그렇게 되면 다시 온 주위가 캄캄하게 됩니다. 자, 들어가세요."

다혜의 눈에서 새로운 눈물이 솟아나왔다. 그리고 머리를 흔들면서 말했다.

"난 아직 잠들고 싶지 않아요."

창밖으로 내다보이는 운동장은 눈부신 가을 햇살에 정갈하게 빨아 널어 말리는 옥양목처럼 빛났다.

운동장 끝에는 희고 높은 담이 눈앞을 가로막았다. 운동장의 각진 코너마다 망루가 서 있었다. 그 망루는 밤마다 서치라이트의 불빛을 뿜어낼 것이다. 혹시 있을지도 모르는 죄수들의 탈출을 감시하기 위해서.

제복을 입은 간수들 서너 명이 담 아래에 서 있었다. 그들은 미동도 하지 않았다.

흰 담 너머로 플라타너스 나무들이 열병식을 올리듯 질서 정연하게 서 있었다. 나무들 위로 눈부시게 새파란 가을 하늘이 구름 한 점 없이 빛났다.

다혜는 창밖으로 두었던 시선을 돌려 방 안으로 거둬들였다.

실내엔 면회 시간을 기다리는 사람들로 가득 차 있었다. 딱딱한 나무 벤치는 이들 모두를 수용하지 못해서, 많은 사람들이 마루 위에 그대로 앉아 있었다.

어디서나 한결같이 불안하고 어두운 얼굴들뿐이었다. 사는데 지치고, 걱정하는 데 지치고, 닥쳐올 일을 두려워하는 그늘진 얼굴들뿐이었다. 아낙네들은 한결같이 어린애들을 데리고 있었다. 어린애들은 때도 없이 울었으며, 울 때마다 여인들은 앞가슴을 헤치고 젖을 물렸다.

면회 시간까지는 아직 십여 분 남아 있었다.

면회 시간이 따로 있는 줄 몰랐던 다혜는 너무 일찍 찾아와 면회 신청을 한 셈이었다. 그래서 그녀는 이곳에서 벌써 두 시간 정도 앉아 기다리는 참이었다. 그러나 일찍 면회 신청을 하면 순서대로 먼저 면회가 된다는 간수의 말에 그래도 한 가닥 위안을 얻을 수가 있었다.

면회 대기실에 앉아 있는 가족들은 이런 일에 매우 익숙한 듯한 표정이었다. 단 오 분의 면회 시간을 위해 아이들을 데리고 구속 격리된 남편들에게 보여주러 찾아온 여인들의 표정은 어둡고 캄캄하였다.

다혜는 앞자리에 앉은 여인을 보았다.

등에 업힌 아이는 울다 지쳐 그새 잠든 모양이었다. 여인은 지치고 남루한 모습이었지만 자세히 살펴보면 이제 갓 스무 살이 넘었을까 싶게도 앳되고 젊은 얼굴이었다. 곱고 예쁜 구석도 남아 있었다. 그런데도 얼굴은 캄캄한 절망에 깊이 침몰해 있었다.

등에 업힌 아이가 악을 쓰고 울어도 귀에 들리지 않는 듯 뭔가 골똘히 생각하고 있을 뿐이었다. 아이가 머리칼을 뜯어내려도 여인은 캄캄한 절망 속에, 캄캄한 침묵 속에 앉아 있었다.

아아, 무슨 사연일까. 저 젊은 여인의 캄캄한 가슴속의 사연은.

울다 잠든 아이의 볼엔 아직도 마르지 않은 눈물이 흥건했다. 머리가 짧아 계집애인지 사내아인지 분간이 되지 않는다. 포대기 바깥으로 잠든 아이의 손이 빠져나와 있었다.

문득 그 아이의 얼굴에서 다혜는 아기 때의 민우 얼굴을 본 느낌이었다. 결코 행복한 어린 시절을 보내지 못했던 민우의 어린 모습이 바로 눈앞에 있었다. 울다 그만 지쳐 억지로 잠든 모습으로.

저 캄캄한 절망에 빠진 젊은 여인의 모습은 어린 시절 민우 씨를 남겨두고 자살한 민우 씨 어머니의 초상(肖像)이 아닐 것인가.

순간 다혜는 그 어린아이가 가엾어서 눈물이 솟아나올 것만 같았다. 다혜는 잠든 아이의 손을 가만히 쥐어보았다. 고사리처럼 작은 손은 굳게 쥐어져 있었다.

손가락을 풀어서 손마디를 가만히 쥐어보았다. 그런데도 어머니는 등 뒤의 낯선 인기척을 전혀 느끼지 못했다. 다혜의 손이 닿자 잠든 아기가 깜짝 놀라 눈을 떴다.

아기의 눈과 다혜의 눈이 마주쳤다. 다혜가 그 아기의 눈에 웃음을 띠워 보냈다. 그러자 목이 쉬도록 울다 잠들었으므로 채 사라지지 않은 울음기를 털어버리고 아이는 다혜의 웃음에 마주 방실방실 웃기 시작했다. 아이의 눈과 웃음은 천사의 표정이었다.

이때였다.

소란하던 면회실이 갑자기 숙연해졌다. 마침내 면회 시간이 된 모양이었다. 제복을 입은 간수 하나가 손에 접수용지를 들고 나타났다.

"접수번호 315번 강만수 씨 면회 온 사람, 강만수 씨 면회 온 사람."

다혜는 자신의 접수번호가 318번으로 꽤 이른 편이라는 사실을 상기했다.

"강만수 씨 면회 온 사람."

갑자기 캄캄한 절망에 빠져 있던 여인이 그제야 정신이 들었다는 듯 딱딱한 나무 벤치에서 일어섰다.

"들어가보세요."

여인은 허둥지둥 면회실 안으로 들어섰다. 등에 업힌 어린아이가 다시 불에 덴 듯 울기 시작했다. 그 아기의 울음소리를 듣는 순간 다혜는 두려움을 느꼈다.

이제 한 달 만에 그를 만나게 된다. 아니다, 한 달은 훨씬 지났다. 이제 며칠 뒤면 두 달째가 되어간다.

두 달 만에 그를 만나게 된다. 잠시 후면, 단 오 분의 짧은 시간 동안만. 오오, 학교의 도서관이 아닌 곳에서, 캠퍼스의 잔디밭이 아닌 곳에서, 분숫가가 아닌 곳에서 어디 꿈엔들 짐작이나 할 수 있었으랴. 그를, 아름답고 꿈처럼 착한 피리 부는 소년 민우 씨를 이런 살풍경한 곳에서 만나게 되리라는 것을.

아아, 생각난다. 랭보의 시 구절이었던가. 이런 구절이 있었지. 오오, 성(城)이여, 계절이여, 상처 없는 영혼이 어디 있으랴.

그래. 우리는 지금 영혼에 상처를 입히는 젊은 날의 할례식을 거행하는 것일까. 그 달빛의 계곡에서 그와 입맞춤을 나눈 후 처음으로 만나게 된다.

사랑해.

그가 귓가에 뜨거운 입김의 독약으로 속삭였다.

나도 사랑하고 있다, 민우, 너를. 아아, 보고 싶었다, 민우. 꿈 속에서도 네 이름을 부르고 그리고 울었다.

"접수번호 318번, 한민우 씨 면회 온 사람. 한민우 씨 면회 온 사람."

다혜는 퍼뜩 정신이 들었다. 그녀는 딱딱한 벤치에서 일어섰다.

면회실 안은 은행 창구와 같은 투명한 플라스틱 벽으로 가려져 있었다. 옆 사람과는 칸막이로 격리되었다. 다혜가 창구 앞으로 다가서자 플라스틱 저편에 앉아 있는 간수가 딱딱한 목소리로 물었다.

"한민우를 면회 왔습니까?"

"……네."

"……기다리세요."

칸막이 저편에서 발악하는 듯한 어린애의 울음소리가 귀가 따갑도록 들려왔다.

다혜는 몹시 긴장하면서 플라스틱 벽 안을 들여다보았다. 플라스틱은 투명했지만 유리처럼 맑지는 않았다. 때문에 그 안의 모습이 선명하게 들여다보이지는 않았다. 플라스틱 창 아래쪽에 서로 편하게 대화를 나눌 수 있도록 조그마한 구멍들이 숭숭 뚫려 있었다. 안에는 아무도 없었다. 입회 간수 하나만 테이블을 앞에 놓고 앉았을 뿐이었다.

방 안에서 오가는 대화를 모두 기록하는지 테이블 위엔 두꺼운 서류철이 놓였고 간수는 언제라도 받아쓸 수 있도록 손에 만년필을 세워 들고 있었다.

그때였다.

날카로운 벨소리에 딱딱하게 굳었던 다혜가 움찔했다. 그와 동시에 건너편 방문이 열렸다. 한 사내가 방 안으로 들어왔다.

민우 씨다. 민우 씨다.

본능적으로 다혜는 눈시울이 뜨거워졌다. 대낮에도 불을 켜야 할 정도로 방 안은 어두웠다. 플라스틱 창이 거울처럼 맑지 않아 그의 얼굴을 자세히 들여다볼 수 없는 것이 유감이었다.

그는 주춤주춤 다혜 앞으로 다가왔다. 그가 명랑하게 웃는 것인지 겸연쩍게 미소를 띤 것인지 아니면 낯을 찡그린 것인지 그의 표정을 정확히 읽어내릴 수가 없었다. 답답한 일이었다.

"안녕하세요, 다혜 씨."

생각과는 다르게 낭랑한 소리가 말했다.

"손을 내밀어 악수를 나눌 수가 없는 게 유감이군요."

그렇다. 그는 명랑하게 웃고 있었다. 얼굴도 예전과 조금도 다르지 않았다. 다만 얼굴이 조금 말라 보이는 것은 그가 머리를 눈에 띄도록 바짝 치켜 깎았기 때문일까. 왜 그 아름답던 머리칼을 그처럼 바짝 깎아올린 것일까.

다혜는 목이 메어서 차마 말을 꺼낼 수가 없었다.

"어떠세요?"

터져나오려는 오열을 간신히 참아내며 애써 마음의 평정을 찾아 다혜가 입을 열었다.

"지낼 만합니다. 이곳에도 사람이 살고 있으니까요. 이곳에서 많은 사람들을 사귀었어요. 그 사람들 모두가 나를 사랑하고 아껴줍니다. 내가 가장 나이가 어리니까요. 그 사람들은 나를 동생처럼 아껴주고 있습니다. 이곳 생활도 지낼 만합니다."

그를 만나면 무슨 말을 해야 할 것인가, 면회실 앞 대기실에서 기다리며 얼마나 곰곰이 생각하고 궁리했던가. 아아, 얼마나 하고픈 말이 많았던가, 생각은 많아, 아주 좁은 구멍을 빠져나가려는 저수지의 물처럼 소용돌이치며 아우성쳤다. 그러나 막상 그를 만나고 보니 그 많고 많았던 생각들은 눈 녹듯 사라지고 모든 말들을 잊어버렸다. 그저 그의 얼굴을 보았으므로, 그가 그곳에 있으므로 그것으로 그만이었다.

플라스틱 창구 앞으로 그가 바짝 다가왔다. 그의 얼굴이 굴절된 유리 어항 속의 열대어처럼 비틀어졌다.

"다혜 씨를 생각하는 것으로 난 모든 고독과 고통을 물리칠 수가 있습니다. 보고 싶었습니다……."

그는 무언가 말을 할 듯하다가 입을 다물었다. 등 뒤에 앉아서 오가는 말들을 낱낱이 기록하는 입회 간수의 존재를 느낀 듯 민우는 말을 끊었다.

"······아버님은요?"

밑도 끝도 없이 민우가 말을 뱉었다.

"······아버님 소식은 모르세요?"

그의 목소리가 몹시 떨리고 급해지고 있었다. 본능적으로 오분의 짧은 면회 시간이 끝나가고 있음을 감지한 듯 그는 서둘렀다.

"잘 계시겠죠."

자신 없는 목소리로 다혜가 대답했다.

"뭐 필요한 것 없으세요? 있으시면 말씀하세요."

"······없습니다."

"보고 싶은 책이 없으세요?"

"······요즈음엔 성경책을 읽고 있어요. 아주 재미있어요. 그리고 좋은 말들이더군요."

"다른 것은 없으세요, 필요한 게."

"아, 하나 있다."

갑자기 민우가 짧게 소리를 질렀다.

"다혜 씨의 눈을 가까이서 들여다보고 싶어요. 이리 가까이와요."

순간 민우가 흐리멍텅하기 짝이 없는 반투명의 플라스틱 창구를 신경질적으로 두드렸다. 순간 벨소리가 들리고 잠자는 듯 침묵을 지키던 입회 간수가 딱딱한 목소리로 말했다.

"면회 시간이 끝났습니다."

"잘 가요."

미련 없이 창구에서 일어서면서 민우가 씩씩하게 말했다.

"이젠 면회 오지 마세요. 짧은 시간 때문에 그처럼 많은 공을 드릴 필요 없으니까요. 안녕."

덜컹 문이 열리고 그리고 닫혔다. 다혜는 물끄러미 그가 나간 방문을 쳐다보며 서 있었다.

이것이었던가. 이 짧은 만남을 위해 그처럼 많은 시간을 설렘 속에 흔들렸던가.

"······면회 시간 끝났습니다, 아가씨."

넋없이 서 있는 다혜를 재촉이나 하듯 건너편 입회 간수가 말했다.

민우가 산에서 내려와 아버지를 만나러 갔다 현장에서 체포된 것은 한 달 전이었다. 그 소식을 현태로부터 전해 듣고 하루 종일 강의를 빼먹으며 민우를 면회하고 돌아오는 길은 끝없는 미로처럼 길고 멀었다.

다혜는 버스에서 내려 집으로 들어가는 좁은 거리로 빠져들었다. 오후 내내 아무것도 먹지 못했으므로 몹시 배가 고프고 허기가 졌다. 어느새 땅거미가 내리고 어둠이 다가와서 거리엔 네온 불빛이 번뜩였다. 배고픈 허기보다 처량한 마음을 메울 수 없는 정신의 공복감이 더욱 다혜를 괴롭혔다.

민우를 만나려고 미리 결심한 것은 아니었다. 현태를 통해 민

우가 있는 곳을 들어 알았지만 그를 찾아가리라 마음을 먹은 적
은 없었다. 그런데 아침에 학교로 가려고 집을 나선 순간 민우
의 모습이 다혜의 눈앞에 신기루처럼 어른거렸다.

지금 이 순간 그를 만나러 가자. 오랜 마음의 준비 없이. 마치
보고 싶어 그를 찾아 강의실로 찾아가듯.

그러나 그를 만나고 돌아오는 마음은 한없이 어둡고 우울했
다. 이제 민우는 절망적이다. 민우는 정식 재판을 받을 때까지
그곳에서 나올 수 없게 된다. 그때까지 얼마의 세월이 흐를 것
인가.

이번 가을까지는 풀려나오지 못할 것이다. 겨울이 와야 그는
집행유예로 풀려나올 수 있을지도 모른다. 그렇게 되면 어떻게
할 것인가. 자유의 몸이 된다 해도 그는 이미 치명적인 상처를
얻은 뒤끝이다. 무엇을 어떻게 보상받을 것인가.

다혜는 지친 발을 끌고 골목으로 접어들었다. 조금만 많이 걸
으면 다혜의 두 다리는 퉁퉁 부었다. 퉁퉁 부은 다리를 끌면서
다혜는 말없이 걸었다.

집 앞 공터에 누군가 우두커니 서 있었다. 그 그림자는 다혜
를 보자 빠르게 다가왔다. 낯익은 그림자였으므로 다혜는 반사
적으로 그를 보았다.

"아, 안녕하세요?"

가로등의 불빛 아래로 나선 사람은 현태였다.

"아니, 그곳에서 웬일이세요?"

다혜는 전혀 뜻밖의 장소에서, 뜻밖에 그를 만났으므로 어리

둥절한 목소리로 물었다.

"……다혜 씨를 기다렸습니다."

"저를요?"

"하루 종일 어디에 계셨습니까? 학교 강의실엔 하루 종일 나오지도 않으셨더군요."

"오늘은 학교에 가지 않았어요."

"그래서 행여 집으로 찾아오면 만나볼 수 있지 않을까 해서 찾아왔습니다. 전화를 걸려 해도 전화번호를 알아야죠. 한 시간 전에 집으로 찾아왔지요. 그런데 집에 안 계시더군요. 그래서 오실 때까지 골목에서 기다렸습니다."

흘긋 현태는 다혜를 보았다. 그는 아주 중요한 말을 정작 하지 못하고 핵심의 언저리만 빙빙 도는 듯 허둥댔다.

"……아주 좋지 않은 일이 벌어졌습니다."

짧은 침묵 끝에 현태가 아무래도 말을 해야겠다는 듯 다혜를 바라보았다.

"……오늘 오전에 민우의 아버님이 돌아가셨습니다. 병원을 통해 연락을 받았습니다."

이처럼 전하기 힘든 말은 나온 김에 한꺼번에 털어놓아야 한다는 듯 현태는 빠르게 말을 이어내려갔다.

"사실 며칠 전부터 위독하다는 소식을 들었습니다. 내가 병원으로 찾아가기도 했지요. 이미 절망적이었지만 급속도로 상태가 나빠지고 계셨습니다. 어젯밤이 고비였는데 어젯밤은 무사히 넘기셨고 오늘 아침에 돌아가셨습니다. 아버님의 유해는 병원 영안실에 안치되어 있습니다. 전 분향을 하고 돌아왔습니다. 그래서 다혜 씨를 찾아왔습니다."

현태가 주머니에서 담배를 꺼내 피워 물었다.

"하지만 이것으로 끝난 것이 아닙니다. 이젠 어떻게 할까요? 아아, 이제부터가 문제입니다."

한숨을 쉬면서 현태가 헝클어진 머리를 긁었다.

"이 사실을 어떻게 할까요? 민우에게 어떻게 전할까요? 그 자식에게 이 사실을 말한다면 그 속에서 절망의 구렁텅이로 전락해버릴지도 모릅니다. 아버님은 민우에게 유일한 희망이요 구원입니다. 아버님에게 민우가 희망이요 구원이었듯이. 난 압니다. 아버님의 곁에 민우 군이 없었으므로 아버님은 마침내 숨을 거두신 것입니다. 민우만 옆에 있었다면 아버님은 기적적으로 생명을 건졌을지도 모릅니다. 이 사실을 어떻게 할까요? 민우에게 이 사실을 전해줄 사람은 아무도 없습니다. 아버님이 돌아가신 것으로 해서 민우와 가족 간의 유대감은 완전히 끊어지고 말았습니다. 민우는 이제 고아와 다름없는 입장이 되어버리고 말았습니다. 그에겐 이제 가족이 없습니다."

"……방금 민우 씨를 만나고 오는 길이에요."

다혜가 그의 말을 받았다. 드디어 올 것이 왔구나 하는 느낌이 마음의 충격을 오히려 둔화시켰다.

"민우 씨를 면회 갔지요. 오늘 오후에요."

"……그를 만났습니까?"

"……만났어요. 아주 건강했어요. 그리고 민우 씨가 헤어질 무렵 내게 말했어요. 아버님은 어떻게 지내실까, 건강하게 지내실까, 하고 혼잣말로 내게 물었지요."

다혜는 말을 끊었다. 이미 그때 아버지는 이 세상에 안 계셨다는 말이 차마 입 밖으로 나오지 못했다.

"……민우 씨는 절망적이에요. 민우 씨는 가을이 지나고 겨울이 올 때까지 풀려나지 못할 거예요."

"아…… 모든 것이 끝장난 셈이로군요."

처절한 목소리로 현태가 맥없이 중얼거렸다.

"더럽게도 운이 없는 녀석이로군요. 왜 갑자기 그렇게 되었지요? 불과 육 개월 전인 지난봄까지만 해도 민우는 누구보다 부러운 학생이었어요. 그에겐 아무런 걱정도 없었어요. 난 그 녀석만 보면 부러워서 배가 아파 죽을 것만 같았어요. 그런데 왜 이렇게 되었을까요? 입장이 바뀌고 말았어요. 그는 마침내 아버님과 가족을 잃은 천애고아가 되었어요. 그리고 학교도 휴학을 해야 했어요. 그는 이제 어떻게 할까요? 그는 이제 어떻게 될까요? 아무도 돌봐주는 사람이 없는 고아가 되고 말았어요. 학교도 다닐 수 없구요, 집에서는 버림을 받았구요. 집안은 몰락했어요. 아아, 그리고 최후의 희망인 아버님이 오늘 아침에 돌아가셨구요. 이제 어떻게 하지요? 그래요, 이제 운이 좋아 풀려난다고 한들 앞으로 무엇을 어떻게 할 수 있단 말인가요?"

현태는 주머니를 뒤졌다. 담배는 나오지 않았다.

"이렇게 하는 수밖에 없어요."

현태가 얼굴을 들어 다혜를 보았다. 그의 얼굴이 창백하게 질려 있었다.

"……난 내일이라도 그를 찾아가리라 생각했어요. 찾아가서 아버님이 돌아가셨다는 사실을 고백하리라 생각했어요. 그 용기가 나지 않아 다혜 씨를 찾아오기는 했지만…… 그러나 이젠 생각이 달라졌어요."

현태는 반이 부러진 담배를 한 개비 찾아 물었다. 그는 볼이 메도록 연기를 빨아들였다.

"난 이제 끝까지 숨길 겁니다. 민우가 풀려나올 때까지 나는 이 사실을 민우에게 가르쳐주지 않을 것입니다. 민우에게 알려준다는 것은 잔인한 일입니다. 난 끝까지 민우에게 이 사실을 가르쳐주지 않을 것입니다. 이것으로 마음의 결정을 보았습니다."

현태는 마음을 다짐하듯 이를 악물었다. 그는 다혜를 바라보았다.

"가겠습니다, 다혜 씨. 다혜 씨를 만나서 할 말을 다 했으므로 이젠 가겠습니다."

그는 미련 없이 돌아섰다.

"……슬퍼하지 마세요. 병원으로 찾아갈 필요도 없습니다. 그저 아시기만 하면 됩니다. 제가 지금 병원으로 가겠습니다. 가서 밤을 새우겠습니다. 다혜 씨를 대신해서 분향을 하겠습니다. 민우를 대신해서 아들 노릇을 하겠습니다. 장례식이 끝날 때까지 제가 늘 그곳에 붙어 있을 것입니다. 안녕히 계세요."

그의 손에서 담배가 떨어졌다. 빨간 불티가 포물선을 그리면서 어둠 속을 날았다. 그는 뒤도 돌아보지 않고 뛰듯이 골목을 걸어갔다.

다혜는 그가 골목을 빠져나가서 사라질 때까지 벽에 기대어서서 그의 모습을 끝까지 지켜보았다. 마침내 그의 모습은 골목의 모퉁이를 돌아 사라졌다.

다혜는 몹시 아플 것 같다는 예감을 받으면서 간신히 돌아서서 대문 앞으로 다가갔다.

"언니 어디 아파요?"

계단을 올라 방에 들어서자마자 다혜는 침대에 쓰러져 누웠다. 눈물은 흘러내리지 않았다. 참을 수 없는 오한이 온몸을 쑤시고 있었다.

다혜는 덜덜 떨면서 옷을 입은 채 이불 속으로 기어들어갔다. 머리까지 이불을 뒤집어쓰자 조금씩 몸이 따뜻하게 풀려왔다.

아아.

민우의 아버님이 돌아가셨다. 오늘 아침에. 내가 그를 만나러 간 동안에. 이제 그는 완전히 고아가 된 셈이다.

다혜는 입술을 깨물면서 엎드려 울었다. 아무도 돌보는 사람 없이 비참하게 죽어간 민우의 아버지 때문이라기보다는 오히려 민우가 불쌍했으므로.

환상의 태양

늦가을 햇빛은 삽시간에 사라지고 땅거미가 내렸다. 땅거미가 내렸다 싶더니 이내 어두워졌다.

구치소 앞길을 따라 서 있는 플라타너스의 잎새는 이미 가을바람에 떨어져 가지는 앙상했고 그나마 용케 몇 잎 남은 나뭇잎을 떨구기 위해서 바람은 채찍을 휘두르고 있었다.

구치소 앞 공터엔 십여 명의 가족들이 쌀쌀한 가을바람을 맞으며 지켜서 있었다.

이미 구치소 앞 철책문을 열고 몇 사람이 나왔다. 풀려나온 사람은 가족들이 준비해온 두부를 먹고 바가지를 발로 짓밟아 깨었다. 그러고는 가족들과 얼싸안고 울고는 홀홀 어둠이 내리깔린 길을 따라 도시의 늪으로 침몰해 들어갔다.

띄엄띄엄 사람들이 나올 때마다 기다리고 있는 사람들은 행여 자기들이 맞을 사람인가 발돋움하고 지켜보곤 했다.

다혜와 현태는 그들과 떨어져 멀찌감치 물러서 있었다. 이럴 줄 알았으면 두부와 바가지를 사가지고 올 걸 그랬다고 현태가 익살을 부렸지만 두 사람의 마음은 조금 있으면 풀려나올 민우를 맞을 기쁨과 또 한편의 불안으로 흔들리고 있었다. 현태는 왜, 어째서 민우가 풀려나온다는 소식을 알면서도 민우의 어머니가, 가족들이 나오지 않는가 그것이 몹시 초조했다.

물론 현태는 지금까지 민우의 어머니가 민우를 면회 왔다든지 재판을 받을 동안 관심을 기울여서 경찰서에 오고 간 일도 한 번 없었다는 사실을 알았다.

그러나 오늘은 민우가 집행유예로 풀려나는 날이 아닌가. 아무리 친자식이 아니라 해도, 그토록 자신의 행복을 빼앗아간 증오의 씨앗이라 해도 가엾은 아들이 아니었던가.

그런데도 민우를 맞으러 나온 사람은 오직 현태 자신과 그리고 미리 연락했던 다혜 둘뿐이었다.

아니다. 그것은 문제가 아니다. 민우의 가족이 풀려나는 민우를 맞으러 구치소 앞 광장에 나타나지 않았다는 사실은 아무것도 아니다.

정작 문제는 다른 것이다. 이제 조금 있으면 풀려나올 민우에게 어떻게 아버지가 돌아가셨다는 사실을 가르쳐줄 것인가. 그는 아직도 아버님이 병상에서 살아 있으며 풀려나올 자신을 맞을 준비를 하고 있다고 생각하고 있는 것이다.

꼬박 서너 달이 걸린 구속 기간 동안 민우는 아버지를 생각하는 것으로, 언젠가는 풀려나와 아버지를 만나볼 수 있다는 희망 하나로 밝고 명랑하게 지냈다. 이미 학교에서는 휴학생이 되었으며 이제 그는 대학생이 아니라 어쩔 수 없는 실업자 신세로 전락하고 말았다.

이제 더 이상 거짓말로 도망갈 수 없는 벼랑 끝에 선 셈이었다.

어떻게 해서든 그에게 진실을 말하고, 아버님이 돌아가셨으며, 그것도 이미 오래전에 돌아가셨으며, 그래서 아버지의 모습은 이 지상 어디에서도 찾을 수 없고, 남은 것은 저 교외에 신설된 공원묘지에 동그마니 솟은 무덤뿐이라는 사실을 말하지 않을 수 없는 것이다.

그때였다. 구치소의 철책문이 열리더니 한 사람이 나섰다. 그는 갑자기 눈을 찌르는 백열 불빛에 눈이 부신 듯 우두커니 서 있었다.

민우였다.

그는 그제야 불빛에 눈이 익은 듯 가야 할 방향을 정한 사람처럼 천천히 이쪽으로 걸어내려오고 있었다. 그는 다른 사람들과는 달리 아무런 짐도 손에 들고 있지 않았다. 그저 잠시 극장이나 들러 나오는 할 일 없는 관람객처럼 간편한 옷차림이었다. 등산 갔던 차림 그대로 걸어나오는 민우는 그동안 계절이 바뀌었으므로 조금 추워 보였다.

"민우다."

꿈을 꾸듯 현태가 중얼거렸다.

"민우가 나온다."

두 사람은 사람들을 헤치고 앞으로 다가갔다.

"이 자식아."

앞서 나간 현태가 소리 질렀다.

"피리 부는 소년, 이 얼빠진 자식아."

민우는 웃음 띤 얼굴로 오랜만에 만나는 친구를 쳐다보았다. 그는 웃고 있었지만 얼굴에서는 눈물이 흘러내렸다.

"현태로군, 아아."

그는 한눈에 현태와 다혜를 보았다.

"……다혜 씨도 나와주었군요."

그는 짧게 머리를 치켜 깎고 있었다. 그래서 더욱 추워 보였다. 얼굴은 조금 야윈 듯했지만 기운은 넘쳐 보였다. 그는 다혜에게 손을 내밀었다.

"……보고 싶었어요."

그가 몸을 떨면서 말했다.

"……어디에 있지, 어머니는? 어머니는 어디에 있어?"

민우가 주위를 둘러보았다.

"나오지 못하셨어. 아마 몸이 불편하셨나봐. 우리만 나왔어. 다혜 씨와 나만 둘이서 나왔어."

겸연쩍은 말투로 현태가 재빠르게 변명했다.

"……괜찮아."

막상 당사자인 민우는 대수롭지 않은 목소리로 말했다.

"별로 좋은 곳도 아닌데 나오실 필요는 없지. 자, 갑시다. 빨리 이곳에서 벗어나는 게 좋아."

민우가 먼저 빠른 걸음을 떼어놓았다. 세 사람은 시내로 빠지는 도로로 접어들었다. 민우가 주머니에서 뭔가를 꺼내 다혜에게 주었다.

"이건 선물이에요. 만나면 드리려고 가지고 있었는데 난 정말 나와줄 줄은 몰랐어요."

다혜는 그가 건네준 물건을 가만히 들여다보았다. 작은 목각 인형이었다. 기다란 나무토막을 깎고 다듬어 하나의 소녀상을 조각한 목각이었다.

"제가 만들었습니다. 마침 저와 같은 방에 솜씨 좋은 죄수가 한 사람 있었지요. 그 사람은 먹다 남은 밥알을 으깨어서 오리, 닭, 새와 같은 물건도 만들어내곤 했지요. 그 사람에게 나무 깎는 솜씨를 전수받았습니다. 핫하하. 그래서 제가 그 첫 솜씨로 만든 것이 그 목각 인형입니다. 서투른 솜씨지만 그 인형의 모델은 바로…… 다혜 씨입니다. 다혜 초상(肖像), 그것이 그 목각 인형의 이름입니다."

다혜는 손바닥을 펼쳐서 그 목각 인형을 들여다보았다. 마치 다혜는 자신의 모습을 축소시켜 손아귀에 쥐고 있는 듯한 느낌이 들었다. 그녀는 부끄럽고 그리고 기뻤다.

세 사람은 번화한 거리로 나섰다.

"배고프지 않아?"

현태가 얼굴을 들고 민우를 쳐다보았다.

"물론 배가 고프지."

천천히 민우가 대답했다.

"그 안에 있으면 온통 먹는 이야기뿐이야. 자장면도 먹고 싶고, 따끈따끈한 만두도 먹고 싶고, 매운 낙지볶음도 먹고 싶고."

"……지금 제일 먹고 싶은 게 뭔데?"

"……자장면 곱빼기."

유쾌한 소리로 민우가 웃었다.

"좋아, 당장 먹으러 가세. 그 정도의 돈이라면 나두 있어. 난 니가 무슨 값비싼 이름을 꺼낼까 몹시 겁을 냈지."

"그러나 그보다 더 먼저 하고 싶은 게 있네."

민우가 서둘러 팔을 잡아끄는 현태의 손을 뿌리치며 말했다.

"……뭔데, 그게 뭔데?"

"……병원에 가야지."

민우가 짧게 말을 뱉었다.

"……아버지를 보러 가야지."

세 사람은 순간 얼어붙은 듯 꼼짝 않고 섰다. 그의 말을 듣는 순간 현태와 다혜는 올 것이 오고야 말았다는 충격으로 몸이 굳었다.

이상한 느낌을 받은 것은 민우 쪽도 마찬가지였다. 그는 왜 어째서 자신의 말이 이처럼 큰 반응을 일으키는 것인지 이해가 가지 않는 표정으로 현태와 다혜를 번갈아보았다.

"왜 무슨 일이야? 아버지가 퇴원했어? 병원에서 퇴원하셨단 말인가? 그럼 집에 있단 말이지?"

"……."

현태가 대답 대신 주머니에서 담배를 꺼냈다. 그는 떨리는 손으로 담배를 피워 물었다.

"그럼 집으로 가세."

민우가 현태의 팔을 잡아 이끌었다. 그러나 현태는 꿈쩍도 하지 않았다. 민우의 얼굴에 어두운 그림자가 떠올랐다. 민우가 다혜를 쳐다보았다. 그의 얼굴이 떨리고 있었다.

"……어떻게 된 거예요? 무슨 일이 있었나요? 나 없는 새에 무슨 일이 있었나요? 다혜 씨, 말해주세요."

다혜는 그의 눈을 마주볼 수 없었다. 다혜는 고개를 떨구었다.

"내가 말하지."

당황한 목소리로 현태가 말을 가로막고 나왔다.

"피리 부는 소년, 이봐, 놀라지 말게. 넌 이제 아버지를 만날 수 없게 됐어."

민우는 뭔가 한마디 할 듯 입을 열었다가 다시 다물었다. 그는 현태를 노려보았다.

"아버지는 이 세상 어디에도 안 계시다. 아버지는 돌아가셨어."

민우가 비틀비틀 걸어 거리의 가로수 나무등걸에 몸을 기대어 섰다. 겨우살이 준비 탓으로 나무의 가지는 앙상하게 잘렸고 나무 밑동은 새끼줄로 감싸여 있었다. 그는 머리를 나무등걸에 기대었다. 마치 쓰러지는 나무를 지탱하려는 부목처럼.

"……언제 말인가, 언제 돌아가셨나?"

"……두 달 전에."

"……그걸 알면서도 왜 내게 알려주지 않았어? 왜 내게 면회를 왔으면서도 가르쳐주지 않았냐구?"

"차마 입을 열어 말할 수가 없었어."

현태가 비통한 목소리로 변명했다.

"어디 가면 만날 수 있지?"

나무등걸에 기댔던 머리를 들고 민우가 현태를 쳐다보았다.

"아버지가 묻힌 곳을 알고 있나?"

"알고 있어."

현태가 대답했다.

"서울에서 떨어진 공원묘지일세. 내가 장지까지 따라갔어. 가는 길을 내가 알고 있어."

"그럼 가야지."

단호한 목소리로 민우가 말했다.

"지금 그곳으로 가야지."

"지금 당장? 지금은 늦었네. 시간이 꽤 오래 걸릴 거야. 내일 아침 떠나세. 오늘은 돌아가 쉬고 내일 함께 가세."

"안 돼."

민우가 머리를 흔들었다.

"지금 떠나야 해."

더 이상 말릴 수 없다는 듯 현태가 앞장섰다. 세 사람은 서둘러 시내로 들어와 곧바로 시외로 가는 버스를 탔다. 현태가 묘지로 가는 길을 잘 알았으므로 그가 길을 잡았다. 시외버스를 탈 무렵 잔뜩 흐려진 하늘에서 후드득 성긴 가을비가 내리기 시작했으므로 세 사람은 비닐우산을 샀다. 버스에 타자 빗방울이 차창에 부딪쳤다. 제 무게를 못 견디고 굴러떨어질 만큼 알이 굵었다.

시외버스는 남서울의 외곽도로를 따라 덜컹거리며 굴러갔다.

세 사람은 말없이 차창을 스쳐가는 어둠에 묻힌 논과 들을 바라보았다. 창밖이 어두워서 자세히 보이지는 않았지만 가을걷이를 하고 난 뒤끝의 들판은 황량하게 버려져 찬 가을비를 두들겨 맞고 있었다.

묘지로 들어가는 정류장에서 세 사람은 버스에서 내렸다. 주위는 캄캄한 산야였다. 불을 밝히고 있는 것은 아무것도 없었다. 묘지로 들어가는 길을 밝혀주는 불도 없었고 오직 있는 것이라면 묘역을 관리하는 집에서 비쳐오는 불빛 하나뿐이었다.

길이 어두웠으므로 자연 현태가 앞장서서 길을 걸었다. 빛은 없었지만 시간이 흐르자 눈이 어둠에 익어 어렴풋이 주위의 경관이 떠올랐다. 완만한 산등성이로 올라가는 지름길이 있었고 그 주위로 온통 무덤뿐이었다. 무덤은 길 주위뿐 아니라 온 산을 새카맣게 메우고 있었다. 어느새 내린 가을비로 인해 길은 엉망이 되어 질척거렸다.

묘원 입구에 자리잡은 관리실로 다가가자 송아지만 한 개가 울부짖으면서 달려와 세 사람의 주위를 맴돌았다. 관리실을 지키던 묘지기가 한밤중에 비를 맞으며 나타난 세 사람을 무척 이상한 표정으로 맞아들였다.

현태가 관리실에서 향과 초를 사들었다. 소주 한 병과 마른오징어 한 마리도 사들었다. 술을 따르기 위해서 종이컵을 두 개 사들었다. 꽃이 없는 것이 유감이었다.

내친걸음으로 세 사람은 아버지의 묘를 찾아 밖으로 나왔다. 빗방울의 기운은 약해졌지만 천지 사방은 쏴아, 쏟아지는 빗소리뿐이었다. 관리실 앞마당을 밝히는 가등의 불빛 주위로 바람에 실려 흩어지는 비의 머리카락이 보였다.

"비가 너무 오는데……."

앞서 걷던 현태가 아무래도 무거운 정적이 신경에 거슬린다는 듯 공연히 입을 열어 한마디 했다.

민우 아버님의 산소는 다행히 산기슭에서 가까운 곳에 있었다. 떼를 입힌 지 얼마 안 되어 아직 뿌리가 내리지 않았는지 무덤은 흙으로 쌓아올린 봉우리 같아 보였다. 무덤도 새 것이었고 비석도 새 것이었다.

비석 앞 돌제단 위에 현태가 촛불을 밝혀 들었다. 바람이 불었으므로 양초를 종이로 싸서 종이째 불을 붙였다. 양쪽 제단 위에 양초를 세우고 내리는 비를 비닐우산으로 막았다. 사가지고 온 오징어 한 마리와 소주병 마개를 이로 따서 단 위에 놓고 향에 불을 붙였다.

격식을 몰랐으므로 민우가 먼저 향을 듬뿍 불 속에 집어넣었다. 그리고 무릎을 굽혀 절을 하려 했으나 내리는 비 때문에 풀들이 모두 젖어 있었으므로 대신 꾸벅꾸벅 선절만을 했다. 그래서 그는 묘지 앞에서 죽은 사람에게 경배를 드리는 게 아니라 마치 잘못한 죄를 고백하고 용서를 비는 것처럼 보였다. 종이를 둘둘 말아 불을 붙인 양초는 활활 햇불처럼 타올랐다.

민우는 혼자서 빈 컵에 술을 따르고 그것을 들어 자신이 마셨다.

"아버지께 한잔 드려라."

꺼지려는 불 속에 향을 집어넣으면서 현태가 말했다.

민우는 다시 빈 컵에 술을 따라서 비를 맞으며 무덤 주위를 한 바퀴 돌았다. 그리고 찢은 오징어 살점 하나를 들고 무덤의 한 부분을 뜯어 흙의 속살을 베어내고는 그 속에 술을 붓고 오징어를 구겨넣었다. 마치 그렇게라도 하면 임종을 지키지 못한 아버지의 혼백이 술을 마시고 오징어의 살점 하나를 맛있게 씹을 수 있기라도 하듯.

쏴아아.

잠시 잦아들었던 빗소리가 기마전을 하듯 일어섰다.

"내려가세요."

갑자기 민우가 다혜와 현태를 쳐다보았다.

짧게 머리를 깎은 얼굴은 온통 비로 젖어 있었다. 그러나 그는 어떤 꿈속에 잠긴 표정이었다. 슬픔의 표정도 엿보이지 않았고 눈물을 흘리지도 않았다.

"난 여기서 조금 더 있다가 가겠습니다. 관리실에 내려가 있으세요. 제가 곧 내려가겠습니다."

"같이 내려가지."

현태가 비를 맞는 그의 몸 위에 우산을 씌워주면서 넌지시 말을 건네었다.

"난 잠깐만 혼자서 떨어져 있고 싶어. 먼저 내려가 있어. 금방 내려가겠어. 다혜 씨 모시고 내려가 있어. 나 혼자서 아버님에게 할 말두 있구 말야."

"너무 오래 있진 마라."

현태가 말을 건넸다.

"가을비에 감기가 걸릴지도 모르니까."

현태가 다혜를 채근하듯 서둘러 말했다.

"내려갑시다. 그는 곧 내려올 거예요. 그를 혼자 있도록 내버
려둡시다."

깊은 가을 날씨에 비까지 뿌렸으므로 방 안은 썰렁하게 추웠
다. 우산을 썼지만 들이치는 비를 전부 막을 수는 없어서 옷이
젖어 있었다. 젖은 옷에 스며드는 한기는 몹시 날카로웠다.

현태는 추위를 막기 위해 혼자서 소주를 따라 홀짝홀짝 마시
고 있었다.

"빨리 내려와야 할 텐데."

침묵을 깨듯 현태가 창밖을 바라보면서 중얼거렸다.

"그곳에서 오래 있을 필요는 없을 텐데, 찬 가을비에 감기라
도 걸리면 어떻게 하려구."

내버려두세요.

다혜는 마음속으로 대답했다.

그를 홀로 있도록 내버려두세요. 못다 한 이야기를 털어놓도
록 내버려두고 혼자 울 수 있도록 시간을 주세요.

다혜의 눈앞에 캄캄한 무덤가에 주저앉아 울고 있을 민우의
모습이 떠올랐다.

순간 다혜는 그가 불쌍해서 그를 만나러 그의 곁으로 올라가

고 싶은 충동을 느꼈다. 올라가서 비를 맞는 그의 몸 위에 우산을 받쳐주고 싶었다. 비에 젖은 그의 머리칼을 수건으로 닦아주고 싶었다.

그러나 지금은 혼자 있게 내버려두는 것이 그를 위하는 길이다.

두 사람은 말없이 창밖을 내다보았다. 어둠 속에도 빛이 있는 것일까, 무한히 뻗어나간 산등성이에 다닥다닥 붙은 무덤들의 모습이 희미하게 드러났다. 그 무덤가 어딘가에 민우는 홀로 울고 있는 것일까. 두 사람은 캄캄한 어둠 속을 헤아려보았다.

"너무 늦는데."

오랜 침묵 끝에 현태가 답답하다는 듯 일어섰다. 그는 시계를 들여다보면서 비닐우산을 집어들었다.

"아무래도 제가 올라가서 데리고 와야겠습니다. 저녁도 못 먹은 녀석인데, 쓰러지겠습니다."

"내버려두세요."

다혜가 대답했다.

"곧 내려오겠지요."

"아, 아닙니다."

현태가 머리를 흔들었다.

"삼십 분이 지났는데요. 너무 시간이 오래 걸리는데요."

그때였다.

누군가 마당을 가로질러 걸어왔다. 민우였다. 민우는 창문 앞에서 우산을 접고 드르륵 문을 열고 안으로 들어왔다. 그는 흠뻑 비에 젖어 있었다. 무릎에 흙물이 묻었고 젖은 머리칼이 이

마를 뒤덮고 있었다.

"오래 기다렸지요?"

민우는 엉성한 목소리로 다혜를 쳐다보았다.

"자, 이젠 돌아갑시다. 아버지에게 작별 인사를 드렸으니까요."

낯익은 골목으로 접어들자 민우는 잠시 발길을 멈추었다. 꼬박 사 개월 만에 집으로 돌아오는 길이었다.

아버님의 산소에 들렀던 현태, 다혜와 헤어져 홀로 돌아오는 길이었다. 집까지 바래다주겠다는 현태의 말을 한사코 뿌리치고 민우는 그들과 헤어져서 홀로 집으로 돌아왔다.

비는 이미 그쳤다. 담 높은 주택가의 언덕길은 내린 비로 질 퍽하게 젖어 있었다. 가로등의 불빛이 비 내린 포도 위에 번질 번질 흘렀다.

이십 년 동안 계속 살아왔던 집을 찾아가면서도 민우의 마음 은 착잡한 불안으로 설레었다.

이제는 기다려줄 사람이 없는 것이다. 그를 가장 반갑게 맞아 줄 아버님은 이제 영영 다시는 만날 수 없는 지하에서 한 조각 의 뼈로 묻혀 있을 뿐이다. 아버님이 안 계신 대신 어머니가 집 에 없는 것은 아니나 왠지 민우는 발걸음이 무거웠다. 구치소에 있는 사 개월 동안 민우는 단 한 번도 어머니에게서 전갈을 받 아본 적도 없었으며 어머니가 면회를 온 적도 없었음을 상기했 다. 아니다, 면회를 기다리지는 않았다. 어머니는 내게 아버지의 별세 소식조차 알려주지 않았다.

아아.

언덕길을 오르면서 민우는 중얼거렸다.

어머니는 나를 더 이상 자식으로 취급하지 않으려는 것일까. 어머니는 나를 더 이상 가족의 일원으로 생각지 않고 어떻게 해서든 제외시키려 하는 것은 아닐까.

그러나 어쨌든.

민우는 약해지려는 마음을 향해 준엄하게 꾸짖었다.

너는 어머니의 아들이다. 비록 피는 섞이지 않았다 해도 어머니는 너를 키워주셨다. 너를 미워하고 증오한다손 치더라도 어머니는 너의 어머니다.

민우는 짐짓 마음을 달래기 위해서 휘파람을 불어 소리쳤다. 마치 가벼운 외출에서 돌아오는 것처럼.

골목을 돌아 집으로 오르는 계단 위에 서서 민우는 담 너머의 나무들이 모두 잎이 지고 못 보던 사이에 앙상하게 여윈 것을 보았다. 조카들은 어떻게 되었을까. 미국으로 건너간 형님이 그때 아이들을 데리고 갔을지도 모른다.

어린 조카들의 모습을 떠올린 순간 민우는 힘이 솟았다. 그 아이들을 위해 아무런 선물도 준비하지 못한 빈털터리의 슬픔보다도 그 아이들을 만날 수 있다는 기쁨이 훨씬 강하게 용솟음쳐 올랐다.

민우는 초인종을 눌렀다. 그제야 집으로 돌아온다는 기쁨과 환희가 파도처럼 밀려왔다. 민우는 초인종을 계속 눌렀다.

어째서 안에서 응답이 없는 것일까. 민우는 그것이 이상하게 느껴졌다. 그보다도 집에 돌아와 문 앞에 서기만 해도 미친 듯이 짖으며 반가워하던 셰퍼드의 울부짖는 소리도 어째서 들려오지 않는 것일까. 그새 내 냄새를 잊어버리고 내 존재마저 잊어버린 것일까.

간신히 안에서 인기척이 있었다.

"누구세요?"

신발을 끄는 소리가 나더니 아직 문을 열지 않고 안에서 몹시 경계하는 어린 소녀의 목소리가 흘러나왔다.

"나야."

민우는 무심코 대답했다.

"……나가 누구세요?"

잠시 뜸을 두었다가 소녀가 여전히 불안한 목소리로 되물었다.

"나라니까. 나 민우야."

순간 민우는 그 소녀의 목소리가 한 번도 듣지 못했던 낯선 목소리라는 사실을 깨달았다.

그 사실을 깨달은 순간 민우는 섬뜩한 공포를 느꼈다.

뭔가 어색하고 어딘가 낯선 분위기가 느껴졌다. 분명 집은 옛 그대로의 집이었지만 집 안의 분위기는 왠지 생경했다.

"어른들 안 계시냐?"

"……아무도 안 계시는데요."

"문 좀 열어봐라."

"누구신데요?"

난감해진 것은 민우였다. 민우는 주머니에 손을 찌르고 우두커니 서 있었다.

"······도대체 누굴 찾아오신 거예요?"

그제야 감이 잡혔다는 듯 소녀가 앙칼지게 말을 쏘았다.

"아저씨는 집을 잘못 찾아오셨다구요. 우리 한 달 전에 이 집으로 이사왔다구요. 아저씬 그러니까 먼저 살던 집을 찾아오신 거지요? 그렇지요? 먼저 살던 사람이 이사간 것을 모르구 우리 집으로 찾아오신 거지요? 그렇지요?"

민우는 소녀의 말을 듣는 순간 모든 것들이 확연해지는 느낌을 받았다.

그래. 그새 어머니는 집을 옮겼다. 어디론가 이사를 가버리셨다.

어떻게 이럴 수가 있단 말인가. 짧다면 아주 짧은 불과 사 개월 사이에 아버님이 돌아가셨으며 어머니는 집을 팔고 이사를 했다. 나는 이제 한꺼번에 아버님과 집을 잃어버린 고아가 되고 말았다.

민우는 돌연 공포를 느꼈다. 그는 이 세상에 자기 혼자 버려진 것 같은 두려움을 느꼈다.

"아가씨, 아가씨."

민우는 크게 소리를 질렀다.

어제까지는 내 집이었지만 이제는 남의 집이 되어버린 저 두꺼운 문 안에서 벌어지고 있는 낯선 세계의 단절된 침묵을 향해서.

"······말씀하세요."

마음의 여유를 찾은 듯 어린 소녀는 다소 장난기 어린 목소리로 대답했다.

"그럼 어디로 이사갔는지 모르세요? 먼저 살던 사람들이요."

"모르겠는데요."

소녀는 확신을 갖고 대답했다.

"강남의 무슨 아파트로 이사를 가셨다는데. 한번 동회에 가서 알아보세요. 그곳에 가면 신고가 되어 있을 테니까요."

민우는 맥없이 돌아섰다.

"……고마워요, 아가씨."

민우는 주머니에 손을 찌르고 언덕길을 내려왔다. 골목으로 꺾어지기 전에 민우는 이제는 남의 집이 되어버린 담 높은 집을 돌아보았다.

지금쯤 정원엔 낙엽이 가득 쌓여 있겠지.

─민우야, 낙엽 좀 쓸어라.

거실에 앉아 파이프를 태우던 아버지의 목소리가 귓가에 들려온다.

─내버려두세요. 쓸어도 쓸어도 또 떨어지는데요, 뭘.

─이 녀석아. 그렇담 먹어도 먹어도 배고픈 밥을 뭣 땜에 매일같이 먹느냐.

지금쯤 잔디밭 정원 위엔 수북이 낙엽이 쌓여 있을 것이다. 석등에 켜진 불빛이 누렇게 빛바랜 잔디밭 위에 검(劍)처럼 빛나고 있겠지.

지금은 남의 집, 들어갈 수 없는 남의 정원이 되었듯 아버님은 남의 나라, 남의 세계에서 이렇게 말하고 계실까.

—민우야, 낙엽 좀 쓸어라.

골목길을 벗어나 큰 거리로 나와서 민우는 어디로 갈까 망설였다.

내겐 돌아갈 집이 없다.

민우는 불을 밝히고 미친 듯이 달려가는 차들의 헤드라이트 속에 묻혀서 우두커니 서 있었다. 소녀는 어머니가 강남의 무슨 아파트로 이사를 갔노라고 말해주었다. 그러나 그것만으로 어떻게 새로 이사간 집을 찾아갈 수 있단 말인가.

끊겼던 비가 세우(細雨)가 되어 안개처럼 자욱이 흩뿌렸다. 장충동 공원의 숲이 수은등 불빛 속에 짐승처럼 웅크리고 잠들어 있었다.

이제 나는 어디로 가야 할 것인가.

밤이 깊어지자 한기가 으슬으슬 뼛속까지 스며들었다. 민우는 현태의 얼굴을 떠올렸다. 그의 하숙방을 찾아가는 길이 최선의 방법이라는 생각이 머리를 때렸다. 민우는 안개비가 흩뿌리는 거리로 못 이기는 체 나섰다. 그리고 빨리 걷기 시작했다.

버스를 타고 현태의 하숙집에 도착하기까지 계속해서 비가 내렸다.

비가 조금 내리면 질퍽질퍽 진흙길이 되고 마는 골목을 지나 민우는 현태의 하숙집으로 들어섰다. 하숙집 대문은 언제나 그러하듯 활짝 열려 있었다. 다행히 현태의 방엔 불이 켜져 있었다.

드르륵 방문을 열어젖히자 이불을 덮고 누워 있던 현태가 놀란 눈으로 민우를 쳐다보았다.

"웬일이냐, 피리 부는 소년."

현태는 말없이 문 밖에 서 있는 민우를 바라보았다. 그는 엉망으로 젖어 있었다.

"집이 없어졌어."

민우는 중얼거리듯 말했다.

"돌아갈 집이 없어졌어."

"어쨌든 들어와라. 밤새 그곳에 서 있을 참이냐?"

현태는 벽에 걸린 수건을 꺼내어 그에게 내밀었다. 그는 젖은 신발을 벗고 방 안으로 들어섰다. 온몸에서 뚝뚝 물이 흘렀다.

그는 젖은 옷을 벗고 알몸이 되었다. 수건으로 젖은 머리와 얼굴을 닦았다. 그러고 나서도 그는 몹시 추운지 이가 마주치도록 몸을 덜덜 떨었다. 입술이 파랗게 질렸고 온몸이 사시나무처럼 떨렸다.

"이불 속으로 들어와라. 그러면 곧 몸이 따뜻해질 거야."

현태가 문을 닫았다. 민우는 따뜻한 이불 속으로 파고들었다.

"마시던 소주가 어디 있을 텐데……."

혼잣말로 중얼거리면서 현태가 방구석에서 마시다 반쯤 남은 소주병을 들고 왔다. 그는 병째로 민우에게 내밀었다.

"마셔라, 그럼 한결 추위가 가실 것이다."

민우는 소주병을 나발 불었다. 서너 모금에 목이 메어 기침이 터져나왔다.

"도대체 어디서 오는 길이냐?"

조금씩 온기가 돌자 민우의 몸은 안정을 찾기 시작했다.

"집이 없어졌어. 어디론가 이사를 가버렸어."

겨우 얼굴만 내어밀고 온몸을 이불로 둘둘 말아 누운 자세로 민우는 천장을 바라보았다.

그는 조금 전에 있었던 일들을 천천히 털어놓았다. 둘이 누우면 돌아누울 자리조차 없을 정도로 좁은 방이었으므로 현태는 걸상에 앉아서 민우를 내려다보며 그의 얘기를 끝까지 들었다.

"그래서 왔어."

민우가 미안한 듯 낯을 붉혔다.

"생각나는 것은 너밖에 없었어. 그래서 널 찾아왔어. 미안해."

"미친 녀석."

가볍게 웃으며 현태가 말했다.

"몇 날 며칠이구 널 먹여주고 재워주마. 집을 찾을 때까지."

"집을 찾을 수 있을까?"

진지한 표정으로 민우가 물었다.

"그럼, 이 자식아. 새로 이사간 집이야 찾기 쉽지. 가족들이 그렇다면 땅 속이나 구름 위로 숨어버렸단 말이냐?"

"난 말이야. 난 어머니가 말이야, 날 피해서 종적을 감추고 어디론가 먼 곳으로 이사를 가버린 것 같은 느낌을 받았다구. 내가 귀찮아서 말이야."

"널 귀찮아 해서?"

현태가 말을 잘랐다.

"어머니가 왜 널 귀찮아 해? 어머니가 왜 널 피해?"

"그냥 그런 생각이 들었어."

맥없는 목소리로 민우가 말했다.

"이 자식아. 피리 부는 소년. 어쩌면 이랬을 거야. 아직도 채권자들이 집을 찾아 쳐들어올지도 모른다. 그러니까 이사갈 때도 새로 갈 집의 주소를 가르쳐주지 않고 떠났을지도 몰라. 동회에도 신고를 하지 않았을지도 모르지, 맞았지, 내 말이 맞았지? 틀림없이 그럴 거야. 너를 피하기 위해서, 네가 귀찮아서 그런 것이 아니라 다른 사람들을 피하기 위해서 그런 거야. 피리 부는 소년, 자라, 자거라. 내일이라도 내가 이사간 새 집을 찾아주마. 그건 내일 문제고 오늘은 우선 편히 눈붙이고 잠이나 자두는 게 좋아."

"난 졸려. 졸려 죽겠어."

눈을 감고 민우가 중얼거렸다.

"눈이 무겁게 가라앉아. 잠이 쏟아져와."

"안심하고 잠들어도 돼."

"여기가 어디지?"

불쑥 민우가 눈을 떴다.

"아, 현태의 방이었군. 난 감방 속이라고 착각했어. 두꺼운 방 저편으로 걸어가는 간수들의 발걸음 소리. 같은 감방 안에서 잠든 죄수들의 기침 소리……."

"자."

현태가 방의 불을 껐다.

"안심하구 자거라, 피리 부는 소년."

"아버진 불쌍하게 돌아가셨어…… 저 소리가 무슨 소리지……."

쏴아아— 알이 굵어진 빗소리가 자욱이 들려왔다. 바람에 실려다니는 빗방울이 이따금 창문을 두들겼다. 온 천지 사방에 빗소리뿐이었다.

"빗소리야. 아무 소리도 아냐. 자라구."

"아, 빗소리군…… 오랜만에 들어보는…… 비…….”

민우의 입에서 차차 말이 줄어들었다. 그러고는 이내 잠잠해졌다. 현태는 말없이 그의 잠든 모습을 내려다보았다. 그의 숨소리가 규칙적으로 흔들렸다.

이제야 간신히 잠의 문턱을 넘어선 모양이었다. 그러나 조금이라도 몸을 움직여 작은 소리라도 낸다면 금세 잠이 깰 것 같아 현태는 한참을 그대로 앉아 있었다.

민우의 숨소리에 가늘게 콧소리가 섞이기 시작했다.

"어이."

현태가 낮은 목소리로 그를 불러보았다.

"어이, 피리 부는 소년."

그의 숨소리는 그대로 일정하게 흔들리고 있었다. 이제야 완전한 잠에 빠져들었다. 이제야 깊은 잠에 안심하고 잠겨들었다.

현태는 불을 켰다. 밝은 불빛 아래 곤히 잠든 친구의 얼굴이 적나라하게 드러났다.

짧은 머리, 야윈 얼굴.

집을 잃고 불안과 공포 속에 울며 찾아온 친구의 가엾은 얼굴이 밝은 불빛 아래 수술대 위의 환자처럼 누워 있었다.

이제 그는 어떻게 될 것인가. 이제 이 가엾은 친구는 어디로 가게 될 것인가.

현태는 가엾은 친구의 머리에 베개를 받쳐주었다.

—잘 자라, 피리 부는 소년.

현태는 그의 얼굴을 보며 속마음의 말을 속삭였다.

그는 세상 모르고 잠들어 있었다. 마치 어려운 시절이 닥쳐올 것을 모르고 마루를 구르며 노는 켄터키 옛집의 검둥이처럼.

—어려운 시절이 닥쳐온다고 해도……

현태는 팔베개를 하고 친구 옆에 나란히 누웠다.

—오늘은 잘 쉬어라. 오늘은 곤히 잠들어라.

댓돌 아래로 떨어지는 낙수 소리가 아우성치는 빗소리 속에서도 일정하게 작은 북소리처럼 들려왔다. 수챗구멍으로 쏟아지는 빗소리가 콸콸콸콸 퍼부어내렸다.

죽음보다 깊은 잠에서 민우가 깨어난 것은 다음 날 한 시가 훨씬 지난 시간이었다.

방 안으로 눈부신 햇살이 쏟아져 들어오고 있었다. 간밤에 줄기차게 내렸던 비로 햇빛은 유난히 찬란하고 눈이 부셨다.

민우는 벌떡 일어나 앉았다.

현태는 아침 강의가 있어 먼저 학교로 들어간 모양이었다. 곤히 잠든 친구를 깨우지 않기 위해서 발소리도 내지 않고 그대로 학교로 간 모양이었다. 머리맡엔 손도 대지 않은 하숙집 밥상이 그대로 놓여 있었다.

밥상 위에 메모지가 있었다.

곤히 잠들어서 깨우지 않고 학교로 간다. 깨는 즉시 밥을 먹고 학교로 오너라. 강의 시간표를 보고 나를 찾아오너라. 옷은 네가 필요한 대로 꺼내 입고 칫솔도 쓰고 싶으면 쓰거라.

민우는 방문을 열었다.

찬란한 햇살이 염치도 없이 문틈을 비집고 헤쳐들어왔다. 마치 성능이 좋은 화염 방사기처럼. 이미 늦은 시간이었으므로 하숙생들은 모두 학교로 부지런히 올라갔는지 하숙집 뜰은 텅 비어 있었다.

민우는 왕성한 식욕을 느꼈다. 그는 밥상에 있는 반찬과 밥을 모두 비웠다. 김치 한 조각도 남기지 않았고 콩자반 한 알도 남기지 않았다.

그것은 감방에서 터득한 새로운 식사법이었다. 밥을 먹고 나서 민우는 벽에 걸린 현태의 옷 중에서 자신에게 맞을 만한 옷을 골랐다. 체격은 비슷했지만 입는 옷의 모양이나 빛깔들은 정반대였다. 현태의 옷들은 점퍼 스타일이나 작업복 스타일의 옷이 대부분이었다. 민우는 군복 모양의 점퍼를 걸쳐 입었다. 그리고 거울 앞에서 자신의 얼굴을 비춰 보았다. 손으로 헝클어진 머리칼을 가리마질 하고 얼굴을 문질렀다.

오랜만에 학교를 볼 수 있다는 기쁨으로 그의 가슴은 두방망이질쳤다. 학교로 들어가 캠퍼스를 보고 활기에 넘치고 생기에 가득 찬 학생들을 본다는 기쁨에 들떠 민우는 휘파람을 불면서 머리를 정성들여 빗었다.

비록 지금 현재는 휴학한 학생의 신분이긴 했지만 학교로 돌아가 반년 만에 다정했던 친구들과 교수님들을 만나고, 포르말린에 넣어 보관한 죽은 사람들의 시체를 해부하던 지하 강의실도 들러볼 수 있으리라는 기쁨으로 민우의 가슴은 어린아이처럼 뛰었다.

그들은 내게 손을 내밀면서 이렇게 말하리라.

"오랜만이야, 민우. 어디 갔었어?"

"오랜만인데, 웬일이야? 어떻게 된 거야? 지난여름엔 왜 진료반에 끼지 않았지?"

아아. 여전할까.

아래 운동장에서는 아직도 체육복 차림의 운동선수들이 소리를 지르면서 볼을 차며 달리고 있을까.

노천강당에서는 모여서 응원 연습하는 학생들의 고함 소리가 들려오고 있을까.

아아, 여전할까. 해마다 신학기면 떼지어 구호를 외치면서 머리에 띠를 두르고 고함쳐 외치던 학생들의 시위 소리도 여전할까.

강당 뒤편 잔디밭에 앉아 있을 때면 들을 수 있던, 강당 쪽에서 발성 연습하는 성악과 학생들의 노랫소리도 들려오겠지.

아아 아아아. 아아 아아아. 아아 아아아.

여전할까. ROTC 학생들은 지금도 목총을 둘러메고 노래를 부르면서 학교 운동장을 오가고 있을까.

눈을 들어 눈을 들어 앞을 보면서,

산도 넓고 물도 섧은 이 강산 위에……

단추를 여미는 민우의 마음은 성급하게 떨렸다.

아아, 그리고 다혜를 만날 수 있으리라.

아아, 지난봄, 꽃피는 봄의 잔디밭에서 우리는 처음 만났다. 지금은 잎 지는 가을이지만 다혜는 아직도 그 강의실에 앉아 있을 것이다.

그녀를 만날 수 있으리라.

민우는 서둘러 신발을 신고 뛰듯이 현태의 하숙집을 나왔다. 학교로 들어가는 길은 활기 넘친 학생들로 가득했다. 가을 한낮의 햇살은 간밤에 내린 비로 은가루처럼 온누리를 채색하고 있었다.

민우는 오랜만에 거니는 캠퍼스의 풍경을 마주본 순간 가슴이 미어질 것 같은 기쁨을 느꼈다. 캠퍼스 안의 모든 풍경들은 생동하는 젊음과 생의 열기로 살아 있었다.

지난 몇 개월 동안 마주했던 철창 안의 감방생활이 늪처럼 썩어 죽어 있는 풍경이라면 오랜만에 마주하는 교정의 풍경은 싱싱하게 약동하고 살아 움직이는 풍경이었다.

나무 벤치마다 학생들은 앉아서 잡담을 나누고 있었고 겨울 채비를 차리는 여학생들의 옷차림은 원색의 물결이었다. 낙엽이 내려 쌓인 교정의 잔디밭은 학생들로 만원을 이루었다.

민우는 그들 옆을 지나서 그 언젠가 다혜를 처음 만났던 도서관 앞 분숫가를 천천히 지났다. 싱싱하게 솟구쳐오르던 분수의 물은 멈춘 지 오래되었고 분숫가의 물도 말랐다. 헐벗은 인어 아가씨의 반신상이 가을 햇볕 속에 참따랗게 드러났다.

분숫가를 빙 둘러 만들어놓은 등나무의 잎새도 떨어진 지 오래여서 그처럼 여름 내내 인기가 있던 분숫가의 광장은 오히려 인적이 뜸했다.

민우는 빈 벤치에 앉았다. 바람에 날린 마른 잎새 하나가 얼굴을 스치고 떨어졌다.

수많은 학생들이 그의 곁을 스쳐 지나가고 캠퍼스의 정원은 학생들로 가득했지만 그 많은 학생 중에서 아는 얼굴은 단 한 사람도 만나지 못했다. 따로 떨어진 의과대학을 찾아간다면 심심찮게 아는 학생들을 만날 수 있으리라.

문득 민우는 다혜를 만나고 싶었다.

그녀를 만나는 것은 어렵지 않으리라.

문과대학 앞 게시판에는 학과별 강의 시간표가 붙어 있을 것이므로 그것을 보면 다혜의 강의실을 찾을 수 있을 것이다.

민우는 다혜를 만나고 싶은 욕심으로 벤치에서 일어나 빠르게 문과대학 건물 앞으로 걸어올라갔다. 어두컴컴한 벽보판 앞에 서서 민우는 지금 다혜가 있을 강의실을 확인해보았다.

지금은 점심시간을 앞둔 4교시가 거의 끝날 시간이었다.

민우는 시계를 들여다보았다. 그 시계는 형이 미국으로 떠나기 전에 그에게 준 시계였다. 시계뿐 아니라 반지를 주면서 형은 이렇게 말했다.

"갖고 있거라. 언젠가는 돈이 필요하게 될지도 모른다."

강의가 끝나려면 아직도 십여 분 남아 있었다.

민우는 이곳에 서서 다혜를 기다리기보다는 문과대학 잔디밭에 누워서 그녀를 기다리는 편이 나으리라 생각했다. 강의실 앞에서 어린애처럼 초라하게 그녀를 기다리는 것보다는 잔디밭 위에서 그녀를 만나는 편이 훨씬 당당하리라는 생각이 들었다.

어쩌면 이렇게 가장할 수도 있으리라.

잔디밭 위에서 만나게 된다면 다혜를 만나기 위해 그곳에서 기다린 것이 아니라 우연히 현태를 만나서 학교에 놀러왔다가 정말 우연히 다혜를 만나게 되었다는 태연스러운 거짓말로 자신의 초라한 처지를 위장할 수도 있을 것이다.

민우는 지하 계단을 올라 대학 앞 잔디밭 위에 앉았다.

하늘은 거울처럼 맑았으며 구름 한 조각 없었다. 노랗게 빛바랜 잔디밭 위엔 시든 토끼풀들이 떼지어 자라고 있었다. 여름 내내 네잎 클로버를 찾기 위해 그곳을 찾아오던 학생들의 발길도 멈춘 지 오래였다. 민우는 담벼락에 몸을 기대고 비스듬히 누워서 휘파람을 불었다.

꽁지까지 붉은 고추잠자리 한 마리가 어디선가 날아와 잔디밭 위에 잠시 지친 몸을 쉬었다. 잡으려 손을 내민 순간 잠자리는 퍼드득 날개깃을 펴면서 허공으로 날아가버렸다.

그 언제인가, 새학기 초 저 잔디밭 옆 언덕길에서 민우는 자전거를 타고 가다 한 여학생을 쓰러뜨렸다. 넘어지는 순간 그녀의 손에 들린 책과 노트, 핸드백이 한꺼번에 내팽개쳐 흩어졌다.

미안하다고 사과를 하고 주섬주섬 흩어진 책과 노트를 줍는
동안 그녀는 마치 그것이 자신의 죄인 것처럼 얼굴을 붉히고 몸
을 떨었다. 사과의 인사도 채 할 겨를 없이 황황히 그녀가 사라
지고 났을 때 잔디밭에서 미처 챙기지 못한 그녀의 손수건과 수
첩을 발견했다.

　그때였다.

　짧은 회상에 잠긴 민우의 귓가에 수업이 끝나는 벨소리가 들
려왔다. 미리 끝난 학생들이 부리나케 계단을 내려오고 있었다.

　민우는 쏟아져나오는 학생들을 지켜보았다.

　4교시 다음 시간은 점심시간이었으므로 일단 학생들은 건물
밖으로 빠져나올 수밖에 없었다. 도시락을 싸오는 학생들을 빼
놓고는 모든 학생들이 점심을 때우기 위해서 식당과 매점을 찾
아 뿔뿔이 흩어질 수밖에 없었다.

　무서운 기세로 쏟아져나오던 학생들의 대열은 곧 잦아들었다.

　남학생들 다음으로 여학생들이 떼지어 무어라고 떠들면서 복
도를 나서고 있었다.

　그때였다.

　분홍빛의 밝은 색조가 어두운 회랑 안에서 펄럭였다. 다혜였다.

　팔베개를 하고 누웠던 민우는 순간 몸을 일으켰다. 민우의 생
각은 정확했다.

　분홍빛 스웨터를 입은 다혜가 뒤늦게 회랑 안에서 나타났다.
거센 학생들의 물결이 사라지고 난 뒤 다혜는 한 사람의 말동무
도 없이 혼자 컴컴한 낭하를 걸어 햇빛 가득한 교정으로 나서고

있었다.

　민우는 일어나 그녀 앞으로 달려가고 싶었지만 순간 멈칫거리면서 물러나 앉았다. 도저히 다혜 앞으로 나설 수가 없을 것 같았다. 민우는 자신이 부끄러웠다. 잔디밭에서 그녀가 수업을 마치고 나올때까지 기다리는 자신의 꼬락서니가 창피하고 부끄러웠다.

　민우는 행여 그녀가 자신의 모습을 발견할까 잔디밭 위에 구르는 학교 신문을 들어 얼굴을 가렸다. 마치 시간이 남아 배포된 학교 신문을 읽는 학생처럼.

　다혜의 모습은 계단을 지나서 교정을 가로질렀다. 숨어서 그녀가 나오기를 지켜보던 민우의 존재를 발견하지 못한 듯 다혜는 식당 쪽으로 천천히 걸어갔다. 그녀의 분홍빛 스웨터가 잎진 수목 사이로 어른거리면서 사라졌다.

　민우는 순간 자리에서 벌떡 일어섰다.

　내가 왜 이럴까.

　내가 어째서 이렇게 용기 없고 나약한 사람이 되었을까. 어째서 사랑하는 그녀를 보면서도 차마 입을 열어 그녀의 이름을 불러 가는 걸음을 멈춰세우지 못했을까.

　그녀를 만날 수 있다는 기쁨으로 한걸음에 캠퍼스로 달려오지 않았던가. 그런데 왜 그녀 앞에 나서지 못하고 오히려 자신의 모습을 숨기고 말았던가.

　민우는 일어서서 미친 듯이 잔디밭을 뛰었다.

　분홍빛 스웨터는 이미 식당 쪽으로 사라져버리고 없었다. 조금이라도 빨리 달려가 그녀의 모습을 찾아야 한다는 초조한 마음으로 민우는 교정을 뛰어서 식당으로 달려갔다.

한꺼번에 밀어닥친 학생들로 식당은 만원이었다.

민우는 미친 듯이 식당 안을 맴돌았다. 식권을 사든 학생들은 조금이라도 남들보다 먼저 우동을 먹기 위해서 몰려들었다.

앉을 자리는커녕 발 디딜 틈도 없어서 서서 먹는 사람도 많이 보였다. 그러나 그 많은 학생들 중에서도 다혜의 분홍빛 스웨터는 보이지 않았다.

그새 어디로 간 것일까. 식당이 아니라면 학생회관으로 간 것일까.

민우는 식당을 나와 학생회관 로비로 달려갔다.

만나야 한다. 만나지 않으면 나는 영영 비겁하고 초라한 놈으로 전락하고 말 것이다.

나는 그녀를 만나고 싶었으면서도 그녀를 무서워했다. 만나기를 원했으면서도 그녀를 피했다. 이제 그녀를 만나지 못한다면, 그녀를 찾아 그녀 앞에 내 부끄러움을 고백치 못한다면 나는 영영 그녀 앞에 나설 수 없게 될지도 모른다.

그러나 어느 곳에서도 다혜의 모습은 보이지 않았다. 넓은 중앙 홀에서도, 휴게실에서도 다혜의 모습을 찾을 수 없었다.

마침내 그 어느 곳에서도 다혜를 찾을 수 없다는 절망을 느낀 순간 민우는 학생회관 로비 앞 소파에 주저앉았다. 그는 두 손으로 얼굴을 가리고 오랫동안 침묵 속에 잠겼다.

나는 이제 더 이상 학생이 아니다.

나는 이방인에 불과하다. 나는 문과대학 앞 잔디밭에 앉아 있을 수는 있겠지만 더 이상 학생은 아니며, 나는 식당과 학생회관을 걸어다닐 수 있지만 더 이상 학생은 아닌 것이다.

다혜를 차마 입 밖으로 소리 질러 불러세우지 못했던 것은 네가 용기가 없었기 때문이 아니다. 너는 전과자가 아닌가. 너는 학교에서도 쫓겨난 것이나 마찬가지다.

남의 옷을 빌려 입은 더러운 폭행의 전과를 가진 추악한 녀석이다. 너는 가족을 잃었으며, 너는 고귀하고 순결한 다혜 옆에 감히 나설 수 없는 천민이다. 이제 와서 무엇을 어떻게 하려는가.

민우는 맥없이 교정에서 도망쳐나왔다. 그는 부끄럽고 누구를 만날까 두려웠다.

그는 학교 앞 로터리에 있는 금은방으로 들어갔다. 민우는 차고 있던 시계를 풀어 상점 주인 앞에 내놓았다. 민우는 몹시 진땀을 흘리고 있었다.

"이것을 팔겠습니다. 얼마쯤 주시겠습니까?"

아주 작은 상점이었다.

귀금속과 시계류를 취급하지만 본격적인 고가의 상품은 취급하지 못하고 기껏해야 중고 시계나 수리해서 팔거나 인근 주민들에게 은수저나 돌반지를 팔아 운영하는 허름한 상점이었다.

상점 주인은 민우가 끌러 내민 시계를 말없이 들여다보았다. 당황한 것은 오히려 상점 주인 쪽이었다. 그는 말로만 듣던 고가품 시계를 처음 본 듯 주의깊게 살펴보았다.

"이봐요, 이 시계가 분명 학생 것인가요?"

믿어지지 않는다는 말투로 사내는 민우를 노려보았다.

"제 시곈데요."

"학생이 이처럼 값비싼 시계를 차고 다닐 필요가 없을 텐
데……."

아무래도 믿을 수 없다는 듯 사내는 의심의 표정을 풀지 않
았다.

"도대체 얼마 받기를 원하지요?"

아무래도 민우에게서 범법자의 모습은 찾을 수 없어서 다행
이라는 표정으로 사내는 딱딱하게 물었다.

민우는 난처했다. 그는 미국으로 떠나기 전에 형님이 끌러주
고 간 이 시계가 그처럼 난감한 물건이라고는 생각지 않았다.
민우는 우물쭈물거렸다.

"받고 싶은 금액을 말해봐요."

"……모르겠습니다."

더듬거리면서 민우가 대답했다.

"사고파는 시세야 아저씨가 더 잘 알 것이 아니겠습니까?"

거래에 숙맥인 민우의 표정에 단박 안심의 표정을 지으면서
사내가 잘라 말했다.

"백만 원 드리겠소. 더 이상은 한푼도 줄 수 없소."

민우는 대답 없이 우두커니 서 있었다. 그는 이 사내가 자신
을 시험해보고 있음을 잘 알았다. 받아야 할 금액은 훨씬 많을
것이다. 사내의 표정으로 보아 그 이상을 받을 수 있을지도 모
른다.

사내는 일단 딱 반으로 잘라서 거래의 흥정을 시작한 셈이다. 그러나 나는 사내와 쓸데없는 신경전을 하고 싶지 않다. 더 많이 받기 위해서 슬쩍 값을 올려보거나 팔고 싶지 않은 체 시계를 들고 가게를 나서는 제스처를 취해보고 싶지는 않다.

　"주세요."

　선선히 민우가 대답했다.

　"그렇게 셈을 치러주세요."

　당황한 것은 사내였다.

　상대방이 이렇게 선선히 나오리라고는 생각지 않았는지 사내는 몹시 당황해하면서 낯을 붉혔다.

　혹시 마음이 변할까 두려운 듯 사내는 캐비닛을 열어 즉시 돈을 꺼내 세어주었다. 사내는 돈을 세고 또 세었다. 그리고 그 돈을 민우에게 내밀었다. 민우는 말없이 돈을 받아 주머니에 찔러넣었다.

　"몹시 급한 데가 있는 모양이지."

　혼잣말로 사내가 중얼거렸다. 말없이 민우는 상점을 빠져나왔다. 그는 거리에 내리쬐는 한낮의 태양이 몹시 부끄러웠다.

　그는 자기가 이 세상에 태어나서 처음으로 가지고 있는 물건을 팔았다는 사실을 깨달았다. 그는 돈의 부족함을 모르고 지내왔다. 자기 스스로 돈의 필요성 때문에 가진 물건을 판 것은 이것이 처음이었다. 몹시 비참하고 수치스런 생각이 들어 골목길로 접어들어서 한참을 걸었다.

　얼마 안 있어 이 돈도 떨어질 것이다. 그렇게 되면 무엇을 팔게 될 것인가. 반지를 팔게 될 것이다. 그다음엔 무엇을 팔게 될 것인가. 그다음엔 아무것도 없다. 아무것도 가진 것이 없는 빈 손이다. 오오, 그다음엔 사람들 앞에 그 빈손을 내밀어 구걸하게 될지도 모른다. 굶주린 배를 채우기 위해서.

그러나 내일을 무서워할 필요는 없다.

민우는 짐짓 가벼운 마음으로 위장해서 휘파람을 불며 지하철 계단으로 내려갔다. 그는 인천으로 가는 티켓을 샀다. 그는 인천에 있던 공장이 어떻게 되었을까 직접 눈으로 보고 싶었기 때문이었다.

한낮의 지하철은 한산했다. 곧 지상으로 떠오른 지하철 의자에 앉아서 민우는 창밖을 내다보았다.

찾아가는 인천의 공장은 아버지와의 추억이 가장 많이 남아 있는 곳이었다.

아버지가 맨손으로 고철을 모아서 그것으로 공장을 세웠으며 마침내 기업을 일으킨 곳이었다. 그래서 아버지는 조금이라도 마음이 편치 않거나 몸이 피로하면 차를 타고 인천 공장으로 달려가곤 했다. 아버지는 그곳 고철더미에 앉아서 생선회를 안주 삼아 소주를 드는 것을 유일한 즐거움으로 삼았다.

어떻게 되었을까. 인천의 그 공장은. 그 공장마저도 폐허가 되어버렸을까. 아무도 돌보는 이 없는 황폐한 빈터가 되어버렸을까.

민우는 여러 가지 생각을 떠올리며 지하철에서 내렸다. 지하철을 타고 이곳까지 온 것이 처음이었으므로 지리가 좀 낯설었다.

거리는 각종 공장에서 뿜어대는 매연과 소음으로 시끌시끌하고 혼탁했다. 불어오는 바람 속에 바다 냄새가 섞여들었다.

골목을 돌아 공장 정문 앞에 섰을 때 민우는 믿을 수 없는 풍경에 충격을 받았다. 공장은 활기차게 움직이고 있었다. 막연히 돌보는 사람 없이 쓰레기하치장처럼 버려졌을지도 모른다고 믿었던 공장은 사람들로 들끓었고 상당한 활기로 흘러넘쳤다.

그러나 정문 옆에 내걸린 공장의 이름은 민우가 알던 이름이 아니었다. 새로운 주인, 새로운 경영주에 의해서 이름이 바뀌었는지 민우가 알던 간판은 내려져 없어지고 그 자리에 새로운 간판이 붙어 있었다.

민우는 넋을 잃고 앞에 서서 공장 안을 들여다보았다.

공장 뜰엔 규격대로 자른 고철들이 엄청나게 쌓여 있었다. 공장 안에서는 온몸을 벗어부친 작업부들이 펄펄 끓는 용광로에서 쇳덩어리를 꺼내 제련하는 것이 보였다.

정문은 활짝 열렸지만, 차량만은 함부로 들어설 수 없도록 철책 저지선이 늘어져 있었다.

민우는 주머니에 손을 찌르고 정문 앞으로 다가서보았다. 어떻게 되었을까 하는 궁금한 마음으로 찾아오긴 했지만 차마 들어설 수는 없는 기분이었다.

그때였다. 누군가 민우의 곁으로 다가오면서 소리쳤다.

"도련님 아니십니까?"

민우는 다가오는 사람의 모습을 바라보았다. 그는 정문 옆의 수위실을 지키던 수위였다.

그는 분명히 민우의 얼굴을 알고 있었다. 이따금 밤늦은 시간에 아버지의 차를 직접 몰고 나타날 때도 이 사람은 먼발치에서부터 알아보고 뛰어나와 맞아주곤 했다.

아버지는 주로 이 사람에게 생선회를 사오도록 부탁했는데 그가 사오는 생선회는 유독 맛있고 싱싱하다는 고정관념을 가지고 있었기 때문이었다.

"안, 안녕하십니까, 도련님."

정복과 모자를 쓴 나이 든 수위는 반사적으로 민우의 모습을 확인하자 거수경례를 했다.

"웬일로 여기에 서 계십니까. 들어갑시다."

그는 민우의 손을 잡아끌면서 소리쳤다. 민우는 그가 이끄는 대로 정문 안으로 들어갔다. 그는 수위실로 민우를 안내했다.

"누추한 곳입니다만 앉으세요."

그는 낡은 의자 위의 먼지를 손으로 닦아내리면서 민우에게 의자를 권했다. 민우는 의자에 앉았다.

"운이 좋아 아직 이곳에서 밥을 빌어먹고는 있습니다만 아직도 회장님의 온정을 잊을 수가 있겠습니까. 그동안 모든 사람이 다 바뀌었습니다. 공장도 남의 손으로 넘어가고 사람들도 다 바뀌었지요. 나야 이곳에서 문이나 지키면 되니까 그대로 앉혀둔 셈이지요. 소식은 들었습니다. 회장님이 돌아가셨다는 소식은 소문으로 전해 들었습니다. 얼마나 가슴이 아프셨습니까……."

주름진 사내의 눈가에 반짝 이슬이 맺혔다.

"한번 돌아보시지요. 지금은 남의 땅이지만 남의 것이라 생각

마시고 한번 둘러보시지요. 회장님이 맨손으로 세우셨던 회장님의 땅이셨으니까요."

그의 눈가에 맺히는 눈물 때문에 민우는 황황히 일어섰다. 그는 도망치듯 수위실을 빠져나왔다. 1만 평이 넘는 거대한 공장부지는 왕성한 활동으로 거대한 공룡처럼 포효하고 있었다.

민우는 하적장에 쌓인 엄청난 고철더미를 바라보았다.

—들어봐라, 민우야.

술만 취하면 아버지는 그에게 말하곤 했다.

—네가 한꺼번에 저 고철을 두 장 들어올릴 수 있다면 네가 원하는 물건은 무엇이든 다 주겠다.

한창 작업 때였고 마침 성수기였는지 수많은 작업부들은 쉬는 사람 없이 자신이 맡은 일에 매달렸다.

그 누구도 민우의 모습에 눈길을 주는 사람은 없었다.

그 어디에도 아버지의 잔영은 남아 있지 않았다.

그 어디에도 아버지의 흔적은 남아 있지 않았다.

그 어디에도 혼자의 힘으로 공장을 세웠던 아버지의 잔영은 남아 있지 않았다.

비린내 나는 녹슨 고철더미 속에서는 추억도 추억으로 남아 있지 않고, 이글거리며 쇳물을 녹이는 용광로 속에서는 추억도 추억으로 남아 있는 것을 용서하지 않았다.

맥없이 민우는 돌아섰다.

다시는 이곳에 오지 않으리라.

민우는 주머니에서 닥치는 대로 돈을 꺼내들었다.

"왜 벌써 가시려구요?"

급히 돌아가려는 민우를 보고 의아한 표정으로 수위가 물었다.

"가겠습니다."

민우는 손에 든 돈을 사내에게 내밀었다.

"이걸 받으세요."

"아니 이게 뭡니까?"

황황하게 손을 내저으면서 사내가 뒤로 물러섰다.

"이러시면 안 됩니다."

"아, 아닙니다. 받으세요."

단정적인 목소리로 민우가 말했다.

"이것은 제가 드리는 것이 아닙니다. 돌아가신 아버님이 드리는 것입니다."

말없이 사내는 민우를 바라보았다. 그는 두 손으로 민우가 내민 돈을 받아들었다.

"안녕히 가십시오, 도련님."

문 앞까지 나와서 그는 돌아서는 민우를 향해 거수경례를 올려붙였다. 민우는 도망치듯 그곳을 빠져나왔다. 발길이 닿는 대로 걷다가 문득 붉은 벽돌담 밑에 와서야 발을 멈추고 서서 민우는 고개를 돌려 보았다.

먼 공장의 커다란 굴뚝 위로 검은 연기가 무럭무럭 피어올랐다.

마치 죽은 사람 시신을 태우는 화장터의 연기처럼 아직도 가슴속에 남아 있는 한 가닥의 미련과 추억을 마저 태워버리듯 검은 연기는 푸른 가을 하늘로 머리 풀고 흩어졌다.

밤늦은 환락가의 거리를 비틀거리면서 한 사람이 걸어가고 있었다. 그는 몹시 취한 모습이어서 조금만 건드려도 그 자리에서 쓰러질 것 같았다.

거리에는 여인들과 미군 병사들로 가득 차 있었다. 술에 취한 병사들은 저녁에 구한 새로운 애인을 옆구리에다 끼고 하룻밤 즐길 보금자리를 찾아 술집을 나와 골목으로 사라져가고 있었다. 술 취한 흑인들은 대로상에서 노래를 부르고 여인들은 깔깔 웃으면서 박수를 쳤다. 한적한 교외의 이국지대는 손님들을 유혹하는 네온의 불빛으로 불야성을 이루었다.

골목에서 목을 꺾고 토하던 어떤 여인 하나가 얼굴을 들고 지나가는 사람을 툭 쳤다.

"헬로우, 우리 함께 술 마셔, 술 마실까?"

눈물에 젖은 눈으로 여인은 야릇한 웃음을 띠우면서 사내를 쳐다보았다.

"……미, 미안합니다."

사내는 대답했다. 몹시 취했으므로 혀가 꼬부라져서 목소리가 분명히 들리지 않았다.

"어라, 이제 보니 한국놈이잖아."

여인은 깔깔거리면서 웃었다.

"야, 이 새끼야. 여긴 뭘 빨아먹을라고 기웃거리냐?"

"……미, 미안합니다."

사내는 비틀거리면서 걸어갔다. 그는 몹시 취했지만 오직 가야 할 목표는 정확히 알고 있는 것 같았다.

그 목표만 없었더라면 그는 이미 길거리에 쓰러지거나 비틀거리다가 제자리에 쓰러져 누운 채 잠이 들었을 정도로 취해 있었다. 어디론가 가야 한다는 신념 하나로 그는 간신히 버티고 있는 것 같았다.

그는 민우였다. 민우는 이곳에 오기까지 줄곧 술을 마셨다.

그는 이제 자신이 가야 할 길이 바로 이곳뿐이라는 사실을 잘 알고 있었다. 이곳은 내가 돌아갈 고향이며, 내 몸속을 흐르는 피가 부르는 본능의 태반인 것이다. 이곳 말고는 달리 돌아갈 곳은 없다.

오늘밤 안으로 '나이아가라'라는 술집을 찾아가야 한다고 민우는 취해가는 의식 속에서도 분명한 목표를 세워두었다.

오늘밤 안으로 먼 시외의 외곽지대에 버스를 타고 도착해서 언젠가 한여름 찾아갔던 나이아가라란 술집에 도착해야 한다. 그리고 그곳에서 단 하나 남아 있는 혈육 이모를 만나야 한다.

김영숙, 그것이 이모의 이름이었다.

아니다. 어째서 그 이름이 이모의 이름인가.

로라. 그래. 로라가 이모의 이름이다. 로라 킴. 사람들은 이모를 그렇게 불렀다.

지난여름 딱 한 번 이모의 얼굴을 마주한 적이 있었다. 두꺼운 분칠과 요란한 화장으로도 감추어지지 않은 여인의 얼굴은 타락한 생활과 쾌락의 연속으로 인해 고깃덩어리와 같은 추악함으로 뒤틀리고 있었다. 차마 그녀에게 자신의 존재를 나타내 보이지 못하고 도망치듯 물러서 나왔지만 그러나 이제는 더 이상 도망칠 수 없는 것이다.

이제는 그녀 앞에서 당당히 말할 것이다.

"당신은 내 이모입니다. 나는 당신의 조카입니다. 나를 이곳에서 살게 해주십시오. 무엇이든 하겠습니다. 흑인들에게 술을 따르라면 따르겠습니다. 구두를 닦으라면 닦겠습니다."

민우는 거리를 내려갔다. 환락가가 거의 끝날 무렵의 귀퉁이에 네온 불빛이 번득이고 있었다. '나이아가라', 영어 글씨로 새겨진 네온은 요란하게 번득였다.

민우는 계단을 올라 술집 문을 밀고 안으로 들어섰다. 술집 내부는 앞을 분간할 수 없도록 어둡고 조명이 흐렸다. 홀에서는 수많은 사람들이 음악에 맞춰서 춤을 추고 있었다.

붉고 푸른 실내등이 담배연기가 안개처럼 짙게 드리워진 술집 내부를 침침하게 뚫었다. 귀를 찢는 음악 소리가 술집 안을 쥐어뜯었다. 좁은 홀은 모두 일어서서 흔들고 비비고 돌아가는 사람들로 거대한 미친 짐승처럼 꿈틀거렸다.

민우는 간신히 빈 의자에 앉았다. 누군가 앞자리에 앉아 있었다. 앞가슴이 온통 패인 선정적인 빛깔의 빨간 원피스를 입은 여인이었다.

여인은 기침을 몹시 하면서 담배를 피우고 있었다. 그러나 그것은 담배라기보다는 마리화나처럼 보였다.

한 모금의 연기라도 헛되이 낭비하지 않겠다는 듯 여인은 가슴 깊이 연기를 빨아들였다. 그럴 때마다 몹시 기침을 하면서 여인은 목을 비틀었다. 눈알이 튀어나올 정도로 여인은 연기를 들이마셨다. 그러더니 이내 눈동자가 풀리고 평온을 되찾았다.

"당신 누구야?"

여인은 갑자기 잠잠해지면서 민우에게 말을 건네었다.

"……술을 주세요."

"술?"

여인은 재미있다는 듯 턱을 두 손으로 받쳐들었다.

"……여긴 한국 사람이 들어올 곳이 못 되는데."

"……술을 주세요. 위스키 한 잔."

"이봐, 지배인이 보면 쫓겨나요. 여긴 젊은 사람이 오는 곳이 못 돼. 여긴 어린아이들이 오는 곳이 아냐."

"위스키 한 잔만."

"어라."

갑자기 재미있다는 듯 여인이 민우의 얼굴을 두 손으로 받쳐들었다.

"이제 보니 구면이네. 언젠가 당신 우리 가게 한 번 왔었지? 지난여름이던가, 내 말이 맞지요?"

"……그, 그렇습니다."

"맞아, 기억나."

자기가 말하고 자기 머리를 끄덕였다.

"누군가 찾아왔다고 내게 말했지. 그래. 로라 언니를 만나러 왔지."

"그, 그렇습니다."

"그럼 왜 또 왔어요? 여기 올 사람이 아닌 것 같은데."

"······술을 주세요."

"술을 마시러 왔어요?"

"술두 마시구 만날 사람이 있어서요."

"좋아요. 내 술 한 잔 갖다드릴게. 그 대신 딴 데 왔다 갔다 하지 마세요. 그러다간 매맞고 쫓겨나요. 꼼짝 말고 이 자리에 앉아 있어요."

여인은 일어섰다. 그리고 비틀거리면서 홀을 가로질러 카운터로 사라졌다.

민우는 우두커니 앉아 있었다. 옆 탁자에선 한 백인이 여인을 부둥켜안고 입을 맞추고 있었다. 넓적다리까지 드러난 치마 속으로 사내의 손이 기어들어갔다. 깨득깨득 간지러운 듯 몸을 비틀며 여인은 웃었다.

음악은 끊임없이 이어졌다. 빠른 템포의 음악과 느린 템포의 음악이 번갈아 흘러나왔고 빠른 템포의 음악이 흐를 때면 조명이 번쩍번쩍 찢어졌다. 사람들은 땀을 흘리면서 한데 엉겨붙고 있었다.

여인은 술잔을 양손에 들고 민우 곁으로 다가왔다.

"나 하나 사줄 돈은 있겠지. 나도 한 잔 마실래요. 마셔두 괜찮지요?"

"······물, 물론입니다."

"치어스."

여인은 건배하듯 잔을 치켜올렸다.

"치어스."

두 사람은 잔을 부딪쳐 건배했다.

민우는 술잔을 입에 대었다. 그러나 이미 술을 마실 수 있는 정량이 초과되어서 몹시 심한 욕지기를 느꼈다. 민우는 꺾어지려는 머리를 두 손으로 부축했다. 그리고 강제로 입 속에 술을 털어넣었다.

"······어디서 이렇게 마셨어요?"

여인은 마리화나로 거슴츠레하게 눈이 풀려 있었다. 명랑하고 재잘거리기 좋아하는 성격의 여인인 모양이었다.

"······기억나지 않습니다. 여기저기서 마셨습니다."

"······술이 엉망으로 취했네. 이번에도 언니를 만나러 오셨나요?"

"그, 그렇습니다."

"언니는 카운터 뒷방에 있는데, 불러드릴까요?"

"아, 아닙니다. 제가 만나러 가겠습니다."

"도대체 언니를 왜 만나려는 거예요?"

민우는 대답 대신 남은 술을 모두 들이켰다. 그는 독한 술기운에 진저리치듯 몸을 떨었다.

"······담배를 드릴까요?"

"아, 아닙니다. 난 피울 줄 모릅니다."

민우는 잔을 놓고 일어섰다.

"그분을 만나러 가겠습니다. 어디에 계십니까?"

"이곳에 계세요. 내가 불러드릴게요."

"아, 아닙니다. 제가 만나러 가겠습니다."

"그럼 따라오세요. 내가 안내해드릴게요."

여인은 일어섰다.

비틀거리면서 민우는 탁자를 붙들고 일어섰다. 민우는 여인의 뒤를 따라 카운터 쪽으로 걸어갔다. 카운터 뒤쪽에는 작은 미로가 있고 그 안쪽에 밀폐된 방이 있었다. 여인은 노크도 없이 방문을 열었다.

소파 위에 한 여인이 앉아 있었다. 소파 앞 탁자 위에는 각종 미군 물건들이 산더미처럼 쌓여 있었다.

담배, 술병, 과자 등 PX를 통해 흘러나온 양키 물건들이었다. 아마도 몰래 밀매를 하기 위해서 비밀 루트를 통해 확보해둔 물건들인 모양이었다.

여인은 노크도 없이 덜컹 문이 열리자 몹시 짜증스런 얼굴로 문 밖을 노려보았다.

"……누구야?"

"저예요, 언니. 제니예요."

"왜 이년아, 노크도 없이 문을 덜컹덜컹 열어? 애 떨어질 뻔했다. 이 우라질 잡년아."

"미안하우, 언니."

"왜 그래? 또 어떤 놈이 술 먹구 난동부리냐?"

"그게 아니라, 언니. 누가 언니를 만나러 왔어요."

"누군데? 양키 물건 덮치러 수사반에서라두 나왔냐?"

"수사반이 아니라 웬 젊은 총각이 언니를 만나러 왔수."

여인은 민우를 잡아 이끌었다. 소파에 앉아 있는 여인은 몹시 취해 우두커니 넋을 잃고 서 있는 민우를 노려보았다.

"도대체 저게 누구냐?"

한눈에 도무지 알 수 없는 사람이라는 것을 간파한 듯 여인은 몹시 성가신 목소리로 물었다.

"나두 몰라요. 전번 여름에두 언니를 만나러 왔었다우. 왜 내가 언니를 만나게 해줬잖아요. 그러더니 자기가 찾던 사람이 아니라구 하면서 곧바로 가버리잖았수. 그 젊은 사람이 언니를 또 찾아왔어요."

"기억두 없다. 왜 저런 친굴 이리루 데리고 왔니? 난 모르는 얼굴이란다. 데리고 나가."

여인은 알았다는 듯 고개를 떨구었다.

한낮에 확보해둔 양키 물건들의 숫자를 확인하는 일이 몹시 급한 듯 여인은 손가락으로 일일이 헤아리고 있었다.

"……안, 안녕하세요?"

민우가 한 발짝 나서면서 입을 열었다.

"할 말이 있어서 찾아왔습니다."

민우는 비틀거리면서 벽에 몸을 기대었다. 여인은 흘끗 민우를 쳐다보았다.

"할 말? 무슨 할 말? 육이오 때 죽은 서방님이라도 찾아왔단 말이냐? 할 말이 있으면 들어와서 말해. 음악 소리에 귀가 찢어지겠다."

여인은 담배를 피워 물었다.

"문을 닫아. 그리구 제니 넌 홀에 나가 있어."

민우를 밀실까지 데리고 온 젊은 여인은 문을 닫고 나가버렸다. 시끄럽던 음악 소리도 문을 닫자 거짓말처럼 흔적 없이 사라졌다.

"도대체 내게 할 말이 무엇이냐?"

민우는 혼탁해진 머리를 가누려고 필사적으로 몸을 바로잡았다. 그러나 그는 이미 이성을 바로잡을 만큼 의식이 남아 있지 않았다. 그는 엉망으로 취해 있었다.

"앉아, 젊은이. 나 누구든 서 있으면 불안해."

민우는 비틀거리며 소파에 마주앉았다. 민우의 얼굴은 시체처럼 창백하게 질려 있었다.

"얼음물 한 잔 줄까? 도대체 얼마만큼 마신 거야? 머리꼭지까지 술이 취해버렸군."

킬킬 목 쉰 소리로 여인은 웃었다.

"……괜찮습니다."

어눌한 목소리로 민우가 입을 열었다.

"아직 정신이 남아 있군. 무슨 일이야, 젊은 청년? 무슨 일로 나를 두 번씩이나 찾아왔어? 지난여름에도 나를 만나러 왔잖아. 젊은이는 내 이름을 알고 있었어."

여인은 담배연기를 손가락 사이로 뿜어 날리면서 날카롭게 민우를 노려보았다.

"모든 사람들은 나를 로라라고 부르지. 내 본명을 아는 사람은 드물어. 그런데 젊은이는 내 본이름을 알고 있었어. 젊은이는 누구야? 어디서 온 사람이야?"

"……난…… 난……."

민우는 말을 더듬었다.

"……난, 어머니를 찾아왔습니다."

"……어머니?"

의혹에 가득 찬 목소리로 여인이 되물었다.

"……어머니라니? 난 젊은이만 한 아들을 둬본 일이 없는데. 젊은이는 뭔가 오해하고 있는 것이 아닐까?"

"……어머니는 죽었습니다."

민우는 머리칼을 두 손으로 부여잡으면서 말을 뱉었다.

"죽었다면 나하고는 상관없는 일이군."

대수롭지 않은 목소리로 여인은 말을 잘랐다.

"……제 어머니의 이름은 김향숙입니다. 제 어머니의 이름을 모를 리가 없을 텐데요."

순간 여인의 얼굴이 딱딱하게 굳어졌다. 여인은 피우던 담배를 눌러 껐다. 민우는 고개를 떨구고 있었다. 그는 여인의 신상에서 일어난 갑작스런 변화에 대해서 알려고도 하지 않았다.

"설마 모른다고 하지 않으시겠지요? 김향숙이란 이름을 처음 들어보는 이름이라고 하지 않으시겠지요? 너무나 어린 날의 기억이라, 지금으로부터 이십 년도 훨씬 넘은 오래전의 기억이라 모두 잊어버리시지는 않으셨겠지요? 아무리 오래전의 기억이라 하더라도 고아원에서 함께 자라던 자매의 이름을 잊지는 않으셨겠지요?"

민우의 목소리는 떨리고 있었다. 민우의 몸은 사시나무처럼 떨리고 있었다. 그의 온몸이 경련하고 있었다.

"네가 어떻게 향숙이를 알고 있어?"

여인의 입에서 탁한 부르짖음이 터져흘렀다.

"젊은 네가 어떻게 향숙이의 이름을 알고 있느냐?"

"그 사람이 바로……."

민우가 비로소 얼굴을 들었다. 그의 얼굴은 온통 눈물에 젖어 있었다.

"……바로 제 어머니이기 때문입니다."

민우는 머리를 흔들면서 부르짖었다.

"난 죽은 어머니를 찾아온 것이 아닙니다. 난 어머니의 언니를 찾아온 것입니다. 난 이모를 찾아서 이곳에 왔습니다."

"그렇담 왜 지난여름에 날 알은체하지 않았느냐?"

어느 정도 충격이 가라앉은 목소리로 여인이 부드럽게 물었다.

"네 이모 꼬락서니가 양갈보 같아서 차마 입이 떨어지지 않았느냐?"

여인은 넋을 잃은 듯 다시 담배를 피워 물었다.

"도대체 이게 무슨 일이냐? 아닌 밤중에 홍두깨와 같은 일이다. 네 입에서 향숙이 이야길 듣다니. 향숙이가 바닷속에 뛰어들어 목숨을 끊었다는 소식은 전해 들어 알고 있었다만 그년의 배 속에서 아이새끼 하나가 자라고 있었다는 사실은 금시 처음으로 듣는 말이로구나. 그러나 어쩔 것이냐. 네가 내 이름을 알고 내 동생의 이름까지 알고 있으니 네가 거짓말을 한다고는 믿어지지 않는다만……."

잠시 말을 끊고 여인은 민우의 얼굴을 똑바로 쳐다보았다.

민우는 탁자 위에 두 손을 올려놓고 그 위에 얼굴을 파묻고 있었다. 위에서 내려다보는 청년의 창백한 피부와 오뚝한 콧날과 눈꼬리가 분명히 낯이 익었다. 까마득히 오래전 헤어진 동생의 잔영이 분명 청년의 얼굴 위에 남아 있었다.

피는 속일 수 없는 것이었다.

말은 증거가 못 되었다. 여러 가지 상황도, 비밀을 알고 있는 진실도 명백한 증거는 못 되었다. 다만 젊은 청년의 얼굴 위에 흐르는 분위기만은 분명한 증명이었다.

"그래. 그렇다면 네 이름은 무엇이냐?"

"……민우…….."

"성은?"

"……한민우입니다."

"……민우는 그렇다면 도대체 어디서 이렇게 불쑥 나타났느냐? 난 네 어미가 아주 젊었을 때 죽었음을 알고 있다. 그렇다면 어린 너는 도대체 누가 키웠느냐? 그리고 네 죽은 어미의 언니가 이곳에 살고 있다는 것은 누가 가르쳐주었느냐? 도대체 넌 어디서 왔으며 지금까지 무얼 하고 있었느냐?"

"……전 고아로 자랐습니다. 전 고아와 다름없습니다."

다소 자조적인 목소리로 민우가 대답했다.

"고아로 자랐다구?"

여인이 얼굴을 가리고 있는 민우의 손을 쥐었다. 따뜻한 손이었다.

"고아로 자란 손이 아니다. 내 눈은 못 속인다. 네 손은 내 손보다 더 예쁘고 아름답다."

여인은 자신의 손을 활짝 펴들었다. 그녀의 손가락엔 모두 반지가 끼워져 있었다. 그러나 반지로 그렇게 치장한다 해도 그녀의 손은 노동자처럼 두껍고 투박해서 마치 흙으로 빚은 손과 같았다.

"고생이라고는 전혀 모르고 자란 손이다. 이 손으로 아무것도 못할 것이다."

여인은 민우의 가운뎃손가락 안쪽을 보았다.

"가운뎃손가락에 공이 이처럼 굳게 나 있는 것을 보면 네가 그동안 연필과 펜을 몹시 들고 쓰던 행복한 학생 노릇을 했다는 것을 분명 알 수 있다. 그렇다면 이제 무엇 때문에 나를 만나러 이곳에 왔느냐? 이모를 만나고 싶다는 마음 하나로 이곳까지 날 만나러 온 것이냐?"

"……난…… 난……."

민우가 얼굴을 돌렸다.

"난 따로 갈 데가 없습니다…… 날 이곳에 재워주십시오……."

"잘 데가 없어서 이곳에 왔느냐?"

다소 어처구니없다는 목소리로 여인은 웃음 띤 얼굴로 물었다.

"난 뭐가 뭔지 모르겠구나. 내가 귀신에 씌인 것인지 네가 귀신에 씌인 것인지. 어쨌든 널 만나서 반갑기는 하다만 이곳은 네가 있을 곳이 못 된다……."

"날 이곳에 있게 해주십시오."

간청하는 목소리로 민우가 말했다.

"날 내쫓으려 하지 마세요. 난 무엇이든 할 수 있습니다, 이모님. 난 약간의 영어도 할 수 있습니다. 손이 모자라면 물건도 나르겠습니다. 낮의 빈 시간이면 탁자도 나르고 마루도 훔치겠습니다……."

"……너 무슨 일을 저질렀느냐? 그래서 남의 눈을 피해 도망쳐다니고 있는 게로구나."

확신을 갖고 여인이 민우를 쳐다보았다.

"내 말이 맞지?"

"……그렇습니다."

민우가 대답했다.

"난 도망쳐다니고 있습니다. 날 이곳에 숨겨주십시오."

여인은 난처한 표정으로 민우를 쳐다보았다.

"사람이라도 죽였느냐? 아니면 마약이라도 밀수했느냐? 좋다. 이제 두말하지 않기로 하자. 난 믿는다. 난 네가 내 조카라는 사실 하나만은 분명히 믿는다. 이제 와서 그 이상의 무엇을 서로 알 필요가 있겠느냐. 네가 내 더러운 과거를 알아서 무엇이 좋을 것이며 내가 이제 와서 새삼스레 네가 어디서 뭘 하고 있었는가 따져물으면 무슨 소용이 있겠느냐. 다 덮어두기로 하자. 함께 지내면서 서로 차차 알게 되겠지. 좋다. 네가 원한다면 내 곁에 있어도 좋다. 그 대신 공짜로는 밥을 먹여주지 않을 것이다. 네 그 예쁜 손이 부르틀 때까지 밥값과 잠자리값을 하지 않으면 너를 내쫓아버릴 것이다. 어차피 이 세상엔 공짜가 없으니까…… 알겠니…… 내 말이 무슨 말인지?"

민우는 탁자 위에 얼굴을 떨어뜨렸다. 그의 몸은 물에 젖은 솜처럼 무거웠다. 깊은 잠에 빠져들어 있었다. 아니 잠에 빠져 늘었다기보다는 깊은 술과 깊은 피로 끝에 깊은 혼수상태에 빠져든 셈이었다.

여인은 민우의 얼굴을 세워 들었다.

그럴 녀석이 아니다.

여인은 순간 느낌을 받았다.

산전수전 모든 궂은 일을 다 겪어 인생살이에 대해 나름대로의 철학을 갖고 있는 여인의 눈으로는 이 아름답게 생긴 청년이 무슨 큰 사고를 저지르고 남의 눈을 피해 도망쳐다니는 사람이 아니라는 사실은 금방 느낄 수 있었다.

도대체 어디서 온 것일까. 이처럼 엉망으로 술에 취해 온 것은 차마 용기가 나지 않아 스스로 용기를 북돋우기 위해서일 것이다.

그러나 한 가지 분명한 것은 그가 몹시 지쳐 있으며 누군가의 위로를 받고 싶은 깊은 절망과 고독의 늪 속에 빠져 있다는 사실이었다.

여인은 소파 위에 민우를 길게 눕혔다. 구두를 벗기고 양말만 신긴 채 소파 위에 편히 눕히자 민우는 뭐라고 중얼거리면서 돌아누웠다.

여인은 벽에 붙은 초인종의 벨을 눌렀다. 곧이어 문 밖에서 노크 소리가 났다. 여인이 큰 소리로 대답하자 문이 열렸다. 문 밖에는 웬 건장한 사내가 서 있었다.

깊은 가을 날씨인데도 춥지 않은지 반소매 셔츠를 입고 있었다.

"……부르셨습니까?"

"담요를 가져와."

"……담요요?"

의아한 눈초리로 사내가 물었다.

"담요는 뭣에 쓰려구요?"

"가져오라면 가져오지 무슨 말이 그리 많아?"

사내가 두말하지 않고 문을 닫고 사라졌다.

여인은 잠든 민우의 머리맡에 방석을 베개 대신 받쳐주었다.
곧 다시 문이 열렸다. 사내는 담요를 들고 방 안으로 들어왔다.
여인은 담요를 받아 잠든 민우의 몸 위에 덮어주었다.

"……누굽니까?"

"내 아들이야."

여인은 단숨에 자랑스런 목소리로 말했다.

"……농담하지 마십시오, 누님."

믿어지지 않는다는 듯 사내가 킬킬 웃었다.

"농담을 내가 왜 해? 정말이야. 내 아들이야. 잘 봐. 날 닮았
어. 앞으로 너 대신 이 아이가 이 술집의 지배인으로 불릴 거야.
앞으로 이 아이한테 반말하지 말어. 반말하면 그땐 내가 가만두
지 않을 거야."

거리의 음악사

"몇 시야, 친구."

기다림에 지친 초조한 목소리로 허버트가 물었다.

민우는 야광시계를 보았다. 시곗바늘은 아홉 시 십 분 전을 가리키고 있었다.

"십 분 전이에요."

"젠장, 더럽게도 시간 안 가는군."

허버트가 중얼거리면서 잇새로 침을 뱉었다. 정각 아홉 시가 되려면 아직 십 분이나 남았다. 아홉 시에 물건을 수교하기로 약속했던 것이다.

그들은 여덟 시부터 이곳 벌판에 나와서 기다렸다. 남의 눈이 있었으므로 헤드라이트를 켤 수도 없었다. 물론 담배도 피울 수 없었다. 밤소리는 멀리 가는 법이어서 차의 라디오도 켤 수 없었고 차 속의 실내등도 켤 수 없었다.

교외로 삼십 분쯤 달려가면 벌판 같은 평야가 전개되었다. 그곳의 약속 장소에서 두 사람은 물건을 수교하기로 되어 있었다.

부대 내에서 빼돌린 양키 물건들은 부대 근처 텍사스 거리에서 수교해서는 안 되었다. 그렇게 되면 용의주도하게 감시하는 수사망에 제 발로 걸려드는 셈이었다.

먼 들판에서 눈 깜짝할 시간 내에 현금 박치기로 물건을 옮겨실어 일단 가까운 시내의 은닉 장소까지 가서 그곳에 내려놓는 것이 급선무였다. 그곳에서 양키 물건들은 도매상과 보따리장수들에게 쪼개져, 크게는 자동차로 작게는 보따리로, 서울로 다른 도시로 팔려간다.

만날 장소는 그때그때 암호처럼 정해진다. 오랜 거래로 서로를 믿지 않으면 안 되는 장사이므로 접선 장소의 거래는 될 수 있는 대로 빨리, 눈 깜짝할 사이에 이루어져야만 했다.

서로 미리 정한 암호만 확인되면 이쪽에서는 준비된 돈을 건네주고 저쪽에서는 물건을 건네주는 것이다. 돈을 확인할 시간도 없고 과연 준 돈만큼 저쪽에서 약속한 물건을 주는가 일일이 박스를 뜯어 확인해볼 여유도 없었다. 오래 거래해왔으니 서로를 믿는 수밖에 없었다.

어쩌다가 헌 종이만 가득 넣은 빈 박스만 차에 싣고 엄청난 현금을 물건값으로 지불했다 해도, 뒷구멍의 복수는 허락되지만 떳떳치 못한 입장 때문에 내놓고 서로를 헐뜯거나 비난하지는 못했다. 문자 그대로 그러한 일은 번개작전이라고 불리는 밀수 행위인 것이다.

온 천지엔 흰 눈이었다. 그래서 시계는 더욱더 아득했다. 빽빽이 흰 칠을 한 듯 내리는 눈발 때문에 불과 4, 5미터의 앞도 내다보이지 않았다.

큰길가에서 들판 쪽으로 좁은 비포장길을 오 분 정도 달려들어온 언덕 아래로 이따금 헤드라이트를 밝힌 차들이 달려가는 것이 보였다. 이곳에 도착하기 직전부터 내린 눈은 그새 엄청나게 쌓여 온 들판은 흰 눈밭이었다.

만에 하나 있을지 모르는 폭력사태에 대비해서 허버트는 자전거 체인을 준비했다.

"이것을 갖고 있어, 친구."

절대로 민우의 이름을 부르지 않는 허버트는 은근히 자신의 자리를 위협하는 민우에 대해서 적의를 품고 있었다.

"잭나이프야, 친구. 이런 일은 장난이 아니라구, 친구. 돈만 뺏고 우리 대갈통을 까부술지도 모르니까. 갖고 있어, 친구. 이렇게 단추를 누르면 칼날이 튀어나온다구."

허버트는 단추를 눌렀다. 그러자 날카로운 칼날이 반사적으로 튀어나왔다. 허버트는 그 칼을 나무 벽에 집어던졌다. 칼은 비늘 돋친 물고기처럼 허공을 날아서 나무 벽에 꽂혔다.

"갖고 있어, 친구. 다 쓸 데가 있을 테니까."

그 칼은 이제 민우의 속주머니에 들어 있었다. 무슨 소용이 있을까 싶었지만 일단 허버트가 내준 잭나이프를 가슴속 깊이 간직했다.

"몇 시야, 친구."

초조한 목소리로 허버트가 다시 물었다. 민우는 시계를 들여다보았다. 야광 침의 시곗바늘이 정각을 가리켰다.

"정각이에요."

"쌍놈의 새끼들."

누구에게라고 할 것 없이 대상 없는 욕지거리를 뱉고 나서 허버트는 손매듭을 꺾었다.

"오 분만 기다린다. 오 분 안에 소식이 없으면 뜨는 거야."

허허벌판에 온통 함박눈이 내리쏟아졌다. 빛도 없는 캄캄한 하늘에서부터 내리쏟는 눈은 눈부신 흰빛으로 칠흑 같은 어둠을 물리쳤다.

"눈 한번 기막히게 오는군. 갈 땐 고생 좀 하겠는데."

이미 민우의 운전 솜씨를 인정한 허버트는 그래서 별로 걱정되지 않는 목소리로 입을 열었다.

그는 기다리는 시간의 긴장이 못내 초조하고 불안한 모양이었다. 그래서 조금이라도 입을 다물고 침묵을 지키는 정적을 견디지 못하고 쉴 새 없이 침을 뱉고 손매듭을 꺾고 발을 달달 떨었다.

그때였다.

앞쪽에서 돌연 헤드라이트의 불빛이 켜졌다. 불빛은 켜졌나 싶더니 금방 꺼졌다. 불빛은 일정한 간격을 두고 세 번을 껌벅였다.

"개 같은 놈들."

허버트가 침을 뱉었다.

"이제 오셨나보군. 친구, 신호를 보내."

민우가 그 신호에 회답하듯 헤드라이트의 스위치를 올렸다.

껌벅 껌벅 껌벅 정확하게 세 차례 차의 불빛이 번득였다. 그러자 흰 눈이 내리쌓인 언덕 아래에서부터 고약한 엔진 소리를 내며 반트럭 한 대가 올라왔다.

전조등을 켜지 않았지만 땅에 쌓인 눈 덕분에 분명히 보였다. 반트럭이 언덕에서 올라올 때부터 민우는 차의 시동을 걸어두었다. 조금이라도 시간을 절약하기 위해서였다.

트럭 쪽에서 두 사람이 뛰어내렸다. 한 사람은 차의 뒤쪽으로 가서 짐막이 덮개를 열었다.

"……늦었어, 젠장."

허버트가 추궁하듯 말을 뱉었다. 그러나 사내는 흘긋 허버트를 보았을 뿐 아무 대답도 하지 않았다.

그는 입에 마스크를 쓰고 있었다. 감기에 걸려서라기보다는 자신의 얼굴 노출을 꺼리는 눈치였다. 사내는 말없이 흰 장갑 낀 손을 허버트 앞에 내밀었다. 그러나 허버트가 웃었다.

"물건을 옮겨 싣고 난 뒤에 봅시다."

허버트는 신경전이라도 펼치겠다는 듯 반트럭 뒤쪽으로 걸어 갔다.

반트럭 뒤쪽에는 포장된 물건들이 차곡차곡 실려 있었다. 사내는 몸을 돌리려는 허버트를 붙들어 세우고는 다시 말없이 장갑 낀 손을 내밀었다.

민우는 무언극처럼 벌어지는 이 한밤의 기묘한 작업을 낱낱이 지켜보았다. 사내의 두 눈이 어둠 속에서 살쾡이처럼 번득였다.

"아따, 의심도 많네. 우리가 한두 번 거래해보는 거요?"

할 수 없다는 듯 허버트가 주머니에서 돈을 넣은 흰 종이봉투를 꺼냈다. 그 종이봉투 속에는 빳빳한 고액권 달러가 들어 있었다. 많은 돈인데도 불구하고 사내는 헤아려보지 않았다. 그저 종이봉투 속을 흘긋 한번 들여다보았을 뿐 액수가 정확한지 아닌지도 헤아려보지 않았다.

허버트는 민우를 턱으로 부르면서 트럭 뒤쪽으로 걸어갔다.

"저놈의 새끼 얼굴을 언젠가는 똑똑히 봐두겠다. 저 새끼 얼굴에서 마스크를 벗겨내고 얼굴에 칼자국을 십자형으로 만들어줄 것이다."

두 사람은 트럭 위에 차곡차곡 쌓아둔 물건을 지프로 옮겨 실었다. 도대체 박스 속에 무슨 물건이 들어 있는 것일까. 몹시 무거웠다. 그런데도 물건을 싣고 온 사람들은 도와주기는커녕 얼씬도 하지 않았다. 그들은 그림자처럼 조용했으며 그리고 말이 없었다. 빨리 물건을 옮겨야 한다는 성급한 마음으로 움직이다 보니 온몸에 땀이 솟아올랐다. 시동을 걸고 있는 트럭은 언제라도 재빨리 현장에서 벗어나려는 태세였다. 눈 깜짝할 사이에 두 사람은 박스를 모두 지프에 옮겨 실었다. 지프 안은 옮겨 실은 물건으로 초만원을 이루었다. 앉아 갈 구석조차 없을 만큼 박스들이 가득했다.

물건을 다 옮겨 실은 것을 확인하자 트럭은 미련도 없이 언덕을 내려가 들판으로 사라져갔다. 전조등도 실내등도 켜지 않았으므로 곧 그 존재는 캄캄한 어둠 속에 묻혀버렸다.

"우리도 가자."

허버트가 숨가쁜 소리로 헐떡였다.

"서둘러. 이제부터가 문제야."

허버트는 기다렸다는 듯 성급히 담배를 꺼내 물었다.

민우는 거친 속도로 눈이 쌓인 들판을 굴러내려갔다. 스노타이어는 아무런 소용도 없었다. 차는 얼음 위를 지치는 스케이트처럼 미끄러지면서 들판을 가로질러 달려갔다. 간신히 포장된 길로 들어서자 허버트가 헐떡이면서 말했다.

"속력을 올려."

민우는 액셀러레이터를 밟았다. 혹여 따라오는 차가 있는가 확인하기 위해서 허버트는 주의깊게 백미러를 노려보았다.

"더 올려봐."

민우는 계기반을 들여다보았다. 시속 120킬로로 지프는 달리고 있었다. 미끄러운 아스팔트길을 차는 미친 듯이 질주해나갔다.

"더 올려. 내 말이 안 들려?"

민우는 액셀러레이터를 힘껏 밟았다. 차의 속도는 더 빨라졌다.

"지그재그로 달려봐."

민우는 앞서가는 차를 추월하면서 차선을 무시하고 지그재그로 달려나갔다.

"됐어."

혼잣말하듯 허버트가 말했다.

"따라오는 놈은 없어. 이제 됐어. 속력을 줄여."

차는 한적한 들판을 달려서 교외이지만 번화한 시내로 들어섰다.

크리스마스는 지났지만 아직 새해는 남았으므로 미군 부대가 밀집한 시내는 아직 치우지 못한 크리스마스 장식과 새해를 기념하는 세모의 불빛으로 제법 화려하게 빛났다.

허버트와 민우는 땀에 흠뻑 젖어 있었다. 그들은 땀을 줄줄 흘리면서도 닦을 겨를이 없었다. 로터리를 꺾어서 한적한 주택가로 접어들었다.

"이제 보니 여간내기가 아냐."

비로소 마음이 놓인다는 듯 허버트가 말했다.

"조금도 겁내지 않는 걸 보니. 이봐, 우리가 한 짓이 뭔지 알아?"

"······대충 알고 있습니다."

"걸리면 친구와 난 똑같이 콩밥 먹게 된다구. 친구야 초범이니까 모르지만 난 이번에 걸려들면 고스란히 삼 년 이상을 썩어야 된다구."

나도 처음은 아닙니다.

불쑥 입을 열어 대답하려다 말고 민우는 입을 꾹 다물었다.

그렇다. 나도 이런 일은 처음이 아니다. 나도 사람을 때렸으며 그것으로 전과자가 됐다. 나도 운 나쁘게 이런 범법 행위로 걸려들면 가중처벌을 받게 될 것이다.

"다 왔어, 친구. 클랙슨을 눌러."

큰 주택 앞에 차를 세우고 민우가 클랙슨을 눌렀다. 그러자 기다렸다는 듯 대문이 열렸다.

차는 집 안마당으로 들어섰다. 등 뒤에서 문이 닫히고 막 끄려는 헤드라이트 앞에 한 여인이 나타났다. 로라 이모의 모습이었다.

"수고했다."

이모는 차에서 내리는 민우의 어깨를 손으로 툭툭 쳤다.

"얘들아, 물건 내려라."

민우가 무심코 물건을 내리기 위해 다가가려 하자 그녀는 웃으면서 머리를 흔들었다.

"도련님은 쉬세요. 세수라도 하시고. 얼굴이 온통 땀에 젖었네."

민우는 신발을 벗고 집 안으로 들어섰다.

세면장에서 찬물을 퍼 민우는 소리가 나도록 벅벅 얼굴을 문질렀다. 짐을 옮겨 싣느라고 손이 걸레처럼 더러워졌다. 정성들여 세수를 끝내고 나오자 거실엔 싣고 온 물건들이 산더미처럼 쌓여 있었다.

이모는 만족한 표정이었다. 아마도 건네준 금액에 합당한 물건들을 차질 없이 받은 것을 확인한 뒤끝인 모양이었다.

"수고했다. 아주 잘 해냈다."

이모는 조카의 첫 번째 작업 성공이 대견한지 민우의 얼굴을 자랑스럽게 쳐다보았다.

"어려운 일을 잘 해냈어."

"……전 돌아가겠습니다."

아직 덜 닦은 얼굴의 물기를 깨끗이 닦으면서 민우가 말했다.

"어디로 간단 말이냐?"

"……나이아가라로 가겠습니다."

"집에서 자렴."

다정스럽게 이모가 말했다.

"며칠간 연휴가 아니냐?"

"아, 아닙니다. 돌아가겠습니다. 가게가 비었습니다."

새해 연휴 동안 가게는 문을 열지 않을 작정이었다.

종업원들은 뿔뿔이 고향으로 떠나갔으며 연휴를 맞은 병사들
도 휴가를 즐기기 위해서 비행기를 타고 먼 고향으로 떠나버렸
다. 가게 문을 열어봐야 수지가 맞지 않기 때문에 당분간 휴업
을 하기로 계획을 세워두었던 것이다.

그 빈 가게를 민우 혼자 지켰다.

이모 집에서 잠을 자는 것보다 나이아가라의 밀실에서 문을
걸어 잠그고 홀로 잠드는 밤이 민우에겐 훨씬 편안했다. 남편도
없이 혼자 사는 이모의 집은 어쩐지 불편한 느낌을 주었다.

이모는 젊었을 때 미군 병사와 십여 년간 동거생활을 했으며
그 사이에 딸 하나를 낳았다. 그 생활은 당연히 불행하게 끝났
으며, 남자는 오래전 미국으로 떠나버렸고 이모는 그 어린 딸
하나만을 키우면서 살았다.

그 딸이 이 년 전에 미국으로 갔다. 아버지 밑에서 크기 위해.

지금 대학에 다닌다면서 이모가 딸의 사진을 보여주었다. 혼혈아였지만 아버지 쪽보다는 어머니 쪽 피가 더 많이 흐르는 듯한 동양계의 얼굴이었다.

이모는 남편에 대한 그리움은커녕 불과 이 년 전에 떠났지만 딸에 대한 미련도 눈곱만큼도 없다고 딱 잘라말했다. 그 말은 어느 정도 진실을 담고 있었다.

"좋아."

의외로 선선히 이모가 고개를 끄덕였다. 그녀는 탁자 위에 놓인 핸드백에서 돈을 꺼내 민우에게 내밀었다.

"이것으로 용돈이나 해라."

"아닙니다. 돈은 제게도 많습니다."

"이 새끼야, 주면 받아둬. 지프는 네가 타고 가렴. 가게에만 붙어 있지 말고 외출을 하고 싶으면 하거라. 서울에라도 나갔다 오든지. 가게 문이야 잠그면 되고. 하기야 뭐 훔쳐갈 거라두 있어야 말이지."

민우는 돈을 받아들었다.

"……가겠습니다."

민우는 인사를 하고 집을 나섰다.

거친 기세로 내리던 눈발은 많이 잦아들었다. 민우는 지프에 올라타고 시동을 걸었다. 그는 시내를 벗어나 외곽지대에 있는 텍사스촌으로 차를 몰아나갔다.

연말과 새해 연휴를 앞두고 대부분의 상점들은 문을 닫아걸었다. 평소에는 밤이 깊어갈수록 사람들로 들끓던 환락가는 거짓말처럼 폐허와 같았다. 미군들과 살림을 차린 여자들만 고향으로 떠나지 않고 거리를 지킬 뿐이었다.

민우는 나이아가라 앞 빈터에 차를 세우고 주머니에서 열쇠를 꺼냈다.

무거운 자물쇠를 따고 민우는 가게 안으로 들어갔다. 불 꺼진 넓은 홀에는 냉기가 감돌았다. 스위치를 올리자 백열등이 켜졌다.

붉고 푸른 색등 앞에서는 번쩍거리고 아름답던 여러 빛깔의 장식들이 백열등 불빛을 받자 내장이 드러난 썩은 생선처럼 치졸하게 보였다.

민우는 가게를 지키는 동안 먹고 잠드는 밀실로 들어섰다. 냉기를 몰아내려고 석유 스토브에 불을 켰다. 불길이 타오르자 뼛속까지 스며들었던 냉기는 한결 가시는 느낌이었다. 커피라도 끓이려고 주전자에 물을 가득 채워서 불꽃이 피어오르는 석유 스토브 위에 올려놓았다.

그리고 담배를 피워 물었다. 아직 익숙지 않은 담배를 피울 때마다 받은기침이 터져나왔다. 홀로 있을 때의 무료함을 달래기 위해서 심심풀이로 민우는 담배를 피우기 시작했다.

한 대도 채 못 피우고 민우는 담배를 눌러 껐다. 맛도 아직 모르는데다가 담배만 피우면 기침이 터지고 머리가 어지러웠다.

곧 물이 끓기 시작했으므로 민우는 커피를 타서 스푼으로 저었다. 따로 침대를 놓을 수 없어서 그냥 소파에서 잠을 자는 민우는 신발을 벗고 소파 위에 비스듬히 누워 목젖을 적시는 커피를 맛없다는 듯 삼켰다.

라디오의 진폭 없이 건조한 음악 소리만 정적에 빠진 방 안에서 울렸다. 그러고는 조용했다. 사람 없는 넓은 가게는 폐사와 같은 정적으로 무겁게 가라앉았다.

민우는 팔베개를 하고 누웠다. 도저히 잠이 올 것 같지 않았다. 무엇인가 가슴에 묵직한 것이 느껴져서 꺼내 보았다. 일 떠나기 전에 허버트가 건네준 잭나이프였다.

민우는 아무런 느낌 없이 잭나이프의 단추를 눌러보았다.

순간 찰칵 소리를 내면서 예리한 칼날이 튀어나왔다. 민우는 무심코 그것을 허버트가 했던 것처럼 벽을 향해 던졌다. 손끝을 떠난 잭나이프는 물고기처럼 바람을 가르며 날아가 나무로 만든 문설주에 정확히 꽂혔다. 더 앞으로 나아가고 싶은 충동으로 칼끝은 파르르 경련을 했다.

민우는 칼을 뽑아서 다시 던져보았다. 그러나 칼은 제대로 날아가지 못하고 중도에서 바닥으로 곤두박질쳤다. 멋지게 문설주에 꽂힌 것은 그러니까 순전히 우연인 셈이었다. 민우는 칼날을 접어 주머니에 넣었다.

아무래도 잠이 오지 않을 것 같아서 술이라도 마시자는 생각으로 민우는 냉기가 감도는 홀로 나갔다. 벽 찬장에서 위스키를 꺼내 잔에 가득 따라 방으로 돌아오려는데 누군가 닫힌 홀의 문을 두드렸다.

계속 문을 두드렸던 모양이었다. 소리를 못 들은 것은 민우가 밀실에 있었기 때문일 것이다. 밀실에 있으면 문 밖에서 나는 소리는 전혀 들리지 않았다.

이따금 한밤중에 술 취한 미군 병사들이 가게 문을 발길로 차며 소동을 부릴 때도 있었다. 술을 구하기 위해서 찾아오기도 했다.

그러나 그럴 때도 절대 문을 열어주지 않았다. 문 옆 유리창의 커튼을 조금 열어보면 밖에 서 있는 사람이 누구인가 알아볼 수 있었으므로 약속 없이 찾아오는 사람들에게는 절대 문을 열어주지 않았다. 급히 연락할 때는 전화를 걸 테니까 절대 문을 열어주지 말라는 것이 이모의 명령이었다.

민우는 우두커니 서 있었다.

내버려두자, 내버려두면 문을 두드리다 제풀에 가버릴 것이다. 틀림없이 술을 마시기 위해서 찾아온 미군 병사일 테니까. 자물쇠가 밖으로 걸리지 않은 집 앞에 지프가 서 있으니 분명히 안에 누군가 있다는 것을 알겠지만 가만히 모른 체 내버려두면 문을 두드리다 제풀에 떠나버릴 것이다.

그러나 문을 두드리는 소리는 계속 이어졌다.

민우는 문 앞으로 다가가 커튼을 조금 들추어보았다. 안은 캄캄한 어둠이었으므로 밖에서는 커튼을 열고 밖을 살피는 눈동자를 전혀 의식하지 못할 것이다.

문 앞에는 웬 여자가 서 있었다. 먼 거리의 가로등이 이곳까지 달려와 문을 두드리는 여자의 모습을 희미하게 떠올렸다.

뜻밖의 여자였다.

제니였다.

제니는 민우가 이곳에 처음 찾아왔을 때 말상대를 해주었고 두 번째 찾아왔을 때는 이모에게 직접 데리고 가 인사를 시켰던 여자였다.

끊겼던 문 두드리는 소리가 다시 이어졌다. 민우는 망설이지 않고 빗장을 땄다. 문을 열었다. 문을 열자 바람에 실린 눈발이 휘익— 홀 안으로 스며들었다.

"어쩌면."

신경질이 난 목소리로 제니가 소리를 질렀다.

"안에 있으면서 왜 이제야 문을 열어주는 거예요? 오, 갓뎀."

제니가 홀로 뛰어들어왔다. 그녀는 두꺼운 코트를 입고 있었다.

"웬일이세요?"

민우가 어눌한 목소리로 물었다.

"아니 사람을 문 앞에 세워놓고 이유나 따져묻는 거예요? 아이 추워라. 추워 죽겠네."

제니가 두 손을 비벼서 입김을 불었다. 그러나 그녀는 도무지 추워 보이지 않았다. 두꺼운 모피로 만든 코트를 걸쳤으므로.

할 수 없이 민우는 문을 닫고 돌아섰다.

"민우 씨는 이제 보니 벙어리일 뿐 아니라 귀머거리기도 하군요."

평소 말이 없는 민우를 명랑한 제니는 벙어리라고 놀렸다.

제니는 가게에 나오는 여자 중에서 가장 명랑하고 말이 많아서 특히 미군 병사들에게 인기였는데, 빨갛게 물들인 머리칼 때문에 병사들 간에는 '레드 제니'라는 별명으로 불렸다.

"그렇게도 들리지 않아요? 밖에서 얼마나 떨었는지 손발이 다 꽁꽁 얼었네. 어디 불 좀 없어요? 아이 손 시려워라. 손이 시려워, 발이 시려워, 겨울바람 때문에……."

벌써 마리화나를 피운 것일까, 지나치게 명랑한 얼굴로 제니는 민우를 돌아보았다.

"코트를 입었는데 뭐가 춥겠냐고 하겠지만요, 내용을 알고 보면 놀랄 거예요."

순간 제니는 모피 앞자락을 벌렸다.

그녀는 놀랍게도 슈미즈 바람이었다. 무언가에 쫓겨서 잠자다 뛰어나온 듯 그녀는 맨발에 슬리퍼만 신고 있었다. 간신히 운 좋게 모피 코트만 위에 걸치고 나온 모양이었다.

별 수 없이 민우는 밀실로 제니를 안내했다. 밀실은 충분히 달아오른 스토브로 따뜻하게 익어 있었다.

"아이고 따뜻해라."

제니는 민우가 앉았던 소파에 냉큼 주저앉았다.

"손에 든 게 뭐예요? 위스키 아니에요? 잘됐네, 나하고 나눠 먹어요."

제니는 탁자 위에서 빈 잔을 들어 거의 강제로 민우의 손에서 위스키 잔을 빼앗아 술을 나눠 따랐다. 그러고는 성급히 술을 한 모금 들이켜고는 독하다는 듯 인상을 쓰고 입맛을 다셨다.

"내 참 더러워서. 아 글쎄, 일찌감치 잠들려는데 얼굴도 변변히 모르는 노랑대가리 놈 하나가 날 덮치려구 덤벼들잖아. 개새끼, 그래서 내가 도망치려니까 얼굴을 한 대 치더라구."

제니가 제 얼굴을 가리켰다. 말을 듣고 보니까 그녀의 눈 위에 멍이 들어 있었다.

"사람 살려, 소리 질러두 누구 하나 도와주는 자식이 있어야지. 연휴라서 다들 고향으로 내려가구 집 안에 누가 있어야지. 그래서 내가 간신히 머리맡에서 요강 뚜껑을 집어들어 노랑대가리 대갈통을 한 대 후려쳤어. 그리구 간신히 외투 주워입고 거리로 뛰쳐나왔다구요. 금세 갈 데가 있어야지, 내 참 더러워서. 가게 앞을 지나는데 지프가 서 있잖아. 문이 안으로 잠긴 것을 보니 분명 안에 사람이 있는데도 열어줘야 말이지. 아, 이제 살았네. 하마터면 공짜로 몸 주구 매맞구 이 빠져 할망구 될 뻔했네."

홀짝홀짝 술을 들이마시면서 제니가 혼자 나불거렸다. 그녀는 혼자 얘기하고 혼자 웃고 혼자 우는 데 천부적인 재능을 갖고 있었다.

"나 여기서 재워줘요. 소파가 넓어서 잘됐네. 나 하나쯤이야 자고 가도 충분하겠네, 민우 씨. 괜찮지요?"

제니는 위스키를 빠른 속도로 들이켰다. 금방 취기가 도는지 더 말이 빨라졌다.

라디오에서는 끊임없이 템포 빠른 경음악이 흘러나왔다.

"마리화나 없어요?"

제니가 풀어진 눈으로 민우를 쳐다보았다.

"어디 숨겨둔 마리화나 없어요?"

"……없습니다."

"거짓말하지 말고 한 대 줘봐요."

"……없습니다. 난 그런 거 피울 줄 모릅니다."

"가만있어봐. 옛날 내가 어디다 숨겨둔 게 있을 텐데. 기다려 봐요. 내가 좋은 거 가르쳐드릴게. 아주 근사한 여행을 가르쳐 드릴게."

제니가 비틀거리면서 일어섰다. 그녀는 홀 안으로 사라졌다. 홀 안은 꽤 넓었으므로 그 안 어디엔가 자신만이 아는 장소에 마리화나를 감춰둔 것이 그제야 생각이 난 모양이었다. 잠시 후 제니는 승리감에 가득 찬 얼굴로 희희낙락 웃으면서 방으로 돌아왔다. 그녀의 손에는 담배 두 대가 들려 있었다.

"내 기억력이 아직 죽지 않았어. 오래전에 꼬불쳐두었던 것이 생각났거든. 좀 말라비틀어지긴 했지만……."

제니는 마른 담배의 한 편에 혀를 대서 축축한 침의 습기가 담배 안으로 배어들도록 만들었다.

"한 대 피우시지, 벙어리 민우 씨. 이건 아주 질이 좋은 거야. 내가 좋은 여행을 안내해줄게. 여행을 떠나려면 우선 좋은 음악이 있어야지."

그녀는 라디오의 볼륨을 올렸다.

제니는 성냥불을 댕겨 담배에 붙여 물었다. 그녀의 손이 심하게 떨렸다. 조급한 마음을 감당해낼 수 없다는 듯 그녀는 세게 연기를 빨아들였다.

빨아들인 연기를 조금이라도 밖으로 헛되이 버리지 않기 위해서 가능하면 숨을 참았다.

그럴 때면 그녀는 누가 오래 숨을 참는가 코를 막고 물속에 들어가 있는 어린아이처럼 보였다. 그녀의 두 눈이 곧 풀렸다. 그녀는 견디다 못해 목젖이 튕기는 기침을 연거푸 하면서 토할 것처럼 콜록거렸다.

독한 풀잎의 연기가 방 안을 가득 메웠다.

민우는 이미 그 냄새에 익숙했다. 홀 안에서 이상한 냄새가 난다 싶으면 한구석에서 미군들이 마리화나를 피우고 있었다. 약을 먹는 병사들은 난폭했지만 마리화나를 피우는 병사들은 의외로 순하고 얌전했으므로 구태여 말리지 않았다.

"한 모금 빨아봐요."

행복한 미소를 입가에 흘리면서 제니가 손에 든 담배를 민우에게 내밀었다. 민우는 대답 대신 머리를 흔들었다.

"무서워하지 말어. 한 모금 빨아봐."

"싫습니다."

"……담배가 싫은 게 아니라, 내가 싫은 게지."

제니는 좁은 방 안을 쉴 새 없이 익히는 석유 스토브의 열기가 덥게 느껴졌는지 두꺼운 모피 코트를 벗어 탁자 위에 놓았다.

그녀는 흰 슈미즈 바람으로 앉아 있었다. 민우는 그녀가 의외로 나이가 적어 자신보다도 어리다는 것을 잘 알았다. 그러나 그녀는 이미 남자의 몸에 길들여져서 몸매가 놀라울 만큼 성숙했다.

브래지어를 하지 않은 커다란 젖가슴이 슈미즈 바깥으로 튕겨져 나올 듯이 부풀어 있었다. 육체의 선이 간신히 몸을 가린 속옷 위를 고스란히 달렸다.

제니는 라디오의 볼륨을 올렸다. 그녀는 음악에 맞추어 몸을 흔들기 시작했다.

"이봐, 우리 함께 출까?"

갑자기 제니의 손이 민우의 손을 잡아 이끌었다.

"일어나 우리 춤춰요."

"싫습니다."

민우가 강경하게 대답했다.

"난 춤을 출 줄 모릅니다."

"일어나요. 내가 가르쳐줄 테니까."

제니는 민우의 두 손을 잡아 이끌어 밀실 밖으로 걸어나갔다.

제니는 홀 안의 불을 켰다. 넓은 홀은 붉고 푸른 치졸한 색등으로 가득 찼다. 제니는 전축 위에 레코드판을 올려놓았다. 그리고 크게 볼륨을 올렸다.

불기운이 없어 냉기가 감도는 홀은 느닷없이 켜진 색등과 음악 소리로 기묘한 생기를 되찾았다.

"춤춰요, 민우 씨."

춤을 추기 위해 만든 플로어 위에 올라서서 갑자기 제니가 몸을 흔들었다. 그것은 춤이라기보다는 음탕한 선정적인 몸부림이었다. 제니는 슬리퍼를 벗고 맨발로 플로어 위에 서서 흥을 돋우기 위해서 사오는 댄서들처럼 몸을 비틀었다.

"뭐 하고 있는 거야, 이 새끼야."

제니는 몸을 흔들다 말고 말릴 생각도 없이 우두커니 서 있는 민우를 향해 갑자기 소리를 질렀다.

"넌 날 무시하는 거야, 이 새끼야. 춤을 춰. 춤을 추란 말이야. 이 빌어먹을 새끼야."

한 잔 마신 위스키와 정신을 몽롱하게 만드는 마리화나의 기운이 한데 어우러져 흥분 상태를 만든 것일까. 제니는 느닷없이 슈미즈를 벗어던지면서 소리 질렀다.

"이리 와, 이 새끼야. 갓뎀 썬 오브 비치."

이따금 홀을 찾아오는 손님들을 위해 흥을 돋우는 고고 댄서를 사올 때도 있고 한밤중에는 스트립쇼를 벌이기 위해서 직업 댄서를 불러오기도 했다.

자정이 가까울 무렵 나이 든 스트립걸이 옷을 벗을 때면 병사들은 수십 번 보아서 아무런 자극이나 눈요깃감이 되지 않아도 짐짓 휘파람을 불고 신음 소리를 내곤 했다.

그럴 때면 스테이지 불만 남기고 홀의 불은 꺼버리는데 무대 위는 이상야릇한 열기로 충만했다.

제니는 그러한 스트립을 흉내내고 있었다.

제니는 슈미즈를 벗은 채 무대 위에 섰다. 팬티 하나만 입은 제니는 음악에 맞춰서 비비 몸을 꼬았다. 작은 몸에 비해 큰 젖가슴은 음악에 맞춰 몸을 흔들 때마다 염치없이 출렁거렸다.

제니는 팬티마저 벗으려고 허리를 굽혔다. 민우는 제니 앞으로 다가섰다.

"들어가, 제니."

"비켜, 이 새끼야. 내 몸에 손대지 마."

세니는 앙칼지게 덤벼늘었다.

"사람 깔보지 마, 이 새끼야. 미군놈 상대해서 몸 판다고 대가리마저 팔았는지 아니, 이 새끼야. 잘난 체하지 마시지. 혼자만 잘난 체하지 말아. 내 몸에서 쉰내가 나냐? 왜, 내 몸에 이라도 붙어 있다니? 너보다는 깨끗한 몸이야."

갑자기 제니가 민우를 향해 덤벼들었다. 그녀의 손이 민우의 옷을 찢고 손톱이 민우의 얼굴을 할퀴었다. 민우는 참다못해 그녀의 몸을 결박지어 안아들었다.

"놔, 놔, 이것 놔."

민우의 두 손에 안겨 번쩍 들린 채 제니는 벗어나기 위해서 몸부림을 쳤다. 그러나 민우는 결박진 손의 힘을 풀지 않았다.

"이것 놔. 이것 못 놔."

순간 제니는 민우의 어깻죽지를 물어뜯었다.

불의의 기습이었다. 민우는 비명을 지르면서 팔의 힘을 풀었다. 제니는 돌연 스탠드바 쪽으로 달려갔다. 그리고 벽장에 놓인 술병을 집어들었다. 빈 술병의 목을 붙들고 스탠드 위의 술병을 내리쳤다. 와장창 소리를 내면서 술병이 깨졌다.

"다가오지 마, 다가오면 찔러 죽일 테야."

제니는 으르렁거리면서 깨진 술병을 곤두세웠다.

민우는 물끄러미 증오에 찬 그녀의 두 눈을 바라보았다. 무슨 꿈을 꾸고 있는 것 같았다. 어째서 그녀가 자신에게 깨진 병을 휘두를 만큼 흥분했는지 그 이유를 도저히 짐작할 수 없었다.

민우는 제니가 자신에게 관심이 많음을 알고 있었다.

'붉은 머리 제니'로 미군 병사 사이에 인기가 많은 제니였지만 성격이 명랑하고 착한 대신 한번 틀어지면 모진 성격이 된다는 것도 잘 알았다.

언젠가 홀에서 마음에 없는 미군 병사가 지분거리자 피우던 담배를 자신의 손등 위에 눌러 끈 적이 있을 정도였다.

그녀의 손등엔 담뱃불 자국이 드문드문 나 있었고, 팔에는 장미꽃 모양의 문신이 새겨져 있었다. 그 문신을 몹시 부끄러워하던 제니는 묻지도 않았는데 민우에게 변명한 적이 있었다.

"이런 데 나와서요, 철 모를 때요, 사랑했던 양키 새끼가요, 마음 변치 말라구 해서 말이에요, 이것을 새겼는데, 변하긴 그 새끼가 먼저 변했어요. 간다고 말도 없이 미국으로 토껴버렸다구요."

지워지지 않는 문신이 부끄러워서 제니는 그 위에 늘 반창고를 붙이고 다녔다.

'빨간 머리 제니'가 사장 조카 민우를 좋아한다는 사실은 나이아가라에 나오는 여자들은 모두 다 알았다. 제니는 여자 종업원들에게 공언을 하고 다녔다.

"민우는 내 꺼니까 딴 년들이 색을 쓰고 다니거나 유혹하면 내 손으로 찢어 죽일 거야."

언젠가 한번 성병에 걸린 여자가 정기검진을 피해(검진을 받으면 성병이 다 나을 때까지 영업을 못 하니까 가게도 손해고

본인도 손해이므로) 페니실린 주사를 맞은 적이 있는데, 그때 민우가 그 주사를 놔주었다. 주사 놓는 솜씨를 보고 여자들은 민우가 단순히 손재주가 좋은 게 아니라 뭔가 의사 공부 비슷한 것을 했다는 사실을 단박 알아차렸다.

운이 나쁘게 임신을 한 여자 중 하나가 스스로 낙태를 하려고 가는 쇠꼬챙이 철사를 자신의 자궁 속에 집어넣고 끔찍스런 일을 저지르다가 과다 출혈로 빈사 상태에 빠진 것을 민우가 응급 조치를 해서 병원으로 싣고 간 뒤부터는 온 거리의 여자들이 이 새로 들어온 정체 불명의 민우에 대해서 관심을 집중했다.

그럴 때마다 제니는 소매를 걷어붙이고 나서곤 했다.

"민우 씨 앞에서 꼬리를 치거나 색을 쓰는 년들은 내가 가만두지 않겠어. 민우 씨는 내 꺼야. 내가 찍었어. 내가 찍었으니까 내가 한번 따먹은 뒤엔 맘대로 해. 서방을 삼든지, 결혼을 하든지."

제니는 기회 있을 때마다 민우를 찾아왔다. 민우가 정식 허가만 내지 않았을 뿐 반의사와 다름없다는 것을 안 뒤로는 한밤중에 배가 아프다고 찾아왔다. 맹장염에 걸린 것 같다고 제니는 떼를 썼다.

데리고 있는 종업원 중 제니가 민우에게 유난히 관심이 많다는 것을 눈치챈 로라 이모는 은근히 민우에게 물었다.

"제니란 년이 널 좋아하는 모양인데 너두 마음에 있냐?"

"……아, 아닙니다."

제대로 대답을 못 하고 낯을 붉히자 껄껄 웃으면서 이모가 민우의 어깨를 내리쳤다.

"그년이 주둥아린 까졌어두 성격 하난 괜찮다. 독한 데가 있지만 일단 마음에 들면, 죽으라면 죽는 시늉이라도 할 계집년이다. 마음에 들면 데리고 자렴."

이모는 일부러 짓궂게 민우의 두 다리 사이를 손으로 툭 치면서 킬킬 웃었다.

"하기야, 니가 키도 크고 몸도 크다만 내 보기엔 아직 숙맥이다. 어디 좋아하는 가시나가 있긴 하더냐?"

있구말구요.

민우는 무심코 던진 이모의 말에 순간 가슴이 미어지는 듯한 슬픔을 느꼈다.

좋아하는 여인이 있구말구요. 사랑하는 여인이 있구말구요. 입맞춤을 나누기도 한 걸요. 밤마다 그녀의 얼굴을 떠올리며 자는데요. 너무나 자주 떠올려 이젠 얼굴의 영상마저 희미하게 지워지고 있는데요.

밤마다 꿈에 다혜가 보였다. 어떤 밤엔 홀로 잠을 자다 다혜의 이름을 부르며 울기도 했다. 소스라쳐 놀라 깨어보니 눈가에 눈물이 흥건히 괴어 있었다.

보고 싶다, 다혜. 네가 보고 싶다. 네 곁으로 가고 싶다.

밤마다 민우는 기도처럼 그런 말을 떠올리곤 했다.

사랑한다, 다혜. 네가 보고 싶다. 네 곁으로 가고 싶다.

"잘난 체하지 말어, 이 새끼야."

민우는 왜 어째서 제니가 저처럼 흥분하는가 이해할 수 없는 마음으로 그녀를 지켜보았다. 제니는 삐죽삐죽 깨진 술병을 거꾸로 세워 들었다.

"니가 잘났으면 얼마나 잘났어. 나두 태어날 땐 우리집에서 귀한 자식이라구 미역국 받아먹은 년이야. 잘난 체하지 말어. 너두 할 일 없이 이 바닥에 미국놈 엉덩이 빨아먹으려구 기어들어온 건달 아냐. 너나 나나 피장파장이야."

순간 제니는 깨진 술병을 자신의 손목으로 가져갔다.

눈 깜짝할 사이에 걷잡을 수 없는 일이 벌어졌다. 제니가 깨진 병으로 자신의 손목을 그어내린 것이다. 순간 빨간 피가 상처를 따라 튀었다.

"안 돼."

민우는 비명을 지르면서 제니의 몸을 향해 덤벼들었다. 그는 미친 듯이 제니의 몸을 결박하고 그녀의 손에서 깨진 병을 빼앗아 들었다.

"내버려둬."

제니의 입에서 넋 나간 목소리가 흘러나왔다.

"난 죽을 거야. 날 내버려둬."

민우는 흐르는 피를 막기 위해 그녀의 팔뚝을 강하게 압박했다. 그러나 소용없는 짓이었다. 생각보다 깊게 상처를 입은 모양이었다.

이렇게 해서 뭘 어떻게 하겠다는 것일까. 스스로 몸에 상처를 입힌다고 어떤 목적을 이룰 수 있단 말인가.

"난 죽을 거야. 내 몸에 손대지 마—"

제니는 온몸에서 진이 빠졌는지 맥없이 주저앉아 울기 시작했다. 통곡 소리는 나오지 않았다. 헝클어진 얼굴 위로 뜻 모를 눈물이 젖어들었다.

쏟아지는 피를 막기 위해서 민우는 커튼을 찢었다. 응급조치를 할 만한 붕대가 없었으므로 우선 급한 대로 그것이 필요했다. 민우는 커튼을 이로 물어뜯어 임시 붕대를 만들어서 그녀의 팔뚝을 죄고 지혈시키기 위해 상처를 압박했다.

머큐로크롬이 문득 생각났으므로 민우는 떨리는 손으로 상처를 깨끗이 닦아내고 붕대로 상처를 감싸들었다. 급한 대로 응급조치는 한 셈이었지만 그것만으로는 충분하지 않았다. 상처가 깊고 위생 상태가 좋지 않은 붕대로 상처를 감쌌으므로 세균에 감염될지도 모른다는 불안이 민우를 괴롭혔다.

한바탕의 격돌과 긴장, 흥분 상태가 가라앉은 뒤에 그녀는 탈진한 사람처럼 맥없이 소파에 엎드려 있었다. 민우는 모피 코트를 그녀의 벗은 몸 위에 덮어주었다. 그녀의 숨소리가 고른 것으로 보아 이제 막 잠의 늪 속으로 빠져든 모양이었다.

더 이상 흥분하지 않고 제풀에 잦아들어 잠든 것은 불행 중 다행이었다. 팔뚝에 감은 붕대에는 더 이상 피가 배어들지 않았다.

이제는 어쩔 수 없이 제니를 이곳에서 재울 수밖에 없다고 민우는 생각했다.

민우는 석유 스토브 앞에 앉아서 우울하게 타오르는 불꽃을 바라보았다. 그의 귓가에 흥분해서 떠들던 제니의 고함 소리가 화살처럼 날아와 꽂히고 있었다.

—니가 잘났으면 얼마나 잘났어. 나두 태어날 땐 우리집에서

귀한 자식이라구 미역국 받아먹은 년이다. 너두 할 일 없이 이 바닥에 미국놈 엉덩이 빨아먹으려구 기어들어온 건달 아냐. 너나 나나 피장파장이야.

그래.

민우는 머리를 끄덕이면서 중얼거렸다.

너와 나는 피장파장이다, 제니. 난 네가 어디서 무엇을 하다가 이곳으로 흘러들어왔는지 모른다. 제니, 레드 제니. 너 또한 내가 이곳으로 무얼 하다가 흘러들어왔는지 모를 것이다. 제니, 그러나 어쨌든 너나 나나 먹고살기 위해서 이 텍사스촌으로 기어들어온 것이다.

민우는 탁자 위에 놓인, 피우다 남은 마리화나 한 대를 보았다. 민우는 물끄러미 그것을 주워 들여다보았다.

이것이 피우면 천국으로 여행을 갈 수 있다는 환각제인가. 불안하고 갈증나는 사람도 이것을 피우면 환상을 보고 마음이 즐거워진단 말인가.

그래.

나도 여행을 떠나자.

우주선을 타고 환상의 여행을 떠나자. 나라고 못 피울 것은 없다. 이제 담배연기를 빨아들여도 어느 정도 견딜 수 있을 만큼 단련이 되었으니까.

민우는 담배에 불을 붙여들고 캄캄한 홀로 나왔다. 창가로 다가가 커튼을 열었다. 가게 앞의 거리는 백색의 눈이 온 세상을 뒤덮고 있었다. 눈은 그쳤지만 아무도 나다니지 않아 발자국 하나 없는, 성처녀같이 깨끗한 눈밭이었다.

민우는 지켜보았던 대로 담배연기를 빨아들여서 연기 속에 숨은 환상의 독(毒)이 빨리 자신의 온몸으로 숨어들어가도록 숨을 멈췄다. 쿨럭쿨럭 기침이 나고 가슴이 찢어질 듯이 아팠다. 풀잎을 태우는 듯한 참을 수 없는 연기가 심장을 찔렀다.

민우는 마리화나 한 대를 다 피웠다. 그런데도 아무렇지도 않았다. 모든 것은 그대로였다. 홀은 추웠으며 냉기가 가득했다. 젖힌 커튼 밖으로는 순설(純雪)의 눈길이 끝없이 펼쳐졌으며 유리창엔 성에가 가득 끼었다.

환상은 어디에도 없었다.

민우는 비틀거리면서 밀실로 돌아왔다. 이상하게도 두 다리에 힘이 빠지고 온몸이 가벼운 풍선처럼 떠올랐다. 물을 가득 넣은 고무 위를 걷는 것처럼 발 닿는 마룻바닥이 흔들렸다.

제니는 엎드린 채 소파에 잠들어 있었다. 덮어준 모피 코트는 흘러내려 마루 위에 굴러떨어져 있었다. 방 안은 목욕탕 속처럼 더웠다.

벌거벗고 누운 제니의 엉덩이가, 그녀의 방심한 뒷모습이 너무나 우스워 보여 민우는 낄낄거렸다. 그러다가 내가 그녀의 엉덩이를 보고 웃는구나 하는 느낌이 또 다른 웃음의 꼬리를 물었다. 그래서 민우는 계속 웃으면서 잠든 제니의 풍요한 육체를 쳐다보았다.

소파 아래로 미끄러져 떨어진 팔등 위에 문신으로 새긴 장미꽃이 탐스러웠다. 남 보기가 부끄러워 언제나 대형 반창고로 그것을 가리고 다니던 제니였다.

누가 그곳에 저런 파란색 장미를 심은 것일까. 그 탐스러운 장미꽃 문신이 나서 민우를 즐겁게 만들었다. 그래서 민우는 킬킬거리면서 웃었다.

저 탐스러운 장미꽃 한 송이를 내 손으로 꺾으리라.

민우는 소파 아래로 미끄러져 늘어진 제니의 팔을 들어올렸다. 그리고 팔등 위에 새겨진 장미꽃의 문신을 향해 손을 내밀었다. 그러나 그 장미꽃은 완강히 반항했다. 그래서 꺾이지가 않았다. 민우는 거칠게 그 장미꽃을 향해 손을 내밀어 비틀었다. 비명 소리를 내면서 제니가 돌아누웠다.

민우는 장미꽃을 향해 이를 들이대었다. 그리고 물어뜯었다. 그리고 거의 동시에 잠들었던 제니의 몸이 비명 소리와 함께 용수철처럼 튀어올랐다.

"뭐야, 뭐야?"

제니는 엉겁결에 일어나 앉아 민우를 쳐다보았다. 잠깐 그녀를 감싸안았던 수면이 그새 그녀의 의식을 말짱하게 회복시킨 모양이었다.

"왜 그래요?"

"……그 장미를 꺾고 싶다."

민우가 웃으면서 그녀의 팔을 가리켰다. 그녀는 이상하다는 눈빛으로 민우의 얼굴을 보았다. 민우의 얼굴이 창백하게 질려 있었다. 눈 근처가 발갛게 상기되고 눈동자는 초점을 잃고 풀려 있었다.

제니는 자신이 잠든 사이에 그가 마리화나를 피웠음을 그제야 알아차렸다. 그리고 그가 그사이에 완전히 약기운에 젖어버린 것을 확인했다.

그는 완전히 돌았다.

"이 장미를요?"

다소 장난기 어린 목소리로 제니가 자신의 팔등을 가리켰다.

"……그래, 그 장미를 꺾어야지."

"이리 와요. 장미는 내 몸에 아주 많아요."

제니가 그를 향해 두 손을 벌렸다. 비틀거리면서 민우가 그녀 곁으로 다가왔다. 제니는 민우의 머리를 부둥켜안았다. 제니는 민우의 머리를 자신의 가슴에 파묻었다. 제니는 자신의 젖꼭지를 가리키면서 말했다.

"이것두 장미구요, 이쪽두 장미예요."

제니는 한 겹의 팬티마저 벗고 완전한 알몸이 되었다. 그녀의 육체 내부에서 뜨거운 열망이 끓어올랐다. 오랫동안 갖고 싶어 하던 사내의 몸이었으므로 그녀의 온몸은 자작나무처럼 싱싱하게 불타올랐다.

"내 몸엔 장미가 아주 많아요."

제니의 입에서 뜨거운 신음 소리가 배어나왔다. 자신의 몸 위에 엎드린 사내의 몸이 차차 폭발할 것 같은 흥분과 육체적 열망으로 끓어오르는 것을 제니는 감지했다.

제니는 순간 그가 단지 그와 같은 열망만 가득할 뿐 그 열망을 어떻게 해소할지 방법을 모른 채 머뭇거리고 있음을 알아차렸다. 그래서 제니는 자신의 젖을 그의 입에 들이댔다. 마치 굶주린 어린아이에게 젖을 물리는 어머니처럼.

그러자 민우의 입이 그녀의 젖을 빨기 시작했다. 오랜 갈증에 시달린 사람처럼 민우는 그녀의 젖을 빨아들였다.

제니는 품속에서 젖을 빨면서 잠드는 아이를 토닥거리듯 두 손으로 민우의 머리카락을 부드럽게 쓰다듬었다. 그가 어린아이만 같았으므로 제니는 그가 사랑스럽고 아름다웠다.

그녀는 그의 배고픔과 갈증이 단지 젖을 먹는 것만으로 해소되지 않는다는 것을 잘 알았다. 그래서 그녀는 민우의 옷을 하나하나 자신의 손으로 벗겼다. 마치 목욕을 시키기 위해서 아이 옷을 벗기는 어머니처럼.

마침내 민우가 알몸이 되었을 때 제니는 비로소 그가 아이가 아니라 하나의 남성으로 팽창되어 성장한 사실을 깨달았다.

—이 사내를 절대로 놓치지 않으리라.

그의 몸을 자신의 몸으로 녹여 형체 없는 물과 바람으로 만드는 동안 제니는 주문처럼 그 말을 줄곧 되뇌었다.

—이 사내를 내 것으로 만들 것이다. 내 곁을 떠나려 한다면 나는 이 사내를 죽이고 말 것이다.

"앉거라."

담뱃갑에서 담배를 한 개비 뽑아 물며 로라 이모가 민우를 흘긋 쳐다보았다.

"한 대 피울 테냐?"

"싫습니다."

민우는 머리를 흔들었다. 로라 이모의 표정으로 보아 뭔가 기분이 편치 않은 구석이 있는 모양이었다.

"오늘 아침에 기분 좋지 않은 일이 있었다."

후— 담배연기를 길게 내뿜으면서 로라 이모가 말을 뱉었다.

"제니란 년이 내게 다녀갔다."

이모는 옆눈으로 민우를 쏘아보았다.

"말 빙빙 돌리지 말자. 딱 부러지게 얘기하마. 네가 제니란 년을 건드린 게 사실이냐?"

"……."

민우는 대답 대신 고개를 떨구었다. 얼굴이 붉어졌다.

"대답이 없는 것을 보니 사실인 모양이구나. 도대체 그년을 건드린 것이 언제냐?"

"……작년 연말이었습니다."

민우는 더듬거리면서 대답했다.

새해를 앞둔 세모의 밤, 우연한 만남으로 민우는 제니에게 충동적인 욕정을 느꼈다. 그것은 욕정이라기보다는 자기 자신을 학대하고 자기 자신에게 침이라도 뱉고 싶은 모멸감의 충동이었다.

"그런데 네가 그년을 데리고 살겠다고 그랬느냐?"

드디어 올 것이 오고야 말았다고 민우는 생각했다. 그 일이 있은 뒤 두 달 동안 거의 매일같이 제니는 민우에게 만나달라고 애원했다.

그녀는 가게에도 나오지 않았다. 다른 가게에도 나가지 않았다. 그녀는 더 이상 미군을 상대로 웃음을 팔고 몸을 팔지 않을 것이라고 공언을 하고 다녔다. 더 이상 더러운 갈보짓은 하지 않겠다고 사람들에게 말하곤 했다.

그 소문이 민우의 귀에까지 들려왔다. 애써 모아둔 돈을 까먹고 있노라고 가게에 나오는 여자들이 일부러 민우에게 들으라고 귀띔을 해주었다.

"제니는요, 아니 그년이 자기를 제니라고 부르면 팔을 걷고 덤벼들어요. 이젠 양년 이름 쓰지 않고 본이름을 쓰고 있어요. 은영이는요 민우 씨와 결혼하겠대요. 그래서 살림을 차리겠대요."

밤이 깊어지면 제니는 민우에게 전화를 걸어왔다. 가게에 나오는 여자들에게 편지를 전해오기도 했다. 거의가 만나자는 약속이었다. 그 일방적인 약속을 민우는 한 번도 지켜준 적이 없었다.

민우는 애써 그녀의 유혹과 약속을 무시했다. 민우는 그녀에게 아무런 미안함도 느끼지 않았다. 어느덧 반년이 넘은 이 극단적인 생활에 익숙해져버렸는지 민우는 이제 제니에게 인간적인 양심의 가책마저도 느끼지 않았다.

이곳에서 여자와의 육체적인 교섭은 늘 있는 일이었다. 오히려 민우는 제니에게 동정(童貞)을 잃은 셈이었다. 집요한 그녀의 유혹에 충동적으로 말려든 것에 지나지 않았다.

민우는 제니를 조금도 사랑하지 않았다. 인간적인 연민의 정도 느끼지 않았다.

그녀가 그토록 민우와의 섹스를 바랐으므로 잠시 그녀의 원대로 유혹에 말려든 것에 지나지 않았다.

그 유혹 뒤끝의 참담한 후회감은 민우를 고통스럽게 만들었다. 그 고통은 줄곧 머릿속으로 그리고 꿈꿔온 사랑하는 다혜에 대한 미안함에서 비롯되는 것이었다. 정신적인 피해자는 오히려 민우 자신이었다.

"그년이 나를 찾아와서 말했다."

이모는 빤히 민우를 노려보면서 말을 이었다.

"네 녀석이 그년과 결혼하겠다고 약속을 했다는 거야. 도대체 이게 어떻게 된 일이냐? 네가 그년과 살림 차리겠다고 언질이라도 주었느냐?"

"……아닙니다."

민우는 대답했다.

"하기야 니가 뭐 결혼할 년이 없어서 썩은 갈보년과 결혼하겠느냐만, 그래도 그년이 여간 앙칼지게 나오는 게 아니더라. 자기는 이제 이 바닥에서 몸을 씻었다는 거야. 그년이 내게 공갈 협박을 하더군. 자기를 무시하면 미군 수사기관에 우리가 한 짓을 찔러버리겠다는거야. 그년이 눈치 하난 빠르니까 우리의 약점을 그사이에 모른 체하고 엿보았던 모양인데, 구더기 무서워서 장 못 담글 수는 없지. 그년이 주둥아릴 벌리면 쥐도 새도 모르게 토막 내서 땅속에 파묻어버리면 그만이지만 문제는 그년이 아니라 니 녀석이다. 그래 그년에게 마음이라도 있었느냐? 무슨 언질이라도 주었어?"

이모는 집요하게 캐물었다. 그것은 호기심 이상의 의미를 담고 있었다.

"……아, 아닙니다."

"그렇다면 그년은 왜 제 입으로 나발을 불고 다니는 게냐? 어디서 만만한 싹수라도 보았다는 거냐?"

이모가 다시 새로운 담배에 불을 붙였다.

"이 얘긴 너한테 안 하려고 했는데 그년이 자기 입으로 얘기했다. 배 속에 니 아이를 배었다는 거야."

민우의 얼굴에서 핏기가 사라졌다. 마음의 충격이 고스란히 드러난 표정을 이모가 날카롭게 쏘아보았다.

"하기야 그년의 말은 믿을 게 못 된다. 배지도 않고서 공갈을 칠 수도 있으니까. 한 번밖에 안 잤는데 덜컥 애가 서다니, 그게 사실이라면 제니 그년은 벌써 튀기 아일 수백 마리 낳았을 게다. 너무 걱정하지 마라. 내 눈은 못 속인다. 거짓말을 하는 게 분명하니까. 하지만 그년은 워낙 독종이 되어놔서 무슨 일이든 저지를 년이다. 그래서 말인데……."

이모가 목소리를 낮추었다.

"가끔 그년을 만나주는 게 어떻겠냐? 난 분명히 알고 있다. 말이야 그렇게 해도 그년이 그 주제에 어떻게 너와 결혼식 올리기를 바랄 테냐. 그건 말도 되지 않는다. 본인도 감히 그렇게 되기를 꿈꾸지는 않을 게야. 또 그년이 썩은 몸 주제에 어떻게 니아일 낳겠다는 게냐. 설혹 아이를 뱄다손 치자. 그게 뭐 대수냐. 긁어내면 되지. 그저 그년이 바라는 것은 니가 가끔 찾아와서 동무해주고 가끔 들러서 서방 노릇해주는 것, 그것으로 만족하겠다는 게다. 그러니 말인데, 가끔 들러주려무나. 그저 계집이란 뭐니뭐니해도 팔베개 받쳐주고 품 안에 안고서 귓속말 해주면 그것으로 그만이니까. 그러다가 정이 떨어지면 헤어지는 서구. 그년이 너 하나만 믿고 살 그런 계집년은 못 된다. 엉덩이가 가볍고 바람기가 많아서 지금은 널 못 보면 죽을 것 같지만 곧 싫증이 나서 다른 남자 보면 지레 엉덩이를 흔들게다. 그때 못 이기는 체 물러서주면 그만이 아니냐. 너도 요즈음 외롭고 젊은 나이에 독수공방하느니, 이따금 만나서 배 맞추는 게 몸에도 해롭지 않을 테고. 꿩 먹고 알 먹고가 아니냐. 그년이 그래도, 독살맞아두 정 깊은 데도 있고, 아주 쌍것은 아니다. 머리가 나쁘지 않은지 여기 애들 중에서 영어도 제일 잘하고 아는 게 그중 많다. 그래서 말인데, 오늘 오후에 그애를 만나보거라. 집은 알고 있느냐?"

"……모릅니다."

민우는 머리를 흔들었다.

"하지만 안다고 해도 전 가고 싶지 않습니다."

"어째서?"

다소 빈정대는 말투로 이모가 말을 비꼬았다.

"전 제니를 조금도 좋아하지 않습니다. 전 따로 마음을 정한 여인이 있습니다."

"따로 마음을 둔 여인이 있다고?"

이모가 눈을 반짝이면서 물었다.

"그애가 누구냐? 이곳에 사는 여자냐?"

"……"

민우는 대답 대신 머리를 흔들었다.

"하기야 이곳에 있는 갈보년 중에 마음 줄 아이가 있을 리 없지. 아직 우린 서로에 대해서 잘 모른다. 너야 나에 대해 어느 정도 눈치로 알겠지만 난 너에 대해서는 아직 감감소식이다. 대충 때려잡아보면 넌 이 바닥에 어울릴 그런 녀석이 아니다. 이곳 여자애들이 널 의사 선생님이라고 부른다는데 너 여기 들어오기 전에 돌팔이 의사라도 하다 왔느냐?"

"아, 아닙니다."

"좋아, 그런 시시한 질문은 하지 않기로 하자. 그래 마음에 두었다는 여자는 어디에 있느냐? 여기에 사는 여자는 아니지?"

"그, 그렇습니다."

"그럼 어디에 있느냐?"

"아주 먼 곳에서 살고 있습니다."

민우가 떨리는 목소리로 대답했다.

"먼 곳, 먼 곳이 어디냐? 별나라라도 되는 셈이냐?"

"별나라보다도 멉니다."

민우가 머리를 떨구었다.

"그렇다면 죽었느냐? 이세상 사람이 아니냐?"

"아, 아닙니다."

"살아 있는 계집년이 별나라보다도 먼 곳에서 산다니, 외국이라도 간 것이냐?"

"아, 아닙니다."

민우가 말을 흐렸다.

"아무것도 아닙니다. 괜히 말을 꺼내본 것에 지나지 않습니다."

"먼 곳은 먼 곳이고 이곳은 이곳이다, 바보 같은 녀석아. 별나라는 별나라고 텍사스촌은 텍사스촌이다. 네가 사는 이곳은 지금 네겐 가장 소중한 곳이 아니냐. 잊어버려라. 먼 곳에 사는 공주마마는 잊어버려라."

"많이 잊혀졌습니다."

민우가 담배를 피워 물었다. 그는 쿨럭쿨럭 기침을 했다.

"이제 기억조차 제대로 나지 않습니다."

"그럼 됐다."

이모가 말을 그만 끝내겠다는 듯 일어서면서 말을 이었다.

"가게 뒤쪽에 가면 만물상회란 구멍가게가 있는데 그곳에 가서 제니의 집이 어디냐고 물으면 가르쳐줄 것이다. 한번 찾아가 봐라. 하룻밤을 자두 만리장성을 쌓는다고 말하지 않더냐. 그년에게 내가 말했다. 내가 널 한번 만나게 해주겠다고 약속했으니까, 내 말을 못 들은 척해서는 안 된다. 가겠냐?"

"난, 난······."

민우가 대답했다.

"난 가고 싶지 않습니다, 이모님."

"가고 싶지 않아두 가거라. 가서 말하거라. 싫으면 싫다고 분명히 말하거라. 쓸데없는 말을 하면 죽이겠다고 말하거라. 덤벼들면 머리채를 부여잡고 복날 개 패듯 패서 정신이 돌아오도록 만들어주어라. 계집년은 적당히 맞으면 그다음엔 고분고분해지는 법이란다. 약속하거라. 오후에 들르겠다고 말하거라."

"……알, 알겠습니다."

"알겠으면 됐다. 가보거라."

민우는 거실을 나왔다.

이모의 집을 나와 지프를 타고 돌아오면서 민우의 머릿속에 좀 전에 이모에게서 들었던 놀라운 말 한마디가 떠올랐다.

애를 뱄다고. 제니가 나의 애를 뱄다고.

그럴 수가 있을까. 단 한 번의 정사로 그렇게 쉽게 아이를 밸 수가 있을까.

설혹 그것이 거짓이라고 하더라도, 아니다, 전적으로 그렇게 믿을 수는 없다. 사실일 수도 있을 것이다.

아아, 그렇다면 나는 아기 아버지가 될지도 모른다.

민우는 한적한 교외에 차를 세우고 물끄러미 얼어붙은 겨울 들판을 바라보았다.

제니의 집을 찾는 것은 어렵지 않았다. 이모가 가르쳐준 대로 조그만 구멍가게에서 제니의 집을 묻자 가까운 골목 안에 제니의 집이 있다고 가게 주인이 말해주었다.

골목 안에는 작은 블록집들이 어깨를 맞대고 다닥다닥 붙어 있었다. 인근 술집으로 밤일을 나가는 여자들이 집단으로 하숙하는 고만고만한 집들이었다.

가게 주인이 가르쳐준 집은 대문이 활짝 열려 있었다. 여자 하나가 마당에서 칫솔질을 하다가 민우를 보았다. 민우가 얼굴을 아는 여자였다.

"웬일이세요?"

입 속에 가득 치약 거품을 물었으므로 여자는 불확실한 소리로 웅얼거렸다. 민우는 우물쭈물 서 있었다. 차마 세니를 만나러 왔다는 말이 입 밖으로 나오지 않았다.

"아, 알겠다."

민우의 표정을 보고 대충 짐작이 간다는 듯 여자가 크게 웃었다.

"은영이를 만나러 왔지요? 은영이 방은 저 부엌 뒤 끝방이에요. 지금 있을 거예요. 들어가보세요."

민우는 도망치듯 뒤꼍으로 가는 좁은 골목을 지났다. 부엌 뒤쪽에 작은 방이 하나 있었다. 부엌 뒤쪽은 그대로 허허벌판이었다. 감나무 한 그루가 뒤꼍 마당에 서 있었다. 까마귀 한 마리가 감나무 가지에 앉아서 목 쉰 소리로 울었다. 민우는 방문 앞에 우두커니 섰다.

이모가 시키는 대로 이곳까지 제니를 찾아오긴 했지만 무엇을 어떻게 해야 할 것인지 도무지 짐작이 가지 않았다. 그녀를 만나서 무엇을 어떻게 할 것인가.

로라 이모는 왜 나를 이곳까지 보낸 것일까. 행여 제니가 입을 열어 로라 이모의 사업을 미군 수사당국에 찌를까봐 그것이 무서워서 보낸 것일까. 그럴 이모가 아니다. 그렇게 겁이 많은 이모가 아니다. 그런 공갈 따위에 이모는 눈 하나 깜짝하지 않는다. 제니가 불쌍해서 보낸 것일까. 그녀가 자신의 말대로 아이를 뱄다고 했으므로 연민의 정을 느껴 나를 보낸 것일까. 그럴 리도 없다. 이모는 그런 동정심 따위는 없는 사람이다. 이모는 오히려 내게 제니가 맞는 상대라고 생각하는 것은 아닐까. 내가 제니와 가까워지기를 바라는 것은 아닐까. 제니와 가까워지면 나를 이곳에 완전히 묶어두려는 계산이 아닐까.

민우는 주머니에 손을 찌르고 묵묵히 서 있었다.

이대로 돌아가고 싶다고 민우는 생각했다. 그녀를 만나고 싶지 않다고 민우는 생각했다. 그러나 그때 우연치 않게 방문이 열렸다. 막 문지방을 넘어 밖으로 한 발짝 나서려다 말고 제니는 바로 눈앞에 있는 민우를 발견했다.

손에 무언가 들고 있다가 그것을 떨어뜨렸다. 빈 냄비였다.

"……웬일이세요?"

적잖이 놀란 목소리로 제니가 말했다.

"……제니를 만나러 왔어."

"저를요? 어머나, 해가 서쪽에서 뜨겠네. 절 만나러 왔는데 왜 그곳에 서 있어요? 깜짝 놀랐네. 언제부터 그곳에 서 있었어요?"

"……방금 왔어."

"들어오세요. 아니 잠깐 기다리세요. 방이 워낙 더러워놔서. 곧 치울게요. 잠깐만 기다리시면 돼요. 저놈의 까마귀놈은 왜 저렇게 극성스럽게 울고 있지. 워워이 워워이."

제니가 돌팔매질하듯 빈손을 허공에 내저었다. 그러자 푸드득 까마귀 한 마리가 날갯짓을 하면서 날아갔다.

벌써 저녁이 되어가는지 민가의 굴뚝에서는 저녁연기가 모락모락 피어올랐다. 추수하고 남은 들녘 검불 위로 날카로운 서릿발이 번득였다. 저녁 황혼이 물드는 들판을 개 두 마리가 경주하듯 서로 앞서거니 뒤서거니 달려가고 있었다.

"……들어오세요."

문이 열리고 제니가 함빡 웃었다. 옷까지 갈아입은 모양이었다.

"방이 누추하다고 흉보시면 안 돼요."

민우는 구두를 벗고 방 안으로 들어섰다.

방은 생각보다 넓었다. 그리고 누추하지도 않았다. 결코 좁지 않은 방 안에는 물건들이 빽빽하게 들어차 있었다. 침대와 전축, 옷장과 화장대, 거울과 텔레비전 등 가재도구로 가득했다.

어지러울 정도로 짙은 화장품 냄새가 코를 찔렀다.

"커피를 끓여드릴게요."

전기 포트에 스위치를 꽂으면서 제니가 말했다. 그녀는 일어서서 형광등을 켰다. 흰 형광등 불빛이 몇 번 껌뻑이다 켜졌다. 이번에는 스위치를 찰칵 내리자 붉은 불이 켜졌다. 아직 불을 켤 시간은 아니었다.

"제가 만나자고 한 연락은 수없이 받으셨죠?"

술 취하지 않은, 말짱한 얼굴의 제니를 만나는 것은 이것이 처음이었다. 화장을 하지 않고 물세수로 정결해진 제니의 얼굴은 비로소 어린 나이에 어울리도록 젊고 아름다웠다. 제니 역시 몹시 쑥스러워했다. 맨발이 부끄러운 듯 그녀는 침대 밑에 쑤셔넣은 양말을 찾아 신었다.

"그런데 왜 절 피하시는 거죠? 내가 무서우세요?"

민우는 말없이 벽에 등을 기대고 앉았다.

그는 따로 할 말이 없었다. 제니가 담배 두 개비를 한꺼번에 입에 물고 불을 붙여서 한 대를 민우에게 내밀었다. 민우는 말없이 담배를 받아 피웠다.

"왜 만나자는 약속을 번번이 바람맞혔지요? 그렇게도 내가 싫으세요? 그렇게도 민우 씨는 도도하시구요?"

물이 끓었다. 제니는 커피잔에 설탕과 커피를 알맞게 넣었다.

"설탕 몇 스푼 타세요? 단 커피를 좋아하세요? 아니면 쓴 커피를 좋아하세요?"

민우는 대답 대신 묵묵히 방바닥만 바라보았다. 제니는 커피잔에 가득 끓는 물을 부었다.

"드세요."

제니는 이런 식의 소꿉놀이가 무척 즐겁고 신이 난 표정이었다.

사랑하는 사람의 커피를 끓이고 그와 얼굴을 맞대고 앉아 있다는 사실이 몹시 즐거운 모습이었다. 민우는 말없이 커피를 마셨다.

"민우 씨가 나 같은 계집년은 안중에도 두지 않는다는 건 나도 잘 알아요. 하지만 가끔은 만나러 올 수도 있잖아요. 이봐요, 난 이제 밤일도 그만뒀어요. 이제 양코배기라면 신물이 나요. 내가 왜 밤일을 그만뒀는지 아세요?"

빤한 눈초리로 제니가 민우를 쳐다보았다.

"그건, 그건 말이에요. 민우 씨와 살림을 차리기 위해서예요.

뭣 땜에 빈 가게에서 잠을 자요? 맨날 라면만 끓여 먹으면서?
빨래도 못하면서? 이봐요, 내가 따뜻한 밥 해줄게요. 빨래도 해
줄게요. 밤마다 동무도 해주구요. 민우 씨에겐 내가 제일 어울
려요. 딴 년들은 내가 잘 알아요. 그년들은 그야말로 똥걸레늘
이에요. 난 달라요. 난 살림을 차릴 때를 빼놓고는 남자와 잠을
자본 적이 없다구요. 성병에 걸려 페니실린 주사를 맞아본 적도
없다구요. 민우 씨에겐 내가 제일 어울려요."

"……제니."

민우가 무겁게 입을 열었다.

"날 앞으로 제니라고 부르지 마세요. 내 이름은 은영이에요.
김은영……."

"그럼 달리 부르겠어. 은영이."

민우가 더듬거리면서 말을 이었다.

"난, 난 말이야. 난, 언젠가는 이 거리를 떠날 사람이야."

"그건 민우 씨만이 아니에요. 나도 언젠가는 이 쌍놈의 거리
를 떠날 거예요."

"내 말은 그 뜻이 아니라, 난, 난 말이야……."

어디에서부터 무슨 말을 어떻게 꺼내야 할지 민우는 판단이
서지 않았다. 그저 막막한 기분이었다.

"좋아요."

딱 잘라서 제니가 말했다.

"좋아요. 언젠가 떠날 사람이랬죠. 그럼 떠날 때까지만 내 곁
에 있어요. 난 아무것도 바라지 않아요. 이 거리를 떠날 때 나를

함께 데려가달라는 말은 하지 않겠어요. 하루 종일 민우 씨 곁에 붙어 있을 수 있어요. 난 민우 씨를 좋아해요. 분명히 말할게요. 내 곁을 떠날 수 없어요. 그땐 가만두지 않을 거예요."

민우는 물끄러미 제니의 얼굴을 보았다. 그녀의 얼굴에 눈물이 스며들었다.

민우는 무릎을 깍지 끼고 앉아서 제니의 눈을 들여다보았다.

"……내겐…… 다른 여인이 있어."

오랜 망설임 끝에 민우가 말했다. 제니는 마시던 커피잔을 맥없이 내려놓으며 물었다.

"그년이 누구예요? 어떤 계집년이에요?"

"이곳에 있는 여자는 아니야."

민우는 길게 한숨을 쉬었다.

"그럼 어디 있어요?"

제니가 민우의 가슴을 가리켰다.

"이곳에 있구나. 가슴속에, 민우 씨 마음속에…… 됐어요. 이 말만 대답해보세요. 그 여자하구 잤어요?"

민우가 우울한 눈빛으로 제니의 눈을 바라보았다. 민우는 머리를 흔들었다.

"그럼 됐어요. 잠은 나하구만 자요. 그 여자는 가슴속에만 남겨두구요, 키스는 나하구만 해요. 그 여자는 마음속에 남겨두구. 그럼 됐잖아요. 아아, 언젠가는 그 여자를 찾아가겠지요. 아까 한 말, 이 거리를 떠나겠다는 말이 그 말이로군요. 그 여자를 찾아가겠다는 말이군요. 하지만 지금은 내 곁에 있어요. 우리 함께 이곳에 있어요. 그 여자는 내가 누구인지 모르지만 먼 곳에 있고 난 민우 씨 바로 앞에 있어요. 언젠가 그 여자를 찾아 내 곁을 떠난다 해도 그때까지 민우 씬 내 거예요."

"……어째서?"

민우가 고통스런 목소리로 입을 열었다.

"……왜 날 원하지?"

"……눈 때문이에요."

제니가 말했다.

"민우 씨의 눈을 보면 슬퍼져요. 민우 씨에겐 나 같은 여자가 있어야 해요. 잠깐만 기다리세요."

제니가 일어섰다.

"밥을 안치고 올게요. 저녁때가 지났잖아요."

"아니."

민우가 당황한 목소리로 손을 내저었다.

"곧 갈 거야."

"이러지 마세요. 숟가락도 두 개 있어요. 밥그릇도 많이 있구요. 김장김치도 맛있게 익었다구요. 김치찌개 좋아하시죠?"

제니는 벽에 걸린 털외투를 걸쳐 입으면서 빠르게 말을 이었다.

"잠깐만 기다리세요. 잠깐이면 돼요. 내가 밥을 안치고 정육점에 나가서 돼지고기를 사다가 김치찌개를 만들게요. 누워 계세요. 편안하게."

제니는 침대 위에서 베개를 집어들어 민우에게 주었다.

"텔레비전이나 보고 계시든지."

제니는 바람처럼 문을 열고 사라졌다. 민우는 제니가 준 베개를 베고 비스듬히 옆으로 누워서 담배를 피워 물었다.

이모의 진심은 무엇인가.

나와 제니가 부부처럼 맺어지기를 원하는 것일까. 그렇게 되면 이모는 내가 이 거리를 떠날 생각하지 않고 어쩔 수 없이 이곳 생활에 물들어가게 되리라고 생각하는 것은 아닐까.

제니가 나를 원하고 있음을 재빠르게 눈치챈 이모는 제니를 이용해서, 나를 구속하고 원격 조정으로 묶어두려는 것이 아닐까.

민우는 몸을 일으켜서 텔레비전의 스위치를 올렸다. 벌써 밖은 캄캄한 어둠이 깃들인 저녁 무렵이었다. 텔레비전 화면 속에서는 낯익은 가수가 나와 몸을 흔들면서 노래를 불렀다.

민우는 베개를 들고 침대 위에 올라가 누웠다. 침대는 두 사람을 능히 수용할 만큼 크고 넓었다. 이 넓은 침대를 얼마나 많은 사람들이 스쳐 지나갔을까. 이제 나는 이 침대에 또 하나의 스쳐가는 사람으로 눕게 될 것인가.

민우는 똑바로 천장을 보고 누웠다. 빗물이 샌 천장의 한구석에 작은 거미 한 마리가 열심히 오르락내리락하면서 거미줄을 쳤다.

붉은 형광 불빛이 머문 방 안은 요란한 향수 냄새와 더불어 편안한 휴식을 취할 수 있는 방이라기보다는 잠시 쾌락을 위해 머물다 도망치듯 사라지는 휴게실 같은 느낌으로 다가왔다.

옷걸이에 걸린 옷들은 흰 누비천으로 가려두었다. 천 위에는 서툰 솜씨로 호수가 있고, 빨간 양옥집이 있고, 풍차가 있고, 푸른 호수 위에 백조들이 떠 있는 모습이 수놓였다.

그 풍경 위에는 스위트 홈이라는 영문자가 커다랗게 색색 글씨로 수놓여 있었다. 그 수 솜씨는 제니가 고등학교 시절 수예 시간에 숙제로 만들어놓은 것임을 한눈에 알 수 있었다.

'스위트 홈'이란 영어 단어가 민우의 가슴에 박혀들었다.

미래를 꿈꾸고 희망에 부푼 그 시절의 제니는 어디에 있는 것일까. 빨간 양옥집을 수놓고, 백조를 수놓고, 스위트 홈을 수놓았던 그 소녀는 지금 자신의 육체 위에 장미 문신을 수놓고 그것으로도 모자라 수많은 남자들의 쾌락의 대상으로 허물어져가고 있다.

그래.

어쩌면 네가 진정으로 내게 어울리는 여자인지도 모른다.

텔레비전 화면에는 연방 새로운 가수들이 나와서 몸을 흔들고 노래를 불렀다. 민우는 엎드려서 베개를 턱 밑에 받치고 물끄러미 텔레비전 화면을 바라보았다. 그러다가 그는 천천히 잠에 빠져들어갔다.

깊은 잠 속에서 깨어난 것은 한밤중이었다. 민우는 소스라쳐 놀라 깨었다. 잠시 눈을 감고 피로를 풀리라 생각했던 민우는 눈을 뜬 순간 자신이 너무나 깊은 잠 속에 무방비 상태로 빠져 있었다는 사실을 불현듯 느꼈다.

민우는 벌떡 몸을 일으켰다.

방 안에 희미한 등 하나만 켜졌을 뿐 깜깜했다. 침대 옆자리에 거의 벌거벗은 제니가 누워 있다가 소스라쳐 놀라며 민우의 기척을 따라 일어섰다.

"가야겠어."

민우가 큰 소리로 말했다.

"지금 몇 시야?"

"……늦었어요."

선잠이 들었다 깬 목소리로 제니가 말했다.

"열한 시가 지났어요."

"……어떻게 된 거야? 왜 깨우지 않았어? 네 시간이나 잤잖아."

"깨울 수가 없었어요."

제니가 난처한 목소리로 말했다.

"어찌나 곤히 자는지. 코까지 드르렁드르렁 골면서요. 밥 먹으라고 서너 번 깨웠는데 통 일어나지 못했어요. 제정신이 아니었어요. 잠에 걸신 들린 사람 같았어요."

"불을 켜봐. 어떻게 하는 거야? 어떻게 하면 불이 켜지지?"

"그냥 주무세요. 이미 가기에는 늦었어요. 주무시구 내일 아침에 가세요."

"불을 켜."

무어라 투덜거리면서 제니가 허공을 더듬어 스위치를 잡아당겼다. 껌벅껌벅 몇 번 입맛을 다시다 형광등이 켜졌다.

민우는 눈이 부셔서 손등으로 눈을 가리고 제니를 돌아보았다. 제니는 잠옷바람으로 침대에 우두커니 앉아 있었다. 얇은 잠옷 속으로 풍만한 제니의 육체가 고스란히 드러나 보였다.

"……가겠어."

어느새 벗겨진 양말을 침대 밑에서 주워 신으면서 민우가 말했다.

"……가지 마세요. 오늘은 주무시구 가세요."

"아니야. 가야 해."

단호한 목소리로 민우가 머리를 흔들었다.

"……식사 준비해놨어요. 밥도 해놓고 반찬도 해놨어요. 가시려면 식사라도 하고 가세요. 잠깐만 기다리세요. 제가 상을 봐드리겠어요."

침대 앞에 상이 차려져 있었다. 잠든 민우가 깨어나면 줄 요량으로 미리 상을 준비해둔 모양이었다.

"밥은 요 속에 묻어뒀으니깐 식지 않았고, 잠깐만 기다리시면 찌개가 끓어요. 식사하고 가세요."

"……가겠어."

민우가 일어서면서 말했다.

"……미안해. 먹고 싶지 않아. 식욕이 없어. 다음에 와서 먹겠어."

민우는 도망치듯 방문을 열고 툇마루 밑에 둔 신발을 신었다. 구두끈을 매는 손이 떨렸다. 민우는 일어서서 잠시 더듬거리며 할 말을 생각했다. 그러나 아무런 말도 떠오르지 않았다.

"……오랜만에 깊은 잠이 들었어. 다음에 올 땐 꼭 식사를 하고 가겠어."

열린 방문 안에 서 있는 제니의 얼굴이 딱딱하게 굳어 있었다. 금방이라도 터질 것 같은 분노를 간신히 참느라고 볼이 푸들푸들 떨렸다.

"잘 있어."

좀더 시간을 끌다가는 폭발할 것 같아 민우는 도망치듯 그 자리를 벗어났다. 좁은 통로를 지나고 뜰을 가로질러 집을 벗어나 골목을 급히 걸으면서 민우는 줄곧 자신이 왜 이처럼 황황히 도망치듯 그녀의 곁을 떠나는가, 그 이유를 생각했다.

나는 제니를 무서워하는 것이 아닐까.

그녀 말대로 하룻밤 그곳에서 잠을 자고 새벽에 돌아온다 해도 뭐라고 할 사람은 없다. 하룻밤 자신이 없다고 해도 가게는 가게대로 잘 굴러갈 것이다. 그런데도 왜 나는 제니의 곁에서 도망치는 것일까.

제니의 유혹을 이기지 못하는 자신의 심약한 마음, 아니다, 오히려 그 반대다. 마음으로는 그녀의 유혹과 달콤하던 육욕의 쾌락을 기다리지 않았는가.

그것이 무서워서 도망치는 것은 아닐까.

정작 묻고 싶었던 것은 묻지 못했으면서, 실제 제니가 자신의 아이를 뱄느냐는 질문도 못 했으면서 나는 무엇이 무서워서 황황히 그녀의 곁을 떠나는 것일까.

나이아가라에 돌아와 홀로 들어서자, 늦게 나타난 민우를 이모는 의아한 눈으로 쳐다보았다.

"웬일이냐, 밤늦게?"

"……미안합니다. 늦었습니다."

어쨌든 명색이 술집의 지배인으로서 민우는 자신의 역할을 잠시 게으름으로 잊었던 사실이 부끄러워 낯을 붉히며 변명했다.

"잠시 잠이 들었습니다."

"아니다. 내 말은 이렇게 늦은 시간에 왜 나타났냐는 기다. 오늘은 나오지 않을 줄 알았는데."

로라 이모는 날카로운 눈빛으로 민우를 쏘아보았다.

"……어디서 오는 길이냐?"

민우는 대답 대신 우두커니 서 있었다.

"은영이 집에서 오는 길이냐?"

"……예, 그렇습니다."

"지금까지 그년 곁에 있었단 말이냐?"

이모는 갑자기 목 쉰 소리로 웃기 시작했다.

"다리가 후들거리며 떨리는 모양이로구나. 피로해 뵈는데 일찍 들어가지 그러냐. 너 없이두 가게는 잘 돌아가구 있다."

"……아, 아닙니다."

당황한 목소리로 민우가 말을 더듬었다.

"그래, 그년이 뭐라고 하더냐? 배 속에 니 아일 배구 있다구 그러더냐?"

민우는 대답 대신 얼음을 넣은 위스키를 한 입 들이켰다. 쓴 위스키가 목구멍을 타고 흘러들어가자 타는 듯한 술기운이 전신으로 번져나갔다.

한밤의 스트립쇼가 벌어질 시간이었는지 춤을 추기 위해 틀어놓았던 시끄러운 음악이 꺼졌고 무대 위의 조명도 하나씩 둘씩 꺼져갔다. 플로어에 나와서 춤을 추던 사람들은 뿔뿔이 탁자로 돌아와 땀을 닦으면서 무대 쪽을 향해 앉았다.

"새낄 낳셨다구 그러더냐! 아니면 긁어낼 테니 비용을 달라고 떼를 쓰더냐?"

조명 꺼진 홀에 느린 템포의 선정적인 음악이 흘렀다. 그러자 음악에 맞춰서 스트립걸이 무대 한쪽에서 걸어나왔다. 얇은 잠옷만을 걸친 여자가 걸어나오자 천장에 매달린 이동식 조명등이 그녀의 모습을 집요하게 따라다녔다.

시끄럽던 객석은 조용하고 뜨거운 침묵으로 곧 가라앉았다.

"……아니면 널 보구 싶어서 거짓말로 배지도 않은 아이새낄 뱄다고 공갈쳤다고 그러더냐?"

"……저두 모르겠습니다."

민우가 대답했다.

"……왜, 어째서?"

"묻지를 못했습니다."

"묻지를 못해?"

로라 이모가 믿을 수 없다는 표정으로 말을 되뇌었다.

"그럼 이제껏 그년과 붙어앉아 뭘 했단 말이냐? 그짓이나 하고 있었느냐? 이제 보니 니 녀석 대단한 색골인 모양이로구나."

"그, 그게 아닙니다."

민우는 더듬거리면서 말을 막았다.

무대 위에서 춤을 추는 스트립걸이 잠옷을 벗고 스타킹을 벗었다. 브래지어와 팬티만을 걸친 여자는 일부러 잘 보이기 위해서 객석 가까이 와 엉덩이를 흔들었다.

미군 병사가 여자의 팬티 속에 달러 지폐를 구겨넣었다.

열기가 고조된 객석은 곧 술렁이는 흥분으로 충만했다. 여기
저기서 휘파람 소리가 터지고 킬킬거리는 과장된 신음 소리가
흘렀다.

그때였다. 닫혔던 술집 문이 열리고 한 여자가 들어왔다. 민
우는 무심코 문을 보았다.

그곳엔 제니가 서 있었다. 그녀는 저무는 지난해의 겨울밤처
럼 모피 코트를 입고 있었다. 그러나 구두조차 신지 않은 맨발
이었다.

민우는 한눈에 그녀의 모습이 정상이 아님을 알아차렸다. 민
우는 자리에서 일어섰다. 민우의 이상한 행동을 의식한 로라 이
모가 민우의 눈을 좇아 술집 입구를 쳐다보았다.

"아니……."

로라 이모의 입에서 비명 소리가 흘러나왔다.

"……저년이 웬일이냐. 아니, 양말도 안 신었잖아. 맨발로……."

술집 입구를 주시하는 사람은 아무도 없었다.

무대 쪽으로 사람들의 관심이 집중되었으므로 등 뒤의 문을
열고 나타난 제니의 모습을 본 사람은 아무도 없었다.

민우는 술집 문을 열고 나타난 제니를 보자마자 순간 심상치
않은 일이 일어나고 있음을 알아차렸다.

그녀는 무시당했다고 생각했을 것이다. 자존심이 손상됐다고
생각했을 것이다.

그때였다.

제니가 찢어지는 듯한 소리를 질렀다.

"갓뎀, 이 더러운 양키 새끼들아."

일순 홀 안은 아수라장이 되었다.

무대 위의 스트립쇼에 넋을 팔던 사람들은 느닷없이 나타나 등 뒤에서 찢어지는 소리를 토해내는 제니의 비명 소리에 놀라 모두 자리를 박차고 일어섰다.

"이 개새끼들아, 갓뎀 썬 오브 비치. 이 종간나 새끼들아."

제니의 기세에 춤을 추던 여자는 비명을 지르면서 무대 뒤로 사라졌다.

홀 안에 불이 켜졌다.

사람들은 도대체 이 무례한 고함 소리의 진원지가 어딘가를 밝은 불빛 아래에서 확인하며 쳐다보았다. 밝은 불빛 아래 드러난 여자가 다름 아닌 '레드 제니'란 사실에 병사들은 어이없다는 듯 킬킬 웃으면서 휘파람을 불었다.

순간 제니는 몸에 걸쳤던 코트를 집어던졌다. 모피 코트 밑에 브래지어와 팬티만을 입은 나신이 드러나자 사람들은 이 기묘하고 엉뚱한 스트립쇼를 오히려 더욱 신이 나 하면서 박수를 치고 휘파람을 불었다.

"조명 꺼, 이 새끼들아, 음악 틀어."

제니는 비틀거리면서 맨발로 플로어 위를 맴돌았다. 그녀의 얼굴은 창백하다 못해 밀랍으로 빚은 인형처럼 새파랗게 질려 있었다. 아무래도 심상치 않은 얼굴이었다. 그냥 홧김에 술을 퍼마신 얼굴이 아니었다. 그렇다고 마리화나를 있는 대로 피운 얼굴도 아니었다. 뭔가 심상치 않은 약물을 술과 함께 들이켠 것이 분명했다. 그렇다면…….

민우가 사람들을 헤치고 플로어로 달려갔다.

서두르지 않으면 안 된다. 술과 약을 함께 복용했다면 술 때문에 약기운이 급속도로 몸에 번져나갈 것이다. 그래서 치명적인 결과가 올지도 모른다.

"……벗어."

"춤을 춰."

"……고 온, 고 온 베이비……."

제니의 곁을 둘러선 병사들이 고함을 지르면서 박수를 쳤다.

"팬티 벗어."

"……노래 불러."

민우가 무대 위로 나서자 갑자기 제니가 민우를 돌아보았다. 그녀의 눈은 풀려 있었다. 초점이 흐려져서 쓰러지기 직전의 혼수상태였다. 순간 흩어지려는 정신을 모아서 제니는 민우를 보았다.

"이 새끼야."

제니가 작은 소리로 말했다.

"잘난 체하지 말아, 이 자식아. 넌 비겁한 사기꾼이야, 이 새끼야."

사람들은 이 신성하고 새로운 스트립쇼를 반대하고 나선 민우를 모두 못마땅하게 생각했다. 그래서 그들은 민우에게 노골적으로 비난과 야유의 소리를 질러댔다.

"……비켜."

"내려와."

"뭐 하는 자식이야?"

그때였다.

무대 위에 서 있던 제니가 그 자리에서 쓰러졌다. 마치 썩은 나무토막이 부러지듯.

여기저기서 야유가 일어났다. 민우는 제니 곁으로 다가섰다. 그녀의 벗은 몸에 손이 닿는 순간 그 몸이 얼음처럼 차다고 느꼈다.

그녀의 몸은 식어가고 있었다.

민우는 플로어에 떨어진 코트를 주워 제니의 몸을 감싸고 업었다.

"어떻게 된 거야?"

로라 이모가 불안한 목소리로 물었다.

"……안 되겠습니다. 무슨 약을 먹은 것 같습니다."

"약을 먹어? 미친년……."

"병원으로 데리고 가겠습니다."

민우는 제니를 업고 가게를 나왔다.

어느새 눈이 내리기 시작했는지 온 천지는 백색 세상이었다. 하늘에서 내리는 눈발은 숲과 거리와 지붕과 민우를 뒤덮었다. 술집 종업원 몇 명이 따라나왔다.

"제니야, 제니야."

한 여자가 외투 바깥으로 흘러나온 맨발을 쥐고 울부짖었다.

"이년아, 약을 먹으면 어떻게 해."

"……죽지 마, 제니야."

민우는 지프에 제니를 부려놓았다. 히터를 틀었지만 훈기는 좀처럼 흘러나오지 않았다. 차 안은 냉장고 속처럼 차디찼다.

"……어디로 데리고 갈 작정이냐?"

황급히 뛰어나온 로라 이모가 걱정스런 목소리로 물었다.

"큰 병원으로 가야 합니다. 시간이 없습니다."

"돈은 있나?"

"있습니다."

"……병원이 어딘지 알고 있느냐?"

"……아무래도 시내까지 들어가야겠습니다. 다녀오겠습니다. 곧 연락을 드리겠습니다."

민우는 사납게 액셀러레이터를 밟았다. 차는 진저리를 치면서 달려나가기 시작했다. 그제야 훈훈한 바람이 흘러나왔다.

민우는 백미러로 뒷좌석에 누운 제니를 쳐다보았다. 그녀는 목을 꺾고 토하고 있었다. 일단 토하는 것은 안심되는 일이었다. 병원에서 응급조치를 취하는 방법도 토하게 하고 위를 세척해내는 일이니까.

"……난, 죽어……."

토하면서 간간이 제니의 입에서 저주의 신음 소리가 흘러나왔다.

"……더러운 놈…… 난……."

"······안 돼. 그러면 난······ 죽을 테야······."

악취가 차 안에 진동했다. 술 냄새가 역하게 퍼져오는 것으로 보아 역시 술과 함께 신경안정제를 먹은 모양이었다.

"······추워, 추워, 추워 죽겠어."

조금만 기다려라, 제니.

민우는 고개를 돌리고 제니에게 소리쳤다.

"널 살려주겠다. 널 죽이진 않겠다. 제니, 은영이."

열두 시가 넘은 깊은 밤이라 주위는 칠흑처럼 어두웠고 거리엔 오가는 차의 불빛도 전혀 보이지 않았다. 차는 잠든 도시를 향해 빠져들어갔다.

번화가 로터리에 가장 큰 병원이 있는 것을 눈여겨보았던 기억을 되살리면서 민우는 로터리 쪽으로 달려나갔다. 병원 역시 모든 불을 끄고 어둠 속에 묻혀 있었다. 건물 옆 응급실이라는 작은 문 위에 붉은 비상등만이 불을 밝히고 있었다.

민우는 차를 세우고 문 앞으로 달려갔다. 비상등 바로 옆에 만일의 경우에 대비해서 장치해둔 비상벨이 붙어 있었다. 민우는 비상벨을 눌렀다. 분명히 무슨 반응이 있었는데도 닫힌 문은 열리지 않았다. 민우는 닫힌 문을 손으로 두드려보았다.

"웬일이세요?"

막 잠에서 깨어난 듯 가운을 입은 간호사가 문을 열고 짜증스런 목소리로 물었다.

"······응급환자가 생겼어요."

헐떡이면서 민우가 말했다.

"······약물중독입니다."

"환자가 어디에 있어요?"

"······차 안에 있습니다."

"데리고 들어오세요. 제가 선생님을 깨울 테니까요."

민우는 차로 달려가 제니를 등에 업었다.

제니의 몸에서 심한 악취가 풍겼다. 오는 동안 내내 차 속에서 토해낸 오물이 머리칼에 묻었고, 그녀의 몸은 얼음처럼 차디찼다.

민우는 제니를 업고 응급실로 들어섰다. 간호사는 보이지 않았다. 아마 잠든 의사를 깨우러 간 모양이었다. 민우는 침대 위에 제니를 눕혔다.

밝은 백열등 불빛 아래 창백한 제니가 눈을 감고 누워 있었다. 민우는 우선 감긴 제니의 눈꺼풀을 젖혀서 그녀의 눈동자가 아직 의식을 한 가닥이라도 갖고 있는지 살펴보았다.

민우는 제니의 뺨을 두어 번 세게 후려쳤다. 불확실한 목소리로 제니가 중얼거렸다.

"······내가 보여? 제니, 내가 보여?"

풀린 눈동자가 한 곳에 고정되었다. 영혼이 빠져나간 구멍과 같은 동공이었다. 그 눈동자가 물끄러미 민우의 얼굴 위에서 멎었다.

그제야 반대편 문이 열리면서 간호사와 의사가 나란히 뛰어들어왔다.

"약물중독이라구요?"

간호사에게 미리 들었는지 의사가 딱딱한 목소리로 물었다.

"……무슨 약을 먹었는지 알고 있습니까?"

"……모릅니다."

"저런, 술도 마신 모양인데. 약 종류를 알면 좋을 텐데. 좋아요, 어쨌든 위 세척부터 하고 봅시다."

의사는 응급용으로 따로 준비해두었는지 위 세척용 호스를 꺼냈다.

"보호자는 나가 계세요. 나가서 기다리세요."

"저도 도울 수 있습니다."

민우는 대답했다.

"힘 있는 대로 돕겠습니다."

의사는 날카로운 눈으로 민우를 쏘아보았다.

"나가 계세요. 들어오랄 때까진 들어오지 마세요."

"전, 전."

민우는 자신이 최소한 그의 작업을 도와줄 수 있을 만큼 의학적 상식과 지식을 갖고 있다는 사실을 얘기하려다 말고 입을 다물었다.

그는 응급실에서 빠져나왔다.

민우는 향나무 옆 빈터에 주저앉았다. 주머니 속에서 담배를 꺼내 불을 붙여 물었다.

바람에 실린 눈이 메마른 모래처럼 얼굴을 때렸다. 바람의 결이 한결 높았다. 골목과 골목을 스쳐 불어오는 바람은 말발굽 소리를 내면서 달려왔다 달려갔다.

죽어서는 안 된다. 은영이.

민우의 눈에서 눈물이 굴러떨어졌다.

제발 죽지만 말아다오. 죽어서는 안 된다. 내가 너를 죽음에
이르게 할 만한 자격이 있는가. 내 말대로 내 사랑은 지금 멀리
있다. 별처럼 멀리 떨어져 있다. 너만이 내 곁에 있다. 그래, 너
만이 내 사랑이다. 깨어나면 우리 결혼하자. 결혼해서 함께 살
자. 네가 왼쪽 팔에 장미꽃 문신을 갖고 있다면 나는 오른쪽 팔
에 똑같은 문신을 새길 것이다. 네가 내 아이를 뱄다면 서슴지
말고 낳자. 아들을 낳으면 뭐라고 이름 지을까. 멋진 서양식 이
름을 붙여주기로 하자. 미키마우스라고 이름을 지을까.

결혼식이 거행된 것은 저녁 일곱 시였다.

결혼식장엔 신랑 신부 외엔 아무도 없었다. 단 한 명의 하객
도 없었고 웨딩마치도 없었다.

앞으로 다가올 결혼생활에 멋진 충고의 말을 해주는 주례도
없었고 신부의 입장을 도와줄 신부의 아버지도 보이지 않았다.

단 한 사람의 친척도 보이지 않았다. 그런 의미에서 그것은
혼례식이라기보다는 그저 단순히 기념사진을 찍는 예식에 지나
지 않았다. 은영이 전날에 예식장 측과 비밀리에 교섭을 한 결
과였다.

그녀는 기회 있을 때마다 민우를 졸랐다.

나는 당신과 정식으로 결혼하기를 원하지는 않는다. 수많은
사람들에게 청첩장을 보내고 수많은 사람들이 박수를 보내는
그런 결혼식을 감히 바랄 수 있는 양반의 팔자는 되지 못함을

잘 안다.

그러나 다만 한 가지 소원이 있다면 그것은 면사포를 한 번 써보는 것이다. 면사포를 쓰고 당신 곁에 서서 결혼식 올리는 사진을 한 장 찍는 일이다. 그 정도라면 당신도 허락해줄 수 있지 않느냐.

낮이나 밤이나 은영은 민우에게 졸라댔다.

병원에서 퇴원한 이래로 민우는 자연스럽게 은영의 방에서 동거생활을 시작했다. 민우는 은영의 방에서 자고 먹었다. 로라이모는 차라리 잘된 일이라고 컬러 텔레비전을 하나 선물해주었을 정도였다.

민우는 은영의 소망을 절실하게 받아들이지 않았다.

함께 있으면 그만이지, 또 무슨 형식적인 사진 한 장이 필요한 것인지 민우는 은영의 마음이 이해되지 않았다. 어차피 두 사람은 어쩔 수 없이 한 몸으로 섞여 사는 인연이었다. 그것은 사랑보다는 고독 때문에, 더 이상 견딜 수 없는 추위 때문에 그저 서로가 한데 엉겨 서로의 체온으로 추위를 녹이려는 본능적인 몸짓에 지나지 않았다.

민우는 밤마다 은영을 껴안고 그녀의 몸 속에 격렬한 정욕을 뿜어 넣었다. 죽음과 같은 격렬한 욕정 뒤에는 참담한 재와 같은 허무가 보였고 그 허무의 장막 뒤에는 언제나 다혜의 초상이 어렴풋한 환영으로 흔들렸다.

민우는 잠 안 오는 밤이면 술을 마셨다. 그래도 잠이 오지 않으면 홀로 마리화나를 피웠다. 술이 늘어 많이 마셔도 잠이 오지 않는 밤이 계속되기도 했다.

일주일에 한 번 정도는 허버트와 함께 정체 모를 패거리들에게서 밀수품을 수교하기 위해 들판에 나가곤 했다. 밀수품을 성공직으로 인수인게하는 날 밤이면 민우는 거의 위스키 한 병을 비워야만 잠이 들곤 했다.

긴 겨울이 지나고 봄이 와서 들판에는 푸른 녹색의 기운이 스며들었다.

얼어붙은 대지는 신생의 기쁨으로 충만했지만 민우와는 상반되는 현상이었다. 대지는 봄으로 부활했지만 민우는 점점 절망의 늪으로 빠져들어 파멸해갔다.

은영은 밤 두 시에 들어오는 민우의 옷을 받아 걸며 이렇게 말하곤 했다.

"……밤마다 너무 자주 마시네. 이러다간 당신 미쳐버려요."

그럴 때면 민우는 혀 꼬부라진 소리로 대답했다.

"차라리 미쳤으면 좋겠어."

거의 매일같이 술이었다. 마시지 않겠다고 결심했지만 어쩔 수 없는 일이었다. 얼굴이 익은 손님들이 잔술을 권해오면 마시지 않을 재간이 없었다.

한 잔 두 잔 마시다가 아예 진열장에 놓인 위스키를 꺼내 스트레이트로 따라 마시곤 했다. 술 취하면 우울하고 쓰라린 심정을 어느 정도 달랠 수 있었다. 술 취하면 밤마다 되풀이되는 스트립쇼도 우스꽝스럽게 느껴지지 않았다.

그러나 술이 깨는 아침이면 민우는 더 한층 깊어진 상처로 차마 입 밖으로 뱉지 못하고 안으로만 끙끙 신음 소리를 내면서 앓았다.

그럴 때면 민우는 침대에 누워서 홀로 눈을 감고 자신의 행동을 상상하는 것으로 자유를 꿈꾸었다.

아아. 지금 떠날 수 있다면. 이제라도 떠날 수 있다면.

내가 왜 이곳에 있는가.

지금이라도 당장 일어나 옷을 입고, 신발을 신고, 버스를 타러 정류장에 나가자. 나가서 다혜를 만나자.

지금쯤 새학기가 시작되었겠지.

아. 아.

교정은 긴 겨울 내내 동면하는 개구리처럼 움츠렸던 학생들로 가득하겠지.

의과대학 언덕 밑으로 노오란 개나리가 가득 피었겠지. 노오란 철조망과 같은 노오란 개나리꽃.

문과대학 뒤뜰에는 상처 위에 바르는 머큐로크롬과 같은 진달래꽃들이 여기저기 피어났을 거야.

내가 왜 이곳에 있는가. 가자. 가서 만나자.

꼭 일 년이 되어간다. 작년 이맘때였다.

개나리가 활짝 핀 문과대학 앞 비탈길에서 자전거를 타고 가다 다혜를 넘어뜨렸다. 그 일 년 사이에 도대체 내겐 무슨 일이 일어났단 말인가. 내가 왜 이곳에 누워 있는가.

돌아보면 새벽 여명 속에 은영이 누워 잠들어 있었다. 한 팔을 민우의 가슴 위에 다정스럽게 올려놓고서. 마치 잠 속에서도

어디론가 사라져버릴지 모르는 민우의 몸을 붙들어 결박하려는
듯이.

"난 아무것도 바라지 않아요. 다만 당신과 내가 다정하게 면사
포 쓰고 찍은 사진을 저 화장대 거울 앞에 걸어놓았으면 해요."

은영은 끈질겼다.

의외로 간단하다는 것이었다.

예식장을 한밤중에 빌리면 그만이라는 것이다. 신부실에서
잠깐 웨딩드레스를 빌려 입고, 단 앞에 서서 사진만 찍으면 그
만이라는 것이다. 예식장의 직원들이 그런 식으로 부수입을 올
린다고도 했다. 많은 양색시들이 함께 살던 미군이 갑자기 본국
으로 전속을 가면 남의 눈을 피해 그런 혼례식을 올린다고 했
다. 서로 기념사진 한 장씩을 나눠 갖기 위해.

아는 사람은 은밀히 예식장을 빌려주는 직원 한 사람과 몰래
출장 나온 사진사 두 사람뿐이라는 것이다.

마침내 민우가 완강히 싫다 좋다 하지 않고 애매한 침묵으로
일관하자 그의 침묵을 자기 유리한 대로 긍정으로 받아들인 은
영은 시내까지 나가 점쟁이에게 좋다는 날짜를 받아왔다.

그날 밤 두 사람은 도둑 결혼식을 거행했다.

민우는 신사복을 입었고, 은영은 신부화장까지 했다. 두 사람
을 몰래 예식장으로 숨겨 들어온 예식장 직원은 민우에게 흰 면
장갑 한 켤레를 주면서 말했다.

"장갑은 공짜로 드립니다."

은영은 신부를 위해 준비해둔 열 벌의 드레스를 거의 모두 입

어본 뒤에야 한 옷을 선택했다. 웨딩드레스를 고르는 데 너무 시간이 걸렸으므로 예식장 직원은 신경질을 부리면서 짜증을 냈다.

"어때요?"

마침내 좀 커 보이는 웨딩드레스를 입고 나타난 은영은 몹시 부끄러워하면서 물었다.

"어울려요?"

민우는 물끄러미 웨딩드레스를 입은 은영을 보았다. 그는 약간 취한 상태였다. 용기를 돋우기 위해 술을 가볍게 마셨으므로.

"예뻐."

감정 없는 목소리로 민우는 대답했다.

웨딩드레스를 입은 은영은 전혀 다르게 보였다.

그녀는 우아하고 아름다워 보였다. 그러나 그녀가 놀라울 정도로 변신해서 아름답게 보인다 해도 아무 소용없는 일이었다. 어차피 그녀가 악마처럼 보인다고 해도 그것 역시 상관없는 일이었으므로.

단 위의 촛대에 촛불이 켜졌다. 두 사람은 단 아래 섰다. 양옆 게시판에 민우의 이름과 은영의 이름이 나붙었다. 서로의 부모님 이름은 적혀 있지 않았다.

하객들이 앉아야 할 객석에는 을씨년스런 어둠이 가득했다.

이미 술에 취한 사진사가 혼자 신이 나서 두 사람에게 팔짱을 끼라고 명령했다. 그러자 은영은 민우의 팔을 다정스럽게 꼈다.

"웃으세요."

사진사가 빙글거리면서 말했다.

두 사람은 카메라 렌즈를 쳐다보았다. 민우는 꿈결과 같은 취기 속에서 렌즈의 구멍을 쏘아보았다.

"저런, 신부가 너무 웃으시네. 신부가 너무 웃으면 첫 딸을 낳는다던데."

사진을 찍기 위해서 갑자기 단 주위에 눈부신 조명이 켜졌다. 민우는 눈이 부셔서 눈을 감았다.

"눈을 뜨세요."

날카롭게 사진사가 명령했다.

"웃으세요. 여기 보세요. 자, 여기 보세요."

찰칵 물매미 소리를 내면서 카메라 렌즈가 울었다. 사진이 찍히고 조명이 꺼졌다. 사진사는 이틀 뒤에 사진을 찾을 수 있지만 선금조로 얼마를 달라고 말했다. 돈은 은영이 지불했다. 직원에게도 예식장 빌린 값을 주었다. 잠시 빌려 입었던 웨딩드레스를 벗으면서 갑자기 은영이 울기 시작했다. 그녀의 울음이 느닷없었으므로 민우는 이해가 가지 않는 얼굴로 그녀를 바라보았다.

"당신은 즐거운 표정이 아니에요."

은영은 코를 풀면서 훌쩍였다.

"민우 씨는 마지못해서 이 짓을 하는 거예요. 이봐요, 이건 어차피 사진을 찍기 위한 쇼예요. 쇼라구요. 그래두 마음만은 진짜처럼 할 수 있잖아요."

민우는 흰 장갑을 벗으면서 대답했다.

"……미안해."

민우는 은영의 머리에서 면사포를 벗겨내리며 중얼거렸다.

"……하지만 나 역시 기뻐."

"……정말이세요?"

"……정말이고말고. 오늘이 우리의 결혼날인데."

"그래요."

갑자기 은영이 눈물 어린 얼굴을 손수건으로 찍어 닦으면서 힘차게 대답했다.

"오늘이 우리 결혼날이에요. 비록 손님도 없고, 주례도 없는 결혼식이지만요. 우린 오늘 결혼식을 올렸다구요. 좋아요. 우리 오늘 신혼여행을 떠나요."

두 사람은 봄비가 내리는 거리로 걸어나왔다. 민우는 우산을 받쳐들었다. 우산 위를 봄비가 작은북처럼 때렸다.

"나 말이에요, 민우 씨에게 고백할 일이 있어요. 이건 비밀인데요. 화낼래요, 화 안 낼래요?"

"……뭔데?"

"그걸 먼저 말하세요. 제가 뭐라 말해도 화 안 내죠? 부부 사이엔 비밀이 없어야 하는데 내가 민우 씨를 하나 속인 게 있다구요."

"……약속하지."

"정말이에요? 화 안 내기로 약속했지요?"

"……약속했어."

그러자 은영은 걸음을 멈췄다. 몹시 부끄럽고 쑥스러운 얼굴로 은영은 손을 내밀었다.

"그럼 손을 걸어요. 공연히 내가 고백한 뒤에 화를 낼지도 모르니까."

은영은 민우에게 새끼손가락을 내밀었다. 민우는 그녀가 왜 갑자기 장난을 걸어오는가 의아한 표정으로 쳐다보았다. 그러나 은영의 표정은 의외로 진지했다.

"새끼손가락 걸어요. 그리구 약속해요. 화 내지 않겠다구요……."

"약속하지."

민우가 새끼손가락을 내밀었다. 그 새끼손가락에 은영이 손가락을 걸었다.

"됐어요. 이젠 철석같이 약속했으니까 화를 내면 안 돼요. 실은요, 전 민우 씨의 아이를 배지 않았어요."

빤히 민우의 얼굴을 쳐다보면서 은영이 말했다.

"난 처음에는요, 임신인 줄만 알았다구요. 구역질까지 하구요, 입덧까지 했으니까요. 그런데요, 병원에 가니까요, 그러는 수도 있대요. 임신도 하지 않았는데 상상만으로도 그럴 수가 있다고 병원에서 얘기했어요."

민우는 어리둥절한 표정으로 은영을 보았다.

어젯밤까지만 해도 은영은 만져보라고 민우의 손을 끌어 자신의 배 위에 올려놓지 않았던가. 배 속에서 아이가 놀고 있는 것 같다고 은영은 말하지 않았던가.

민우는 자기 눈으로도 보았다. 먹은 음식을 토하는 모습을 보았다.

"애를 배지 않아도요, 워낙 아이를 바라면 그럴 수도 있다는 거예요. 하지만, 제 말을 순 공갈로만 생각해서는 안 돼요. 난 처음엔 철석같이 임신인 줄로만 알았으니까요. 배지도 않은 아이를 뱄다고 공갈쳐서 민우 씨에게 부담을 주려고 한 것은 아니에요."

"도대체 병원엔 언제 갔었어?"

"……일주일 전이에요. 화났어요?"

간지럼이라도 태우려는 듯 은영이 우산을 든 민우의 옆구리에 자신의 팔을 끼워넣었다.

"화난 것처럼 보이네. 정말 화났어요?"

"……일주일 전에 병원에 갔다면 왜 그때 내게 말하지 않았어? 어젯밤에도 내 손을 가져다가 배를 만져보게 했잖아. 왜 솔직히 말하지 않았어? 왜 나를 속였던 거야?"

"……무서워서 그랬어요. 무서워서 말할 수 없었어요."

"무서워? 뭐가 무서워?"

짜증이 난 듯 민우가 목소리를 높였다.

"이제 보니 거짓말쟁이로군. 도대체 어디서부터 진실이고 어디서부터 거짓말인지 구분을 못하겠어."

"……화내지 않기로 했잖아요."

울먹이는 목소리로 은영이 민우를 쳐다보았다.

"……그러길래 내가 화내지 말라고 새끼손가락을 걸자고 했잖아요. 자기도 내 손가락에 손을 걸어 약속을 해놓고서 왜 화를 내는 거예요?"

"……화내는 게 아냐."

민우가 맥 풀린 목소리로 대답했다.

"난 거짓말을 싫어해. 날 속이려 하지 마."

"……무서워서……."

울먹이면서 민우의 눈치를 살피며 은영이 기어들어가는 목소리로 입을 열었다.

"……무서워서 말을 할 수 없었어요. 민우 씨가 날 싫어할까봐, 배지도 않은 아이를 뺐다고 공갈쳤다고 화를 낼 것 같아서 말할 수가 없었어요. 또 나는요, 민우 씨가 내가 애를 뺐다고 하면 싫어할 줄 알았다구요. 그런데 민우 씨는 그런 말을 하기는커녕 오히려 내가 애를 밴 것을 좋아하는 눈치였어요. 그래서 실망시키고 싶지 않아서 말하지 않았던 거예요."

민우는 뭐라고 말할 듯 입을 열었다.

저녁 거리에 안개와 같은 세우(細雨)가 촉촉이 스며들었다. 로터리의 가로등 불빛이 가로세로 흩날리는 실비에 이리저리 찢겼다.

내가 어떻게 너에게 그 아이를 죽이라고 말할 수 있겠느냐. 나 역시 사생아로 태어난, 버림받은 살덩어리가 아닌가. 그러한 내가 어떻게 네 배 속에 자라는 아이를 죽이라고 말할 수 있을까.

"미안해요."

울먹이는 소리로 은영이 입을 열었다.

"오늘만은 화내지 마세요. 오늘은 우리들의 결혼식 날이에요. 우리의 신혼 첫날밤이에요."

민우는 다정스레 은영의 어깨 위에 우산을 받쳐 올렸다. 두 사람은 팔짱을 끼고 비가 내리는 거리를 걸어내려갔다.

"아이는 또 밸 수 있어요. 알아들어요? 우린 젊으니까요."

자신의 잘못을 비호하듯 은영이 상하게 말을 뱉었다. 그리고 뭐가 생각났는지 걷던 발걸음을 멈추었다.

"난 집으로 돌아가고 싶지 않아요. 오늘밤은 우리의 신혼 첫날밤이에요. 집이 아닌 다른 곳에서 자요."

은영이 거리에 내건 여관의 불빛을 턱으로 가리켰다. 안개비가 초롱초롱 맺힌 은영의 옆얼굴에 솜털이 곤두선 것이 보였다.

"저리로 들어가요. 아무려면 어때요."

민우는 대답 대신 물끄러미 은영의 얼굴을 내려다보았다. 민우의 가슴은 복잡한 감정으로 뒤얽혔다.

그는 우습고 그리고 슬펐다.

그는 조금 취했으며 그리고 말짱했다. 그는 고독하고 그리고 또한 행복했다. 그러나 무엇보다 허무하고 허무하고 허무했다.

민우는 물끄러미 자신의 신부를 바라보았다. 그는 자신의 아내이자 신부가 갑자기 불쌍하다는 생각이 들었다. 그래서 그는 내친걸음에 첫 번째 여관으로 들어갔다. 아주 허름하고 더러운 여관이었다.

구석진 방을 정하고 나자 그들은 더러운 이불과 더러운 주전자와 더러운 휴지와 더러운 수건을 받았다. 그들은 더러운 종이에 더러운 볼펜으로 더러운 이름을 적었다.

방음 장치가 안 된 옆방과 옆방에서 교미하는 짐승들의 헐떡이는 신음 소리가 들려오고 밤새도록 거리에서는 안마하는 장님의 피리 소리와 김밥 파는 장사꾼의 발소리가 들려왔다.

그 더러운 방에서 그들은 문을 걸어잠그고 새벽이 올 때까지 계속 서로를 핥고 그리고 애무하고 몸을 흔들었다. 이불에서는 냄새가 나고 가까운 세면장에서는 때도 없이 드나드는 사람들의 발소리와 세수하는 물소리가 들려왔다. 어느 방에서는 밤새도록 흐느끼는 여자의 울음소리가 끊임없이 이어졌다.

—사랑해요.

민우의 귓가에 은영의 속삭이는 목소리가 독약처럼 부어져내렸다.

—날 버리지 마세요.

그 모든 말들, 그 모든 소리들, 발소리, 세면장에서 떨어지는 물소리와 장님들의 피리 소리, 새벽 거리를 질주하는 차량들의 소음, 옆방에서 들려오는 여자의 신음 소리, 그 모든 말들, 사랑해요, 내 곁을 떠나지 마세요, 화내지 마세요, 당신이 없으면 난 죽어버릴 거예요. 아아, 냄새 나는 더러운 이불, 찌그러진 물주전자, 벽에 붙어 있는 일 년짜리 종이달력, 달력 위에 붙은 먼 이국 호반의 풍경. 그 모든 것들과 이를 악물고 싸우며 민우는 은영의 몸 위에서 꿈틀거렸다. 어차피 이것은 현실이다.

은영의 손이 민우의 등허리를 할퀴고 민우의 셔츠를 갈가리 뜯어 내렸다. 두 사람은 신나는 격투를 벌이듯 서로 물어뜯고 때리고 할퀴었다.

그리하여 아침이 왔을 때 두 사람은 상처투성이의 만신창이가 되어서 쓰러졌다. 두 사람은 태어날 때부터 원한과 적의를 가진 천적(天敵)처럼 서로를 학대하고 괴롭혔다.

첫날밤은 그러한 자학 속에서 스러지고 날이 밝았다.

2권에 계속

겨울나그네 1

초   판 1쇄 발행 2005년 11월 23일
개정판 1쇄 인쇄 2023년 12월 5일
개정판 1쇄 발행 2023년 12월 15일

지은이 최인호
펴낸이 정중모
펴낸곳 도서출판 열림원

출판등록 1980년 5월 19일(제406-2000-000204호)
주소 경기도 파주시 회동길 152
전화 031-955-0700
팩스 031-955-0661
홈페이지 www.yolimwon.com
이메일 editor@yolimwon.com

페이스북 /yolimwon
트위터 @yolimwon
인스타그램 @yolimwon

주간 김현정   책임편집 황우정
편집 조혜영 김민지
디자인 강희철

마케팅 홍보 김선규 최은서 고다희
온라인사업 서명희
제작 관리 윤준수 이원희 고은정 구지영

ISBN 979-11-7040-242-8 04810
ISBN 979-11-7040-241-1 (세트)